SEU ROSTO AMANHÃ

JAVIER MARÍAS

Seu rosto amanhã

2. *Dança e sonho*

Tradução
Eduardo Brandão

COMPANHIA DAS LETRAS

Esta obra foi publicada com o apoio da Dirección General del Libro, Archivos y Bibliotecas do Ministério da Cultura da Espanha.

Título original
Tu rostro mañana

Capa
Warrakloureiro

Foto de capa
Win-Initiative/ Getty Images

Preparação
Cecília Ramos

Revisão
Isabel Jorge Cury
Ana Maria Barbosa

Os personagens e as situações desta obra são reais apenas no universo da ficção; não se referem a pessoas e fatos concretos, e sobre eles não emitem opinião.

Dados Internacionais de Catalogação na Publicação (CIP)
(Câmara Brasileira do Livro, SP, Brasil)

Marías, Javier
Seu rosto amanhã / Javier Marías ; tradução Eduardo Brandão. — São Paulo : Companhia das Letras, 2008.

Título original : Tu rostro mañana.
Conteúdo: 1. Febre e lança – 2. Dança e sonho.
ISBN 978-85-359-1316-3

1. Romance espanhol I. Título.

08-08295 CDD-863.64

Índice para catálogo sistemático:
1. Romances : Literatura espanhola 863.64

[2008]

EDITORA SCHWARCZ LTDA.
Rua Bandeira Paulista 702 cj. 32
04532-002 — São Paulo — SP
Telefone: (11) 3707-3500
Fax: (11) 3707-3501
www.companhiadasletras.com.br

Sumário

Para Carmen López M,
que espero queira
continuar me ouvindo

And for sir Peter Russell,
to whom this book is still indebted
for his very long shadow,
and the author,
for his far-reaching friendship

3. DANÇA

Quem dera ninguém nunca nos pedisse nada, nem quase nos perguntasse, nenhum conselho nem favor nem empréstimo, nem sequer o da atenção, quem dera os outros não nos pedissem que os escutássemos, seus problemas míseros e seus penosos conflitos tão idênticos aos nossos, suas incompreensíveis dúvidas e suas simples histórias tantas vezes intercambiáveis e já sempre escritas (não é muito ampla a gama do que se pode tentar contar), ou o que antigamente se chamavam coitas, quem não as tem ou se não as procura, "a infelicidade se inventa", cito com freqüência para mim mesmo, é uma citação certa quando são desditas que não vêm de fora e que não são desditas inevitáveis objetivamente, não uma catástrofe, não um acidente, uma morte, uma ruína, uma demissão, uma praga, a fome ou a perseguição sanhosa a quem não fez nada, delas está cheia a História e também a nossa, quero dizer estes nossos tempos inacabados (e até há demissões, ruínas, mortes que são sim buscadas ou merecidas, ou que se inventam sim). Quem dera ninguém se aproximasse de nós para nos dizer "Por favor" ou "Ei", são as primeiras palavras que iniciam os pedidos, quase todos eles: "Ei, você sabe?", "Ei, poderia me dizer?", "Ei, você tem?", "Ei, queria te pedir uma recomendação, uma informação, um parecer, uma mãozinha, dinheiro, uma intercessão, ou consolo, uma graça, que me guarde este segredo ou que mude por mim e seja outro, ou que por mim traia e minta ou cale e assim me salve". As pessoas pedem, e pedem o que lhes ocorre, tudo, o razoável e o disparatado, o justo e o mais abusivo, e o imaginário — a lua, sempre se disse, e tantos a prometeram em toda parte, porque continua sendo imaginária —; pedem os próximos e os desconhecidos, os que estão em apuros e os que, ao contrário, os causam, os necessitados e os abastados, que nisso não se distinguem: ninguém nunca parece acumular bastante, ninguém nunca se contenta nem pára, como se se dissesse a todos: "Peça, peça por essa boca, peça sempre". Quando a verdade é que a ninguém se diz isso.

E então a gente vai e ouve, ouve o mais das vezes, muitas temeroso e muitas também envaidecido, nada é tão lisonjeiro em princípio quanto estar numa situação de conceder ou negar algo, nada — isso também logo, logo, acontece — é tão pegajoso e desagradável: saber, pensar que alguém pode dizer "Sim" ou "Não" ou "Veremos"; e "Pode ser", "Vou ver", "Amanhã dou uma resposta" ou "Em troca vou querer isto", conforme esteja a sua lua e a seu absoluto arbítrio, conforme esteja inativo, generoso, aborrecido, ou pelo contrário com uma pressa enorme e lhe faltem paciência e tempo, conforme seu humor queira deixar o outro em dívida ou mantê-lo à espera na incerteza, ou deseje comprometer-se, porque ao conceder ou negar — em ambos os casos, ou só por dar ouvidos — fica envolvido com o suplicante e se enreda ou se amarra, talvez.

Se a gente um dia dá uma esmola a um mendigo da vizinhança, na manhã seguinte será mais difícil negá-la, porque ele a esperará (nada mudou, ele continua sendo igualmente pobre, eu também não estou menos rico, e por que hoje não se ontem sim) e em certo sentido a gente terá contraído uma obrigação para com ele: se o ajudamos a chegar a esse novo dia, temos a responsabilidade de que esse dia não se volte contra ele, de que não seja o dia do seu sofrimento último, ou da sua condenação, da sua morte, e há que construir uma ponte para que ele a atravesse, e assim um dia depois do outro, quem sabe indefinidamente, não é tão estranha nem gratuita essa lei de alguns povos elementares — ou, melhor seria dizer, lógicos — segundo a qual quem salvava a vida de alguém se transformava no guardião ou responsável perpétuo por essa vida e por esse alguém (a não ser que ocorresse um dia a estrita correspondência e assim ficassem em paz e pudessem então se separar), como se se facultasse ao salvado dizer ao seu salvador: "Se ainda estou aqui é porque você assim quis; é como se você me houvesse feito nascer de novo, logo tem de me proteger, tem de cuidar de mim e me salvaguardar, porque se não fosse por você eu já me encontraria fora de todo mal e de todo alcance, ou já meio a salvo no contorcido e inseguro esquecimento".

E se, pelo contrário, a gente nega no primeiro dia a esmola a seu mendicante vizinho, terá a impressão no segundo dia de estar em dívida, e talvez essa sensação vá aumentando no terceiro, e no quarto, e no quinto, pois se o mendigo varou e venceu essas datas sem a minha ajuda, como não lhe reconhecer o mérito e lhe agradecer pelo que me economizou? E cada manhã que passa — cada noite a que ele sobrevive —, mais se arraigará na gente a idéia de que nos toca contribuir, que é a nossa vez. (Mas isso só diz respeito a quem presta atenção nos esfarrapados, e a maioria passa batido por eles, torna seu olhar opaco e só os vê como farrapos.)

Tão logo a gente ouve o mendigo que nos aborda na rua,

já está envolvido; tão logo ouve o forasteiro ou o extraviado que pergunta um endereço e às vezes acaba acompanhando-o, se vai na mesma direção, então os dois unem seus passos e se transformam, um do outro, no insistente ser paralelo que no entanto nenhum vê como de mau agouro nem como incômodo ou obstáculo, porque caminham juntos voluntariamente, embora não se conheçam nem talvez se falem durante esse trecho, enquanto avançam (e é sempre o forasteiro ou o extraviado que pode ser conduzido a outro lugar, a uma armadilha, a uma cilada, ao descampado, a uma arapuca); tão logo ouve o desconhecido que se apresenta à porta persuadindo, ou vendendo, ou evangelizando, sempre tentando nos convencer e sempre contando rápido, só de abrir para ele já está enredado; tão logo ouve o amigo no telefone com voz premente, ou fora de si, ou melífluo — não, é antes fora do tom —, suplicante ou exigente, ou de repente ameaçador, com isso já está amarrado; tão logo ouve sua mulher e seus filhos que quase só lhe falam assim, ou só assim sabem lhe falar agora, desde o nebuloso e desde a maior distância, quero dizer pedindo, e então há de puxar uma faca ou lâmina para cortar esse laço que acabará por apertá-lo: a eles também fez nascer, os filhos, que não estão fora de todo mal nem de todo alcance e que nunca vão estar, e também os fez nascer para a mãe, que também é como eles porque já é inimaginável sem filhos — formam um núcleo e nunca se excluem —, e estes são inconcebíveis sem essa figura que ainda lhes é necessária, tanto que ele deve protegê-la sem remédio, cuidar dela e salvaguardá-la — continua vendo isso como tarefa sua —, embora Luisa não se dê em absoluto conta ou não com plena consciência, e esteja muito distante no espaço, e no tempo vá se distanciando de mim data a data e a cada dia que passa. Ou se anuvia cada noite que varo, atravesso, transponho, e continuo sem vê-la, não a vejo.

Luisa não se enredou nem se amarrou, mas se viu uma vez envolvida num pedido e numa esmola e também me envolveu um pouco neles, foi antes de nos separarmos e de eu ir para a Inglaterra, quando ainda não prevíamos todo o distanciamento nem nossas costas tão viradas, eu pelo menos não, a gente só sabe mais tarde quando perdeu a confiança ou quando outros perderam a que tinham na gente — se é que isso a gente chega a saber, eu não creio, no fundo —; quero dizer que só depois, quando o presente já é passado, e muito variável e duvidoso, e por isso pode ser contado (e pode ser contado mil vezes, sem que nem duas coincidam), nos damos conta de que também dávamos quando o presente ainda era presente e não estava exposto à sua negação nem à sua turbidez ou à sua penumbra, caso contrário não poderíamos pôr uma data nele, e a verdade é que pomos datas, oh sim, costumamos datar logo tudo com tanta precisão que causa espanto: "Houve um dia em que...", dizemos ou lembramos como nos romances (que conduzem sempre ao assinalado: seu desenlace o indica, o dita; mas nem todos eles o conhecem), às vezes a sós, às vezes acompanhados, dois recapitulando em voz alta: "Foram aquelas palavras que você deixou cair como sem querer no seu aniversário que me puseram de sobreaviso, ou que começaram a fazer que eu me retraísse". "Sua reação foi decepcionante e tive de me perguntar se eu não tinha me enganado a seu respeito; mas isso significaria eu ter me enganado por muitos anos, logo talvez você tenha mudado." "Não agüentei aquelas críticas, tão insistentes e injustas que pensei se não eram apenas um pretexto seu, o melhor modo de me esfriar; e na verdade fiquei gelado." Sim, costumamos saber quando uma coisa se torce, se quebra ou cansa. Mas sempre esperamos que se endireite, se solde ou nos recupere — por si só, às vezes, como por arte de magia —, e que esse saber não se confirme; ou se notamos que a coisa é mais simples ainda, que algo na gente aborrece, desagrada ou repugna, damo-nos voluntariosos propósitos para nos emendarmos. São teóricos e incrédulos, no entanto, esses propósitos. Na realidade, sabemos que não seremos capazes ou que já nada depende do que façamos, nem do que nos abstenhamos. É a mesma sensação que os antigos tinham quando a seus lábios ou a seu pensamento acudia esta expressão que nosso tempo esqueceu, ou antes rechaçou, e reconheciam: "A sorte está lançada". E embora a frase esteja quase abolida, essa sensação persiste e nós ainda a conhecemos. "Já não há como virar a página de volta", isso sim eu me digo às vezes.

Na porta de um hipermercado, supermercado ou pseudomercado em que Luisa comprava, fazia ponto certos dias uma jovem muito jovem que além do mais era estrangeira e mãe, e ambas as coisas duplamente: pois tinha dois filhos, um de meses num carrinho em mau estado, e outro mais velho porém bem pequeno, entre dois e três anos (isso era o que Luisa calculava, tinha visto que ele ainda usava fralda sob as calças curtas), que guardava o carrinho como um soldado, minúsculo pretoriano sem armas; e não só a jovem era romena ou bósnia, ou talvez húngara — ainda que isso seja mais improvável, eles são em muito menor número na Espanha —, mas ainda por cima parecia cigana. Não teria mais de vinte anos, e nos dias que ali mendigava (não eram todos, ou nem sempre coincidia com as idas de Luisa), estava sempre com seus dois rebentos, não tanto para inspirar maior pena, quanto — interpretava Luisa — porque não devia ter onde nem com quem deixá-los. Eram parte dela, tanto como seus braços. Eram seu prolongamento, a jovem *era com eles* assim como o cachorro *era sem pata*, segundo a visão de Alan Marriott quando decidiu associar em sua imaginação seu cachorro àquela outra moça cigana, e juntos representaram para ele um par espantoso.

A romena passava horas de pé na porta do hipermercado, de vez em quando se sentava nos degraus da entrada e dali balançava o carrinho na calçada, o menino maior de vigia. Se Luisa prestou atenção nela não foi meramente pelo *tableau vivant*, pelo quadro, bastante eficaz de qualquer modo, mas também muito repetitivo, apesar de hoje estar proibida a presença de crianças na mendicância. Luisa não é das que se apiedam de todo o mundo, nem eu tampouco. Ou talvez sim, mas não a ponto de enfiar a mão na bolsa, ou eu no bolso, cada vez que cruzamos com um indigente, não daríamos conta em Madri, não se ganha o bastante para tamanho dispêndio, nossas inescrupulosas e grosseiras autoridades transferem sem cessar para a cidade grande e despejam sem mais nem menos por suas ruas multidões de sem-documentos que desconhecem a língua, o território e os costumes — gente que recentemente entrou no país pela Andaluzia, pelas Canárias, pela Catalunha e pelas Baleares, se provém do Leste, gente que nem sequer elas saberiam para que países mandar de volta —, e que nelas se virem, sem documentos e sem dinheiro, a quantidade de pobres sempre em aumento, e, além de pobres, desconcertados, desorientados, extraviados, errantes, ininteligíveis, sem nome. De modo que Luisa não reparou no grupo como grupo penoso em si, como há tantos, mas o individualizou, chamaram-lhe a atenção a jovem bósnia e sua sentinela criança, quero dizer que os viu, não lhe pareceram indistintos nem intercambiáveis como objetos de compaixão, viu as pessoas mais além da sua condição, da sua função e das suas necessidades, estas sim tão extensas e compartilhadas. Não viu uma mãe pobre com filhos, mas aquela mãe concreta com aqueles filhos concretos, com o mais velho principalmente.

"Tem uma carinha tão esperta, tão viva", me disse dele. "E o que me dá mais pena é sua disposição para ajudar, para cuidar do irmão, para ser de alguma utilidade. Esse menino não quer ser um peso, apesar de não ter outro remédio senão sê-lo, ainda mal pode se virar sozinho em alguma coisa. Pequeno como é, quer participar, quer colaborar, é tão carinhoso com o bebê e tão atento ao que possa acontecer ou ao que está acontecendo. Passa ali muitas horas, sem nada com que se entreter, sobe e desce os degraus, se balança um pouco no corrimão, tenta mover um pouco o carrinho, mas não tem força para isso. São essas as suas maiores diversões. Mas nunca se afasta muito da mãe, não por falta de espírito aventureiro (é tão esperto), mas como se tivesse consciência de que isso supõe dar mais uma preocupação a ela, e se vê que ele procura lhe facilitar as coisas o máximo que pode, ou o máximo que sabe, e não sabe muito. Às vezes acaricia o rosto, da moça ou do irmãozinho. Olha em todas as direções, para todos os lados, é muito atento, tenho certeza de que a seus olhos tão vivos não escapa o aparecimento de um transeunte, de alguns é capaz de se lembrar de uma ocasião para outra, de mim provavelmente. Me dá pena essa atitude tão responsável, tão laboriosa e participativa, essa enorme vontade de ser útil. Ainda é cedo para ele." Fez uma pausa e depois acrescentou: "Olhe só que absurdo. Outro dia mesmo não existia e agora está cheio de preocupações que nem sequer compreende. Talvez por isso tampouco lhe pesem, vê-se que é alegre e ama muito sua mãe. Mas é injusto, além de absurdo". Ficou pensativa por uns segundos, acariciando os joelhos com as duas mãos, tinha sentado na beira do sofá à minha direita, acabava de voltar da rua e ainda não havia tirado a capa de chuva, no chão as sacolas das compras, não tinha ido direto para a cozinha. Seus joelhos sempre me agradaram, com ou sem meias, e por sorte estavam visíveis quase todos os momentos, costumava usar saia. Depois falou: "Ele me lembra um pouco o Guillermo, quando era pequeno assim. Nele também isso me dava dó, não é só porque são pobres. Vê-lo tão impaciente por se incorporar ao mundo, ou às responsabilidades e às tarefas, tão desejoso de se inteirar de tudo e de dar uma mão, tão consciente dos meus esforços e das minhas dificuldades. E também dos seus, embora o visse menos, mais intuitivamente ainda, você se lembra. Ou mais dedutivamente".

Não me perguntava aquilo, apenas me lembrava ou afirmava minha lembrança. Eu continuava me lembrando inclusive em Londres, quando não via o menino, e começava a temer por ele, era muito paciente e protetor com a irmã, freqüentemente compartilhava demais e cedia, como quem sabe que o nobre e o correto é que os fortes sempre cedam ante os fracos não tirânicos ou não abusivos, um princípio hoje antiquado, porque hoje os fortes costumam ser desalmados, e os fracos, despóticos; também era protetor com sua mãe e eu não sabia se até comigo mesmo, agora que me sentia desterrado, solitário e distante, órfão segundo seu critério ou seu entendimento, sofrem muito na vida os que se fazem de escudo, e os vigilantes, com seu olho e seu ouvido sempre atentos. E os que querem jogar limpo até o fim, inclusive quando combatem e está em risco a sua sobrevivência ou a de seus entes queridos e imprescindíveis, sem os quais tampouco se vive, ou não mais inteiramente.

"E no entanto não mudou", eu disse a Luisa. "Gostaria que não mudasse, mas às vezes gostaria que sim. Vai sair perdendo, do jeito que anda o mundo. Achei que ia aprender a se resguardar mais quando fosse para o colégio e aí experimentasse a ameaça, mas já faz anos e não parece. Às vezes me pergunto se não estarei sendo um mau pai não o adestrando, não lhe ensinando o que convém: macetes, argúcias, intimidações, cautela, reclamações; e mais egoísmo. A gente deveria preparar os filhos, acho. Mas não é fácil inculcar o que convém, quando a gente não gosta de fazê-lo. E ele é melhor do que eu, por ora."

"Além do mais, talvez fosse um trabalho inútil, no caso dele", replicou Luisa. E se levantou como que com pressa. "Vou descer à rua antes que vão embora", falou. Por isso não havia tirado a capa nem esvaziado as sacolas, sabia que ainda não estava de volta. "Ao entrar, costumo dar umas moedas àquela moça, ela tem uma caixinha, hoje também dei. Mas quando saí, ela me pediu uma coisa, é a primeira vez que me pede alguma coisa, quero dizer, com palavras, num espanhol pobre e esquisito, não é um sotaque reconhecível, e misturou com algumas expressões italianas. Pediu que comprasse toalhinhas para crianças, aquelas umedecidas, muito práticas para limpá-los, que vêm enroladas num tubo. Eu disse que não, que ela comprasse, que eu tinha dado dinheiro antes. E ela rebateu: 'Não, dinheiro não, o dinheiro não'. Fiquei pensando e acho que acabei de entender. Ela deve guardar o dinheiro para o marido, ou para os irmãos, o pai, sei lá, para seus homens. Tudo o que for dinheiro ela não se atreverá a tocar sem a permissão deles, não poderá decidir por conta própria um só gasto, depois eles lhe cobrem as necessidades como bem entenderem, talvez atendendo primeiro às deles mesmos. Essas toalhinhas vão considerar supérfluas, um luxo, não lhe darão dinheiro para isso, ela que se agüente. Mas eu sei muito bem que não são, aquelas crianças passam horas ali e devem ficar cheias de assaduras, se ela não consegue limpá-las a tempo. Então vou comprar. Não tinha caído a ficha antes, ela não pode dispor do que ganha, nem um centavo, por isso me pediu a coisa pois o dinheiro não adiantaria. Volto já."

Quando voltou após um instante, tirou a capa. Eu tinha esvaziado as sacolas nesse meio-tempo, cada coisa já em seu lugar.

"Chegou a tempo?", perguntei. Eu tinha ficado bastante curioso.

"Sim, devem ficar lá até a hora de fechar. Entrei, comprei um tubo e dei para ela. Não imagina que cara de alegria e de gratidão. Fica sempre muito agradecida essa moça, muito sorridente, quando lhe dou umas moedas. Mas desta vez foi diferente, era uma coisa para ela, para seu uso e para os filhos, não era parte da arrecadação comum, o dinheiro é todo igual, e misturado não se distingue. E o menininho maior também ficou muito contente, ao ver a mãe contente. Com uma cara... comemorativa, ainda que não pudesse saber por quê. Tão bonitinho ele é, tão vivo, sempre ligado em tudo. Se a vida não correr muito mal para ele, vai ser um grande otimista. Tomara que tenha um pouco de sorte."

Eu sabia que Luisa já estava envolvida com aquele pedido, atendido tardiamente e, portanto, de modo deliberado. Não enredada nem amarrada, mas sim envolvida. Cada vez que voltasse ao supermercado e visse a jovem húngara e seu pequeno otimista, pensaria que tinham acabado as toalhinhas do tubo, enquanto a sujeira das crianças não se acabava — demorada, demorada. E se não a encontrasse, se perguntaria por ela, por eles, sem chegar ao ponto de se preocupar ou procurar saber, isso menos ainda (Luisa não é uma exibicionista, nem sequer ante si mesma, e não se mete na vida alheia). Mas eu sabia disso porque a partir de então eu mesmo me perguntei várias vezes por eles, sem nunca os ter visto, e esperava que minha mulher me contasse, se houvesse algo a contar a esse respeito, algum outro dia.

Semanas depois, com as pessoas fazendo avidamente as compras para o Natal bem próximo, ela me contou que a mãe romena tinha tornado a lhe pedir uma coisa com palavras. "Olá, *carina*", foi assim que a moça a cumprimentou, o que nos fez supor que antes de chegar à Espanha havia errado pela Itália, de onde talvez tenha sido expulsa sem contemplação por suas brutais autoridades xenófobas pseudolombardas, mais lerdas e vis ainda que as nossas desdenhosas pseudomadrilenas. "Se não quiser, diga que não, mas eu te peço uma coisa", havia sido o educado preâmbulo, a cortesia consiste em parte na formulação de obviedades, que nunca são demais quando a seu serviço. "O menino quer uma torta. Não posso comprar. Você pode comprar para ele? Se quiser? Está ali, detralángolo", e apontou para a virada de uma esquina, onde Luisa situou na mesma hora uma doceria fina e cara onde também costumava comprar. "Se não quiser, não", tinha insistido, como se estivesse plenamente consciente de que era tão-só um capricho. Que valia a pena pedir, porém, pois era do filho.

"Desta vez o menino entendia tudo muito bem", contou Luisa. "Era a transmissão de um desejo dele, e ele o reconhecia. Bem: sua cara de expectativa não dava margem a dúvidas, o coitado continha a respiração à espera do meu Sim ou do meu Não, com os olhos bem abertos." ("Tal como um réu seu veredicto", pensei sem interrompê-la; "mas, isso sim, um réu otimista.") "Como eu não sabia o que era exatamente para ela uma 'torta' e como, além do mais, pareciam saber muito bem onde estava e querer aquela e não uma qualquer, tivemos de ir os quatro até a doceria, para que eles me mostrassem. Entrei eu na frente para que os funcionários da loja vissem que o grupo vinha comigo, mesmo assim muitos fregueses se afastaram instintivamente com nojo, nos abriram um corredor como para evitar um contágio, creio que ela não se deu conta, ou deve estar acostumada e isso já não a incomoda, mas a mim incomodou. Foi o menino que me apontou a torta detrás de uma vitrine, muito excitado, uma bavaroise de aniversário, não muito grande, e a moça confirmou. Disse então a ela que os três voltassem para os degraus, a doceria estava lotada, e nós no meio com o carrinho do bebê e tudo, enquanto eu esperava a vez, eles embrulhavam a torta e eu pagava. Que eu a levaria logo. Entre umas coisas e outras demorei uns quinze minutos mais ou menos, e caí na risada quando, ao virar a rua com o pacote na mão, vi o garotinho com uma cara de expectativa tremenda e o olhar fixo na esquina, tenho certeza de que não deve ter desgrudado o olho um só segundo desde que voltaram ao seu lugar, aguardando a minha aparição com o tesouro: como se houvesse corrido mentalmente durante todo aquele tempo, de pura impaciência, de pura ansiedade. Por uma vez, se afastou da mãe e correu ao meu encontro, apesar de ela ter gritado: 'Não, Emil, não! Emil, vem!'. Ele pulava em torno de mim como um cachorrinho." Luisa ficou recordando, com um sorriso, divertindo-se com a recente lembrança. Depois acrescentou: "Só isso".

"E por você ter condescendido, não vai te pedir coisas sempre?", perguntei.

"Não, não me parece aproveitadora. Encontrei-a várias vezes desde as toalhinhas, e até hoje não tinha voltado a me pedir nada, tão expressamente. Um dia vi seus homens, rondavam por ali, suponho que o marido era um deles, mas nenhum se destacou em sua atitude em relação a ela nem às crianças. Pode ser que fossem todos irmãos, ou primos, ou tios dela, parentes, quatro ou cinco em rápido conciliábulo, ali perto da moça mas excluindo-a, depois foram embora."

"Devem formar uma máfia, dar incertas, vigiar para que outros mendigos não lhes tomem o lugar. Muitos pagam para ocupar um bom ponto, como se fosse um aluguel, até para mendigar há muita concorrência. E não é nada mau o ponto da moça, sem proteção não o conservaria. Como eram os homens?"

"Pintas-bravas. Deles eu também teria me afastado, temo, como que para evitar contágio. Mal-encarados. Irritadiços. Mandões. Vigaristas. Sujos. Mas, isso sim, todos com celulares e anéis. E uns até de colete."

"Sim", pensei, "a reação desses clientes da doceria: é verdade que a incomodou, não vai esquecer, vai tê-la bem em mente da próxima vez que entrar sozinha ou com nossas crianças remediadas e não mendigas: sentiu na carne. Está envolvida. Mas não é grave nem chegará a ser. Eu também estou, seguramente."

No que me dizia respeito, comprovei-o em meus tempos de Londres. Porque mesmo lá, distante de Luisa e dos nossos filhos, eu me lembrava de quando em quando da jovem bósnia e dos seus dois, o pequeno responsável otimista apátrida e seu irmão do carrinho velho, que eu nunca tinha visto nem ouvido, a não ser em relatos. E quando vinham à minha memória, o que eu mais me perguntava não era como eles estariam nem se teriam tido um pouco de sorte, mas — talvez estranhamente, talvez nem tanto — se ainda continuariam no mundo, como se somente em caso afirmativo valesse a pena lhes dedicar um efêmero pensamento flutuante, sem conteúdos concretos. Mas não era assim: ainda que tivessem saído do mundo por uma má sorte ou por um muito mau passo, por injustiça, ou por acidente, ou por assassinato, já estavam entre meus contos ouvidos e incorporados, eram mais uma imagem acumulada minha, e é infinita a nossa capacidade de assumi-las (todas se somam e quase nenhuma se subtrai), as reais e as fantasiadas, bem como o sucedido e o falso, avançamos sempre expostos a novas histórias e a mais um milhão de episódios, e à lembrança de seres que nunca existiram nem pisaram a terra nem atravessaram o mundo, ou que passaram mas já estavam meio a salvo em sua afortunada insignificância, ou em sua bem-aventurada condição não memorável. O menino Emil havia feito Luisa pensar em nosso filho Guillermo pretérito, o de dois ou três anos, e agora esse nosso filho já crescido me fazia ou nos fazia por sua vez nos lembrar — os filhos sempre na cabeça — do pequeno húngaro insignificante, quando este talvez houvesse seguido caminho e ido para outro país em seu nomadismo imposto, ou nem sequer permanecesse mais no tempo, expulso dele prematuramente por uma má sorte ou um mau encontro, não é raro que isso aconteça com os que têm pressa de se incorporar ao mundo, às suas tarefas, seus benefícios, seus pesares.

De modo que às vezes eu acordava no meio da noite, ou assim pensava, banhado em suor às vezes e agitado sempre, e me perguntava ainda no sono ou ainda saindo dele com torpor e tardança: "Ainda estão no mundo? Continuam no mundo meus filhos? O que é deles na noite distante, neste instante do meu remoto espaço, o que acontece com eles agora mesmo? Não posso saber, não posso entrar no quarto deles para ver se ainda respiram ou gemem, o telefone tocou para me avisar do mal ou foi só a campainha do meu sono conturbado? Para me avisar que não estão mais, expulsos do tempo, o que aconteceu, e como sei que Luisa não está digitando meu número neste momento para me contar essa tragédia que pressenti? Ou sua voz não sairia de entre seus soluços e eu lhe diria 'Calma, calma, me conte o que aconteceu, que tudo há de se arranjar'. Mas nunca se acalmaria nem poderia me explicar, porque há coisas que não têm explicação nem arranjo, e dores que nunca se aplacam". E quando eu me sossegava pouco a pouco — a nuca úmida persistente — e compreendia que era tudo distância, apreensão, sonho e a maldição de não ver — não vê nunca a nuca, nem vêem os desterrados olhos —, então eu me formulava por associação a outra pergunta, a ociosa, a suportável: "Continuam no mundo aquelas crianças romenas dos degraus, continua aquela jovem mãe cigana do supermercado? Não vou saber e na realidade não me diz respeito. Não saberei esta noite, é claro, e amanhã me esquecerei de perguntar a Luisa, se ela me ligar ou se eu ligar para ela (não nos diz respeito), porque já não me preocupará tanto de dia saber ou não que fim levaram, não aqui tão longe, em Londres, é onde estou, agora me lembro, agora caiu a ficha, esta janela com seu céu, esse assobio curvo do vento, este ativo rumor das árvores que nunca é desanimado nem lânguido como o do rio, eu é que fui para outro país, não aquele garotinho (ele talvez continue nas minhas ruas), dentro de poucas horas irei para o trabalho nesta cidade, em que Tupra me espera, Bertram Tupra sempre quer mais, é ele que espera insaciável, ele não vê limite em ninguém e nos pede cada vez mais, a mim, a Mulryan, e a Pérez Nuix, e a Rendel, e a quaisquer outros rostos que amanhã venham estar a seu lado, inclusive os nossos quando forem irreconhecíveis, de tão traidores ou de tão gastos".

Pedir, pedir, quase ninguém se priva e quase todos tentam, e quem não experimenta: Pode ser que me seja negado — é o raciocínio de toda cabeça, inclusive da que não raciocina —, mas se eu não pedir, não obterei, isso é certo; e o que perco pedindo, se consigo pedir sem esperança? "Também estou aqui por um pedido, em princípio, em parte", pensava em meu meio sono em Londres, "foi Luisa que pediu que eu fosse embora, que caísse fora, abandonasse a casa, lhe facilitasse as coisas e desse espaço a quem o abrisse, e assim nós dois veríamos mais claro, sem nos condicionarmos. Agradei-a, obedeci, ouvi-a: saí e fui embora, me afastei e continuei indo embora até chegar aqui, e ainda não vou voltar. Nem mesmo sei se já parei de ir. Talvez não volte, talvez nunca volte se não intervier outro pedido, que poderia ser este: 'Venha, venha, eu estava tão errada antes. Ocupe de novo este lugar a meu lado, eu não soube entender você. Venha. Venha comigo. Volte. E fique aqui para sempre'. Mas passou outra noite, e ainda não o ouço."

Também a jovem Pérez Nuix ia pedir, depois de tanto hesitar em fazê-lo. Alguma coisa queria, alguma coisa talvez imerecida já que tinha me seguido sem se decidir a me abordar durante um trecho longo demais, sob aquela chuva noturna tão forte e, além do mais, puxando um cachorro ensopado e desprotegido, ou sendo arrastada por ele. Não desconfiei: soube disso ao reconhecer sua voz pelo interfone e abrir a porta do prédio, para que ela subisse a fim de falar comigo, como havia anunciado, "Sei que é um pouco tarde, mas precisava falar com você. Não vai demorar, só um minutinho" (tinha dito isso na minha língua e me chamado de 'Jaime': igual a Luisa, se ela é que tivesse vindo). Soube disso enquanto a ouvia subir um a um e sem pressa os degraus com seu pointer molhado, e ouvia-o sacudir a água, por fim a coberto e por fim com um sentido (sem que a renovasse mais o incompreensível e insistente céu): parava nos falsos patamares ou recantos mínimos da minha escada sem quinas ou sempre curva, vestida com sua passadeira como quase todas as escadas inglesas, que assim absorvem a água, que ali todos nós nos sacudimos, tantos dias de chuva e mais chuvosas ainda as noites; e também ouvi Pérez Nuix golpear o ar com seu guarda-chuva fechado, não estaria mais lhe ocultando o rosto, e talvez tenha aproveitado cada breve pausa e estremecimento do animal para se observar um segundo no espelho — olhos, queixo, pele ou lábios — e arrumar um pouco os cabelos, que sempre se molham apesar de qualquer proteção (eu ainda não tinha visto se, além do guarda-chuva, os cobria com um chapéu, lenço ou gorro, ou com uma enjoada boina de lado, talvez nunca tivesse visto sua cabeça fora do escritório e do nosso edifício sem nome). E também soube quando ainda ignorava que ela era ela ou quem era, quando era só uma mulher forasteira, ou mercenária, ou perdida, ou excêntrica, ou inválida, ou cega, nas ruas vazias, de capa, botas e uma agradável coxa que entrevi por um instante (ou este último detalhe era só imaginação minha, o incorrigível *desideratum* de toda uma vida, arraigado desde a adolescência e que não se cansa nem se aposenta mais tarde, como estou vendo), ao se agachar para acariciar o cachorro e cochichar para ele. "Ela que se aproxime", havia pensado eu ao parar de supetão, virar o pescoço e olhar para ela, "se queria algo de mim ou se vinha me seguindo. Problema dela. Não deve ser à toa, para não me falar, que fazia aquilo ou ainda está fazendo." E para alguma coisa tinha sido, de fato, queria falar comigo e me pedir algo.

Olhei para o relógio, olhei à minha volta para ver se o apartamento estava em excessiva desordem, apesar de nunca ter havido nenhuma nos meus espaços (mas por isso mesmo nós, os ordenados, confirmamos a ordem cada vez que alguém vem nos ver). Era de fato um pouco tarde para a Inglaterra, não para a Espanha, lá muita gente iria jantar ou estaria hesitando entre restaurantes, em Madri começavam as noitadas e Nuix era meio espanhola ou nem tanto, talvez Luisa saísse agora mesmo para a noite comprida com seu possível namorado farrista que não queria saber dos meus filhos nem passar nunca da entrada (tampouco — bendito seja —, tampouco ocupar meu lugar). Problema dela, eu tinha me dito sob os intermináveis jatos d'água, e problema dela, voltei a me dizer enquanto mantinha a porta aberta à espera da sua chegada, ofegava um pouco à medida que subia e parava, havia andado bastante, era ela e não só o cachorro, eu os distinguia, tinha acontecido comigo um instante antes, ao subir por minha vez e também já em cima — dois minutos para recuperar o fôlego —, eu tinha andado bastante pelas praças e pelas ruas vazias, passado em frente aos monumentos. Problema dela, a gente pensa equivocada ou incompletamente, ou problema dele, quando alguém se dispõe a nos pedir alguma coisa. Problema meu também, deveríamos lembrar de acrescentar esse pensamento, ou será incluí-lo? Problema meu, sem dúvida, uma vez que o pedido houver saído dos seus lábios, ou da sua garganta, e uma vez que eu tiver ouvido. Que ambos tivermos ouvido, e assim quem pede saiba que sua mensagem já cruzou o ar e não pode ser ignorada, porque no ar chegou ao seu destino.

A jovem Pérez Nuix no início falou sem parar e encheu o ar — uma forma de adiar o que alguém veio dizer, o significativo —, enquanto tirava a capa e me passava o guarda-chuva como se, num ato de rendição, fosse sua espada, e me consultava sobre o que fazer com o cachorro, que ainda soltava gotas em suas sacudidas.

— Levo para a cozinha? — perguntou. — Senão vai molhar tudo.

Olhei para o pobre pointer de semblante conformado, tinha jeito de nunca fazer objeções.

— Não, deixe-o aqui. Merece consideração. Vai estar melhor conosco. O carpete o ajudará a se secar, já está mesmo bem batalhado. — Me dei conta logo em seguida de que essa era uma expressão estranha, nem propriamente espanhola nem adaptação de uma inglesa, talvez as duas línguas começassem, não a se confundir, mas a me dar um baile, por falar a segunda quase todo o tempo e pensar na primeira quando estava a sós. Talvez eu fosse perdendo minha instalação em ambas, por não ser bilíngüe como Pérez Nuix, desde a infância. Acrescentei: — Quero dizer, bem sofrido. — Sem tampouco estar seguro de que fosse o termo correto, minha mãe o empregava num sentido diferente, e referia-se com ele mais à cor do pano, não ao seu desgaste. Falava a boa língua, minha mãe, muito melhor do que a contaminada minha.

Eu não disse quase mais nada enquanto minha visita se desculpava, desculpe se apareço a estas horas, desculpe sem te avisar, desculpe estar ensopada e como se fosse pouco com um cachorro mais molhado ainda, devia secá-lo logo, pode me emprestar uma toalha um instante, é para mim, não para o cachorro, não se preocupe, não se importa se tirar as botas um segundo, são impermeáveis mas com esta chuva nada adianta, estou com os pés gelados. Disse isso entre outras coisas, de enfiada, mas não as tirou, só — um resto de discrição, talvez — abaixou os zíperes de ambas e logo depois tornou a subi-los, na realidade jogou um pouco com os dois para baixo e para cima, não mais de duas vezes em minha presença, sempre sentada, insisti em que sentasse enquanto eu deixava na cozinha suas coisas já prescindíveis junto das minhas já secas, eu tinha ficado um tempo olhando pela janela, ela ainda demorara a se decidir depois de ver onde eu vivia, falo de tocar a campainha e se anunciar sem dar seu nome. Se bem que era difícil imaginar que ela não soubesse meu endereço antes, trabalhando no que trabalhávamos e com os arquivos à mão, poderia ter me esperado na frente da minha porta sem necessidade de me seguir por tão longo trecho debaixo da noite antipática ou, ainda mais cômodo para ela, no vestíbulo do hotel em frente, de lá teria me visto chegar ou teria reparado nas luzes de casa (mas de dia ou de noite sempre tem alguma acesa, por mais horas que eu me ausente), e teria então atravessado a praça quase sem se molhar. Ofereci-lhe algo, quente, alcoólico, água, por enquanto não quis nada, acendeu um cigarro, naquele escritório todos nós fumávamos, menos Mulryan, que se retirava, sem ligar para o regulamento, ela continuava falando rápido e muito para não ir ao substancial ou à única explicação que me devia, que noite, é como se a chuva houvesse se apoderado do mundo, não, não disse isso mas algo semelhante com o mesmo sentido trivial, se você finge que não há nada de extraordinário em seu extraordinário comportamento, este pode acabar não parecendo sê-lo, essa coisa tão tola funciona bem com a maioria adormecida ou passiva, e nada mais útil que as confianças tomadas e não impedidas, mas nem ela nem eu nem Tupra nem Wheeler pertencíamos à maioria, éramos dos que não largam a presa nem se ofuscam e nunca perdem totalmente o controle nem seus propósitos, somente em parte, ou em aparência. Não cruzou as pernas até um pouco mais tarde, como se a indecisão com seus zíperes só fosse possível com os membros em paralelo e formando um ângulo reto, não aplicou a elas a toalha que lhe emprestei na mesma hora (usava meias sombreadas, nem escuras nem transparentes, vi um ponto solto, logo o fio correria, apesar de serem de inverno), passou-a no rosto, nas mãos, no pescoço, na nuca, desta vez não dos lados do tronco nem nas axilas nem no peito, nada disso era visível. A coxa era aquela mesma que eu havia entrevisto antes, quando as abas da capa se abriram, na rua, a distância, só que agora eram as duas que eu captei como um todo, conforme o costume, bom pretexto olhar para o cachorro deitado a seus pés, melhor ainda o de me inclinar para afagá-lo, lembrei-me de De la Garza durante a ceia fria em casa de Wheeler, ananicando-se num pufe bem baixo para inspecionar as desinibidas coxas de Beryl Tupra debaixo da sua saia curta (não podia ter dito pior, debaixo: estavam isso sim fora dela, ou não eram as coxas que ele espiava). A saia de Pérez Nuix não era tão curta, pelo contrário, mas um pouco ou o suficiente ficava ao sentar-se; e eu, claro, não chegaria ao ponto desses truques pueris, em princípio espiar não é do meu estilo, pelo menos não com segundas intenções, e aí as haveria — um resto de discrição minha, talvez.

— Que noite, é como se a chuva houvesse se apoderado do mundo — tornou a dizer, ou seu mais prosaico equivalente, e isso significava que haviam acabado os preâmbulos, as manobras diversionistas e o manejo dilatório dos zíperes (ficaram fechados, embora não até o topo) e da toalha, ainda a segurava, apertava-a no sofá como quem conserva um lenço usado do qual pode precisar de novo a qualquer instante, nunca se sabe se resta algum espirro. Mostrava bastante as pernas e devia ter consciência de quanto, mas nada em sua atitude indicava — não era patente — que soubesse, e a gente sempre fica com um resquício de dúvida quanto ao que não é totalmente manifesto, por mais claro que acredite perceber. "É perita nisso", pensei. "É tão perita que não pode não se dar conta do que mostra, mas ao mesmo tempo sua naturalidade absoluta — não é impudica, nem exibicionista — nega qualquer consciência, e ainda mais qualquer importância, como naquela manhã em sua sala quando não cobriu o torso por tantos segundos — ou não foram muitos, só duraram — e tirei a limpo que ela não me descartava: não mais que isso, não fiz planos, não creio ser pretensioso nesse campo, e ainda há um abismo entre o desejo e o não-repúdio, entre a afirmação e a incógnita, entre a voluntariedade e a pura ausência de projeto, entre um 'sim' e um 'pode ser', entre um 'claro' e um 'veremos', ou é menos que isso, é um 'enfim' ou um 'ah, bom', ou é nem sequer pensá-lo, um limbo, um oco, um vazio, não tenciono isso, não me ocorre, nem sequer passou pela minha mente. Mas nesse trabalho vou aprendendo a temer o que passa pelo pensamento e até o que o pensamento ainda ignora, porque vejo quase sempre que tudo já estava aí, em algum lugar, antes de chegar a ele, ou de atravessá-lo. Aprendo a temer, portanto, não só o que se concebe, a idéia, mas o que antecede ou é prévio, e não é visão, não é consciência. E assim vocês todos são sua própria dor e sua própria febre, ou podem ser, e então... Então quem sabe será um 'sim' algum dia, qualquer coisa e com qualquer pessoa que não tenha sido excluída: conforme a ameaça, o desamparo, a insegurança, o favorecimento ou o malefício, os interesses ou as revelações, às vezes a gente faz descobertas tardias, às vezes depois de um surpreendente e dilatado sonho meio lascivo ou de umas tantas palavras lisonjeiras despertas, ou nem sequer é necessário a gente mesmo ser objeto do apaixonamento, tudo é ainda mais traiçoeiro: alguém por fim se explica e capta a nossa atenção, e ao ver esse alguém falar assim com veemência e sentido começamos a nos perguntar por essa boca de que surgem as reflexões ou os argumentos ou o relato, e a considerar beijá-la, quem não experimentou a sensualidade da inteligência, até os tolos estão expostos, e não poucos se rendem a ela sem saber designá-la nem reconhecê-la, inesperadamente. Outras vezes nos damos conta de que já não podemos nos privar de quem nos pareceu mais prescindível, ou de que estamos dispostos a dar todos os passos para chegar até alguém em cuja direção não demos um só durante meia vida, porque ele ou ela sempre tinham se encarregado de percorrer a distância e, por isso, estavam tão à mão diariamente. Até que, de repente, um dia se cansam desse trajeto, ou o despeito os vence, ou lhes faltam as forças, ou estão morrendo, e aí entramos em pânico e saímos correndo em sua busca com a alma apreensiva, sem dissimulação nem comedimento, repentinos escravos dos que foram escravos nossos sem que nunca nos perguntássemos por seus outros desejos ou acreditando que ser escravos era a única coisa que conheciam ou de que estavam a par. 'Vocês nunca me estimaram como eu os estimei, nem eu aspirava a tanto; vocês me mantinham longe, sem se preocuparem nem um pouco se um dia voltaríamos a nos ver, e não os recrimino de forma alguma por isso; mas lamentarão minha ida e lamentarão minha morte, porque é bom e satisfaz saber-se amado.' Às vezes cito ou reelaboro isso em meu foro interior, perguntando-me de quem lamentarei a ida imprevista ou quem lamentará minha morte, para sua surpresa; cito mal ou muito livremente a carta de adeus de uma velha cega a um homem estrangeiro, superficial, ainda jovem e bem-apessoado, faz mais de duzentos anos."

"Ela não me descarta, nada mais do que isso", pensei. "Suas pernas se mostram sem se preocupar e, ao fazê-lo, não me excluem, nada mais, só isso, eu é que percebo e levo em conta. Na realidade, não é nada."

Então aproveitei sua repetição da frase e o silêncio imediato, porque ela teve consciência de se repetir, e se desconcertou com isso. Cabia a ela dizê-lo, para que viera, mas ao se calar de golpe me obrigou a lembrar-lhe:

— De que tinha de falar. De que quer falar.

Ela só havia retardado, quem sabe é o necessário para que se produza uma transação de qualquer tipo, raramente dá para ir direto ao assunto desde o primeiríssimo instante sem ficar ofensivo nem parecer um mafioso ou um multimilionário intemperante e depreciativo, e mesmo esses têm seus cerimoniais, como os reis antigos, conforme salientou e sublinhou um famoso e cismativo rei de Shakespeare, pelo menos os da velha escola tinham, fossem ou não fossem italianos, os de agora geralmente prescindem deles, pelo que sei e até vi, lá em Londres. Havia retardado mas de forma alguma ia fugir do assunto, não ia recuar depois de tantos passos, tinha se apresentado na minha casa sem se anunciar e de noite, apesar de ter estado nos meus calcanhares umas horas antes e de que me veria de novo no trabalho umas tantas depois, logo as dúvidas que certamente tinha devem ter ficado na rua, debaixo da chuva, desterradas para sempre desde que por fim tocou a minha campainha e pronunciou um dos meus nomes, Jaime. E seu caráter também não parecia poder admitir uma coisa dessas: a hesitação, sim, e longa — ou era ponderação, ou a lenta conformação ao que se vê iminente ou à decisão tomada, ou é a condensação de um fato para que venha a sê-lo de verdade, quando já está a ponto de, mas ainda não é passado nem fato, porque nem sequer é presente até sua irrupção —; o retrocesso, não. Devia ter pensado muito no assunto, caminhando com seu cachorro e divisando minhas costas a distância, e também antes, naquela mesma manhã em nosso edifício sem nome, ou quem sabia desde quantas, mais as tardes talvez, e as noites correspondentes.

Sorriu acolhedoramente como de costume, também como se a minha pergunta em dois tempos verbais a liberasse um pouco do peso. Notei como fazia a breve acumulação de energia anterior à primeira frase, sempre que se dirigia a mim: parecia que a construía mentalmente, a estruturava, a memorizava por inteiro antes de soltá-la, e que tomava impulso ou embalo para não poder mais parar uma vez iniciada, tampouco emendá-la, e assim nunca ser vítima de prematuros arrependimentos no meio do caminho. Mas desta vez não vi nenhum rubor espreitá-la, talvez já o tivesse suportado na rua também, a sós, e lá o havia abandonado. Seu sorriso era de um divertimento algo tímido, como se ela zombasse um pouco de si mesma ao se ver na circunstância de ter de se explicar ou de se justificar diante de um colega que encontrava diariamente e já tinha encontrado naquele dia com toda a naturalidade no terreno neutro de sempre, onde nunca precisavam se procurar para se encontrarem, ao contrário de agora, a jovem Pérez Nuix me procurava, me requisitava, havia me seguido pela cidade em dilúvio com seus moradores escondidos. A única coisa clara era, assim, que esse lugar comum não valia para falar do que ia falar, talvez fosse o pior de todos, o menos indicado, o desaconselhável, ouvidos demais e alguns olhos sensíveis. Seu sorriso continha, sim, um elemento de gozação, provavelmente de si mesma; não havia sedução nele, no máximo vontade de agradar e de apaziguar; dizia: "Está bem, já vou desembuchar, já desembucho para você, não se impaciente, não se preocupe, não vou fazer você perder mais tempo. Sou chata, eu sei, ou estou sendo, mas é só parte da encenação, você percebe, você está vendo, você se dá conta, você não é bobo, só novo".

— Queria te pedir um favor — disse. — Grande para mim, para você nem tanto.

"Ah, é pedir", pensei. "Não é propor nem oferecer, isso teria sido possível nela, mas não aconteceu. Não é desabafar, nem se confessar, nem mesmo me contar, embora todo pedido encerre algum contar. Se a deixar prosseguir, já estarei envolvido; talvez enredado e talvez me amarre, depois. É sempre assim, ainda que eu negue o favor e não me preste a nada, sempre algum laço. Como ela sabe que para mim nem tanto? Isso nunca se sabe, nem ela nem eu, até depois de feito o favor, passado o tempo, acertadas as contas ou acabado o tempo. Mas só com essa frase já me envolveu, me injetou instantaneamente um sentimento de obrigação ou dívida, quando obrigações não tenho, nem me lembro de ter dívidas para com ela. Talvez devesse lhe responder sem mais: 'O que te faz pensar que está em condições de me pedir um favor, qualquer, nenhum? Porque você não está, como na realidade ninguém está diante de ninguém, pensando direito, até a devolução de um milhar de favores recebidos é voluntária, não há lei que a exija, ou não é uma lei escrita'. Mas nunca nos atrevemos a responder assim, nem mesmo ao desconhecido que se aproxima de nós e que, além do mais, não nos agrada nem nos cheira mal. Parece ridículo, porém na maior parte das vezes não há escapatória em primeira instância, e com

Pérez Nuix não tenho: é uma colega; veio até em casa numa noite do cão; é meio compatriota; deixei-a entrar; fala na minha língua; me mostra sem deliberação as coxas, e são agradáveis; está sorrindo para mim; e eu sou, aqui, mais estrangeiro do que ela. Sim, sou novo."

— Isso é saber muito, o que vai custar ao outro — falei, tratei de me rebelar pelo menos contra aquela premissa, aquela parte. Tratei de dissuadi-la sutil e educadamente, com essa resposta. Educação demais, sutileza demais para quem quer algo com força e já começou a pedir. Também me rondavam a curiosidade (mas não muita, a mínima, a que não se pode evitar; mas já é suficiente) e talvez a lisonja, você se descobrir capaz de ajudar alguém ou conceder-lhe alguma coisa, não digamos salvá-lo, isso pode preludiar complicações, quando não desgostos, todos eles vestidos de satisfações simples. Por essa lisonja sentida estive a ponto de acrescentar "Diga". Mas me contive: teria suposto a anulação imediata da minha tentativa de dissuasão tão leve, ou de rebelião tão apoucada. Já que eu ia me render, que fosse sem assédio, embora se gastassem nele apenas salvas. Munição não ia fazer falta.

— É verdade, desculpe. — Era cautelosa, eu já sabia, não ia discutir comigo antes de solicitar o que fosse, nem me contrariar nem se indispor comigo, não antes; depois, talvez, se eu me mostrasse reticente ou me fechasse em copas, para me convencer, ou para me assustar. — Tem razão, é uma suposição sem base. Para mim é um grande favor, e isso me faz pensar que ao outro não vai custar muito, por contraste. Apesar de também acreditar que não vai custar muito a você. Mas talvez não devesse pedir, pensando bem. É verdade que não dá para saber. — E ao dizer isso se endireitou no sofá e ergueu o pescoço à maneira do animal alerta, não mais que isso, como quem ameaça começar a considerar a vaga possibilidade de pensar talvez quem sabe em ir embora. Oh não, não ia embora, em hipótese alguma, não assim, de maneira nenhuma, já tinha feito muito esforço, havia ruminado, tinha me dedicado indecisão e tempo. Só iria embora com um "Sim" ou com um "Não". Ou também se contentaria, seguramente, com um "Verei o que posso fazer, verei se posso", ou "Vou querer tal coisa em troca", sempre se pode prometer e depois faltar com a palavra, é tão freqüente. Mas de nada lhe valeria um "Depende".

— Não, não; não é isso. Diga. Vamos, diga. — Não demorei a anular minha intenção, não demorei a me render. A educação é um veneno, nos perde. Também não queria ir me deitar a altas horas sem nada tirado a limpo. Acariciei o cachorro, via-se que estava cansado, o peso da água contra seu passo quase aéreo, tis tis tis, ia ficando mais seco. Não devia ser muito novo. Estava cochilando. Dei-lhe umas palmadas no lombo, ergueu o pescoço como sua dona, um segundo, ao notar minha mão amistosa; deixou-se afagar com certa altivez, abaixou em seguida a cabeça sem prestar mais atenção, eu era alguém de passagem. Ele não estava a fim de se envolver muito.

— Depois de amanhã ou daqui a três dias, creio, ou o mais tardar na semana que vem — arrancou finalmente Pérez Nuix, tinha finalmente luz verde e não ia perdê-la —, caberá a você interpretar alguém que conheço, em pessoa com certeza, talvez também em vídeo. Queria te pedir que não o prejudicasse, que não agisse de modo que Bertie o descarte, assim, que Tupra o ponha de lado ou faça um relatório final de conjunto ruim, por desconfiança ou por excesso de confiança. Não teria por quê, esse meu conhecido não é enganador, eu sei, eu o conheço. Mas Bertie às vezes é arbitrário, ou quando enxerga uma coisa com muita clareza pode agir em sentido contrário ao dessa clareza, precisamente por enxergar tão claro. Quero dizer, sei lá, enfim. — Percebeu que faltava clareza à sua frase. O que Pérez Nuix ainda não sabia, eu me dei conta, era em que ordem expor, contar, persuadir, me pedir, apesar de tantos preparativos. Quase todo mundo ignora essa ordem; e falha. Até os que escrevem. Mas ela continuou, estava fora de consideração começar de novo. — Vi como alguém lhe causava uma impressão tão rematadamente ruim que decidia favorecê-lo em primeira instância e lhe dar uma oportunidade incrível; e o contrário, como alguém lhe parecia tão recomendável que rejeitava seu convívio e sua contribuição para qualquer assunto, também em primeira instância. Ele não gosta do nítido, nem do liso demais, do que aparentemente não tem mistura, porque tem certeza de que ela sempre existe e de que, se não é perceptível, é por causa de uma ocultação muito hábil ou de uma momentânea preguiça de nossa perspicácia. De modo que, quando não lhe provocam dúvidas, ele as cria. Quando somos nós que não as temos, Rendel, Mulryan, você, eu, os externos, Jane Treves, Branshaw, qualquer um, ele as traz. Não as expõe, não as inventa. Receia tanto o indubitável que modifica seu veredicto por isso, contra sua própria certeza, nem falemos das nossas. Não é freqüente, porque quase nunca ocorre um convencimento pleno, e ele não poria a mão no fogo por um ser humano, Tupra sabe muito bem que não há ninguém feito de um só bloco, ou que ninguém persevera indefinidamente em quem é, nem em quem foi, nem mesmo em quem aspira a ser e ainda não foi um dia sequer. "*That's the way of the world*", você sabe; diz isso e continua, não espera nada e nada o espanta. — "É o estilo do mundo", sim, eu já tinha ouvido isso um par de vezes. — Mas quando acredita poder afirmar com convicção, então nega ou suspende a afirmação, coisa que não nos permite. Para isso, só ele, para introduzir a objeção, a suspeita, para nos contradizer e se contradizer, e corrigir o que precisa ser corrigido. É raro o caso de uma certeza dele, mas aconteceu de vez em quando: e se alguém lhe parece muito confiável ou muito íntegro, tanto que não dá para duvidar dessa pessoa, o mais provável é que na prática o trate como um vigarista à espreita e que desaconselhe quem lhe pediu o relatório a confiar nele. A mesma coisa no caso contrário, se acha um sujeito irremediavelmente desleal, quase por vocação, pudéramos dizer, é possível que então sugira contar com ele pelo menos uma vez, testá-lo. Avisando, isso sim, o cliente: uma vez, não mais, para ver, em negócio de pouca importância e sem muito risco.

A jovem Pérez Nuix havia iniciado seu pedido, mas no mesmo instante o deixara pairando inconcreto, sem concluí-lo nem centrar-se nele, depois continuou a adiá-lo, a dosá-lo ou me preparando para ele, não seria "um minutinho" a conversa comigo, conforme anunciou da rua. Ou era só aquela outra coisa, não sabia a ordem de formular e as frases se amontoavam, ela desviava, bifurcava portanto, e me vinham então perguntas preliminares isoladas relativas ao que ela ia dizendo, me chamaram a atenção várias coisas soltas sem a vontade de soltá-las ou sem consciência das minhas ignorâncias. A conversa seria menos breve ainda, se eu me detivesse nelas.

— Jane... Treves, Branshaw? — Foi minha interrogação primeira. Detive-me nesses nomes, não fui capaz de passar ao largo.

— É, *t*, *r*, *e*, *v*, *e*, *s* — respondeu a jovem, talvez acreditando por minha pequena pausa que eu não havia entendido direito, de fato soletrou em inglês de maneira automática, em espanhol não está tão acostumada: "*ti*, *ar*, *i*, *vi*, *i*, *es*", assim ao nosso ouvido (e de fato eu havia entendido como Trevis ou Travis escrito). Biograficamente, ela era bem mais do que meio inglesa. Falava a minha língua com tanta facilidade quanto eu ou só um pouco mais devagar, e contava com um bom vocabulário, inclusive livresco, mas de vez em quando deixava passar uma coisa esquisita (aquele "assim", aquele "pudéramos dizer"), incorria em algum anglicismo ou era arrastada pela entoação da ilha; seu *c* ou seu *z* eram mais suaves que o costumeiro, como os dos catalães em seu castelhano, seu *g* ou seu *j* também; seu som *t* não chegava a sair totalmente alveolar nem seu *k*, explosivo como o dos ingleses, por sorte, isso teria tornado sua dicção em espanhol muito afetada, quase irritante em quem o dominava tão bem. Mas era o outro nome, Branshaw, que eu achava engraçado, mas não ia fazer perguntas sobre ele nem lhe explicar por quê, não era o momento, temos de estar sempre em guarda com o falar, torna-se infinito ao menor descuido, como uma flecha indefensável mas que nunca atingisse um alvo e continuasse voando até o fim dos tempos sem reduzir seu movimento. De modo que não insisti, não me detive mais aí, há que evitar tudo isso, abrir mais assuntos ou parênteses que nunca se fecham, cada um com seus mil incisos enlaçados dentro. — Gente a que Bertie recorre, informantes ocasionais, de fora, mais ou menos especializados em territórios, em ambientes. Ah é, você ainda não os conhece — acrescentou, como se se desse conta e considerando assim a questão encerrada, não queria se deter nisso, eu também não. Escapava-lhe chamar Tupra de Bertie; ela se emendava, mas recaía, na certa o havia registrado assim em sua mente, vinha-lhe assim ao pensamento, apesar de que no trabalho se dirigia a ele como Bertram, pelo menos na minha presença, com intimidade mas formalmente, teria equivalido na minha língua a um você respeitoso. A mim ainda não dera licença nem para chegar a isso, viria mais tarde, por pedido seu, não meu.

— O que você quer dizer, a quem solicitou o relatório? — Essa foi minha segunda e preliminar pergunta. — O que você quer dizer, ao cliente? Achei que não havia mais de um, sempre o mesmo; apesar de ter diferentes rostos, não sei, a Marinha, o Exército, este ou aquele Ministério, determinada Embaixada, a Scotland Yard, a magistratura; o Parlamento, não sei, o Banco da Inglaterra e até Buckingham. Quero dizer, o governo. — Ia dizendo "os Serviços Secretos, o MI6, o MI5", mas isso tudo nos meus lábios me pareceu previamente ridículo, de modo que descartei e substituí rapidamente. — Ou a Coroa, enfim. O Estado.

Pareceu-me que a jovem Pérez Nuix também não desejava falar disso, havia lançado sua primeira tirada sem contar com o efeito colateral das minhas curiosidades. Talvez formulasse seu pedido por etapas calculadamente — talvez me acostumasse de antemão a ele: que me habituasse à idéia em várias fases, o fundamental desse pedido já estava claro; ou era a sua índole —, mas não gostaria que ela se extraviasse entre inesperadas questões de procedimento e prolegômenos e explicações compridas.

— Bem, é assim em geral, pelo que entendi, mas há exceções. Só de vez em quando sabemos a quem informamos exatamente, a quem serve o que interpretamos. O que opinamos. Quer dizer, nós, imagino que Tupra deve saber ou deduzirá quase sempre. Ou pode ser que nem chegue a isso, algumas encomendas vêm por intermediários de intermediários, com certeza, e ele não faz perguntas se não está em condições de fazê-las sem criar suspeitas nem ocasionar prejuízo. E isso ele distingue bem, quando; está a vida inteira a medi-lo. Mas deve farejar, suponho, de quem vêm a cada vez as encomendas. Ele vê através das paredes. Rastreia as origens. É muito esperto.

— Isso significa que às vezes trabalhamos para... particulares, por assim dizer?

A jovem Pérez Nuix fez com os lábios um gesto que era metade leve aborrecimento e metade paciência que impunha a si mesma, como se suportasse sem resistência o contratempo de ter que acabar se detendo naquilo, *velis nolis*, ou sem dúvida *nolis*, muito contra a sua preferência. Eu tinha a vantagem de dirigir a conversa, de abreviá-la, prolongá-la, desviá-la, interrompê-la, enquanto sua solicitação não estivesse completa ou, mais adiante ainda, enquanto não tivesse sido aceita nem rejeitada. Sim, durante o eterno ou o eternizado "Veremos"; sim, até o "Sim" ou o "Não" já pronunciados, lhe estaria vedado contrariar-me em quase tudo. Esse é um dos poderes efêmeros de quem concede ou nega, a compensação mais imediata por se ver envolvido, a qual no entanto costuma por sua vez ser cobrada com juros mais tarde. Por isso muitas vezes, para que a dominação dure, a resposta ou a decisão são adiadas, às vezes inclusive nem chegam. Descruzou as pernas e tornou a cruzá-las em sentido contrário, vi o fio da meia começar a correr na altura da coxa, ela demoraria bem mais tempo para descobri-lo, pensei (seus olhos não olhavam para onde olhavam os meus), e então a magnitude do corrido talvez a fizesse corar. Mas eu não ia lhe avisar agora, teria sido uma impertinência ou foi o que me pareceu à primeira vista. Tinha uma bonita cor, em princípio, o pouco de coxa que ficou descoberto.

— Isso tem muita importância? — perguntou; não na defensiva, mas como se nunca houvesse pensado no assunto e portanto também perguntasse a si mesma. — Trabalhamos sempre para Tupra, não? Em todo caso. Ele nos contrata, ele nos paga. É a ele que prestamos contas e a quem prestamos serviço diretamente, confiando em que fará deste o uso mais conveniente, ou bom, dou isso por certo, suponho. Ou talvez eu considere que não é da minha conta, não sei. Não é da conta do operário de uma fábrica de automóveis que fim vão ter os parafusos que ele põe ou o motor que constrói com seus colegas, por exemplo: se vai ser uma ambulância ou um tanque, nem em que mãos o tanque vai parar depois, se for um tanque.

— Não me parece que sejam coisas equiparáveis — disse eu e não disse mais. Preferia que ela continuasse argumentando, eu era quem conduzia como Peter Wheeler costumava conduzir quando ele e eu conversávamos, ou Tupra quando me açulava, ou me interrogava, ou me forçava a ver mais, e então me puxava pela língua.

— Bem, como quer que eu diga. — Sim, às vezes havia algo estranho ou meio inglês em suas construções, quase nunca mera incorreção, porém. — Ir além seria como se um romancista se preocupasse, não com o editor a quem entrega seu romance para que o divulgue ao máximo, mas com os possíveis compradores do que ele publica em seu selo. Não haveria forma de selecioná-los, nem de controlá-los, nem de conhecê-los, e sobretudo não seriam da sua incumbência, do romancista. Ele põe em seu livro histórias, tramas, idéias. Más idéias, tentações, se você quiser. Mas o que delas surja, o que possam desencadear, isso já não é assunto nem responsabilidade dele, não? — Parou um instante. — Ou para você seria?

Parecia sincera — ou é autêntica —, quero dizer que parecia estar pensando o que dizia na hora em que formulava, com algo de insegurança, de hesitação, com algo do acontecer nele, também de esforço (o esforço de pensar de verdade, não mais que isso, mas isso é cada vez mais infreqüente no mundo, como se o mundo inteiro já recorresse quase sempre a umas tantas recitações ao alcance de qualquer um, até dos mais iletrados, uma espécie de infecção do ar).

— Também não estou seguro de que essa comparação seja acertada — respondi, e agora sim eu a acompanhei um pouco em seu esforço —, porque nossos relatórios não são públicos, e sim mais ou menos secretos, entendo; em todo caso, não estão à vista de qualquer um nem se vendem no comércio; e além do mais falam de gente, de pessoas reais que ninguém inventou nem pode portanto fazer desaparecer nem cortar bruscamente no capítulo seguinte, e para as quais não sei se o que dizemos tem muita ou pouca importância, se lhes causa grande dano ou lhes traz grande benefício, se lhes impede ou lhes permite algo crucial, se possibilita ou põe a perder seus planos, que para elas devem ser importantes, talvez vitais. Se lhes soluciona ou arruína o futuro, o imediato pelo menos (mas do imediato depende o distante, de modo que acaba dependendo também todo o resto). E também não é a mesma coisa informar a Coroa, o Estado e um particular qualquer, creio eu.

— Ah, você crê — fez ela. Não com ironia (ainda não poderia ter se permitido tanto), mas talvez com surpresa. — E em que vê a diferença?

Ah, sim, em que a via. Sua pergunta fez que eu me sentisse de repente ingênuo, absurdamente mais moço do que ela ou mais inexperiente (era mais moço, ela tinha me dito), e se transformou em algo difícil de responder sem parecer idiota demais, um palerma. Mas só me restava tentar; eu a tinha feito, não podia retirar minha observação vencida na primeira oportunidade, não podia conceder sem mais nem menos: "Tem razão", dizer a ela. "Não há diferença nem posso vê-la."

— Pelo menos em tese — disse eu, protegendo-me ao máximo —, o Estado vela pelo interesse comum, pelo interesse do conjunto dos cidadãos, não pode ter outro além desse. Pelo menos em tese — insisti: eu acreditava pouco no que dizia, conforme ia dizendo, e por isso saía lento; não lhe passaria despercebido —, é só um intermediário, um intérprete. E seus componentes, sempre circunstanciais, não estão sujeitos a paixões próprias, individuais, privadas, nem portanto a paixões baixas ou elevadas. Como dizer: são representantes, uma parte do todo, nada mais que isso, e substituíveis, intercambiáveis. Foram escolhidos onde costumam ser, e o são em nossos países, na medida do possível. Supõe-se que agem pelo bem geral. Tal como eles entendem, claro. Podem se enganar, sem dúvida, e até fingir que se enganam para disfarçar de erro seu proveito particular e egoísta. Isso acontece, com certeza, na prática, e sabe-se lá quantas vezes. Talvez sem pausa e em todos os lugares, desde os esgotos até o palácio. Mas há que pressupor que agem de boa-fé, a teórica, senão nunca poderíamos viver em paz. Ela não existe sem o subentendido de que nossos governos são legítimos, retos inclusive, porque nossos Estados assim são. (Ou sem essa ilusão, se você preferir.) De modo que a gente presta serviço a ele partindo dessa boa-fé teórica, que também alcança, envolve ou ampara a gente em nossa missão, em nossas funções ou em nossa mera aquiescência. E, por outro lado, não serviriam a um particular qualquer sem antes saber quem é, o que pretende, a que se propõe, se é um criminoso ou um homem justo. E para que fins contribuirá nosso esforço.

— Como você disse. Em tese — concedeu-me a jovem Pérez Nuix, e descruzou as pernas, acendeu um cigarro, um dos meus, pegou-o sem me pedir como se nisso fosse espanhola pura. Não eram Rameses II, só Karelias do Peloponeso, nada baratos mas tampouco preciosos, e cigarro eu nunca regateio. O fio correu um pouco mais com esse movimento, mas ela continuou sem ver nem perceber. (Ou talvez não fizesse caso.) (Ou talvez o estivesse oferecendo a mim: uma nudez mínima, insignificante, mas em progresso; não, eu não acreditava nesta última hipótese.) — Veja, durante todos os anos que estou aqui não vi ninguém que não fosse um particular qualquer. — Aquele "aqui" eu tive de entender "nisto"; pelo que eu sabia, estava a vida quase toda no país da sua mãe. — Nem mesmo no Exército, onde mais se tem que acatar as ordens e menos que tomar decisões, uma maquinaria, dizem. Não é, nada é. Dá na mesma o cargo que as pessoas ocupam, ou a quem representam, quer tenham altas responsabilidades ou sejam uns paus-mandados totais, quer tenham sido eleitas ou nomeadas a dedo, de onde quer que venha a sua autoridade, pouca ou muita, quer seu senso do Estado seja grande ou nulo, sua lealdade dá na mesma, ou sua venalidade, sua propensão a virar a casaca. Dá na mesma que todo o dinheiro que passe por suas mãos pertença ao erário e que não tenha de seu um maldito pêni. Dá na mesma, manipularão como suas as quantidades mais fabulosas, para não falar das desprezíveis. Não quero dizer que fiquem com elas, não todos, ou não necessariamente; mas que as distribuirão a seu capricho e à sua conveniência, depois procurarão as razões para essa distribuição, nunca antes. Sabe? Sempre há razões *a posteriori*, claro que você sabe, para qualquer ação, até a mais gratuita ou a mais infame, sempre se encontram, às vezes ridículas e inverossímeis, mal fundamentadas e que não enganam ninguém ou só quem as inventa. Mas, em todo caso, se topa com elas. Outras vezes são boas e convincentes, impecáveis, na realidade é mais fácil encontrá-las para os fatos do que para os planos e as intenções, os propósitos, as decisões. O já acontecido é um ponto de partida muito forte, muito consistente: é irreversível, e isso já é uma grande pauta, uma guia. É algo a que se ater. Ou mais: ao que se agarrar, porque ata e obriga, e vai daí que você tem de mão beijada metade do trabalho. Custa muito menos explicar com razões o já passado (ou, o que é a mesma coisa, encontrá-las; ou, tanto faz, fornecê-las) do que justificar de antemão o que você quer que aconteça, o que vai procurar. Todo mundo que está metido na política sabe disso de sobra, e na diplomacia. Assim como os *wet gamblers*, ou os criminosos quando decidem eliminar alguém e o eliminam, e mais tarde cuidarão das considerações prévias e de examinar prós e contras ao enfrentá-los como conseqüências; mas o eliminado está eliminado, percebe, e isso não há quem mude, e quase sempre há proveito, ou mais do que prejuízo. E também sabem todos os que ocupam um cargo, ainda que seja o último policial do último povoado do mais remoto *shire*. — "A palavra 'condado' não lhe saiu na nossa língua", pensei, "na qual hoje é pouco usada." Porque sem dúvida também era sua, a língua. E tinha dito igualmente em inglês "*wet gamblers*", eu nunca tinha ouvido essa expressão nem a compreendia, talvez sem equivalente em espanhol já que ela nem sequer havia tentado achá-lo: "jogadores úmidos", literalmente; ou "carteadores molhados", veio-me no mesmo instante à mente uma anacrônica imagem de coletes no Mississippi. — E todos são particulares, garanto, debaixo dos seus uniformes e fora dos seus escritórios, isto é, também dentro, quando estão a sós. — Lembrei-me de Rosa Klebb, a impiedosa assassina da SMERSH em *Moscou contra 007*, que segundo esse romance poderia ter matado Andrés Nin; da sua descrição lida na casa de Wheeler, naquela noite de improvisado e febril estudo à beira do rio da calma continuidade: "De manhã, custava arrancá-la da sua quente e emporcalhada cama. Seus hábitos privados seriam sem asseio, sujos até. Não devia ser agradável, pensou Kronsteen, insinuar-se no lado íntimo da sua vida, quando relaxava, já sem uniforme...". E ainda houve tempo para que isto me cruzasse pelo pensamento: "Quase ninguém é grato assim, quando pula ou entra em sua cama quente, quando relaxa, ou se abandona, ou baixa a guarda; mas sei bem que Luisa é, e esta jovem parece ser; ou talvez as duas nunca baixem a guarda, com fio corrido e tudo que vai aumentando". — Em menor ou maior grau, todos se deixam levar por seus impulsos, se orientam, se guiam: por suas simpatias e antipatias, por seus medos, suas ambições, seus cálculos e suas manias; por seus favoritismos e seus rancores, biográficos ou sociais. De modo que não vejo essa diferença, Jaime. Mas, olhe, melhor para mim que você veja, vai te importar menos o favor que te pedi. Porque esta encomenda provém de particulares, não do Estado, isso eu sei. Quero dizer que vem de particulares particulares.

Fiquei calado um momento, nós dois ficamos. Não esquecia que a jovem Nuix continuava sem me pedir o favor, não estritamente, não de todo, não por completo. E portanto não tinha discutido comigo nem me contradito em nenhum momento, tinha se limitado a expor o ponto de vista da sua experiência, que parecia muito mais longa do que sua juventude, com que idade teria começado, com que idade teria deixado para trás essa juventude que conservava tão-só quando permanecia em silêncio ou quando ria, e não, claro, quando argumentava ou discorria, tampouco quando no edifício sem nome interpretava as pessoas com tanto discernimento, a mim ela já devia ter destrinchado, já devia ter me virado pelo avesso. A não ser que também às vezes me visse como um enigma, igual a quem teria escrito meu relatório, aquele que me concernia. Ou que, como eu a mim mesmo, segundo aquele texto, me considerasse "um caso perdido" com o qual não se deviam desperdiçar reflexões ("Ele sabe que não se compreende e que não vai se compreender", seu redator havia decretado a meu respeito. "Assim, não se dedica a tentá-lo.").

Eu me perguntei até que ponto Tupra não falaria agora por intermédio dela, alguns dos seus raciocínios me soavam como dele, ou, antes (não era que eu os houvesse ouvido), à sua maneira de estar no mundo, como se ele pudesse tê-los insuflado caladamente com seu convívio de anos ou, quem sabe, sua intimidade. "De modo que não vejo essa diferença, Jaime", tinha dito, por exemplo, sem dúvida para não se indispor comigo, em vez de "Não estou de acordo com você, Jaime", ou "Você está enganado, Jaime", ou "Não pensou direito sobre isso, torne a pensar", ou "Você não tem a menor idéia". Eu tinha várias perguntas me rondando, mas se cedesse a todas não acabaríamos nunca. "O que você sabe dos criminosos", "Quem são os *wet gamblers*", "Sobre quem devo mentir ou calar, para te agradar", "Você ainda não me pediu o favor, ainda ignoro em que consiste, exatamente", "Quantos anos você está aqui, com que idade começou, quem você foi ou como era antes disso", "Que particulares particulares são esses e como é que desta vez você sabe tanto sobre essa encomenda, sua origem, sua procedência". Na realidade, podia lhe perguntar tudo, uma coisa atrás da outra, eu dirigia a conversa, era meu privilégio. Já não poderia ser "um minutinho", o que ela havia anunciado, depois tudo se amplia, ou se enreda, ou tende a se colar, é como se cada ação trouxesse consigo seu prolongamento e cada frase deixasse no ar um fio de cola pendurado, que nunca se pode cortar sem se lambuzar um pouco mais ao fazê-lo. Com freqüência eu estranho que para tudo haja resposta ou que se possa tentar, não só para as perguntas e as incógnitas, mas também para as afirmações e os saberes, o irrefutável e a certeza absoluta, para as hesitações e os olhares, e até para os gestos. Tudo insiste e continua sozinho, ainda que a gente opte por se retirar. Aquele não ia ser de maneira nenhuma um minutinho, nada é breve se não for cerceado. Mas de mim dependia agora, seguramente, que se transformasse numa noite inteira com seu amanhecer e tudo, ou na embriagada loquacidade de uma dupla insônia.

— Você ainda não me pediu o favor por completo, ainda ignoro em que consiste, exatamente. E que particulares são esses, que particulares particulares. — E ao repetir em voz alta essa expressão da jovem, não pude evitar de me lembrar de Wheeler e sua recitação sobre os monarcas e os indivíduos privados: "Que infinito sossego de coração devem os reis perder, que os homens comuns desfrutam! E que têm os reis que não tenham também os homens comuns, salvo o cerimonial, salvo a cerimônia geral?". Aquelas citações tinham brotado sem esforço de memória, e em compensação eu ainda desconhecia sua procedência.

Foram portanto duas as perguntas que fiz então, adiando o resto. Mas ao adiar nunca sabemos se já estamos renunciando, porque a qualquer instante — isto é, sempre — pode não haver mais amanhã, nem mais depois, nem mais tarde, sim, isso é possível a qualquer instante. Mas oh não, não é verdade: sempre há mais por vir, sempre fica, um pouco mais, um minuto, a lança, um segundo, a febre, e outro segundo, o sonho — a lança, a febre, minha dor e a palavra, o veneno, o sonho —, e também o interminável tempo que nem sequer hesita nem reduz o passo após nosso acabamento, e continua acrescentando e falando, murmurando e indagando e difamando e contando, ainda que já não ouçamos nem respondamos e tenhamos calado. Calar, calar. É a grande aspiração que ninguém realiza. Ninguém, nem mesmo depois de morto. É como se nada jamais houvesse deixado de ressoar desde os começos, nem mesmo o que já não podemos reconhecer nem rastrear, nós, os vivos, os que talvez vivam, vivemos, alertados e inquietados por inúmeras vozes cuja procedência ignoramos, de tão remotas e sufocadas, ou quem sabe já cavadas tão fundo. Talvez sejam os frágeis ecos das existências não anotadas, cujo grito ferve em seu pensamento impaciente, desde ontem ou desde há séculos: "Nascemos em tal lugar", exclamam em sua infinita espera; "e em tal outro morremos". "*We died at such a place.*" E também coisas piores.

Às vezes íamos os quatro ou cinco juntos, até podíamos ser seis ou sete em certas ocasiões, quando Tupra também convocava Jane Treves, ou Branshaw, ou ambos, que sim encontrei já mais tarde, ou até mesmo algum outro informante ou guia esporádico externo, conforme o ambiente ou o território. Eram períodos, creio eu, durante os quais Tupra se sentia festivo, sociável e desejoso de acompanhamento, não tanto de companhia quanto de acompanhamento, de escolta, séquito ou talvez de manada, como se quisesse experimentar um sentimento de pertencer, vivenciar de maneira tangível e ruidosa a sensação de formar conosco uma equipe, um grupo, um corpo, e poder dizer com freqüência esta palavra: "nós". Várias noites e dias minha sensação a esse respeito foi a de constituir muito mais um bando ou uma turma algo taurina. Eu intuía que essa inclinação gregária correspondia a temporadas em que ele fugia de Beryl, ou Beryl dele, se é que era ela. Mas tanto fazia quem fosse: nas quais nenhuma mulher concreta se deixava monopolizar bastante nem, por conseguinte, o distraía em seus momentos mais livres ou mais sociais, ou diplomáticos, ou preparatórios dos seus terrenos e evoluções, ou então nas quais estava evitando a ameaçadora e excessiva concretização de alguma.

Eram apenas intuições. Tupra não costumava falar muito das suas coisas pessoais, ou não às claras nem narrativamente (era muito raro ele impor um relato, quase nem mesmo uma história completa; em compensação estava mais que disposto a ouvi-los), só o fazia com vaguezas e subentendidos, e com base em frases soltas que, sem sua deliberação aparente, aludiam a experiências passadas suas das quais gostava de extrair leis e deduções, ou, antes, induções e regras de comportamento e caráter prováveis, se não inseguros e incertos a seus olhos absorventes e avaliadores que de um só olhar abarcavam a totalidade de um recinto ou de um local cheio de gente, um restaurante, uma discoteca, um cassino, bilhares, um elegante salão de festas, um vestíbulo de grande hotel, uma recepção real, uma ópera, um *pub*, um ringue de boxe, um hipódromo e, se não fosse um exagero flagrante, diria que até um estádio de futebol, Stamford Bridge, o do Chelsea. Algo tão reduzido quanto o cenário de um jantar informal, seus olhos pálidos não é que abarcassem, eles o penetravam, esmiuçavam e esvaziavam num instante (comigo incluído), isso para ele era brincadeira de criança.

Eram intuições, suposições, imaginações minhas; por sua vez, ele desprendia fragmentos e soltava clarões isolados da sua vida anterior na forma de sentenças e adágios, ou de aforismos às vezes involuntários, ou quase lhe saíam originais provérbios. De modo que você ia juntando os fios, que entretanto sempre pareciam soltos, no fim das contas, por mais que você os houvesse amarrado e por mais perfeito fosse o nó que lhes tivesse dado, como se em seu caso as zonas de sombra crescessem toda vez que alguém conseguia discernir a brasa de qualquer inconsistente período ou insignificante episódio da sua existência, ou como se cada minúscula claridade servisse para melhor apreciar a vastidão do que permanecia às escuras, ou turvo, ou esfumado, ou ainda disforme, da mesma maneira que suas pestanas tão compridas e invejadas pelas mulheres sempre turvavam ou esfumavam a intenção última das suas contemplações, quase flutuantes de tão demoradas, e o verdadeiro sentido dos seus olhares, que eram nítidos, lisonjeiros e cálidos, sim, mas dificilmente decifráveis. Não era estranho que nós, homens, receássemos um pouco aqueles olhos tão acolhedores, mas também tão decorados.

Podíamos estar assistindo a uma apresentação, por exemplo, de uma cantora melódica num dos reluzentes mas antiquados clubes noturnos a que às vezes gostava de nos arrastar para aplacar os aturdimentos precedentes e nos dar uma transição de sossego antes de nos mandar para casa, todos sentados — os que agüentávamos, os mais notívagos, ou os que ele retivesse mais a seu lado — numa mesa próxima da pista ou do palco. E com as espessas pestanas apontando para a artista, Tupra murmurava de repente: "As mulheres que cantam em público estão muito expostas e são sempre vítimas dos que as guiam; aquela desabaria ali mesmo, como um saco, se o homem que todas as noites conduz seus passos e a sobe àquele tablado lhe desse as costas e se afastasse dela, que dirá se fosse contra ela. Bastaria um sopro seu, maligno, para que ela caísse no chão e não quisesse mais se levantar". Durante alguns segundos eu duvidava se ele falava com saber concreto, se por acaso estava a par da dependência suicida daquela mulher em relação a alguém, de cara ou nome dele conhecidos (saco de farinha, saco de carne, neles se cravam a baioneta e a lança, em um há dor e sonho, e no outro, nada). E se eu me atrevesse a sondar ("O senhor conhece, mr. Tupra, aquela mulher, aquele homem?" Ou talvez já houvéssemos passado a Bertram), então deixava claro que não era esse o caso, ou não necessariamente, e que se limitava a aplicar àquele dia os ensinamentos do seu passado: "Não é preciso que os conheça pessoalmente", respondia sem desviar suas pestanas da cantora, isto é, mantinha o perfil sem virar, e com tom de ligeira pena ou somente teórica; "eu sei bem como são, ele e ela, eu os vi às dúzias, desde Bethnal Green até o Cairo, em toda parte".

Isso me dava uma idéia, ou várias; as mais incontestáveis: que havia pisado em Bethnal Green, e não poucas vezes, esse bairro deprimido do Leste, e que havia estado no Egito, provavelmente não como turista. Também era inevitável pensar se teria sido um dia representante de uma mulher artística e se estaria se referindo a si mesmo e a uma ex-pupila submissa. Mas isso eu descartava logo em seguida, não me parecia o tipo de homem protetor nem vigilante nem exatamente dominante, quero dizer com responsabilidades estáveis, e todas essas atitudes implicam tê-las. "Deve ter assistido a esse drama, a esse esquema", pensava eu, "ainda que não mais de duas vezes: em Bethnal Green e no Cairo." Eu intuía ou sabia (intuía primeiro, depois sabia) que, se lhe perguntasse diretamente ou tentasse que ele se concentrasse num determinado acontecimento, ele não daria atenção e se esquivaria, não tanto para ser misterioso mas porque rememorar o aborrecia, sem dúvida não compreendia essas pessoas que se deleitam contando o que viveram e já conhecem de sobra, desenlace incluído, menos ainda esses escritores narcisistas de diários, que nunca acabam de se livrar das suas jornadas vencidas e as reiteram com floreios.

De modo que não se tratava de puxar pela sua língua nem de extrair explicações ulteriores de suas opiniões, era inútil; se vinham, vinham por si mesmas, às vezes várias noites depois, e no máximo eu me permitia uma leve gozação: "E as que dançam em público, Bertram? Também estão expostas?". Tupra tinha humor, ou pelo menos aceitava o meu. Olhava-me rápido de través, mordia a parte interna da bochecha para não deixar escapar um meio sorriso e tendia a me acompanhar na caçoada, ou assim me parecia, porque nada nele era transparente, nem seguro, nem certo: "Não, Jack, as dançarinas estão muito menos, leve em conta que se mexer protege, o arriscado é estar parado, torna a gente mais vulnerável. Com freqüência ignoram isso os que fogem ou se escondem, deixam que o medo se aproveite deles, em vez de eles se aproveitarem do medo". Tinha a habilidade de conectar sentenças de forma que a segunda desviava da primeira, a terceira da segunda, e assim por diante até se cansar de todas ou preferir o silêncio de um minuto. Com ele era difícil, portanto, aprofundar qualquer assunto, a não ser que fizesse ele as perguntas e fosse ele que procurasse um fundo. "Como alguém pode se aproveitar do medo?", caía eu na tentação do seu desvio. "Entendo que se refere ao próprio medo." Ao que ele respondia: "O medo é a maior força que existe, se a gente consegue se acomodar a ele, instalar-se nele, conviver com ele bem-humoradamente e não perde as energias lutando para afugentá-lo. Nessa luta você nunca ganha totalmente; nos momentos de aparente vitória já está antecipando sua volta, vive sob ameaça e então sofre uma paralisia, e é o medo que se aproveita. Se, ao contrário, você consente (isto é, se você se adapta, se acostuma com que ele esteja presente), possui uma força incomparável a qualquer outra e pode se aproveitar dele, pode usá-lo. Suas possibilidades são infinitas, maiores que as do ódio, da ambição, da incondicionalidade, do amor, da ânsia de vingança; são desconhecidas. Uma pessoa com medo assentado, ativo mas incorporado à sua vida normal, um medo diário, é capaz de proezas verdadeiramente sobre-humanas. Sabem disso as mães com filhos pequenos, a maioria. E sabe qualquer um que tenha estado numa guerra. Mas você não esteve em nenhuma, não é, Jack?, você teve essa sorte. Isso significa que a sua formação será sempre incompleta. Deveriam mandar as mães para as batalhas com os filhos por perto, à vista, à mão; levam o medo consigo, é permanente; não haveria combatentes melhores do que elas". Se eu lhe perguntasse em que guerras ele havia estado ou participado, era seguro que não me diria nada, não as mencionaria; e se eu lhe pedisse para ampliar suas considerações sobre a perfeita formação de um homem ou sobre a bravura das mães com filhos pequenos, o mais provável era que desse a conversa por encerrada. Chegava sempre um momento em que seus desvios não achavam o caminho, somente mato, ou areia, ou pântano. Ele podia até levar o indicador aos lábios e, na seqüência, dirigi-lo para a cantora com um gesto implícito de reprovação à minha falação, como que pedindo para a sua arte o respeito que ele lhe havia negado minutos antes, ao falar primeiro, se bem que houvesse sido num murmúrio, e não houvesse tirado os olhos dela.

No início de cada período sociável (duravam duas a três semanas), ele nos convocava para jantares ou noitadas de farra itinerante com pretextos de trabalho. "Quero que todos vocês me acompanhem a uma reunião importante", dizia, ou a seu modo semi-autoritário nos ordenava. "É do meu interesse darmos a impressão de ser um núcleo compacto, uma impressão quase intimidadora, sabem, diante de certa gente com a qual tenho de me entender." "Peço que estejam atentos aos convidados de hoje, façam que eles se sintam à vontade e se distraiam, mas não parem de observá-los, porque vou lhes perguntar depois sobre eles, será melhor para nós quanto mais opiniões houver." Não costumava explicar muito mais, nem em que consistia o interesse ou o assunto, nem quem eram exatamente os indivíduos com que nos misturava, a maioria britânicos com alguns estrangeiros soltos de quando em quando, ou não tão espaçados, se eu contar os americanos e pensar melhor. Às vezes, porém, ficava patente o que ou quem eram, seja pelo desenrolar das conversas, seja por se tratar de personagens famosos, tanto quanto Dick Dearlove ou quase. Tupra tinha relações incrivelmente variadas para ser um só homem, se é que era mesmo, porque eu o ouvi ser chamado por diferentes nomes ou sobrenomes conforme o lugar, a companhia e as circunstâncias. Ao ver que a minha surpresa poderia se revelar delatora, da primeira vez que o *maître* de um bom restaurante se dirigiu a ele diante de mim como "mr. Dundas", optou por nos avisar ou me avisar antes, cada vez que ele não fosse ser ele próprio integramente. "Aqui sou mr. Dundas", nos advertia. "Hoje sou mr. Reresby, não se esqueçam." "Por aqui lembram-se mais de mim como mr. Ure." Este último tive de pedir que soletrasse para mim, com sua pronúncia não fui capaz de pegar, quer dizer, de imaginar o nome escrito, em seus lábios soou como "Iuah", impossível para mim adivinhar sua ortografia. Todos eram nomes chamativos, tirantes ao antiquado, estranhos (talvez vagamente aristocráticos ou aproximadamente escoceses aos meus ouvidos), como se Tupra, já que renunciava ao seu, não estivesse disposto a prescindir além disso da originalidade nominal que o acompanhava desde o nascimento, se é que aquele Tupra finlandês, russo, tcheco, turco ou armênio era tão antigo em sua vida quanto Wheeler acreditava. Devia desagradar-lhe sobremaneira a idéia de se chamar, ainda que por um só instante, de forma confundível ou indiferente, que é o que a maioria procuraria, em princípio, ao usar um nome falso: sei lá, Gray, Green, Grant ou Graham, estando excluídos os Brown, Smith e Jones, tão desgastados.

Em geral permitia que nos comportássemos com naturalidade social e somente em ocasiões especiais nos indicava algo mais preciso do que nos mostrar estudiosos e nos manter bem atentos, por exemplo nos encomendava realizar determinada sondagem ou puxar pela língua de alguém; mas então não costumava levar os quatro ou mais juntos, e sim só os mais apropriados para cada trabalho, ou mesmo apenas um, eu, Pérez Nuix, Mulryan ou Rendel, fui sozinho com ele umas tantas vezes e até fiz um par de viagens ao exterior, mas suponho que isso ocorra com todos nós de vez em quando. Ele podia nos pedir que fôssemos solícitos, ou que bajulássemos ou quase cortejássemos determinada pessoa, designava a Rendel e a mim para essas tarefas de adulação quando eram as mulheres que causavam problemas de aborrecimento e queixa (esposas pesadas ou amantes frívolas, com elas Mulryan não apresentava bom rendimento), a Pérez Nuix ou Jane Treves se era preciso alegrar o humor e a vista de um desses varões que ficam deprimidos ou então fecham a cara quando não há presenças femininas em torno de uma mesa ou numa pista de dança (quero dizer, presenças ante as quais eles possam se exibir com conhecimento prévio e tratálas de você, ou o equivalente inglês desse tratamento).

Uma vez tive de atender e lisonjear uma senhora italiana que se despedia da juventude com excessiva parcimônia, bastantes trejeitos e uma multidão de caprichos menores, ou se também tinha maiores não coube a mim, por sorte, assistir a eles, nem negá-los ou satisfazê-los. Era a mulher de um compatriota (dela), chamado Manoia, com o qual Tupra se dedicou a falar de política e finanças na medida em que pude compreender o que diziam. A verdade é que minha curiosidade era tão escassa que eu quase nunca conseguia me interessar pelos assuntos que meu transitório chefe tivesse em mãos; assim, raras vezes prestava atenção *motu proprio*, e também descobria com freqüência, quando ele a reclamava, que suas possíveis intrigas, pedidos, explorações ou truques não a prendiam. Talvez porque eu também nunca estivesse muito a par, e é difícil envolver-se no que é por demais fragmentado, nebuloso e fora da nossa influência. (Notava que a jovem Pérez Nuix, ela sim, acompanhava muito mais os procedimentos e seus meandros, e que procurava inteirar-se; Mulryan não tinha outro remédio senão fazê-lo, era a ele que cabiam — na minha impressão, como dizer — a agenda, as contas e o inventário do não-resolvido, do ainda não-domado ou não-ultimado; quanto a Rendel, pronunciar-se era arriscado, ele tendia a permanecer longamente em silêncio ou, enquanto bebia ou fumava — o cheiro do meu fumo não era o único no nosso escritório —, ocorria-lhe soltar alguma tirada ou emendar não poucas piadas com grandes risadas para celebrá-las, até voltar de novo ao seu mutismo, ambas essas fases envoltas numa espécie de fumaça ou em nuvens irritantes.) Se captei alguma coisa daquela noite foi porque o inglês falado pelo marido italiano era bem mais pastoso do que ele pensava, e Tupra me requisitava (uma veloz agitação de dois dedos, ou suas sobrancelhas como manchas de fuligem solicitando ajuda) para que eu intermediasse e traduzisse para eles certas frases ou alguma palavra-chave, quando ambos já desenvolviam um longo enredo e corriam o grave risco de entender o contrário do que reciprocamente se propunham ou se concediam, ou com que transigiam.

O sobrenome Manoia me parecia meridional, mais por intuição do que por conhecimento, assim como a pronúncia italiana do indivíduo (convertia consoantes surdas em sonoras, de modo que o que você ouvia, de fato, era "*ho gabido*" em vez de "*ho capito*"), porém tinha mais pinta de mafioso romano — quer dizer, vaticano — do que siciliano, calabrês ou napolitano. Os grandes óculos de estuprador ou de funcionário aplicado, ou de ambos os tipos, que não se excluem, ele empurrava constantemente com o polegar, apesar de não escorregarem, e seu olhar era quase invisível por culpa dos extensos reflexos e da incessante mobilidade de seus olhos foscos (café-com-leite, sua cor aproximada), como se tivesse dificuldade para fixá-los mais de uns segundos ou aversão a que os outros os escrutassem. Falava em voz baixa mas sem dúvida potente, devia ser contundente quando a erguia, e talvez por isso a atenuasse, com uma mão em cima da outra mas sem apoiar os cotovelos na mesa, nem mesmo só um, ou seja, ele as agüentava no ar com forçoso incômodo ao cabo de alguns minutos, ou vai ver que era uma pequena mortificação voluntária, recordatória, de católico integérrimo ou talvez nigérrimo, da ala mais tenebrosa e legionária de Cristo. Parecia manso e anódino à primeira vista, salvo por seu queixo comprido demais (não chegava a prognata) que com certeza deve tê-lo levado a incubar rancores dos mais tenazes — isto é, sem destinatário — durante a adolescência ou inclusive na infância, por pouco que esta houvesse sido ensimesmada ou tediosa; e em sua forma de encolher esse queixo invasivo, cravando mais os dentes na mucosa bucal, você podia notar uma mistura de inveterada vergonha nunca afugentada e de disposição geral para a represália, que devia exercer, não sei, à menor provocação ou pretexto, ou sem necessidade destes, como costumam fazer os justiceiros ou os que são muito subjetivos. Um homem irascível, embora seguramente não deveria ter essa fama mas sim a de ponderado, porque quase nunca deveria deixar a cólera escapar e seria ele o único a conhecê-la ou a ventilá-la, se é que esse verbo vale para uma coisa que só se produziria em seu interior muito esquentado. As poucas vezes em que a ira lhe aflorava deviam ser temíveis, melhor não presenciá-las.

Sua mulher provavelmente a teria testemunhado em alguma oportunidade, mas sem ser seu objeto, isso é seguro, de outro modo ela não teria se mostrado tão impulsiva nem tão desenvolta, devia saber que tinha indulgência plenária antecipada ou total privilégio. Apesar disso tudo, era tão cheia de novas inseguranças — cada idade sempre nos pega de surpresa, por dentro todas demoram muitíssimo para se consumar; ou, talvez, para nos alcançar — que quase custava não ser afetuoso com ela, a despeito da considerável canseira que dava, em especial a mim, o encarregado de entretê-la ou seu joguete designado para a noitada. Sem dúvida o marido gostava dela, e isso a ajudaria, mas para certos avanços ou retrocessos incontroláveis não há ajuda no mundo que baste. Eu tinha mantido com ela uma conversa sem substância durante todo o nosso jantar no Vong, perto do Hotel Berkeley, ou ela comigo, para ser mais exato: era uma mulher nada tímida e muito falante, assim eu não tinha de fazer esforços; mas de vez em quando parava, cruzava os braços abaixo do seu decote náutico para realçá-lo — quero dizer, vestia uma blusa com gola canoa, ou melhor, em seu caso concreto, era uma nave viking ou piroga —, ficava olhando para mim com um sorriso amigável e em seguida abria passo, com trejeitos não isentos de graça — digamos, a imitação de uma repreensão fundamentada —, para um dos seus caprichos preferidos ou mais persistentes: "*Mi dica qualcosa di tenero, va, su, signor Deza*", me pedia sem transição nem preâmbulo, e olhem que ainda não tínhamos dançado no restaurante exótico nem ela me tratava de você. (Ela me chamava de "Detsa", soava assim meu nome qual o pronunciava.) "*Su, signor Deza, non sia così serioso, così antipatico, così scontroso, così noioso, mi dica qualcosa di carino*", o ataque de mimos durava um tempo. E assim eu me via no aperto de bolar alguma coisa terna ou bonita para dizer, sem no entanto incorrer no atrevimento ou na ofensa, como Tupra me havia encarecido evitar ao descrevê-la e perorar sobre ela na véspera, em sua sala, com seu olhar retrospectivo para as senhoras, também temivelmente certeiro. De Manoia mal tinha mencionado algo, ou só de passagem, um traço-chave; mas da sua querida mulher Flavia, sim, porque ele, Reresby — Tupra usou naquela noite esse nome, talvez fosse o habitual para a Itália ou para o Vaticano —, não ia estar muito disponível para lhe proporcionar distração e contentamento.

"Satisfaça-a ao máximo, Jack, no que ela quiser", tinha me indicado. "Mas cuidado com as confusões. Pelo que sei e vi, ela não quer nada mais que lisonjas. Necessita delas a rodo, nesta época da sua vida, mas lhe basta uma dose generosa e hábil para ir dormir mais satisfeita e tranqüila do que terá acordado, falo de cada noite e de cada manhã; porque depois de cada triunfo noturno amanhecerá com a mesma angústia diurna, pensando: 'Ontem à noite ainda sim, mas e hoje? Estou um dia mais velha'. E se você tiver de acompanhá-la duas noitadas seguidas (não está previsto, não se preocupe), você terá de começar de novo os méritos e o trabalho da estaca zero, está imersa num período insaciável, não acumulativo, sabe como é, sem memória do que colheu. Mas insaciável só disso, entenda bem, de galanteios e elogios sem fim, de reforço, não de ir mais longe. Nem que assim te pareça, cristalinamente" (bem, ele disse "*crystal-clear*"). "Nem que ela peça com olhares e gestos, com toques, exibições e até com palavras. Aí você não deve ceder nem se equivocar. É um casal... sim, digamos, católico, certamente muito observante sob esse aspecto, e só ele, sob mais nenhum outro, eu juraria que podem pular todos os demais preceitos, alguns eu sei que pulam. Manoia quer que ela fique contente, e o que ele quer é importante, pelo menos amanhã me importa muito. Mas seria capaz, creio eu, de dar uma facada em quem passasse das medidas, inclusive verbalmente. Com toda a sua aparência tíbia. De modo que fique de olho e avalie bem, eu te suplico, as fronteiras do mau gosto dela, não vamos nos criar complicações de forma tola. As dela, não as suas. Você poderia se enganar com ela, entende? Pois bem, não se engane. Cumule-a de atenções, mas na dúvida mais vale pecar por falta, que isso sempre se arranja, já o contrário, não. Daí por que prefiro levar você e não Rendel, embora ele seja mais adequado para uma senhora tão festiva e brincalhona como mrs. Manoia. Ele às vezes não sabe se refrear."

Para mim sempre tinha algo de surpreendente a maneira como Tupra se referia às pessoas com que tratava, que estudava, interpretava ou investigava, talvez nunca se limitasse à primeira impressão com ninguém. Apesar de serem tantas e se sucederem rápido, para ele todas eram *alguém*, nunca deviam lhe parecer intercambiáveis nem simples, nunca tipos. Embora não fosse tornar a vê-las (ou jamais as houvesse visto em carne e osso, se só manejávamos vídeos), embora formasse e nos transmitisse uma opinião pobre delas, não as reduzia a esquemas nem as dava por sabidas, como se tivesse bem claro que nem mesmo entre as vulgaridades há dois iguais. Sobre Flavia Manoia outro homem talvez houvesse resumido: "A típica menopáusica recalcitrante, agüente suas chatices e faça-a crer que ainda conquista os homens, e você primeiro que todos, com isso a ganharemos. Mas a credulidade dela não vai te custar nenhum malabarismo, porque com certeza os conquistava às dúzias faz uns anos. Olhe bem para as pernas dela, ela as conserva e mostra com todo o mérito, como você verá muito bem. A bunda também tem um remelexo...", teria talvez anotado esse homem com fronteiras bem difusas com o mau gosto.

Já Tupra — ou era Reresby quando íamos no Aston Martin que usava nas noites de alarde ou bajulação, a caminho do restaurante — chegou a adentrar em disquisições complexas sobre a senhora, ou que iam além dela e do seu insignificante caso (nos lábios do reflexivo Reresby deixava de parecer tanto assim). Ao ouvir de sua boca essa classe de sutilezas é que eu percebia nele a antiga marca de Toby Rylands, de quem havia sido discípulo segundo Peter Wheeler, e então eu tornava a perceber o vínculo de caráter entre os três, ou era de capacidade, ou era o dom compartilhado que também atribuíam a mim (no resto,

Tupra era muito distinto): "Leve em conta que, no fundo, o que mais apavora mrs. Manoia", comentou parado num sinal vermelho, "não é sua deterioração pessoal próxima, física, contra a qual mal ou bem vai lutando, mas a intuição angustiada de que seu mundo vai desaparecer, e já languesce. Parte da sua gente de sempre morreu nos últimos anos, de maneira extemporânea uns tantos, um mau pedaço; outra se aposentou; outra querem aposentar sem mais demora, à força. Já não é fácil para ela encontrar companhia para se divertir todas as noites, e festas com anfitriões, como manda o figurino, não há diariamente em nenhum lugar, muito menos em Roma, hoje convertida em bocejo eterno por Berlusconi com seu malfazer, que maçante" (bem, ele disse "*maladroitness*", palavra literária que não significa a mesma coisa, mas vá lá esse malfazer; e "*what a killjoy*", acrescentou, é aproximadamente isso mesmo; nunca tinha ouvido a expressão, mas deduzi o sentido: também caberia "desmancha-prazeres"). "Quero dizer, companhia tradicional, da antiga. Há gente mais jovem e cheia de méritos que procura seguir os passos da outra, que quer cair nas graças de Manoia, ele não pensa em se afastar por ora, em seu terreno." Reconheci aqui desta vez a escola de sir Peter Wheeler: do mesmo modo que Wheeler havia demorado séculos para me esclarecer qual "era a dele", Tupra, este me mencionava com naturalidade um "terreno", para não dar nenhuma dica sobre o dito-cujo. A verdade é que nada disso me importava. "Mas entre esses aprendizes a senhora está um pouco perdida e se sente veterana. É o pior que pode acontecer com alguém que foi jovem por muito tempo, ou porque entrou muito cedo na vida adulta, ou por pactos exagerados com o diabo (só para usar a expressão clássica, esses pactos são desastrados). Depois, por não ter filhos, ela continua sendo a menininha da casa, e isso acostuma muito mal, você paga caro o contraste quando sai à rua, dá três passos e em qualquer discoteca se vê competindo com espanto, de repente, pelo título de mais velho; muito daninha para a alma essa mudança. Melhor freqüentar cassinos."

Achei estranho não perceber ironia no seu emprego da palavra "alma", o que não significava que ela não estivesse presente. Arrancou o carro de novo, mas continuou falando. Com ele era quase impossível discernir quando sabia com certeza, com dados, e quando estava dando uma interpretação depurada do que via; se aqui estava a par das circunstâncias exatas dos Manoia ou só conjeturava sobre elas — em seu caso, tomava decisões — a partir das outras vezes em que teria se encontrado com eles (talvez uma só, quem pode saber): "Você imagina um mundo em que já não conhece quase ninguém e, o que é mais humilhante, no qual ninguém conhece você, ou só por referências? Isso é o que ela começa a vislumbrar, claro que sem ainda dizê-lo, sem formular a si mesma, talvez sem a menor consciência de que é principalmente isso que a vai amargurando e atemorizando um pouco mais cada dia. Mas eu já vi nela, em alguns instantes, o mesmo olhar de precariedade e desconcerto que se instala nos olhos dos velhos quando ficam para trás, duram demais da conta, sobrevivem a quase todos os seus coetâneos e até a algum descendente, isso acontece até com Peter Wheeler, e olhe que ele é um sujeito de sorte, foi fazendo suas reposições, privilégio dos que são admirados por quem os vai substituir ou os substitui, ou dos grandes mestres. Mas o que pode esperar uma senhora simpática e que, sim, foi muito bonita e ainda é, pode-se dizer, dada a festas e comemorações, cujo maior mérito foi ter alegrado a vida ao seu redor, superficialmente?". Nunca me acostumei a ocupar nos automóveis o lugar do motorista e não ter diante de mim um volante, lá na Inglaterra. Nunca consegui estar certo do intencional ou do casual — o significativo ou o ocioso — de cada frase que Tupra pronunciava: sempre pairava a dúvida de se devia ouvi-las com normalidade ou anotando-as, a memória no máximo, reparando nelas sem desdenhar de uma palavra nem considerar uma só sílaba com indiferença. Às vezes eu me inclinava por este último aspecto, e o cansaço era tremendo, uma tensão constante. "Claro que isso não é pouco se a pessoa esteve perto de vidas desagradáveis", acrescentou Tupra ou Reresby, e começou a procurar com o olhar onde estacionar, instintivamente, até que depois caiu ou fingiu cair em si: "Os funcionários do restaurante estacionarão o carro para nós".

"O que quase todo mundo pode esperar na hora de fazer substituições ou reposições", indaguei-me quando saíamos do Aston Martin e Tupra dava ao porteiro as chaves acompanhadas de instruções compridas e minuciosas, ou melhor, maníacas. "Os admirados assim como os não-admirados ou os desprezados, os mestres assim como os seguidores, Tupra, ou eu, ou essa alegre senhora, que aspirações podemos ter?", perguntei a mim mesmo sem agora prestar atenção nele, não falava para meus ouvidos. "A gente se conforma com o que vai chegando e até abençoa que ainda chegue algo ou sobretudo alguém, por pioradas versões que sejam do suprimido ou interrompido, ou dos desejados; é difícil, custa muito suprir as figuras perdidas da nossa vida e vamos escolhendo pouco ou nada, torna-se mais preciso um esforço de convencimento para cobrir as figuras vacantes e nos resignamos mal a que se reduza o elenco sem o qual não nos suportamos ou quase não nos sustentamos, e mesmo assim sempre se reduz, se não morremos ou não muito rápido, não é preciso ficar velho, nem sequer maduro, basta ter às costas algum morto querido ou algum querido que deixou de sê-lo para se tornar odiado ou omitido, em nosso execrado ou apagado máximo, ou basta sermos isso de alguém que nos pôs na lista negra ou nos expulsou do seu tempo, nos apartou do seu lado e de repente negou nos conhecer, um dar de ombros ao ver nosso rosto de manhã ou ao ouvir nosso nome que seus lábios anteontem sussurravam muito suavemente. Sem dizer, sem formular isso a nós mesmos, fomos capazes de perceber essa enorme dificuldade da substituição, de modo que ao mesmo tempo nos prestamos todos a ocupar vicariamente os lugares vazios que outros vão nos atribuindo, porque compreendemos e participamos desse mecanismo ou movimento substitutivo universal e contínuo da resignação e da diminuição, às vezes do capricho, e que, por ser de todos, é o nosso; e assim aceitamos ser arremedos e viver cada vez mais rodeados destes. Quem sabe quem nos substitui e a quem substituímos, só sabemos que substituímos e que nos substituem sempre, em todas as ocasiões e em todas as circunstâncias, em qualquer desempenho, em todas as partes, no amor, na amizade, no emprego e na influência, na dominação e no ódio que também amanhã se cansará de nós, ou depois de amanhã, ou no outro dia, ou no outro. Você é só e nós somos só como neve nos ombros, escorregadia e mansa, e a neve sempre pára. Você não é nem nós somos como a gota ou a mancha de sangue, com sua auréola que resiste a desaparecer e se aferra à pedra ou ao chão tão furiosamente para tornar mais difícil sua negação, seu esvaimento ou seu esquecimento; é sua maneira insuficiente, ingênua, de dizer 'Eu fui' ou 'Ainda sou, logo é seguro que fui'. Não, você não é nem nós somos como o sangue de ninguém, e além do mais este também acaba perdendo sua batalha, seu pulso, seu desafio, e no fim não deixa vestígio. Só custou mais tempo eliminá-lo, e a vontade de aniquilação teve de se empenhar nisso."

E assim, na discoteca, quando a senhora Manoia havia bebido moderadamente durante o jantar e moderadamente enquanto contemplava com tentação e um pé rítmico as danças aloucadas e em massa — mas duas moderações podem resultar num excesso —, e já me chamava de Jacopo ou Giacomo, esdruxulamente em sua língua, e claro me chamava de você e exigia que eu também a chamasse, aproveitou uma trégua ou uma mudança de registro na música de uma das duas pistas para se empenhar em conseguir dançar umas músicas lentas, ou talvez só semilentas, primeiro com o marido, que tirou os óculos para bafejar as lentes, passar uma camurça e responder a ela com um olhar míope de recusa, depois com Tupra, que se desculpou com uma mão aberta mediante a qual indicava seus inconclusos deveres de hospitalidade e negócio com seu cônjuge relutante à dança (barulho demais para poder falar mais que ao pé do ouvido e aos berros, ou então só por sinais), e por último comigo, a quem não coube mais que satisfazê-la. Chamou-me a atenção que, apesar do previsível resultado das suas sondagens, de eu tê-la atendido em tudo ao longo da noitada e de ela me professar nessa ocasião tanta simpatia quanto eu ia me afeiçoando a ela — ambas essas coisas tão transitórias, que na manhã seguinte poderíamos nem recordá-las, os dois sem peso na consciência —, ela observava a hierarquia ao convidar um par, o que denotava um senso de respeito arraigado e forte.

E talvez tenha sido isso, ter dado oportunidade aos três varões na ordem adequada, o que a fez se considerar com vênia para abraçar seu *partenaire* obrigado de uma maneira tempestuosa e pode ser até que pouco pudica, quero dizer que se apertou contra mim com fúria, quase machucando. Não é que estivesse em seu ânimo fazer isso, mas não controlava inteiramente seu verdadeiro volume, penso (do mesmo modo que os mochileiros não têm consciência do volume que carregam, pois por mais que tentem não conseguem sentir como parte do corpo seu idolatrado fardo ou concha nas costas), nem podia ter idéia do impacto que meu peito sofreu por culpa dos dela, duríssimos como pau e pontiagudos como estacas — seu busto era com toda a certeza de madeira ou talvez de granito compacto. Aquela mulher havia exagerado, havia esquecido todo limite em seu fervor para fortalecê-los e sustentá-los, seguramente em tantas etapas que sua memória se enganava sobre quando foi a última e quantas ao todo. À vista eram apetitosos, sem dúvida eram beneficiados pelo decote em canoa ou em gôndola, mas olhando bem era impossível que a zona que sobressaía transmitisse qualquer tipo de sensação náutica. O que teria enfiado, incrustado, posto, propulsado a jato, injetado ou edificado dentro de si a minha jovial senhora Manoia: mármore, uma cidadela, ferro, mausoléus, antracito, aço? Era como se tivesse cravado em mim duas grossas estalactites ou dois ferros de passar roupa bicudos mas sem a parte plana, proas de quilha penetrante como a desse utensílio doméstico, porém todas arredondadas. Pareceu-me a degeneração de um desvario contemporâneo e também um certo abuso; compreendi que seu marido devia evitar a acometida contra tais baluartes, e Tupra, supus, com seu olhar mais ligeiro e melhor que o meu, devia ter calibrado com uma olhada os riscos dessa colisão frontal (refiro-me à do varão com aquelas pirâmides horizontais ou talvez carbúnculos gigantes, pois a blusa ou camiseta canoa era cor de vinho tinto um pouco aguado, e as neuróticas luzes da discoteca faziam que soltasse fulgores e até irisações).

No entanto era difícil indignar-se com Flavia Manoia ou repeli-la conscientemente: carinhosa, festiva e desamparada demais, as três coisas ao mesmo tempo, e só uma teria bastado para impedir uma repulsão brusca ou mesmo um afastamento dissimulado de minha parte. Assim é que agüentei a pressão daqueles cones que pareciam farpas, confiando em que ela logo poria distância, ar, mas o verbo confiar é inadequado, pois a verdade é que eu me desesperava. Reresby, como quase sempre, teria tido razão ao recomendar suas pernas, se tivesse chegado a fazer isso; e a senhora, havia que reconhecer, sabia escolher o comprido ou o curto da saia perfeito para a sua compleição e estatura, três dedos acima dos joelhos; se você a via de longe, com sua ágil sensualidade dançante, seu robusto busto rígido, suas panturrilhas e metades de coxas bem formadas e um tanto rochosas, assim como uma bunda que valeria uma punheta para um homem a quem o bom gosto repugnava, ela podia dar a impressão de que todas as noites provocava, e obrigar seu marido — eu vi na mesma hora com ligeira inquietação — a pôr novamente os óculos, já limpos, para vigiar com o rabo dos olhos seus passos e seus abraços. O diabo nem sempre exige exageros, ou não os admite a todos, e sem dúvida transige com gradação infinita no que concerne às aparências, talvez jogue muito com as distâncias: às vezes salva um corpo ou uma cara de longe e na penumbra, para condená-los e destruí-los na luz e de perto (não costuma consentir no contrário). Não era este exatamente o caso — no Vong, os traços da senhora Manoia tinham me parecido muito agradáveis, mas não tentadores, isso também não —, mas sua imagem em movimento exaltado e com um indivíduo nos braços era mais atraente do que em repouso e comendo, ou melhor, chupando, caranguejos: o bastante, em todo caso, para que alguém no balcão do bar, a uns tantos metros ou jardas, se levantasse para xeretar e farejar a pista, e mais ainda começasse a agitar ambas as mãos em sinal de cumprimento histriônico ao reconhecer o indivíduo que ela espremia com fanatismo prático, comumente conhecido como par de dança.

Não o reconheci de início. A senhora Manoia me fazia dar tantas voltas — mais que um semilento, executou um semi-rápido, e eu a seu modo e às suas ordens — que não conseguia fixar a vista em outro lugar por mais de alguns décimos de segundo, pior que no carrossel. A tal ponto que o tomei por um negro, culpa da má visibilidade e do meu trote precipitado, e porque ele vestia um paletó muito claro, de poderosas ombreiras e vários números maior que o dele, e só vi se atrever a usar tal classe de roupa, folgada mas engomada, bem reta, alguns membros dessa raça, principalmente os novos-ricos mais ou menos do mundo do espetáculo: atletas, boxeadores, celebridades da televisão, rappers do ramo dândi. Por uns instantes acreditei que devia ser um deles, porque na sua orelha esquerda cintilava um brinco, pareceu-me que uma argola, meio grande e excessivamente oscilante para a moda preferida então pela modernidade noturna, e não sei se agora (saio menos), como se uma cigana o tivesse emprestado ou ele o tivesse tomado de um pirata, desses que já não existem faz duzentos anos, pelo menos no Ocidente. Por sorte não usava chapéu de aba estreita nem larga, tampouco um lenço amarrado na cabeça e fazendo na nuca um rabo-de-cavalo ao estilo bucaneiro, bandana como chamam agora (podia ter resolvido combinar os dois), usava o cabelo penteado para trás, untado, passado a ferro, ou, antes, puxado, tanto que numa segunda e confusa instância temi que o prendesse com algo pior ainda, a saber, com uma redinha preta como as dos *majos* de Goya, ou quem sabe à moda dos toureiros de época, que vi utilizá-las sem se envergonharem nas gravuras e quadros, de Goya também, mais que de qualquer outro. Se digo por sorte, não é apenas porque me parecem patéticos ou simplesmente grandes farsantes todos os que hoje cobrem a cabeça, ainda mais num recinto fechado (ostentam ares de originalidade biográfico-artística muito mais que indumentária, tanto os homens como as mulheres, aqueles porém mais afetados e sem perdão possível, embora mereçam bofetadas as que usam *béret* ou boina, reta ou de banda), mas porque, quando finalmente percebi quem era o macaco negro ou não negro, ou corvo, ou urubu de balcão de bar (foi num momento de imobilidade que a minha pião vaticana me concedeu: parou de girar uns dez segundos e pude olhar sem enjoar para a figura que agitava as mãos no ar), pensei que com chapéu de músico ou lenço de flibusteiro eu não o teria suportado; nem a sua simples visão, claro, nem, mais ainda, a sua companhia diante de testemunhas que me conheciam: inadmissível que alguém me associasse àquele sujeito, pelo menos como compatriota: eu teria renegado a mim mesmo para mantê-lo a distância, teria improvisado outro nome (Ure ou Dundas, para não ir mais longe, naquela noite eles estavam livres), teria fingido desconhecê-lo e, claro, ser britânico ou canadense da gema, teria dito com forte sotaque imitado: "Mim no comprender. *No Spanish*". E ante a sua provável e barbaresca insistência, teria eliminado resquícios: "*No Spanglish either*, hombre".

Assim, ao reconhecê-lo e não ver sua cabeça coberta por nenhum tipo de adereço (já era alguma coisa), limitei-me a sentir incredulidade no meu peito mártir, isto é, cheguei a pensar no meio da minha intensificada dança: "Deus do céu, não pode ser. O adido De la Garza pulula nas discotecas de Londres vertido de rapper negro dândi, ou quem sabe de endinheirado boxeador também negro. Talvez até, a estas horas, ele próprio se creia negro". E pude acrescentar comigo mesmo: "Babacão; e branco ainda por cima". Ali estava um homem a quem o bom gosto repugnava, ou em quem o mau gosto era tão invasivo que arrasava todas as fronteiras, tanto as nítidas como as difusas; e, ainda mais, um tipo disposto a encontrar interesse lascivo em quase qualquer ser feminino — ou era, antes, interesse porco, próximo do meramente evacuatório —, se em casa de sir Peter Wheeler havia sido capaz de encontrá-lo, e nada escasso, na pré-venerável viúva reverenda ou deã Wadman, com seu decote esforçado e mole e seu pétreo colar precioso de gomos. (Quero dizer, em qualquer ser feminino humano, não gostaria de insinuar coisas que ignoro e sem indícios.) Flavia Manoia, de idade talvez parecida porém com mais garbo e vestígios notáveis (vestígios da sua beleza, se entende), podia na verdade transtorná-lo com duas doses que tivesse tomado ou que planejasse acrescentar nos minutos seguintes. A memória associativa instantânea me fez procurar com o olhar, ilogicamente, o pré-vetusto lorde Rymer, o maléfico e célebre Frasco de Oxford, com o qual De la Garza havia compartilhado tantos brindes no jantar de frios e que incitava infalivelmente a beber a rodo aquele que se pusesse ao alcance do seu recipiente (ou do seu *flask*, o que é a mesma coisa). Mas sua celebridade e seus movimentos dificultados tinham ficado confinados a um território estritamente oxfordiano desde a sua aposentadoria na Câmara e o conseguinte abandono das suas lendárias intrigas nas cidades de Estrasburgo, Bruxelas, Genebra e, claro, Londres (talvez ele não fosse par vitalício, mas correu o rumor de que a crescente sabedoria etílica das suas intervenções ante os lordes — uma sabedoria sempre insatisfeita — acabou lhe aconselhando uma prematura renúncia à sua cadeira); e com sua silhueta abaulada e seus pés tão deficientes nunca teria se aventurado no mundo das discotecas brutais, nem mesmo levado por De la Garza e um outro na cadeirinha da rainha.

Confiei em que Rafita estivesse em companhia desse outro ou de vários, de alguém em todo caso, e acreditei nisso com alívio mediano (mas, de novo, já era alguma coisa) quando vi que também lançava cumprimentos, ou, antes, fazia desdenhosos gestos de impor espera e paciência a um grupo de quatro ou cinco pessoas sentadas a uma mesa não distante da de Tupra e Manoia, espanholas todas elas sem dúvida nenhuma, ou em sua maioria, pela grita das suas vozes e pelo exibicionismo das suas gargalhadas (além do mais uma delas — um mané — fingia acompanhar a música idiota com grande sentimento, tanto que fazia uma cara incoerente de ouvir um flamenco puríssimo e sofrido, que não se tocaria ali pelos séculos dos séculos nem mesmo em versão adulterada e pomposa: era um local exclusivo de estrépito e aturdimento, o mais idiotamente chique da temporada em meio às juventudes não extremas mas endinheiradas, escolhido talvez por Tupra para assim agradar a Flavia Manoia, ou para que não pudesse escutá-lo outro ouvido além do que se colava a seus lábios).

— Porra, caralho, Deza, onde você arranjou esta *titi*, cara? — Foram essas as primeiras, e repugnantes, e também deprimentes palavras do babacão do Rafita quando não pôde mais se agüentar e invadiu a pista balançando-se num terrível arremedo — de fato — dos modos de andar de um negro metido, a música semilenta ainda inconclusa, e portanto também nossa semi-rápida dança. — Ande, me apresente, ande, seu sacana, deixe de ser egoísta. Está com você ou acaba de ganhá-la aqui mesmo? — Devia achar que a senhora Manoia era inglesa e se sentia novamente impune na sua língua, com certeza passava sua vida besta em Londres com esse perpétuo sentimento, um dia acabava dando uma mancada daquelas e o transformariam em purê ou picadinho. Eu continuava girando e ele girava atrás de mim (quero dizer, às minhas costas), falando com o meu cangote na maior sem-cerimônia, sem que isso significasse para ele a menor estranheza, nem sequer incômodo: lembrei-me da sua especialidade de intrometer-se nas conversas alheias até dinamitá-las, não tinha nada de extraordinário que se imiscuísse também nas danças e as pulverizasse. — Aposto uma primeira edição de Lorca que você a roubou aqui mesmo de algum imbecil. Onde a gente dá as caras, cai matando.

Ele já me irritou tanto com aquelas pequenas frases — sua expressão era mais pueril do que malandra, embora ele acreditasse fosse esta última; a aposta pedante de suposto bibliófilo; a arrogância infundada da sua vulgaridade patriótica (aquele "a gente" significava por força "nós, espanhóis") — que, apesar de eu ter decidido afinal responder num inglês turvo, pelo que explicarei em seguida, e não me fazer de Ure ou Dundas com a inteireza de um prisioneiro de guerra, não pude me conter e dei por mim soltando-lhe num grito rápido, virando ligeiramente a cabeça, e não o dorso cativo:

— Você não tem uma primeira edição de Lorca nem roubada, Garza Ladra. — Sem dúvida ele não sacou a alusão operística insultuosa, mas dava na mesma, só de fazê-la já me recompensava. Em todo caso, não a levou em consideração naquele momento, muito tapadamente; primeiro brotou-lhe um veio afetado e litigioso.

— Está muito enganado, seu espertinho — replicou, e ergueu um dedo absurdo e enjoiado: devia caprichar no visual discotequeiro com todos os respectivos complementos quando saía para cair na gandaia, ou talvez fosse o de aspirante a negro; mas o que não se explicava nesse contexto (e foi o que eu disse que ia explicar, foi o que me resolveu a bancar o louco, se bem que na hora H não consumei meu propósito) era a redezinha goyesca cor de luto que efetiva e inacreditavelmente De la Garza usava para achatar melhor o cabelo ou por alguma outra razão cretina, minha visão confusa de segunda instância mostrou ser a acertada. Agora, em compensação, eu não conseguia acreditar, apesar de a minha visão ser ferina de tão clara. Aquela rede não correspondia nem mesmo a um cacho ou rabo-de-cavalo que a enchesse, seu conteúdo era o vazio; já que ousava coroar-se com uma peça tão extemporânea, escolhida por um entendimento malsão, podia pelo menos ter alugado uma peruca, com a qual conferiria sentido e peso e justificaria um pouco a peça, dentro do tortuoso abominável. (Sentido é uma maneira de dizer; justificar é outra; e entendimento, mais uma.) Pensei que havia ganhado de presente ou comprado um Lorca primigênio do ex-diretor da Biblioteca Nacional da Espanha, que eu sabia amigo dele e que, ao que parece, havia utilizado largamente seu cargo — agora se aproveitava de outro, mais alto — para arrancar preços irrisórios de donos de sebos finos, aduzindo que adquiria o volume caro e raro para aquela instituição pública, de resto freqüentemente vedada aos cidadãos (apelando, em suma, para o lado patriótico de cada marchand, que é o mais incauto), quando a realidade é que todos eles iam direto, sem nenhuma escala oficial, para a coleção particular da sua casa, sempre em desproporcional crescimento.

Não quis averiguar no ato por que eu era espertinho e muito me enganava. Notei que a senhora Manoia começava a se aborrecer. Era totalmente anômalo que na metade de uma dança, sua dança, um sujeito ridículo e talvez já um tanto de porre se unisse desastradamente aos nossos movimentos por trás do seu par e se dedicasse a fustigá-lo na nuca, a todo o volume; mais descortês ainda, percebi, era que eu respondesse ao sujeito irregular, apesar de com uma só e áspera frase, em vez de parar literalmente os pés dele e botá-lo para correr de volta ao bar, ou mais longe até se me empenhasse. Contudo, hesitei um momento entre se o aborrecimento se devia à minha momentânea desatenção, à intrusão pura e simples, e insólita, de De la Garza, ou a eu não ter sugerido uma parada imediata que possibilitasse o conhecimento formal de ambos. Pareceu-me que aquele Rafita noctâmbulo com seu ininteligível atavio lhe inspirava alguma curiosidade, mas era difícil dizer, podia ser simples perplexidade: ela devia estar vendo diante de si, enquanto dançava, dois semblantes justapostos, o que não a ajudaria a se fincar mais acopladamente no meu peito nem a se concentrar e se aprazer com seus passos; vi que, ademais, seus olhos iam sem querer acima dos meus ombros, distraíam-se compreensivelmente por culpa do acessório taurino ou de *majo* setecentista, sem dúvida não discernia com clareza o que era este nem seu improvável significado ou hermético simbolismo. Ou talvez houvesse captado desde o primeiro instante que, por mais que enfeitasse o cabelo com redes básicas e lastreasse a orelha com brincos de adivinhadeira, aquele segundo espanhol era para ela uma segura fonte de bajulações, inesgotável quiçá. Em todo caso ocorreu-me essa idéia e, num arroubo mental de irresponsabilidade e egoísmo, pensei que não seria nada mau incorporarmos o adido brevemente, sortiria a senhora de admirações e elogios vários (embora indecifráveis) e até poderia tomar a peito (nunca a expressão seria mais adequada) as estacas ou achas, se ela insistisse em dançar mais. (Eu estava sendo mais econômico que a encomenda nas minhas louvações, temia; não tanto por excessiva prudência nem porque tivesse dificuldade para lisonjear uma mulher tão espirituosa e receptiva, no fundo tão fácil de contentar, apesar de que para ela nenhum contentamento durasse muito e necessitasse de alimentação constante, mas porque as frases *carine* ou *tenere* logo me chateiam e enjoam por sua natureza monocórdia, quer as leia num romance ou as ouça num filme, as pronuncie eu mesmo na vida ou as dediquem a mim.) Fosse como fosse, bastou que Flavia Manoia dissesse quatro palavras para me convencer de que a cena era insustentável tal como transcorria e de que cabia proceder às apresentações sem mais tardar. Acabei de me certificar disso ao observar de soslaio que Manoia, a quem Tupra sussurrava no ouvido compridos argumentos ou propostas, havia lançado à pista um par de olhares interrogativos, se não inquisitoriais, desde que De la Garza nos acossava, para ele um completo desconhecido com pinta de inconveniente e, era fácil que achasse também, de depravado.

— *Mah* — disse primeiro Flavia, e isso é sempre de uma ambigüidade notável no idioma italiano, pode indicar conformidade, contrariedade, leve interesse, leve fastio, desentendimento, dúvida, ou anuncia apenas um ponto e parágrafo e que se passa a outra coisa. E logo acrescentou: — *Chi sarebbe, lui?* — Para mim, isso foi o suficiente para interromper a dança e soltar-me da paliçada com muita suavidade e jeito, mas ainda me fez outra pergunta antes que eu enunciasse os nomes: — *E cosa vuol dire*, titi? — Não podia ter entendido nada do que aquele grosseirão da península soltou (mas na realidade hoje há tantos, que quase constituem norma e, por conseguinte, não são grosseirões), mas talvez tenha intuído que esse termo pegajoso referia-se a ela; que ele havia aplicado a ela, e num tom mais para o fragoroso.

— Rafael de la Garza, da embaixada espanhola em Londres. Senhora Flavia Manoia, uma maravilhosa amiga italiana. — Utilizei essa língua para apresentá-los, aproveitei para inserir um elogio; depois acrescentei em castelhano, isto é, só para Rafita, a fim de deixá-lo prevenido ou de contê-lo (um esforço talvez ilusório): — Seu marido está ali, é aquele, um homem muito influente no Vaticano. — Contava impressioná-lo. — Naquela mesa com o senhor Reresby, você se lembra do senhor Reresby, não? No jantar de sir Peter, sim? — Do que eu estava seguro era de que não se lembraria de que o sobrenome de Tupra era Tupra, na casa de Wheeler.

— Ah, mas como é jovem esse seu embaixador — ela respondeu sempre na sua língua, enquanto lhe apertava a mão. — E como é moderno também, muito audacioso o estilo dele, não é? Eh, vê-se que o país de vocês é renovado em tudo. É verdade, em tudo. — E voltou a insistir na história do *titi*, cismou de sabê-lo. — Mas, me diga o que significa "titi"? Vamos, diga.

De la Garza falou comigo ao mesmo tempo (cada um me berrou num ouvido e cada um em sua língua), segurando demasiadamente a mão da senhora entre as suas duas, isto é, seqüestrando-a durante toda a série de insultos e obscenidades que a visão e a lembrança de Reresby fizeram brotar da sua boca mal o avistou e que não fui capaz de acompanhar inteiramente, mas da que captei estes tantos vocábulos, frases incompletas e conceitos: "sacana", "caramba", "mulherão", "uma puta", "mostrando as calcinhas", "caíram", "um transexual", "esfregava as suas banhas", "sofá melado", "queria ver se fosse você que as arrancasse", "dissimulação", "cigano de merda", "aquela víbora", "não sacaneie" e uma interrogação, por último, "tirou as calcinhas dela viva?". Depois desse rápido rosário, referiu-se por um breve momento ao presente:

— Quem você falou mesmo que *ladra*? Esta maciça? Caralho, que bastiões! — Seu vocabulário era com freqüência escolar e antiquado, quando aspirava a ser mais rude. Havia percebido, contudo, certa dificuldade de ataque. Em compensação, nem teria cogitado na questão da artificialidade evidente dela (obra do homem), ele não fazia distinções nem se perdia em detalhes menores. Depois adotou um tom untuoso, por um instante, para se dirigir a Flavia e adulá-la: — É um grandíssimo prazer, senhora, e minha admiração é maior ainda. — Isso sim foi compreendido, *crystal-clear* para qualquer italiano.

Em todo caso, continuava a se exprimir impropriamente ou tinha até piorado (as noites de dissipação são propícias, e mais ainda as de caçada árdua), mas essa de tirar as calcinhas de uma mulher viva eu nunca tinha ouvido. Era escandalosamente grosseiro como eufemismo, mas sem dúvida não deixava de sê-lo — um eufemismo —, de modo que possivelmente, no contexto geral, havia que lhe agradecer por ele. Menos mau que ninguém, dos que estavam comigo, entenderia suas expressões baixas e brutais.

Eu já estava meio arrependido da minha fraqueza egoísta (eu devia ter nos renegado, a ele ou a mim, ou a ambos, "você nunca me viu, não sei quem é você, você não me conhece, você não falou comigo nem eu te disse nada, para mim você não tem nem rosto, nem voz, nem respiração, nem nome, do mesmo modo que eu para você não tenho nem sequer nuca ou costas") quando Tupra me fez um sinal para que fosse à mesa, ele estava explicando tanta coisa a Manoia que por força ia precisar de mim como intérprete a qualquer momento, via-se que isso ia acontecer, para que os tirasse de algum aperto. Hesitei em levar a senhora comigo e, portanto, o Rafita, que agora tão cedo não desgrudaria de nós, sua propensão era adesiva. Mas eu poderia deixar Tupra muito irritado, pensei, se plantasse o vulgar especialista em belas-letras (que, aliás, ele já conhecia) no meio das suas *trattative* (e ainda por cima com jóias e uma rede de pesca penduradas); assim, optei por deixar Flavia aos cuidados provisórios de De la Garza — coisa sempre intranqüilizadora —, via-o mais que disposto a ilustrá-la com suas agudezas cultas, ou a estonteá-la com danças mais primitivas que a minha e que não seriam mal recebidas. Antes de me ausentar sussurrei ou gritei no ouvido dela, que não se sentisse ofendida por uma resposta não dada:

— "Titi" significa "beldade".

— Ah, é? E por quê? De onde vem? Que estranho.

— Bem, é um termo popular, simpático, de Madri, carcerário. — Este último detalhe eu improvisei não sei por quê. — Ele a considera de uma grande beleza, como todos, como cada um. — Bem, saiu assim em italiano, *verbatim*. — Foi disso que ele a chamou.

— Mas o embaixador esteve preso? — perguntou, sobressaltada. Não houve em sua voz tanto escândalo (não devia estar desacostumada a ver passar pela cadeia amigos e conhecidos) quanto piedade e alarme absurdos pelos antecedentes do grotesco *majo* e sua possível desgraça passada (eu lhe teria aplicado a masmorra por longas temporadas, com ou sem razão). Seria por sua juventude, supus, essa deferência.

— Não, não. Eu diria que não, não creio. A origem da palavra é carcerária, mas as palavras saem, viajam, voam, se expandem; elas são livres, certo?, não há grades nem muralhas que as contenham. Tremenda força, a delas.

— *Temibile* — sublinhou De la Garza, que havia escutado e deve ter entendido desconexos vocábulos avulsos do meu italiano espanholizante (o dele foi deduzido, seguramente não falava a língua; me refiro a sua contribuição adjetiva e única). Era um ás nisso, em intervir sem o menor sentido, sem saber do que se tratava, sem ser convidado e até, às vezes, sendo repelido clara e taxativamente.

— Não é preciso, *quindi* — prossegui —, ir para a prisão para conhecer as palavras que ali nascem ou se inventam. E ele não é o embaixador, viu, claro que não; faz apenas parte da equipe deste. Mas estou convencido de que, com o tempo, vai ser. E acho que chegará mais alto ainda se perseverar em ser como é, o que parece irreversível: vai ser nomeado secretário de Estado, *anzi* ministro. — Em espanhol não há equivalente exato para estas duas palavras, "*anzi*" e "*quindi*".

— Ministro? E de que coisa, ministro?

— *Beh*. Da Cultura, é o mais provável; é seu assunto, é um especialista em tudo. — Isso saiu espontaneamente: também o "*beh*" é ambíguo em italiano, eu talvez não tenha querido ficar para trás no manejo das interjeições vernáculas indefiníveis. E acrescentei, afastando-me um pouco dela, com a intenção de facilitar a escuta a De la Garza e de que ele entendesse de forma mais ou menos conexa: — Ninguém como ele conhece a literatura universal fantástica, inclusive a medieval e a paleocristã. Conhece pacas. — Eu disse esta última palavra com uma literalidade inadmissível, citando a ele próprio no jantar de Wheeler. "*Conosce pacas*", soltei sem me inibir nem um pouco, sabendo que essa expressão não é empregada nem portanto compreensível. — E isso, além de meritório e útil, é tremendamente chique, sabia?

— Temivelmente chique — grifou Rafita, sem ter entendido grande coisa, apesar da minha vocalização muito clara. Ele estava com a língua um tanto pastosa, não muito, podia passar logo se espaçasse os drinques ou se a lascívia a resgatasse; dessa vez nem sequer tentou o italiano adivinhado. Olhava para a senhora Manoia com fixa e vítrea luxúria, quero dizer que estava a ponto de ficar em estado de estupefação ante os menires.

— Deveras? *Addirittura*. — Isso tampouco tem equivalente exato no meu idioma.

— Agora, se me dispensar, caríssima e admiradíssima Flavia — eu pelo menos não poupava superlativos, mais freqüentes na língua dela —, deixo-a alguns minutos na melhor e mais chique companhia. Nossos amigos me reclamam.

Eu a deixei ali, mas aos pés dos cavalos baios e na boca pseudonegra do lobo e diante do fosso fosco dos crocodilos, confiando em que seu marido e Tupra não me retivessem por muito tempo, eu me sentia responsável pela noite da senhora, pelo seu bem-estar e satisfação, queria que suas dez pulseiras continuassem tilintando. Enquanto me dirigia para eles, vi que De la Garza evitava momentaneamente a dança e optava por incorporá-la à sua mesa não muito longe da nossa, a mesa das suas amizades ruidosas, na maioria espanholas, e isso em parte me tranqüilizou, ficavam à nossa vista e ele não poderia cantá-la ali tanto quanto a sós dançando (havia no grupo um par de mulheres, e muitas das minhas compatriotas suportam mal a concorrência, ainda que seja imaginária e não exista nem em sombra porque quase não poderia acontecer: seriam ambas vinte anos mais moças do que a minha senhora Manoia, a qual as teria eclipsado, porém, se tropeçasse com elas sem essas duas décadas de diferença. "Luisa não é assim", cruzou pela minha cabeça esse pensamento; "não costuma rivalizar com ninguém e, se alguém vem se medir com ela, ela se afasta. Talvez por estar segura ou porque ser como é já lhe basta. Eu talvez não seja diferente"). Percebi que o mané fingidor melômano agora batia palmas baixinho perto de seu próprio ouvido, as mãos côncavas e cautelosas, os olhos fechados com força, consciência plena da sua posse intensa e até um dolente cantarolar nos lábios (devia ser o de um canto pra lá de fodido de tão tremendamente cigano, fazia uma expressão de êxtase atormentado como se fosse um mártir voluntarioso), absorto em músicas que não se prestavam nada para tais abismos de dilaceramento, vai ver que trauteava outra na cabeça, com incrível concentração e constância, ou talvez a ouvisse mesmo — surdo às da discoteca portanto — com diminutos fones de ouvido ocultos, como os que devia usar em suas corridinhas meu vizinho dançarino de frente. Sua cara me pareceu familiar, muito camponesa apesar do penteado barroco de caracóis que procurava ofuscá-la ou até desmenti-la, o cabelo furiosamente tingido de um negro demente; deu-me na telha que era um escritor seminal celebérrimo, podia ter dado uma conferência no Instituto Cervantes naquela tarde, trazido *ex professo* da península por De la Garza, e eu tinha perdido, a aula magistral ou fórmulas de feitiçaria, que grande falha a minha. Pareceu-me um anormal completo, e ele, é claro, não se deu conta da chegada de Flavia à sua mesa, concentrado que estava nas palmas do seu lamento; os outros nem se levantaram quando Rafita fez as apresentações, com exceção de um homem que talvez fosse britânico, por seu aspecto e por conservar certos bons modos, demoram um pouco mais a considerá-los todos prescindíveis. O adido, com um gesto despótico, mandou o grupo se locomover a fim de abrir espaço para eles, vi os dois tomarem assento com muito aperto (deviam roçar as pernas, a senhora Manoia ficou com a saia um pouco subida — um pouco demais, entenda-se —, talvez isso exaltasse seu coquetismo) antes de eu fazer a mesma coisa sem apertos numa cadeira à esquerda de Reresby, ele preferia ter a gente desse lado, se possível, ouvia melhor com esse ouvido ou via melhor com o olho direito, imaginava eu.

Depois me perguntou como se diziam em italiano quatro ou cinco palavras que preventivamente havia anotado no descanso de copo e em que tinha encalhado o inglês de Manoia, pobre de vocabulário. Uma delas foi "*vows*", estranhamente, ou "*to take the vows*", mais concretamente; outra foi "*toadstool*", tão esquisita quanto, em outra gama; uma terceira foi "*nipples*", que não ajudava a inferir nada. Era normal que Manoia as desconhecesse, mas não tanto que Tupra não houvesse recorrido a alternativas ou aproximações para dá-las a entender, inclusive a sinais, em último caso (talvez, apesar do nome, ele fosse inglês demais para tanto). Por acaso eu as tinha lido ou ouvido antes e pude buscar equivalentes ("*pronunciare i voti*", aí me orientei pelo castelhano; "*funghi, piuttosto quelli velenosi*", aqui a explicação me foi necessária; "*capezzoli*", aventurei: eu me lembrava dela proparoxítona, mas não estava seguro). Também por sorte, minha curiosidade não era despertada. Confiei, no entanto, em que os bicos, *capezzoli* ou *nipples* não fossem em absoluto os da senhora Manoia, qualquer referência a eles teria me soado violenta (ainda que houvesse sido apenas médica ou, digamos, patológica) depois de ter sido espetado como que por duas flechas e ainda sentir sua pontada no meu peito. Eu já me dispunha a voltar a ela, uma vez cumprida a minha tarefa de dicionário ambulante; mas Tupra me deteve com um gesto, me mostrou o revés da mão como que me advertindo: "Espere que ainda podemos precisar de você". Manoia aproveitou a pausa dessas consultas (só reagiu à terceira, e sobriamente: "*Ah, gabezzoli*", repetiu com sua pronúncia não romana, mas mais sulista) para erguer o queixo azulado e comprido e olhar com os óculos bem assentados, presos pelo polegar, para a mesa que havia acolhido sua mulher com tanto e tão espanhol descuido.

— Quem são — me perguntou na sua língua, em tom desdenhoso e desconfiado, ou era quase descontente.

— Espanhóis; escritores, diplomatas — respondi me dando conta de que não tinha a menor idéia e ignorava o nome deles todos, na ponta da língua (mas sem sair) o do célebre e fundamental autor batedor de palmas. — Aquele jovem é da minha embaixada, o senhor Reresby também o conhece. — E me virei em inglês para Tupra, a fim de incluí-lo na conversa e fazê-lo compartilhar responsabilidades, preventivamente. — Você se lembra do jovem De la Garza, não se lembra? Estava naquele jantar em Oxford, é filho de dom Pablo de la Garza, que foi de grande préstimo aqui durante a guerra e depois por muitos anos embaixador da Espanha em países africanos. — Ocorreu-me absurdamente que essa informação genealógica os tranqüilizaria. — Bom rapaz, muito atencioso. — Esta última frase repeti em italiano para Manoia, de modo a ver se assim ele acreditava em mim (“*Un bravo ragazzo, molto premuroso*”), enquanto em espanhol eu pensava sem poder evitar: “Um tremendo panaca, um capadócio, um mala”.

Apesar dos reflexos das suas lentes, vi por um momento seu fugidio olhar graças ao fato de tê-lo fixado um pouco mais que de costume sobre Rafita e sua turma. Percebi nele zombaria, causticidade e também um quê de ódio, como se houvesse reconhecido neles uma classe de gente que tinha sido jurada de morte havia anos. Sim, parecia um homem capaz de sentir fúria até com provocações menores, mas certamente só explodia sem que nada a anunciasse, sem que quase não se pudesse prevê-la, ainda menos impedi-la. Uma cólera morna; controlada por ele, e dosada; podia detê-la, inclusive uma vez desencadeada; para os outros, desconcertante. Ele era assim. Era o que ele encerrava. Mas Tupra sem dúvida tinha razão, de que também podia externá-la.

— E o que ele usa na cabeça, uma mantilha? — perguntou Manoia, agora com aberto desprezo. — Será que pensa em ir à missa ao raiar do dia?

— Bem, o senhor sabe que os jovens de hoje se enfeitam com coisas esquisitas quando saem à noite, gostam de ser originais, diferentes. — Na verdade era um sarcasmo que eu me visse obrigado a justificar a vulgaridade e a defender a grossura. — É um acessório arcaico, mas muito espanhol; quer dizer, taurino; do Setecentos, creio, talvez de antes. — Olhei para Rafita com rancor. À distância me lembrou o auto-retrato de Luis Meléndez que está no Louvre, mas um Meléndez degenerado e pervertido; e o que o pintor traz na cabeça não é comparável: um lenço amarrado, se não me engano, à moda de uma coroa de louros ou buscando esse efeito. Falava animadamente e aos berros, pontificava ou contava piadas (uma das duas coisas), a senhora Manoia não devia entender nem a metade, mas ele se dirigia também aos outros, sobretudo a uma jovem lourejante com permanente cara de asco, essa expressão é muito freqüente entre as espanholas de linhagem endinheirada, carentes de atrativos e em geral sem personalidade, em nossa terra costuma ser necessário muito estômago para dar um golpe do baú autóctone. Supus que Rafita se destinava a isso; mas não devia ter pressa: ainda era entusiasmado, inexperiente, colecionador, ainda devia querer passar por muitas camas temíveis, ocupadas por femininas e incontinentes sósias do inesquecível ator Robert Morley ou por parecidas e dissolutas gêmeas de Peter Lorre, as quais teria desejado na noturna rendição ébria para se assustar consigo mesmo e com elas na matinal saciedade da ressaca. — Em suma — acrescentei, já farto de panos quentes —, é um bom rapaz, mas um pouco capadócio. — Eu tinha ficado com essa palavra na cabeça; experimentei ver se existia tal qual em italiano, nas línguas irmãs tudo é possível e nunca se sabe.

— *Un po'? Eh. Capadosso totale. Eh. Questo si vede, eh* — corrigiu-me Manoia e eu concordei, ele era um capadócio total, cabal e integral. Se bem que na realidade o que saiu de seus lábios foi "*Gabadossa dodale*", não parecia capaz de emendar suas abreviadas e confusas vogais nem suas consoantes invariavelmente sonoras, perguntei-me se também falava arrastado assim com os delicados membros da Cúria romana, tinha metido na cabeça que se tratava de um casal de súditos vaticanos, devia haver alguns que não eram nem cardeais nem bispos nem capelães, nem coroinhas nem sobrinhos do papa. — Além do mais, não é tão jovem para essas imbecilidades — disse, passando agora a seu inglês mal mastigado, para não deixar Reresby boiando acerca de nossos comentários. — Esse bufão já fez trinta anos, não, Reresby?

— Trinta e um — respondeu Tupra, como se soubesse. E acrescentou para se desvincular ou se safar do que eu havia insinuado: — Nunca falei com ele, só o conheço de vista, naquela ocasião em Oxford. Fica nervoso com as mulheres, isso eu percebi. — Eu não soube ao certo se ele me advertia com essa observação, para que eu prestasse atenção no que dizia, ou ao senhor marido para que resgatasse Flavia sem mais demora e não a expusesse a possíveis puerilidades tardias, acabam mal quando a noite já vai batendo em retirada.

Em seguida Tupra voltou a reclamar a atenção de Manoia. Aproximou novamente seus lábios carnudos do ouvido deste e continuou lhe explicando, ou convencendo, ou solicitando, ou instigando. Eu não tentei escutar, fiquei com um olho de guarda na mesa espanhola e com o outro olhava para os dois, para ver se me requisitavam, chegavam até a mim de quando em quando laivos da conversa deles, quando a música amainava um pouco ou então um ou outro elevava a voz demais da conta, palavras soltas e algum nome próprio. Não tinha dúvida de que Tupra acabaria arrancando de Manoia o que bem entendesse, um compromisso, uma ajuda, uma aliança, um segredo, uma compra, uma venda, um privilégio, um plano, uma delação ou qualquer trabalho, limpo ou sujo. Sempre o vi como o ser mais persuasivo do mundo e além do mais experimentei isso na minha própria carne, o que contribui sobremaneira para o arraigamento das nossas convicções. No entanto, para lá das minhas impressões parciais, era seguro que aquela sua veemência postergada, aquele zelo lisonjeador e permanente, a sensação de homem acolhedor e atento que transmitia a seus interlocutores quando isso lhe convinha e de que nenhuma palavra deles jamais era mal ouvida nem desperdiçada nem, portanto, gasta ou pronunciada em vão; sua estranha tensão de reserva, que nunca obstaculizava a comunicação (com ele as pessoas sempre estavam à vontade, soltas, se assim se permitiam), mas que sempre aparecia sob suas leves vaidades e suas ironias taciturnas e suaves, mais como promessa de intensidade e significância do que como ameaça de conflitos ou turbulências; era seguro que toda essa efervescência dele, guardada numa antecâmara em interminável espera, ou subterrânea, ou cativa, conseguia contagiar até os mais reticentes e suspicazes, e conseguia que estes, se não de seu lado, se pusessem em todo caso em sua posição, ou em sua perspectiva, ou talvez somente à sua altura, que não era outra que a do homem. Essa é a adequada e a de que não se esquiva.

De modo que ali estava ele, murmurando no meio do estrondo, ganhando minuto a minuto o ouvido do seu convidado, ele, sim, como um Yago ou Iago argumentador e diáfano e cuja boa lei ficava a salvo até o pano baixar, ou mesmo depois, no eco dos seus parlatórios ao voltar para casa (a boa lei e a má-fé podem andar juntas e ser compatíveis, a primeira amparar os recursos e a segunda o propósito, ou os meios e o fim, se preferirem termos mais políticos); era como se não precisasse muito de subterfúgios e ardis, nem mesmo sequer de simples enganos, da instilação sub-reptícia dos venenos e germes para desviar ou conduzir vontades e arrancar juramentos, entregas, renúncias, quase incondicionalidades. Tupra nunca teria de pensar, dizer-se, propor-se as feias palavras do defensor do Mouro: "Verterei esta pestilência em seu ouvido", porque ele convencia com o convencimento, e raras vezes urdiria alguma coisa sobre bases falsas ou embustes, pelo menos assim me parecia: que seus raciocínios arrazoavam, seus entusiasmos entusiasmavam, suas dissuasões dissuadiam de verdade e que de nada mais necessitava, ou tão-só do seu silêncio às vezes, que sem dúvida silenciava aqueles diante dos quais o guardava. Mas talvez tivesse sim de pensar ou se dizer com freqüência, em compensação, outras palavras inquietantes de Yago: "Eu não sou o que sou". Para mim era difícil saber o que era, apesar do meu suposto dom que eu compartilhava com ele ou da minha indiscutível maldição que talvez fosse somente minha. E também não era fácil saber o que não era.

"The Sismi", foi esse um dos nomes que em mais de uma ocasião saíram da sua boca ou da de Manoia, e quando era este que o dizia, naquele contexto de predominante língua inglesa soava como "*the sea's me*", isto é, "o mar sou eu", coisa demasiado improvável até para nome de barco ou mesmo de puro-sangue (mas me lembrei de mim mesmo na minha noite febril de leituras em casa de Wheeler à beira do rio Cherwell, quando pensei ao me deitar: "Eu sou o rio"), de modo que supus que devia se tratar de uma sigla, a de alguma organização, instituição ou ordem, ou facção vaticana, ou confraria (como a 'ndrangheta ou a Camorra meridionais). Também captei cinco sobrenomes ou pelo menos os retive, por terem sido reiterados naquele

instante de conversa e graças à minha excelente memória para arquivar tudo o que meus olhos vêem e meus ouvidos ouvem: Pollari, Martini, Letta, Saltamerenda, Navarro, sobretudo os três primeiros. (Quase jogavam com aquele falso italiano e semifalso britânico, Incompara, do qual a jovem Pérez Nuix tinha me falado na noite da sua visita chuvosa e que queria que protegêssemos ou beneficiássemos, interessadamente e sem que se notasse.) Eu me propus procurá-los mais tarde num *Who's who in Italy* recente, para combater um pouco a habitual inconstância ou negligência das minhas curiosidades e pelo riso que me provocava o quarto, embora nesses catálogos só apareçam pessoas de certo mérito público, como sir Peter Wheeler no do Reino Unido, e não havia motivo para imaginar que esses indivíduos fossem mais que obscuros particulares, como Tupra ou eu mesmo; mas quem sabe. (Talvez fosse mais provável que figurassem no velho arquivo do edifício sem nome; e vai ver que Manoia também, com sua esposa e tudo.)

Eu estava cada vez mais preocupado, com De la Garza solto à caça verbal de Flavia (contava com que ele não se atrevesse à tátil ou à digital), ou com Flavia sem nenhum escudo contra os dardos que aquele grande bruto ordinário, e ao mesmo tempo afetado, pudesse cuspir nela: por ora ela ria (bom ou mau sinal conforme o olho que visse), eu procurava não os perder de vista mais que uns poucos segundos, quando devia atender e voltar os olhos por necessidade para os meus companheiros de mesa. Tupra não tinha se enganado ao me impedir de me ausentar logo depois, porque de fato precisou novamente do meu concurso, agora a pedido de Manoia, para que o ajudasse em inglês com algumas palavras ou frases, lembro-me de que me perguntou sobre "*invaghirsi*", "*sfregio*", "*bazza*", com essas três me vi em apuros. A primeira eu desconhecia, de modo que, após ganhar tempo fingindo me assegurar de que não tinha dito "*inva-*

nirsi", traduzi intuitivamente de duas maneiras diferentes, por "*to inebriate*" e "*to swoon*" ou "*faint*", ou seja, "embriagar-se" e "desmaiar" ou "desvanecer" (alguma culpa tinha a proximidade fonética com "esvair-se"), que, é claro, se não são sinônimas, podiam ser consecutivas ou não se excluir nessa ordem. Em todo caso, não acreditei que minha infidelidade fosse importante nem desse ensejo a equívocos graves, aquele senhor gostava de rebuscar os vocábulos, eu me dei conta disso (até mesmo regionais), ou talvez quisesse me testar com a finalidade de me prejudicar. A segunda eu também ignorava, que desastre, e além do mais não foi fácil associá-la com nada; Manoia se impacientou ante as minhas hesitações, me apressou com maus modos ("*Uno sfregio! Sfregio, dai! Uno sfregio!*") ao mesmo tempo que passava pela face a unha do polegar de cima para baixo; mas como eu não percebia que essa palavra significava "cicatriz", por existir *cicatrice* em italiano, optei insensatamente por algo intermediário entre o som e o gesto, isto é, pela palavra espanhola "estrago", que em inglês converti para "*damage, havoc*". Mais tarde consultei um dicionário, me perguntei se Manoia havia ameaçado deixar aquele *sfregio* específico na cara de alguém no dia seguinte, e nesse caso minha tradução não teria sido totalmente disparatada, ou se fazia parte da descrição de algum mafioso ou monsenhor, por exemplo, e nesse caso eu teria me saído bem, dado que o termo correspondia a "corte" ou "navalhada", mais ou menos. Quanto ao terceiro, me pôs no maior aperto de todos, precisamente por conhecê-lo em dois sentidos díspares, eu o havia lido ou ouvido durante uma estada já distante na Toscana, e minha boa memória o guardava. Fiquei mais uma vez hesitante, imóvel, porque uma das suas acepções era "maxilar comprido" ou "queixo saliente", justo o que Manoia não podia dissimular em sua cara e o que seguramente devia ter feito dele, em sua terra, um *bazzone* desde criança — um queixada, como dizer, um queixudo: esse aumentativo maldoso eu tinha ouvido por sua vez em algum velho filme de Alberto Sordi (de quem, é claro, eu me lembrava num papel de *dentone*), ou do grande Totò mais provavelmente, já que, pensando bem, desse extraordinário cômico nunca ninguém jamais deve ter ganhado em matéria de *bazzone*. O outro significado, relacionado etimologicamente com a nossa "vaza" dos jogos de baralho, era o de "golpe de sorte" e também de "pechincha". Como eu não participava da conversa e como esta, além disso, era muito pouco audível em conjunto, quando Manoia me interpelou ("*Come si dice, bazza?*", ou antes, "*Gome si disce?*", aquele seu acento irrenunciável transformava o som *tch* em *ch*), eu não tinha a menor idéia do que tratavam: ignorava se ele continuava descrevendo algum sicário ou prelado — gostaria de ver quem era, bela figura com cicatrizes nas bochechas e mandíbula elefântica — ou se invocava a boa sorte para os projetos comuns deles, ou se apenas convencia Reresby de que o preço do seu serviço ou do seu acordo era uma verdadeira pechincha. Se sua "*bazza*" se referia a esse último sentido e eu traduzisse discretamente como "queixo pontudo", mesmo assim corria o risco de que Manoia acreditasse que eu aludia despropositadamente a seu mais chamativo traço em tom de escárnio, e já desde o primeiro instante havia notado que o tamanho da sua queixada não deve ter sido alheio à configuração do seu caráter, no mínimo desconfiado mas não vingativo no máximo, pois ainda dava para adivinhar nele piores potencialidades. Se fosse o inverso, minha tradução não teria o menor sentido mas não o ofenderia, a não ser que atribuíssem o fato de eu não usar a palavra correta à presença acima da mesa daquele seu queixo que no fim das contas não chegava a ser prognata, nem mesmo sob as luzes de cores mutáveis que ali o distorciam e o faziam assemelhar-se um pouco com Fagin, o personagem de Dickens. Talvez eu me excedesse em meus cuidados, hesitei demais, e isso o levou a se impacientar de novo e em maior medida:

— *Ma gosa suscede, eh. Non gabisci bene l'idaliano?* — Ele tinha me tuteado desde o início sem cogitar outra possibilidade, e tinha me chamado de Jack sem problema, acompanhando o uso de Tupra, como se tivesse comigo a mesma intimidade que esse, ou como se a houvesse herdado instantaneamente (prerrogativa dos iguais ou dos que mandam). Agora seu tom foi de represália implícita, quero dizer que soou como uma dessas exigências que não ficam sem castigo se não são cumpridas. — *Bazza, bazza, gome si disce in inglese bazza, eh? Non lo sai?*

De modo que sem mais demora eu me decidi por "*bargain*", no contexto me parecia mais conforme que se falasse de custos numa conversa de política ou de finanças, ou de prebendas ou até de indulgências.

— A *bargain* — falei. E por via das dúvidas acrescentei o sentido de sorte: — *Or a stroke of luck.*

Mas não gostei nada da segunda irritação daquele homem. Não que me sentisse ofendido nem destratado. Ou sim, mas dava na mesma, eu não era o que era ("*I am not what I am*", citava para mim mesmo às vezes; "não de todo", eu me dizia, "não exatamente") quando saía por aí com Reresby ou com Ure ou Dundas, nem mesmo quando acompanhava Tupra, só ou com os outros; em certo sentido, interpretava um papel de subalterno ou subordinado — o que no fundo eu era, circunstancialmente, enquanto não me desligasse das minhas atividades remuneradas e conservasse meu cargo sem nome —, ou de escolta e acólito — e assim não acusava como desaforos pessoais os que aquele meu personagem pudesse vir a sofrer ocasionalmente, porque os recebia — como dizer — em nome do grupo inteiro e como mera parte dele, a mais intrusa, tardia e insignificante; e o inteiro me parecia por sua vez fictício, ou dedicado às ficções, talvez isso seja mais exato. E que quase tudo transcorresse em idioma alheio acentuava o caráter forçado, irreal, fingido, dos ditos e dos fatos: em outra língua é inevitável ter a vaga sensação de estar sempre representando ou mesmo de estar traduzindo (não importa quão bem a conheça), como se as palavras que você pronuncia e ouve pertencessem a algum ausente, todas a um só autor que as inventava e ditava e já as tivesse distribuído entre os atores, e nada do que se diz a alguém o afeta. Quão mais difícil, em compensação, suportar as críticas, humilhações e ofensas que nos chegam na nossa língua de sempre, são mais reais. (Talvez essas ofensas sejam as únicas verdadeiramente reais, e por isso convinha abortar as possíveis de Pérez Nuix; impedir que nascessem, que me magoassem e que eu pudesse guardá-las. Como as de Luisa, que ainda ecoavam, talvez porque já quase nada as dissipasse nem as encobrisse, e ela estava cada vez mais taciturna comigo, quando nos telefonávamos.)

Aquela noite terminaria, isso além do mais, e o mais provável era que eu nunca mais tornasse a ver Manoia, de modo que não me custava nada que meu eu daquela noitada ou de qualquer outra a serviço de Tupra — digamos Jack, de fato — ficasse num mau lugar momentâneo e seguramente provisório. O meu eu de antes e de depois não era Jack, mas Jacques ou Jacobo ou Jaime; este era mais estrito e altivo, e também mais justiceiro, enquanto para aquele era irremediável ver todos os acontecimentos a que assistia ou de que tomava parte um pouco em vão ou em falso, como se não se referissem a Jacques ou não acontecessem com ele, e como se Jacques estivesse ao abrigo deles. Se não gostei em absoluto da reação de Manoia foi porque me alarmou o bastante para eu me sentir imediatamente envolvido, como Jack pelo menos, *chevalier servant* negligente ou inclusive já fracassado. Vi claramente que seus maus modos com certeza se deviam a outra causa que não a minha demora ou as minhas hesitações (ou a minha incompetência, se não havia acertado com a sorte e a pechincha). Estavam relacionados sem dúvida nenhuma à senhora Manoia, e naquele mesmo instante dirigi a vista novamente para a mesa dos espanhóis, depois de tê-la desviado por não mais de vinte segundos, e De la Garza e Flavia não estavam mais lá.

Olhei em volta com nervosismo, tinha me escapado o momento em que eles se levantaram, todos os outros continuavam lá, inclusive o escritor flamenco (agora mais compenetrado em suas palmas, parecia um verdadeiro cigano) e a apagada herdeira (invariável a sua expressão de vítima de pestilentos eflúvios letárgicos), logo não havia ocorrido um deslocamento do grupo, nem mesmo de uns tantos, para zonas mais divertidas, só tinham se ausentado a minha dama e o adido. A discoteca era grande e no meu campo visual não cabia mais que uma parte mediana, podiam ter se aproximado de um dos muitos bares ou ter ido dançar na pista mais frenética e distante; mas também podiam ter se transformado em sombras num canto escuro ou — eu me negava a imaginar isso — ter saído juntos do local, com sobrenatural urgência e sem se despedir. "Não, isso não é possível", pensei ainda sem estar seriamente assustado; "Tupra disse que ela só queria elogios e galanteios, e que não daria um passo envenenado por mais disposta que parecesse a percorrer desse modo uma vereda inteira, e ele não costuma se enganar. Esta noite, não obstante, é verdade, a senhora bebeu moderadamente umas tantas vezes, e o que De la Garza carrega de líquido é melhor nem calcular. E não há quem não dê passos assim em algum dia da sua existência, em companhia de um idiota, de um criminoso ou de um cafona, ninguém está fora de perigo. Mas Rafita. Com sua redinha. Com seu enorme casaco claro. Com sua argola de cantora cubana ou de dançarina porto-riquenha. Como se fosse Rita Moreno em *West side story*. Com seu frustrado ar negróide. Tanto envenenamento equivaleria a um suicídio, e ninguém desperdiçava o seu com tamanho mau gosto." A apreensão, entretanto, cresceu quando me lembrei de ter visto em minha vida inefáveis formações de pares, assim como ter sido informado fidedignamente de aberrantes relacionamentos conjunturais ("*one-night stands*", dizem em inglês, um termo originalmente teatral, viria a ser "sessões únicas", denota um pouco de narcisismo e outro pouco de exibicionismo, a meu critério).

Logo notaram minha inquietação, tanto Reresby quanto Manoia. Este olhou rapidamente para o vazio deixado pelo par desaparecido, não se alterou nem tocou nos óculos, mas senti-o entenebrecer-se de repente, ergueu as mãos como costumava fazer, naquela suspensão incômoda de reminiscências piedosas encenadas, uma em cima da outra no ar sem apoiar os cotovelos nem os antebraços; achei-as ameaçadoras, ossudas, rígidas — seus dedos eram amareladas teclas de piano —, como se se munissem de força ou talvez de calma; como se se preparassem ou se contivessem, ou mutuamente se sujeitassem. Já em Tupra nunca se advertiam religiosidade ou piedade, nem mesmo como vestígio num gesto ou numa postura inconscientes, nem mesmo na forma cruel que com freqüência a primeira adota. Não havia nele encenações nem mesmo dissimulação, nunca se tratava disso: se muitas vezes parecia opaco e indecifrável, não era por seus fingimentos inexistentes, mas porque a gente não acabava nunca de conhecer seus códigos. (Confiava que a mesma coisa acontecesse com ele a meu respeito, ou não muito menos: melhor seria para mim.) Tupra agüentava muito bem o silêncio, o dele, o que dependia apenas dele, o voluntário, e quem cala querendo faz estragos nos impacientes e nos loquazes, e em seus adversários. Por isso o que mais me preocupou em tudo isso foi que agora ele falasse sem esperar e que dissimulasse um pouco, ao fazê-lo (pouco e mal, e um só instante). Enfiou o polegar virado para trás no bolso externo do peito do paletó, para aparentar despreocupação: embora não fosse um gesto estranho nele e se parecesse com outro de Wheeler, talvez houvesse copiado dele, na realidade o mais comum em ambos era que o enfiassem debaixo da axila, como se o polegar fosse um chicote, e que apoiassem nele todo o peso do tórax, ou desse tal impressão. E então, meio de lado, me disse num murmúrio veloz (e para mim estava claro que se falou comigo desse modo, com celeridade e entre os dentes, foi para escamotear as frases ao seu convidado):

— Veja antes de tudo se não estão nos toaletes, Jack, o de mulheres ou o de homens, veja em ambos, por favor. E também no dos entrevados, costuma ser o mais vazio. Encontre-a, faça-me esse obséquio, e traga-a de volta para cá. — Empregou essas fórmulas de cortesia que nele eu já sabia serem temíveis, um mau presságio, costumavam ser o prelúdio de alguma irritação ou contrariedade se você não corrigia ou cumpria. Constituíam um dos seus raros sinais interpretáveis, pelo menos o eram para mim. — Não se distraia nem espere. Traga-a. — Creio que foi assim que disse em inglês, "*Don't linger or delay*", ou talvez não e foi outra coisa, quem sabe "*loiter*" ou "*dally*", é improvável. Do que estou certo é que não saiu de seus lábios a expressão "Vá depressa". Ele tinha tanta consciência do que é fácil e difícil nas línguas quanta eu podia ter, e essas eram palavras demasiado reconhecíveis, "Vá depressa". Ele sabia que Manoia poderia tê-las entendido, apesar de cochichadas e no meio do barulho, ou com a boca oculta e negra.

Oh sim, a gente nunca é o que é — não de todo, não exatamente — quando está só, vive no estrangeiro e fala sem cessar numa língua que não é a sua ou a do princípio. Por mais que se prolongue o tempo da ausência e não se vislumbre seu termo porque não foi estabelecido desde o começo ou se diluiu e não está mais previsto, e além do mais não haja razões para pensar que algum dia possa haver ou divisar-se esse termo e o conseguinte regresso (o regresso ao antes que não terá esperado), e assim a palavra "ausência" perca sentido, arraigamento e força a cada hora que passa e que se passa longe — e então também perde inclusive esta outra palavra, "longe" —, esse tempo da nossa ausência vai se acumulando como um estranho parêntese que no fundo não conta nem nos abriga mais que como comutáveis fantasmas sem pegadas e de que, portanto, tampouco temos de prestar contas a ninguém, nem sequer a nós mesmos (ou pelo menos não detalhadas, nunca completas). A gente se sente até certo ponto irresponsável pelo que fizer ou presenciar, como se tudo pertencesse a uma existência provisória, paralela, alheia ou emprestada, fictícia ou quase sonhada — ou talvez seja teórica como a minha vida toda, segundo o relatório sem assinatura do velho arquivo que me dizia respeito —; como se tudo pudesse ser relegado tão-só à esfera do imaginário e jamais ocorrido, e portanto do involuntário; tudo jogado no saco das ilusões, suspeitas e hipóteses, e também no dos simples e desatinados sonhos, acerca dos quais houve um insólito e quase permanente e universal consenso ao longo de todos os séculos de que há memória, conjecturada ou histórica, fabulada ou certa: não dependem da intenção de quem sonha, e este nunca é culpado por seu conteúdo.

"O que se há de fazer, eu não os escolho nem posso evitá-los", a gente se diz depois de cada sonho turvo que o homem acordado logo sente como indevido ou ilícito e que melhor seria não ter tido, ou pelo menos não se lembrar dele. "Não, eu não queria que aparecesse esse desejo anômalo ou esse remorso infundado", a gente pensa, "essa tentação ou esse pânico, essa ameaça ignorada ou essa maldição surpreendente, essa aversão ou essa saudade que agora pesam todas as noites como chumbo sobre a minha alma, essa asquerosidade ou essa violência que eu mesmo causo, esses rostos já mortos e para sempre configurados que pactuaram comigo não ter mais amanhã (sim, é esse o nosso pacto com os que se calam) e que agora vêm me sussurrar palavras temíveis e inesperadas e, quem sabe, também impróprias deles ou já nem tanto, enquanto estou dormindo e baixei a guarda: deixei na relva meu escudo e minha lança." A idéia que surgiu do onírico é freqüentemente descartada ou invalidada por isso mesmo, por sua procedência titubeante e obscura, por sua nublada origem numa densa cortina de fumaça, mas nem sempre desaparece quando a consciência retorna, senão que esta a recolhe e às vezes também a nutre, e assim convive igualmente com coisas que ela não engendrou; admite-as em seu seio, então, e aí as cria, lhes dá figura, e inclusive nome, e as incorpora a seu mundo controlado e diurno, embora rebaixando-as de categoria, atribuindo-lhes um caráter venial e olhando para elas com paternalismo, como se todo sonho sobrevivente na luz houvesse por força de ser acompanhado pelo comentário irônico de sir Peter Wheeler quando se retirou por fim, escada acima e para a esquerda, na noite de sábado da sua ceia fria: "Que bobagem", disse; e acrescentou, repetindo em tom de zombaria minhas palavras anteriores: "Uma grande idéia". Mas, com toda essa condescendência para com as bobagens, aprendi a temer não só o que passa pelo pensamento, mas o que o pensamento ainda ignora, porque vi quase sempre que tudo já estava aí, em algum lugar, antes de chegar a ele, ou de atravessá-lo. Aprendi a temer, portanto, não apenas o que se concebe, a idéia, mas o que a antecede ou é prévio a ela.

De uma forma parecida à dos simulacros e sonhos percebemos e vivemos esse tempo entre parênteses da nossa ausência e o que nele vai envolto: nossas façanhas ou crimes e todos os atos próprios e alheios; não só os que cometemos ou padecemos, mas também os que presenciamos ou provocamos, sem querer ou por querer; e nele nada nunca é sério demais, é o que cremos. Que grande acerto o do grande dramaturgo que cunhou moeda falsa, o do poeta espião e blasfemo Marlowe de cuja morte obscura pouco se sabe, salvo que foi violenta, é lendária e foi reconstruída numerosas vezes com uma exatidão impossível, logo foi, isso sim, imaginada com a vista voltada para o negro dorso: ele foi morrer apunhalado numa taberna sem ter completado trinta anos, pelas mãos de um tal de Ingram Frizer conforme se averiguou tardiamente, que foi mais rápido, ou sanhoso, ou hábil com o punhal num 30 de maio de faz mais de quatrocentos anos em Deptford, perto do rio Tâmisa, que é como se conhece o Ísis em todo lugar e tempo, menos em sua passagem por Oxford, essa cidade estrangeira que faz séculos pareceu ou foi minha e em que assim é chamado, rio Ísis, logo também o é por minha memória, rio Ísis. Que grande acerto, o do grande poeta traiçoeiro e encrenqueiro que não corria de uma briga, que havia viajado para o exterior e sabia por experiência própria de que se tratava quando fez um personagem das suas tragédias dizer: "*Thou hast committed fornication: but that was in another country, and besides, the wench is dead*". Ou (e aqui não há dúvida de que "*country*" não é "pátria"): "Incorreste em fornicação: mas isso foi em outro país e, além do mais, a moça morreu".

Oh sim, o ocorrido em outro país sempre se atenua e se esfuma no instante de regressarmos ao nosso, se é que não no mesmo instante de os fatos acontecerem, como se por causa da nossa transitoriedade mais aguda perdesse gravidade e vestígio, ou simplesmente não houvesse chegado a acontecer, nem a cair e a pesar sobre o mundo, nem a se esboçar, ou só nas fumaças tortuosas do sonho, das quais depois é tão fácil sair e esquecer ("Oh não, eu não queria, não tive nada a ver"). E se além do mais morreram os envolvidos, então o acontecido fica ainda mais leve e menos pungente, mais fantasmático e mais pretérito, quase tanto quanto o lido em romances ou visto nos filmes, e às vezes a gente não consegue distingui-lo inteiramente disso, ou do vivido nos pesadelos que nos oprimem, ou sob a dor e a febre que trazem delírios. A não ser que a gente matasse esses mortos ou fosse o causador da sua expulsão da terra e de seu definitivo silêncio, indireto ou direto, sem querer ou por querer, muito embora essa expressão de "causador indireto", que se emprega tanto, não sei se tem o menor sentido ou é apenas uma contradição em termos admitida.

Mas depois há o que Wheeler disse sobre os sonhos e que iria contra tudo isso: os risos e vozes que escutamos neles, tão intensos e vívidos como os que ouvimos acordados e às vezes mais, porque se prolongam ou se reiteram e podem durar toda uma noite sem diminuir sua presença nem se cansarem sem rivais na vigília e já únicos, se ademais são de pessoas que morreram e que só tornam a falar conosco e a tomar rosto e corpo durante nossos sonhos, como aquela segunda mulher do poeta cego e viúvo John Milton; esses risos e vozes e suas novas palavras nunca proferidas antes, nunca na vida, "não resta dúvida", disse Wheeler, "de que estão em nós e não fora, em algum lugar... Estão em *nossos* sonhos, esses mortos; somos nós que os sonhamos, quem os traz é nossa consciência adormecida e ninguém pode ouvi-los". Mas acrescentou: "Esse fato se assemelha muito mais a uma encarnação, a uma suplantação, a uma personificação de nossa parte, do que a supostas visitas ou advertências do além-túmulo". ("Se assemelha a uma usurpação sem travas e na qual não há risco", pensei eu mais tarde, "uma vez que esses mortos deixaram seu lugar livre e abandonaram o campo.") E então, se ele tivesse razão, pensei na discoteca idiotamente chique enquanto acontecia o que logo aconteceu. Se ele tivesse razão, então não importam apenas a vontade ou a falta desta, nem se algo é causado sem querer ou por querer, nem o sucedido e o não-sucedido, o só pensado, ou o só temido ou ambicionado, as meras elucubrações e os meros anseios que tanto mais nos permitimos quanto mais são impossíveis, com a tranqüilidade que justamente sua impossibilidade indubitável nos proporciona; dá na mesma que fique tudo em apreensão ou suspeita, em instigações ou persuasões frustradas ou estéreis e jamais consumadas, em fracassadas palavras de Yago, que quem não prova ou provará em sua boca ao longo de uma vida inteira, buscando seu proveito ou sua sobrevivência, ou o prejuízo e a calamidade de outros: "tudo isso está em nós e não fora, em algum lugar".

E assim chegamos a um domínio no qual o de menos é que as coisas sejam ou não sejam de fato, porque sempre poderão ser contadas, do mesmo modo que a gente acaba por relatar todos os sonhos, mal ou bem, ou aos tropeções, mesmo os mais arrevesados e absurdos — pelo menos por contar mentalmente, ou nem sempre com sintaxe —; e nessa medida o que passa pelo pensamento já foi; e o que o precede ou é prévio a ele também foi. De que servem então a atenuação e a nebulosidade do que ocorre e fazemos fora ou muito longe, em outra cidade, em outro país, na existência imprevista que não parece nos pertencer, na vida teórica ou entre parênteses que temos a sensação de levar e que até certo ponto nos anima a pensar sem pensar, subterraneamente, que nada do que esse tempo contém é irreversível e que tudo tem cancelamento, volta, remédio; que só aconteceu em parte e sem nosso consentimento pleno. De que serve, se até o que para um juiz não aconteceu — o assassinato, se nos limitamos a planejá-lo; a traição, se não fez mais que nos tentar; a calúnia, a delação ou a insídia, se só as imaginamos com seus efeitos aniquiladores sem pô-las em circulação nem lhes dar curso: "Não procede, aqui não há causa", diria o juiz que visse isso — sim, aconteceu para nós e nos sentimos partícipes ou responsáveis. Mais ainda se a gente se dedica a apostar e prever frivolamente, a espiar, escutar, interpretar e prestar atenção, a reter, observar e selecionar, a verificar, associar, condimentar, traduzir, a contar, dar idéias, convencer delas, a responder e satisfazer a angustiante exigência que jamais se sacia, "O que mais, o que mais está vendo, o que mais você viu", embora às vezes não haja nenhum mais e a gente tenha de forçar nossas visões ou talvez urdi-las com nossa invenção e nossa recordação, isto é, com a infalível mistura que pode condenar ou salvar as pessoas e que nos obriga a emitir preconceitos, ou talvez sejam pré-veredictos. Ainda por cima se você é como eu ou como Tupra, como Pérez Nuix, ou Mulryan ou Rendel, como sir Peter Wheeler e como foi Toby Rylands, se você possui esse dom que não é nada do outro mundo e que além do mais só outros verão em você, ou ensinarão você a assumir que tem e assim, com isso, também a acreditar que tem.

Fui depressa, apesar de Tupra não ter mandado ir, não com essas palavras. Me levantei e afastei minha cadeira um pouco para o lado, para parecer decidido. Julguei que não era necessário pedir desculpa, afinal de contas não faria falta a Manoia, ele não fazia mesmo muito caso de mim nem estava contente com meu trabalho; talvez fizesse agora, e com seus óculos bem postos, firmados, seguiria meus passos até o limite do seu campo visual, desconfiaria, ou compreenderia, ou saberia que eu ia procurar sua mulher e trazê-la, tivesse ele entendido Reresby ou não; essa minha andança lhe interessaria, mais ainda seu resultado, e até sentiria inquietação e impaciência, se perguntaria por mim se eu demorasse a voltar do passeio: *if I did linger* apesar da recomendação de Tupra — ou não, foi uma ordem —, se ao contrário das suas instruções eu me distraísse ou demorasse, se me fizesse de bobo ou fracassasse. Tudo isso podia acontecer se eu não os encontrasse logo, se tivessem se enfiado em algum reservado para mim invisível e que De la Garza conhecesse por já tê-lo usado outra noite com alguma desesperada hormonal menopáusica — um quarto escuro para transar às cegas no anonimato, não acredito que houvesse —, ou se de fato tinham ido embora do local sem ninguém perceber — mas isso era impensável —, sem parar nem sequer no guarda-volumes — mas isso era inimaginável, um casaco de murmanski, Flavia nunca deixaria —, eu teria de sair à rua e espiar dos dois lados, nas duas calçadas, sair correndo atrás deles, se os enxergasse — não queria nem imaginar o que suporia para nós perdê-los ou já os ter perdido.

Me levantei com uma repentina sensação de peso, ela é produzida por várias combinações, a de sobressalto e pressa, a de aborrecimento ante a represália fria que nos é forçoso levar a cabo, a de humildade invencível numa situação de ameaça. Na verdade eu não temia que houvesse ocorrido nada daquilo, me parecia inverossímil que a senhora Manoia pudesse ter se envolvido com De la Garza, temerariamente ainda por cima, com seu marido a dois passos negociando com estrangeiros. De Rafita, sim, se podia esperar isso, qualquer proposta grosseira ou investida fátua, os cinco dedos, as duas mãos, quase qualquer abuso. A única possibilidade de que tivessem ido juntos para um banheiro se dava, para mim, na modalidade maternal compassiva, isto é, que o adido tivesse achado que estava para morrer e houvesse necessitado desingurgitar de repente o que havia ingurgitado, pela mesma via oral da sua ingurgitação ou ingestão (a senhora Manoia amparando com a mão sua sacudida testa, cuidando para que a redinha não virasse uma corda e o enforcasse, entre tantas convulsões e arquejos). Não, eu não acreditava em nenhuma reviravolta nem acontecimento grave, não, pensando friamente; no entanto senti o peso nas coxas, o nó apertado na nuca, a carga sobre os ombros, como se previsse (mas não houve presciência, não foi isso) que alguma coisa ia acabar dando errado por causa daquele episódio e que além do mais ia nos deixar mal para sempre ou, se não, por um bom tempo, e me dei conta imediata de que a origem do pressentimento era mais Tupra com sua dissimulação, com seu falar furtivo mas pronto demais para sua tendência contrária, relutante, do que Manoia, De la Garza ou Flavia, ou do que o grupo de espanhóis turbulentos com o seu cultor de cânticos profundos, ou do que a circunstância em si, que ainda não continha nenhuma afronta nem uma anomalia maior. Ou do que eu mesmo, claro, embora a sensação fosse só minha, certamente, naquele momento de me pôr de pé para iniciar a busca. O mal-estar, o execrável, a agulhada e o presságio de uma desgraça, a respiração contida — ou talvez sigilosa de quem se prepara para assestar um golpe, ou tão-só chumbo sobre a minha alma desperta —, tudo isso emanava de Tupra, era como se ele houvesse atravessado uma fronteira ou traçado uma linha súbita para cruzá-la no mesmo instante, não tanto em sua mente quanto em seu ânimo, e já houvesse decidido um castigo, independentemente do que acontecesse a partir de então.

Talvez fosse dos que não avisavam, ou às vezes não, dos que tomavam decisões a distância e sem que seus motivos fossem identificáveis, ou sem que os atos estabelecessem com eles uma relação de causa e efeito, muito menos ainda as provas do cometimento de tais atos. Não precisava delas, nessas arbitrárias ou fundamentadas vezes — quem podia dizer — em que não mandava a menor advertência nem aviso antes de vibrar a espada, nem mesmo necessitava nelas das ações consumadas, dos acontecimentos, dos fatos. Talvez se contentasse com o que sabia que ocorreria caso no mundo não houvesse coações nem impedimentos, com o que via como capacidades indubitáveis das pessoas, que, se não chegam a se realizar com toda a sua força, era só porque alguém — ele, por exemplo — as dissuadia ou impedia, mas não por falta de vontade nem de serenidade delas, isso tudo ele dava por certo. Talvez se contentasse com estar convencido do que aconteceria em cada caso, se ele ou outra sentinela não impedissem — a autoridade ou as leis, o instinto, o humor, o medo, os invisíveis vigias —, para adotar medidas punitivas, se fossem recomendáveis, as cabíveis conforme o seu critério. "É o estilo do mundo", dizia ante tantas coisas e situações árduas, descritas, relatadas, ocorridas ou previsíveis, durante nossas sessões de interpretação e relatórios (as decisões eram só dele e vinham mais tarde): dizia isso ante as traições e as lealdades, as inquietações e a aceleração do pulso, as reviravoltas inesperadas, a vertigem, as dúvidas e os tormentos, ante o arranhão, a dor, a febre, a ferida incurável, ante as aflições e os infinitos passos que todos damos acreditando que a vontade os guia, ou pelo menos intervém neles. Tudo lhe parecia normal e até rotineiro às vezes, ele sabia muito bem que a terra está infestada de fervores, afetos, aversões e malevolências, e que com freqüência os indivíduos não podem evitar nem uma coisa nem outra, além de não querer fazê-lo, porque são mecha e substância da sua combustão, também sua razão e seu lume. E que eles não precisam de motivo nem de meta para nada disso, de finalidade nem causa, de agradecimento nem ofensa, ou não sempre, ou que, como disse Wheeler, "levam suas probabilidades dentro das veias, e é só uma questão de tempo, de tentações e de circunstâncias, que por fim as levem à sua consumação". E provavelmente essa disposição tão drástica — ou era só conseqüência prática das suas visões nítidas, convictas, firmes — era para Tupra mais um traço desse estilo do mundo em que palavras como desconfiança, amizade, inimizade, confiança, não eram mais que pretensão e adorno, e quem sabe desnecessário tormento, pelo menos no que lhe dizia respeito; essa atitude irreflexiva, decidida (ou era de uma reflexão apenas, a primeira), também fazia parte desse estilo imutável através dos tempos e de qualquer espaço, e não havia por que questioná-la, como tampouco há que fazê-lo com a vigília e o sono, ou o ouvido e a vista, ou a respiração e a fala, ou com quanto se sabe que "é assim e será sempre assim".

Não se tratava porém de uma atitude preventiva, não exata ou exclusivamente, mas antes punitiva e recompensadora segundo os casos e os sujeitos, que ele já via e julgava no seco e sem necessidade de se pôr no molhado, para utilizar as expressões de Dom Quixote ao anunciar a Sancho as loucuras que faria por causa de Dulcinéia sem que ela lhe causasse desalento nem ciúme, e depois quantas mais se causasse. Ou então os entendia, os casos, com a página ainda por escrever, e talvez por isso para sempre em branco. "A vida não é contável", Wheeler também tinha dito, "e é extraordinário que os homens tenham passado todos os séculos de que temos conhecimento dedicando-se a isso... É uma empresa condenada, falida", havia acrescentado, "e que talvez nos traga menos benefício do que danos. Às vezes penso que valeria mais abandonar esse costume e deixar que as coisas apenas passem. E depois se acalmem." Mas a página em branco é a melhor de todas, a mais crível eternamente e a que mais conta porque nunca se acaba e na qual tudo cabe, eternamente, até seus desmentidos; e o que ela não diz ou diz (porque ao não dizer já diz algo num mundo de infinitos dizeres simultâneos, superpostos, contraditórios, constantes, esgotantes e inesgotáveis) poderá ser acreditado em qualquer tempo, e não só em seu tempo único para ser acreditado, que às vezes não é nada, um dia ou algumas horas fatais, e outras vezes longo demais, um século ou vários, e então nada é fatal porque já não há quem averigúe se a crença é verdadeira ou falsa, e além do mais isso não importa a ninguém, quando tudo está nivelado. Assim, nem ao abandonar o costume, como disse Wheeler, nem ao renunciar a contar e não contar nunca nada, nos livramos de contar alguma coisa. Nem deixando a página em branco. E acontece então que as coisas, embora não sejam contadas e nem sequer ocorram, jamais conseguem estar inertes. "É horrível", pensei. "Não tem jeito. Ainda que nem sequer sejam contadas. E ainda que nem sequer ocorram."

Assim é que me levantei e afastei a cadeira um pouco para o lado e, sem me desculpar com Manoia, nem lhe fazer um gesto, nem dizer nada, me encaminhei com passo ligeiro na direção dos banheiros, isso era a primeira coisa, Tupra tinha me indicado. Não ficavam perto e tive de percorrer um bom trecho à procura deles, olhava para a direita e para a esquerda, e também para a frente, quem sabe meus olhos não captavam durante o trajeto o par evadido e assim eu cumpria minha incumbência sem mais tardar, embora eu fosse bem depressa e muito concentrado — andar ficou difícil logo em seguida — para enxergar entre a multidão de que eu tinha de ir me desviando e que me obstruía o movimento, naquela hora a discoteca já estava bastante cheia, de gente chique e nem tanto, a noite mistura todos quanto mais avança, e na verdade a nossa zona — que abarcava os espanhóis e a pista semi-rápida — era ao contrário das outras a menos abarrotada, a música semilenta devia atrair pouca gente (logo não duraria), e em compensação viam-se massas dançantes no outro cenário, ou pista, ou como quer que chamem agora, aquela sim era frenética, vi de passagem aquelas massas suando apertadas, a alguns metros de mim, ou eram jardas, contornei-as e não fiz incursão nelas, teria me custado esforço e tempo, e o urgente eram os toaletes, Tupra sabia que era lá que estavam os maiores riscos para dois que escapolem, é assim desde a adolescência, quando se fuma escondido no colégio.

Havia um pouco de fila diante do feminino, isso não é raro, não sei se é porque demoram mais por sentarem e por limparem a fundo, cada uma, cada vez, o assento que vão ocupar;

havia duas ou três mulheres esperando na porta e no de homens não havia ninguém, logo entrei primeiro nele para dar uma olhada, ou antes, para inspecioná-lo melhor até o menor recanto, não queria falhar com o senhor Reresby neste ponto, "*Bring her back. Don't linger or delay*", essas ordens claras ressoavam na minha cabeça. Vi três caras de pé, dois urinando com seriedade ou com cara mal-humorada, um ao lado do outro embora não parecessem amigos nem, claro, se falassem, era estranho que houvessem ficado juntos quando havia outros seis lugares livres, a gente tende a manter distância nesse gênero de afazeres; o terceiro em frente ao espelho, penteando-se e trauteando. Das seis privadas, duas estavam ocupadas, mas ambas mostravam (inclinei-me bastante, devido à escassa perspectiva) seus pares de pernas de calça correspondentes transformados em foles, apareciam sob as portas cortadas, não sei por que motivo quase nunca chegam até o chão nem até o teto, as portas dessas cabines públicas, como se fossem as dos *saloons* do Velho Oeste, bom, por sorte não são de vaivém nem tão curtas (não são paletós, mas capas de chuva). Os urinantes olharam para mim desconfiados, viraram o pescoço como que sincronizados, o que acentuou sua expressão hostil, fui abrindo as outras portinholas para comprovar que os gabinetes estavam vazios, se alguém sobe no vaso não dá para ver os pés pelo buraco de baixo e o lugar parece desocupado, se bem que duas pessoas ao mesmo tempo em cima acarretariam o provável risco de virem ao chão, ainda mais se uma delas usava ferozes seios postiços de carvalho, enxertos de chumbo líquido ou o que fosse. O penteante em compensação não se virou, fazia o repartido com água e esmero extremo e não parava de cantarolar muito contente e alheio a tudo ("Nanná naranniaro nannara nanniaro", soava assim), era "The bard of Armagh", uma canção irlandesa, ou "The streets of Laredo", se preferirem, que é do Velho Oeste (são a mesma melodia com letra e acompanhamento diferentes), reconheci na hora, ouvi mil vezes em filmes e em alguns discos, e aquela danceteria não era tão abusiva a ponto de ter alto-falantes nos banheiros, de modo que a música das pistas era apenas um eco distante atrás da porta dupla dos WC ingleses, e assim entrou na minha cabeça no mesmo instante a bem audível balada, ou talvez seja uma canção de ninar, eu sabia mais ou menos a letra da versão caubói, muito mais conhecida que a irlandesa, *"I spied a young cowboy all wrapped in white linen, all wrapped in white linen as cold as the clay"* ("Avistei ou espiei um jovem caubói todo enrolado em fio branco, todo enrolado em fio branco tão frio como a argila"), é a história conjecturada de um morto que fala (ou na realidade uma história negada, a não-história) e cuja morte violenta ele quer que ocultem de sua mãe, de sua irmã, da sua namorada, isto é, da má vida que o levou a essa morte, *"For I'm a poor cowboy and I know I've done wrong"*, foi esse um dos versos que me vieram à memória, soltos e salteados, sem ordem, "Porque sou um pobre caubói e sei que agi mal", diz o verso; ou "que fiz mal aos outros", se preferirem. E vai ver que não é um morto mas um moribundo, fica ambíguo e confuso na taciturna letra ou talvez dependa das variantes e dos intérpretes. Mas não creio. Na minha lembrança o pobre caubói falava já morto.

Saí do toalete masculino antes dos três ou cinco que lá estavam, fui rápido. Ainda havia uma mulher esperando para entrar no feminino, muito movimento, de modo que passei ao dos incapacitados — estampada em sua porta a extravagante imagem de um gancho, talvez uma cadeira de rodas teria parecido prosaica e sórdida demais para aquele ambiente pretensioso —, ou a dos entrevados, como Tupra tinha chamado — estive a ponto de me transformar num ao escorregar na rampa, são criminosas para os ainda capacitados —, não por falta de respeito, certamente, mas porque deve ter achado que seria mais difícil que

Manoia conhecesse a palavra inglesa correspondente a isso. De fato, era muito mais amplo, na verdade espaçoso, e estava estranhamente vazio. Não é que eu estranhasse que não houvesse nenhum deficiente físico: aquele banheiro era toda uma deferência, uma consideração ou uma mera medida hipócrita, ou vai ver que com a demagogia insistente da nossa época as normas para discotecas obrigavam a ter um. Mas o normal é que nessas casas noturnas não abundem as cadeiras de rodas nem as muletas, tampouco os ganchos. O que eu achava insólito, sobretudo com o olhar espanhol que nunca me abandonou, era que o resto das pessoas não entrasse ali com a maior *sans-façon* e folga e fizesse uso daquelas instalações tão cômodas como se fossem destinadas a elas também, ainda mais se havia aglomeração no outro. No meu país ninguém teria dado a menor bola para a placa na porta: nem teriam visto (mas ninguém mesmo; povo incivilizado). Não compreendi a função de umas barras de metal cilíndricas que saíam aqui e ali das paredes, talvez fossem apoios para os que caminhassem com fragilidade ou a duras penas, toquei nelas, eram quatro, compactas, não ocas, frias, uma era fixa e as outras podiam se mover lateralmente para a direita e para a esquerda, portanto sair do caminho e ficar pegadas nos elegantes azulejos falsos, não eram toalheiros porque não havia toalhas, e eu também não dispunha de tempo para especular a esse respeito nem para me pendurar nelas de barriga (creio que assombrosamente os cronistas esportivos chamam essa postura de "rolo ventral"), como se fossem barras de exercício de ginástica, para verificar a que peso resistiam: não eram altas, no nível do ombro. Ainda não tinha encontrado De la Garza nem Flavia, todos esses passos eu dei com celeridade, mas minha pressa aumentava a cada segundo que transcorria sem avistá-los. Examinei bem, examinei o luxuoso local para inválidos até o último cantinho, por via das dúvidas, e saí dali, não tinha outro remédio senão me armar de decisão e cara-de-pau e me aventurar no de mulheres, não podia me arriscar a que o incerto duo houvesse se refugiado nele para incorrer em vício ("Não é possível") e eu não averiguasse por falta de atrevimento. "*But please not one word of all this shall you mention, when others should ask for my story to hear*", diziam outros dois versos da canção recordada de repente, instalada agora na minha mente apesar da barulheira ambiente e embora aos pedaços: "Mas não mencione nem uma palavra disso tudo, por favor, quando outros te pedirem que ouça a minha história". Eu esperava não ver nada que me desagradasse ver, não descobrir histórias que me pedissem que ouvisse; esperava que não houvesse nada que eu pudesse ou devesse contar depois.

Ainda havia uma mulher, diferente da anterior, à espera para entrar no concorrido banheiro reservado a elas e não sei se aos travestis (tinha visto uns poucos por ali, ignoro onde os mandam ir, nos lugares públicos). Passei a seu lado com tanta presteza e resolução que ela só pôde reparar na minha infração quando a primeira porta já se fechava às minhas costas. "*Hey, you*", cheguei a ouvi-la tentando exclamar, mas tarde demais e sem convicção, a segunda palavra quase abortada como se tivesse perdido a eletricidade — logo não foi exclamação —, não me seguiria lá dentro, ela não. Estufei o peito, tomei fôlego, alarguei os ombros e abri a segunda porta com o mesmo desembaraço (uma atuação teatral), a que já dava para os sanitários, uma visão repentina de um montão de damas na frente dos espelhos ou perto deles aguardando a vez ou aproveitando um espaço entre duas cabeleiras para se recomporem a distância; fez-se um semi-silêncio, houve um movimento de caras viradas na minha direção, distingui algum olhar perplexo, algum divertido, algum assustado e até algum de apreciação. Murmurei várias vezes com segurança o absurdo vocábulo "Segurança. Segurança", e cada vez esticava ou levantava uma aba do paletó, como se trouxesse nela um distintivo que não trazia: mas dá na mesma, o que conta é o gesto ou o assinalamento, ainda que não haja nada a assinalar, como quando você aponta com o indicador para o céu e todo mundo olha para cima, para o azul e as nuvens, tão vazios e calmos como no instante anterior; nem sequer sabia se a repetida palavra, "*Security*", na realidade, era inglês plausível ou uma besteira maior ainda do que em espanhol, se seria o que diria um policial ou um gorila britânicos perseguindo alguém ou numa tarefa de revista urgente.

Passeei o olhar veloz, rostos bonitos em geral, se Rafita e a senhora Manoia haviam entrado ali eram uns insensatos, se não uns imbecis (bem, ele era mesmo, mas ainda assim nem tanto: meter-se num banheiro lotado, quando havia perto e deserto o dos mutilados); mas já que eu estava lá dentro tinha de certificar-me, de modo que me aproximei das cabines com passo firme de inspetor ou de esbirro (cumprir ordens, fazer uma coisa por incumbência de outro e não por interesse nem iniciativa próprios, isso ajuda e exime o espírito de responsabilidades, prestar serviço, isso infunde desenvoltura e desconsideração e, pode ser, até crueldade); eram oito, todas ocupadas como era de se prever pela fila permanente do lado de fora. Dei uma olhada panorâmica sob as portinholas capengas, duas calças enrugadas e seis saias, ou melhor — as saias deviam estar subidas e não apareciam —, seis pares de pernas com as meias e as calcinhas caídas (havia algum fio-dental e uma das mulheres não usava meias, coisa rara na Inglaterra inclusive no verão, na certa era uma estrangeira. "Quanta trabalheira a cada vez", pensei; "quantas pequenas complicações, para nós é mais fácil"), nenhum dos oito em postura irregular, quero dizer, nenhum par de pernas, todos pareciam estar de acordo com o normal, enfim, com o esperado, o regular. Foi um instante, o correr dos olhos, no máximo dois, mas não pude evitar de recordar a imaginada imagem de uma história que minha mãe me contava em criança: uma das sete provas que o herói tinha de vencer para resgatar a amada — camponesa ou princesa raptada, cativa num castelo, não lembro — consistia em reconhecê-la precisamente por suas pernas, o resto do corpo e o rosto ocultos detrás de um comprido biombo desdobrado ou da porta correspondente também truncada, tal como estavam os de outras seis, treze ou vinte mulheres enfileiradas, um reconhecimento como o das delegacias, só que com fins liberatórios e não acusatórios, e só de pernas, não em posição sedestre como a das privadas, e sim de pé, só eram visíveis ao herói os seis, treze ou vinte pares de panturrilhas e coxas, tinha de adivinhar quais pertenciam à sua pastorinha ou à sua donzela; se não me engano, havia algum truque ou detalhe — não uma cicatriz, pobre demais até para a imaginação de um menino — que lhe permitia acertar e superar a prova, ainda que só para passar a outra mais difícil. Minha mãe não estava mais no mundo para eu perguntar qual era a chave do reconhecimento, e com certeza meu pai não se lembrava dessa história, pode ser que ele nunca a tenha ouvido nem pedisse para ouvir, não sendo filho e sim marido, talvez minha irmã ou meus dois irmãos, mas era improvável, em geral eu tinha melhor memória para as coisas da nossa infância, e se a minha falhava... "Nunca saberei, mas pouco importa, a maioria das pessoas não se dá conta de que não tem a menor importância não saber tudo, mesmo assim sempre é demais o que se sabe, tanto que esquecemos grande parte sem querer ou por querer, em todo caso sem nos preocuparmos nem lamentar, ainda que averiguá-lo quando ocorreu tenha nos custado lágrimas, suor, denodo e sangue."

Ali tinha eu diante de mim aquela fila, não me pareceu que as de Flavia estivessem entre as dezesseis pernas, mais jovens, quase todos os pés muito bem calçados — isso eu reparei: eram de festa —, me chamaram a atenção os elegantes sapatos de salto alto de quem não usava meias ou as tinha tirado antes de sentar, idem as calcinhas — não havia nada pendurado nos tornozelos, estavam limpos —, claro que foi uma olhada muito breve, as mulheres da zona de espelhos não protestavam nem saíam dali disparadas, eu notava mais impaciência ou curiosidade às minhas costas do que indignação ou alarme, nossos governantes aproveitadores puseram tanto medo nas pessoas que elas se tornaram dóceis em pouco tempo, sobretudo diante de quem esgrime a aterradora e dominante palavra que justifica tudo, "Segurança. Segurança": até os abusos irônicos e as humilhações que fingem não o ser, sei lá: as funcionais.

Talvez eu não tenha pensado nisso então, e sim mais tarde, quando muito mais tarde finalmente me deitei naquela noite, ou já era de manhã, mas o germe desses pensamentos, esse sim, surgiu então, naquela situação do banheiro feminino premente e disparatada, às vezes nós os concebemos como relâmpagos e os adiamos porque no momento não dá para considerá-los, de modo a depois recuperá-los e desenvolvê-los com vagar e falsa calma; e no entanto pode-se dizer que o lampejo já é o pensamento, concentrado ou meio ignorado (ou talvez seja a presciência de uma presciência). "Eu teria reconhecido as pernas de Luisa entre dezesseis, vinte e uma, ainda que agora faça muito tempo que não as vejo e pareçam desvanecer por instantes e comecem a se confundir com outras presentes, que serão passageiras e, sim, esquecidas", pensei. "Talvez também fosse capaz de assinalar as de Clare Bayes, minha ex-amante de Oxford, mas estas sim faz séculos não se mostram a mim e poderiam ter mudado, ter cicatrizes ou uma delas estar manca, como a de Alan Marriott, ter inchado ou até já ser apenas uma só, como eram três as do cachorro de que a cigana Jane não havia cortado a quarta — isso eu tenho de me lembrar sempre, que não foi ela, porque na primeira pulsação da minha memória é isso que eu sempre creio e o que me assalta, mais viva ficou para mim a hipótese, a história inventada com sua horrível conjunção de idéias e seu par espantoso, do que a verdadeira com sua estação de trem e seus torcedores bêbados do Oxford United —, a jovem florista daqueles tempos em que Clare Bayes me visitava com sua sacola cheia de compras esquisitas, seus fragmentos de eternidade exigidos ou seu tempo expansivo imposto e com um quê de utilitarismo, agora já posso me dizer isso sem que me doam nem a palavra nem o fato, isso foi em outro país e da moça quem saberá, quem sabia (mas o país volta a ser esse), um acidente de carro basta e qualquer um pode sofrê-lo, a amputação vem logo e então ela teria de utilizar o banheiro espaçoso e deserto. Mas é difícil imaginar Clare Bayes sem perna, porque ambas eram tão extraordinárias, com os pés calçados à italiana ou descalços, nos interiores privados ela se descalçava sempre, dois pontapés no ar, e os sapatos voavam, depois tinha de ir atrás deles", pensei assim diante dos gabinetes fechados com seus oito pares de sapatos brilhantes aparecendo por baixo das portinholas e também antes de dormir com todo aquele mal-estar que levei comigo para a cama, devo ter revisto a cena do banheiro das mulheres e rememorado a história tão envolta em névoas que minha mãe contava, para afastar da minha mente o que havia acontecido mais tarde e aplacar a alfinetada no meu peito. E ainda cheguei a pensar em seguida, com somente um tênue fio de consciência desperta: "Não reconheceria, porém, as pernas de Pérez Nuix, ainda não, se é que esta palavra tem algum fim ou sentido: 'ainda'".

O que eu disse então foi desnecessário, era evidente que também não estavam ali os desaparecidos e eu devia me apressar a procurá-los em outras zonas, continuava sem acreditar que tivessem ido embora mas não podia me arriscar a irritar Tupra, e Manoia menos ainda, "Não se distraia nem espere", tinha sido essa a recomendação ou instrução, e a incumbência foi "Traga-a". Mas eu me distraí um pouco, sim, muito pouco. Suponho que aquela visão das oito portas e das dezesseis pernas me tentou demais, e a abandonei mal a descobri, sem me demorar nela nem os segundos precisos para pelo menos fixá-la e retê-la, como quem memoriza um telefone vital ou aprende uns tantos versos ("Estranho não continuar desejando os desejos. Estranho ver tudo aquilo que nos concernia como que pairando solto no espaço. E penosa a tarefa de estar morto..." Ou aqueles: "*And indeed there will be time to wonder, 'Do I dare?' and, 'Do I dare?'. Time to turn back and descend the stair, with a bald spot in the middle of my hair...*"; e um pouco mais tarde vem a pergunta que ninguém se faz antes de agir ou antes de falar: "*Do I dare disturb the universe?*", porque todo mundo se atreve a isso, a perturbar o universo e a incomodá-lo, com suas rápidas e pequenas línguas e com seus mesquinhos passos, "*So how should I presume?*"). Talvez eu tenha sido atraído pela reminiscência infantil — algo há de significar que uma imagem tão-só relatada e jamais vista permaneça em nós a vida inteira —, ou talvez tenha intervindo um elemento prosaico de segregações e humores, segundo o vocabulário de sir Peter Wheeler depois que elogiei, de Beryl, o odor infreqüente e sexuado e as magníficas coxas que ela tanto havia exibido para exasperação e delírio do adido maldito que agora tinha me escapulido com quem naquela noite tinham posto a meu descuidado cuidado.

De modo que eu disse desnecessariamente, em parte por vício menor ou venial e em parte pelo irresistível anseio de chacota improvisada, erguendo a voz como se fosse uma autoridade de algum tipo, policial, funcionarial ou laica, e dirigindo-me às oito usuárias dos gabinetes, seus pés tinham algo de composição coreográfica, de pausa momentânea no meio de uma dança medida, e, mal se ouviu a minha voz masculina e incongruente ali, vi o movimento instintivo e simultâneo de sete pares de pernas que se juntaram ou se fecharam, quer dizer cada par por sua conta, só não mudaram de postura as duas que estavam nuas e com os tornozelos livres de qualquer peça, sua dona devia ser forçosamente estrangeira e talvez compatriota minha, a depilação era perfeita. Havia um certo cheiro não penetrante de segregações e humores naquele espaço (não, não era de urina, curiosamente, por sorte), sem dúvida sexuado e para mim infreqüente, misturado com o das colônias e perfumes vários das mulheres, em geral mais asseadas que os homens, embora nem sempre (e nesse caso são tão preguiçosas e sujas quanto a agente da SMERSH Rosa Klebb, ainda bem que era fictícia e assim o pobre Nin não a teria podido possuir na realidade como amante), e o conjunto não me era em absoluto desagradável. De modo que disse isto, maldita a falta que fazia para os meus propósitos, reconheço que foi por brincadeira e por gosto:

— Desculpem a intrusão, minhas queridas senhoras — chamá-las sem mais tardar de "*my dear ladies*" me pareceu que as tranqüilizaria, dentro do sobressalto —, mas estamos procurando um punguista muito habilidoso para prendê-lo. — "A *very skilful pickpocket*", foi essa a loucura que eu disse, além do mais me soou antiquada mal a soltei, como que dos anos 30 ou até de Dickens (um *pickpocket*), mas falar de um maníaco ou de um terrorista (já não digamos de uma bomba oculta) teria semeado o pânico e talvez as mulheres houvessem saído precipitadamente, sem levantar como deviam as meias ou as calças, sujando-se com alguma gota, não queria colocá-las em situação desairosa nem fazê-las enrubescer diante de testemunhas, mesmo que estas fossem eu e elas próprias. — Suponho que não seja o caso — acrescentei com tanta circunspecção e neutralidade quanto fui capaz de imitar, como os filmes nos ajudam, os que decidimos aprender com eles desde as primeiras trevas —, mas peço-lhes que me confirmem que de fato não há nenhum homem escondido aí dentro, nas cabines. Daqui se vêem duas calças, e nem todas as pernas são... — Não continuei nesse rumo, temo que ia dizer algo como "inequívocas". — Se tiverem a amabilidade de me responder, uma a uma, agradecerei enormemente e irei embora logo em seguida.

Imagino que um verdadeiro policial teria esperado até que saíssem, para certificar-se, mas, está claro, eu não era um nem estava atrás de nenhum *pickpocket*. Ouvi um riso involuntário, ou talvez dois, às minhas costas, na zona dos espelhos, a maioria das mulheres vê mais facilmente graça nas coisas que podem ter graça, principalmente se se trata de encará-las com ligeireza ou como se já houvessem passado e só coubesse contá-las sem maiores conseqüências (sem maiores sobre o acontecido, porque quase sempre o contar traz outras novas). Após uns segundos de desconcerto provável, as vozes femininas foram respondendo do outro lado das suas portinholas, umas com maior submissão do que outras e somente uma irritada; mas se a gente se deixa hoje revistar de bom grado em qualquer aeroporto ou repartição pública, se descalça e até se despe obedecendo à ordem de um agente alfandegário ameaçador, não é de estranhar que admita importunações, interrupções e perguntas impertinentes até no meio de suas ocupações íntimas. "Não", "Claro que não", "Está louco? Caia fora", "Aqui não tem ninguém, senhor", foram as respostas, e só uma se afastou das negações simples: a mulher sem meias visíveis nem calcinhas, a que não havia juntado as pernas ao ouvir minha voz de homem, abriu lentamente sua portinhola para fora com um leve rangido e respondeu, olhando-me do seu assento:

— *You come and see.* — Foi o que disse, "Venha ver o senhor mesmo". Ou "Venha ver você mesmo" (se bem que em inglês ambas não se distinguem, é mais provável que esta última tenha passado em sua mente).

A frase era por demais breve e carente de arestas para notar ou não notar nela qualquer sotaque, talvez o som *k* de "*come*" não tenha sido aspirado, e foi portanto estranho à Inglaterra e até à Commonwealth e às demais ex-colônias, mas não pude prestar muita atenção, não estava para precisões fonéticas, a visão me perturbou, por isso foi tão breve quanto a frase ou quase, eu próprio tornei a fechar sua porta rapidamente, não tanto quanto abri naquela manhã a da sala de Pérez Nuix e Mulryan para encontrá-la enxugando seu torso nu, não com ímpeto, não de uma lufada, pareceu mais com o modo como a fechei para a minha colega segundos depois, de um só movimento, decidido mas espiando e memorizando a imagem, durou doze segundos que contei na lembrança, a do banheiro feminino não chegou sequer a isso, creio eu, empurrei a portinhola de imediato ao mesmo tempo que balbuciava, seguramente não com a voz mas só com o pensamento: "*I can see well enough, thank you very much indeed*"; e era verdade, podia ver bem que estava sozinha ali e sentada, não havia tido o escrúpulo de tantas mulheres que evitam pousar totalmente na tampa e urinam por assim dizer pairando no ar — a pouca distância, mas no ar —, nos lugares públicos esse contato lhes dá nojo ou as deixa arrepiadas, não sabem quem as terá precedido, e no mundo há todo tipo de gente desasseada, preguiçosa e suja, e também malsã, em qualquer ambiente, por mais chique que seja, em toda parte há contágios e muita imundice. Aquela mulher não era precavida, sobretudo levando-se em conta que não devia usar roupa de baixo: não era que a calcinha tivesse ficado na altura costumeira das ligas ou só estivesse abaixada um pouquinho, é que ela não a usava, verifiquei ou descobri isso quando a figura inteira se ofereceu à minha vista mais elevada, as coxas tão livres de peças quanto os tornozelos, a saia estreita levantada até em cima, até as virilhas e os quadris, e enrugada portanto (também não tinha muito pano, com certeza era mais para míni), uma saia tubinho branca, os sapatos de salto fino mas poderoso eram da mesma cor, de verão e como que dos anos 50, a década de melhor gosto geral feminino, muito bonitos embora inesperados em Londres e fora da estação que mais os toleraria, como acontecia com a saia, vi o vulto ou a mancha amarela debaixo da qual não havia sutiã, uma blusa de decote redondo e mangas quase imaginárias — mangas como cotos, do lado externo cobriam apenas o início dos braços e pouco mais que as axilas do lado interno, assim deduzi —, o perturbador eram as coxas robustas, fortes e tão descobertas — muito —, não grossas mas compactas e densas, como se a carne enchesse toda a superfície a ponto de estourar, sem nada de gordura supérflua mas sem deixar de aproveitar um milímetro da pele apertada como envoltório esticado, que iam se alargando devidamente em seu crescimento ou caminho para os quadris e as virilhas e para o bico escuro que se mostrava a mim (eu o distingui, acreditei vê-lo), me pareceram quadris vagamente centro-americanos ou talvez também remetessem àqueles anos 50 em que se apreciou o muito curvo, ou vai ver que os cabelos crespos e os brincos enormes — eram argolas, de amplíssima circunferência — é que lhe conferiam um ar tropical que não tinha por que ser autêntico apesar da cor da sua nudez dourada — nunca britânica, nem da Commonwealth quase inteira —, podia se tratar de mera opção, da fantasia escolhida para uma noite de discoteca eterna, do mesmo modo que De la Garza acreditava ter se vestido de rapper negro mas no final se parecia apenas a um toureiro apócrifo ou a um goyesco absurdo.

Meu olhar foi fugaz mas não velado, não foi inglês nem da nossa época, como aparentemente havia sido naquela manhã diante de Pérez Nuix com toalha, ela estava sem roupa da cintura para cima e aquela jovem — para mim era jovem, trinta e cinco, foi o que calculei — estava da cintura para baixo, tive a sensação momentânea de terminar um quebra-cabeça mas com um encaixe meio cubista, como se se completassem uma à outra com não total harmonia (eram tão diferentes) e além do mais se completassem só em suas metades nuas, não nas vestidas. Assim, meu olhar não durou nada, mas durante esse nada foi um olhar que olha, não fingi que ela estava de pé e com a saia abaixada, e sem que eu soubesse portanto se tinha ou não algo embaixo. Ela olhou para mim, por sua vez, ao dizer sua frase. Não com desafio, não com sedução nem com libertinagem, por certo, não com censura nem com sarcasmo, mas com expressão zombeteira e, é claro, sem o menor pudor, como se não lhe incomodasse deixar-se ver naquela postura de pouca elegância em troca de fazer uma breve piada, me desconcertar e me perturbar (de resto, não era fácil que houvesse previsto esse último fato sem nem sequer conhecer minha cara, eu podia ser um sujeito ousado e ter respondido com dois passos à frente), ela deve ter captado mais que ninguém o lado cômico estúpido da minha explicação ou pergunta, dirigida simultaneamente a nada menos que oito mulheres resguardadas ou ocultas, sem dúvida com um sobressalto incrédulo interromperam todas elas suas atividades, eu tinha certeza de que no instante em que minha voz soou parou de cair todo líquido dentro dos oito vasos, uma retenção coletiva reflexa, uma obturação, uma piscada, um mesmo músculo repressor contraído, e disso, por sorte, também não poderia haver escapado a mulher que tinha, isso sim, se agüentado com as pernas entreabertas imperturbáveis no primeiro momento e nos que se seguiram — um, dois, três, quatro; e cinco, foi o que duraram o rangido da portinhola e suas quatro palavras provocadoras, "Venha ver você mesmo" —, e também nos que vieram em seguida — cinco, seis, sete, oito, nove; ou dez, é o que deve ter durado meu espanto, minha fotográfica memorização da imagem, minha agradecida resposta e meu movimento decidido para fechar a porta —; e nesses dez segundos também tive tempo de ver o mais perturbador de tudo, uma gota de sangue caída no chão da cabine, bom, eram duas, mas a outra, menor, manchava seu sapato esquerdo como uma lentilha, não devia ser nada, pareciam de verniz embora brancos, de tão brilhantes e lisos, ou de porcelana, seria muito simples tirar aquela mancha diminuta de uma superfície tão polida, se ela a percebesse.

Pensei de imediato o que teria pensado quase qualquer homem, costumamos ignorar tudo sobre as menstruações — vimos sua marca apenas em alguma colcha ou em algum lençol, eu pelo menos procurei ignorar —, até se pode cair uma gota ou mais que isso no chão, inadvertidamente, caso uma mulher esteja em pé de saia, sem calcinha e sem ter à mão absorventes nem substitutos, algodão, lenço de papel, algum papel absorvente ou talvez mata-borrão, como para tinta — não, isso é impensável, idiota, eram rígidos e cor-de-rosa, não tornei a vê-los desde a infância, desde os tempos em que minha mãe nos contava histórias —, não entendia patavina desses assuntos apesar de ter ficado casado muitos anos, que agora pareciam menos por terem terminado, da mesma forma que nunca tinha visto Luisa sentada urinando como a desconhecida tinha se mostrado, há coisas que a convivência nunca traz, ou a educação, a que eu tive pelo menos, a que Luisa teve, é que impõe limites naturais e tácitos às confianças, e rejeita sempre o desleixo, e impede a gente de acabar sendo indiferente e preguiçosa testemunha do que não deve ser.

O Comendador, meu ex-colega de colégio que depois desandou tanto, também havia pensado em menstruações descidas quando viu o sangue daquela moça, em cima da madeira e dos lençóis e na sua camiseta comprida, a passageira namorada do traficante Cuesta que acreditou estar morta quando cambaleou, tropeçou e bateu de cara contra a parede com um ruído seco, havia soado como lenha cortada, e depois descobriu nela um corte quando ficou inconsciente ou, para ele, defunta. E mais tarde havia duvidado ter visto o que quer que fosse, admitiu até a possibilidade de ter tomado por sangue o que talvez fosse apenas conhaque, vinho ou mesmo uma mancha escura do assoalho. Eu começava agora a ter uma inquietude ou um problema por culpa daquele homem que lembrava tanto o Comendador que em certos instantes me parecia ser ele próprio, Incompara era seu nome, além disso alguma coisa havia nesses dois sobrenomes que me fazia remeter um ao outro, ou que em meu sentido particular da língua os associava: Incompara, Comendador; Comendador, Incompara, não sei, é como se fossem do mesmo calibre ou equiparáveis, ambos recomendáveis e comparáveis (para sair pelo mundo com segurança e decisão, e pisando forte, para isso recomendáveis).

Mas o que me veio à memória como uma rajada foi a outra mancha de sangue, a que meus olhos viram, a da escada da casa de Wheeler que eu havia limpado conscienciosamente no meio da noite ali passada, madrugada de domingo na verdade, mas para mim noite de sábado, posto que para mim o dia se eternizou com livros e eu ainda não tinha me deitado, fui para a cama tão tarde ou tão cedo que já intuí a claridade do céu, acalmado ou arrulhado pelo rumor do rio. Continuava sem saber de quem ou do que havia saído aquele sangue, no dia seguinte havia perguntado por fim a Peter e à senhora Berry durante o almoço, sem sucesso: sua resposta foi tão decepcionante que comecei a duvidar da existência da grossa gota cuja auréola tinha me resistido de noite, relutando a desaparecer e se apagar (e essa incerteza futura eu já havia previsto, até certo ponto: do que cessa e não persiste a gente sempre pode duvidar, logo de tudo, porque nada nunca está presente interminavelmente, ou só o estão os astros e as estações, quero dizer: nada humano); de modo que aconteceu um pouco comigo a mesma coisa que outrora com o Comendador, que desconfiou da realidade das várias manchas que em seu pânico havia visto naquele apartamento. Mas eu não senti pânico quando descobri a minha, no alto do primeiro lance da escada de Wheeler, embora tivesse bebido e estivesse um tanto febril de palavras e da vigília tão longa, com minhas muitas leituras noturnas encadeadas e as recordações do meu pai entremeadas, mais as deles que as minhas: "colaborador assíduo do jornal moscovita *Pravda*; contato, acompanhante voluntário, intérprete e guia na Espanha do bandido deão de Canterbury; conhecedor de toda a trama da propaganda vermelha ao longo da contenda", de tudo isso havia sido acusado, idéias do seu melhor amigo, cujo rosto ele não soube ver, o do amanhã que chegou muito depressa, quase hoje mesmo. Mas agora também eram recordações minhas, às vezes temos algumas que somente são de ouvir contar, ou herdadas. Como as pernas da minha princesa de conto entre outros seis, treze ou vinte pares.

Eu devia sair já daquele banheiro inadequado e cheio, ou que não era para mim, do lado de fora devia estar se formando mais fila, eu estava ali havia um par de minutos durante os quais não tinha entrado nem saído ninguém, as mulheres de dentro entretidas, as que havia às minhas costas, na zona de espelhos, já riam abertamente, a maioria depois de ouvir minha troca de frases com a caribenha sedestre — cubana, porto-riquenha, nicaragüense ou mais do sul, colombiana ou venezuelana ou até brasileira; ou espanhola, isso também era possível. Não fui capaz de não avisar a uma jovem de coxas tão poderosas que já então soube voltariam a se apresentar mais tarde a mim, inclusive em outras noites ou dias. Ela tinha olhos bem rasgados, isso tive tempo de ver, não a cor, e as aletas do nariz um tanto largas, ou as fossas nasais é que eram arejadas demais, ou as duas coisas, fez o efeito de uma dessas belezas com cara de exalação involuntária, hoje abundam muito em todas as raças, talvez seja um dos modelos de nariz mais solicitados pelas que operam o seu, quase ninguém anda contente com o conjunto das suas feições. Com que então, disse a ela através da portinhola já de novo fechada, na verdade com a minha mão esquerda ainda na maçaneta para que não se abrisse outra vez sozinha (o trinco do seu lado, por dentro, eu não a tinha ouvido tornar a fechá-lo), ou ela insistisse em abri-la, sabe-se lá:

— Manchou de vermelho um dos seus sapatos brancos, senhora. Talvez não tenha se dado conta.

Ela podia ter me respondido que não era nada nem era problema meu, no mesmo tom que Wheeler (ou num mais áspero) quando o avisei sobre suas meias abaixadas naquele sábado já bem tarde, justo antes que ele se virasse e acabasse de subir os degraus do primeiro lance da sua escada, para enfim se retirar. Mas a mulher se limitou a responder "*Thank you*", e aqui tampouco pude notar seu sotaque. "De vermelho", falei. Não me atrevi a dizer "de sangue". Embora estivesse seguro de que aquela gota e a do chão eram sangue, recém-derramado, recém-caído.

Saí dali com tanta decisão quanto havia entrado, murmurando "*No luck. No luck*", "Não tive sorte", como se me desse uma explicação para mim mesmo ou me apresentasse desculpas, nem olhei para as mulheres de dentro nem para as de fora quando passei junto delas (eram outra vez três ou quatro), tinha de achar Flavia e levá-la de volta à mesa do marido, não que minha cabeça não estivesse nisso nem que eu tivesse perdido a encomenda de vista, mas umas tantas coisas haviam se misturado agora com ela, versos, imagens e recordações herdadas, além de uma história, nenhuma delas chegava a me alvoroçar porque nenhuma era premente, mas por ali ficaram todas pairando, talvez também à espera de serem recolhidas mais tarde pelo pensamento ocioso — isto é, pelo mais ativo — no fim do dia, quando por fim me deitasse.

A canção de Laredo e de Armagh continuava me rondando apesar da música altíssima da discoteca, voltou a ser opressiva quando atravessei as duas portas e me encontrei no salão, pouco tempo ausente e a multidão aumentada, a casa de danças a caminho do apogeu. Mas se uma conhecida melodia antiga reaparece e se aloja na gente, não há jeito de se livrar dela sem a mediação de algo externo e de característica diversa (talvez um susto, como no caso do soluço), "*And when Sergeant Death's cold arms shall embrace me*", era essa a versão irlandesa de Armagh, "E quando os braços frios do Sargento Morte me abraçarem", em inglês ainda sobrevive a idéia da morte como figura ou ser masculino, embora os nomes comuns careçam de gênero gramatical com exceção de "navio" — creio eu —, mas nem sempre foi assim ou não para todos, o aparentado alemão, sim, conserva os gêneros e nele não há dúvida de que é *o* morte e de que se trata de um homem quando é representado, como acontece no tema clássico da Morte e a Donzela, tantas vezes na pintura ou nas gravuras o vemos, é um cavaleiro de elmo, armadura e lança, ou talvez com espada ou ambas as armas, *Sir Death* foi chamado em mais de uma obra medieval inglesa, e também foi visto disfarçado de médico com seu jaleco branco em alguns desenhos da época nazista, espreitando com sua lanterna na testa e tendo predileção pelas jovens seminuas, como Pérez Nuix naquele dia e a mulher com a saia levantada no banheiro feminino naquela noite, assim como seus antecessores férreos da Idade Média e do Renascimento que perseguiam donzelas através dos bosques e dos campos, rasgavam a roupa das pobres desesperadas em sua fuga vã, segundo a fantasia das estampas. Já para nós, latinos, com nossas palavras com gênero quase obrigatório, se trata de um ser feminino e além do mais velho, aquela velha decrépita empunhando a foice de tantos quadros e de tantos textos, e talvez por isso neles suas vítimas são homens com maior freqüência que as do seu sexo, embora ela nos visite ou nos cace a todos, ou nos ceife literalmente com sua ferramenta rústica, tem sentido que seja anciã, começou a trabalhar por empreitada faz muito e não parou uma só hora da noite ou do dia desde que estreou com aquele primeiro morto desconhecido e remoto que ainda aguarda que o mundo acabe e não haja nele mais ninguém para por fim ser julgado e relatar sua história, expor seu caso, "quando todas estas pernas, braços e cabeças ceifados na batalha se juntarem no último dia e gritarem todos 'Morremos em tal lugar'". E também tem sentido que na imaginação germânica seja um cavaleiro em sua plenitude, um guerreiro corajoso, forte e capacitado para tirar vidas sem trégua, um profissional perito com seus frios braços de disciplinado sargento, porque qualquer outro ser não daria conta de tão infinita tarefa naqueles antigos tempos: e muitos séculos mais tarde foi esse o problema dos dirigentes nazistas, que procuraram o modo de ir mais rápido, com menos gasto e sem tanta fadiga em seus labores de extermínio maciço, e assim recorreram à inteligência de homens de jaleco branco, a físicos, a químicos, a biólogos, e também aos médicos com sua lanterna na testa, matar não é tão fácil e leva tempo. E, claro, cansa e também extenua.

"*We died at such a place*", foi o que Wheeler citou para mim em sua língua de Shakespeare, e era de se supor que nesse Juízo Final previsto pela fé firme de então, com a história inteira do mundo contada ao mesmo tempo e em detalhe por todos os que dela participaram e que a compuseram, do imperador poderoso que deixou mais duradouro rastro ao recém-nascido que saiu da terra com seu primeiro pranto sem chegar a cruzá-la nem a pôr o pé nela e não deixou na memória de nenhum vivo nem seu rosto totalmente configurado, era de se supor que nesse último dia, com todo o seu espaço e tempo transformados num galinheiro e numa algaravia, como sugeri a Wheeler — talvez esse dia já pertencesse à eternidade, e só assim tivesse lugar, mas não transcurso —, também haveriam de se encontrar, se juntar e voltar a ver a cara uns dos outros os condenados e seus condenadores, os delatados e seus delatores, os perseguidos e seus perseguidores, os torturados e seus torturadores, os mutilados e seus mutiladores, os assassinados e seus assassinos, as vítimas e seus verdugos, e quem os instigou ou lhes deu a ordem que foi cumprida, todos diante do Juiz ao qual não se mente (juiz brando ou colérico, implacável ou piedoso, isso ninguém sabe). E haveriam de tentar uns pôr em apuros os outros alegando a justiça das suas respectivas causas e, com ela, sua inocência ou a atenuação das suas culpas, era a isso que intimavam Henrique V (agora já sabia que rei de Shakespeare era esse) aqueles soldados aos quais ele se misturou no acampamento, embuçado e incógnito, antes do alvorecer da batalha, como rememorou e contou Wheeler, todos já em armas; e havia chegado a dizer a um deles: "Árduas contas terá de prestar o rei no último dia, se não for boa a causa da sua guerra".

De modo que todos esses mortos trocariam entre si reparos, recriminações, acusações: "Você me matou sem eu ter lhe feito nada". "Morri por sua causa e por suas palavras levianas." "Você me sacrificou para aniquilar outro que foi seu inimigo, da minha existência você nem sabia, mas não se importou em suprimi-la, para você foi só um número depois de um bombardeio ou nem mesmo isso, uma simples unidade desse número que ficou guardado sob sete chaves nos arquivos secretos de vocês." "Eu morri por minha própria mão porque não pude viver com aquilo, com as mortes por mim causadas; creiam que me custou grande esforço e grande medo, e indizíveis remorsos antecipados, pelo outro mal que eu fazia ao me matar; mas não fui capaz de continuar mais dias como se aquilo não houvesse acontecido e os mortos não fossem meus." "Vocês me deram um tiro na sarjeta de uma estrada que eu nunca tinha visto embora não pudesse estar longe, não demoramos a chegar nela saindo da *tcheka* da calle Fomento, de onde vocês me tiraram de noite e na qual tinham me metido de manhã, depois de me deter na rua por usar gravata, disseram, e levar uma carteirinha juvenil de que não gostavam, 'Tem muito falangista lá', foi o que vocês disseram, e que eu havia tirado atabalhoadamente imitando meu irmão mais velho, que andava então escondido, eu tinha dezessete anos e nem sabia direito o significado dela, vocês não me deixaram verificar, nem nunca mais voltar às minhas historinhas gráficas para as quais eu vivia e era apaixonado, de política eu não entendia", diria meu tio Alfonso ao se encontrar de novo com os milicianos esquecidiços que o mataram: mal se lembrariam dele, menos ainda da amiga que o acompanhava e que sofreu igual destino, tiro na têmpora, ou talvez na nuca, ou talvez no ouvido. "Vocês se enfureceram e senti tanta dor quanta vocês nunca imaginaram em todos os anos da sua vida nem da sua morte, na infinita espera deste último dia, e me acusavam falsamente com plena consciência dessa falsidade absoluta, e me exigiam nomes, e que eu confessasse traições nunca cometidas, sabendo que eu não poderia", diria Nin aos dois ou três homens — ex-camaradas todos: Orlov com certeza, talvez Bielov, talvez Contreras — que o interrogaram exasperados, torturaram em Alcalá de Henares e, segundo uma sombria fonte, o esfolaram vivo. "Vocês dispararam em mim com balas envenenadas e além disso não as untaram com quantidade suficiente para que me matassem rápido, com aquela toxina botulínica que trouxeram da América e que foi me corroendo durante sete dias sem me matar nunca nem acabar com o suplício e a fúria, e se vocês tivessem tido melhor pontaria nem teria sido preciso esperar o efeito e eu teria sido poupado do longo e sombrio período do meu ser moribundo", diria o nazista Heydrich aos dois resistentes ou estudantes tchecos que o metralharam a bordo do seu carro em Praga e lhe atiraram granadas, orientados e equipados pelo Special Operations Executive inglês, o SOE, cujo chefe, Spooner, planejou o atentado. "Sim, vocês cometeram um crime gravíssimo e frívolo, ao não capricharem na pontaria e ao não se assegurarem de que o nazista sairia na hora todo destroçado, porque para cada noite da sua agonia pegaram cem de nós e nos fuzilaram, e foi uma semana sangüinária que ainda lhe durou o alento", diriam a esses resistentes e aos responsáveis do SOE os setecentos reféns executados até que a resistência e a ira de Heydrich fossem por fim vencidas pelo preguiçoso veneno. "Morremos no dia 10 de junho de 1942 em Lídice, vocês não deixaram vivalma em toda a aldeia, mataram todos nós sem fazer distinção de idade nem de sexo, os homens ali mesmo, nós, mulheres, vocês levaram para o campo de Ravensbrück para morrermos mais devagar, só porque tivemos o azar de onde vivíamos aterrissarem em seus pára-quedas os agentes que dirigiram a morte lenta do Protetor do Reich em nossas terras invadidas da Boêmia e da Morávia, não lhes bastou nos odiar muito e castigar uns poucos por sua colaboração provável, que perda de tempo para vocês averiguar ou discernir o que quer que fosse, vocês odiaram toda a nossa terra natal e a arrasaram para que não existisse nem sobrasse memória dela, e assassinaram todos nós para que também não houvesse ninguém para recordar o inexistente", diriam aos ocupantes nazistas os cento e noventa e nove homens e as cento e oitenta e quatro mulheres daquele povoado tcheco que sofreram as represálias pelo fim de Heydrich, até o último ancião e a penúltima criança, pois houve três delas, de pouca idade e "aspecto ariano", que foram julgadas "germanizáveis" e se salvaram por isso, não devem ter salvado em compensação o uso da memória. "Tu me apunhalaste para não me deixar escrever mais nenhum verso desde os meus vinte e nove anos, me roubaste minha idade viril, pensei ao cair na madeira salpicada de vinho que se empapou com o meu sangue; mas eu confiei demais em mim, foste mais rápido, eu teria feito a mesma coisa contigo, tua vida tão valiosa quanto a minha então, embora tu não escrevesses nada, e outra coisa é que outros homens que vieram depois te detestaram egoisticamente por teres truncado minha arte e privado a eles de desfrutá-la por extenso; mas eu, que sou seu morto, não tenho queixa, nem de que te culpar", diria o dramaturgo e poeta Marlowe a seu apunhalador Ingram Frizer na taberna de Deptford, se é que é esse seu nome definitivo, ao longo dos séculos desconhecido ou mutável. "Tu fizeste que dois esbirros me afundassem de cabeça para baixo e me afogassem num tonel do teu nauseabundo vinho, pobre de mim, pobre Clarence, segura pelas pernas, que ficaram para fora e tentaram patear ridiculamente até a embriaguez última dos meus pulmões, traído, humilhado e morto pela negra e opaca astúcia da tua língua incansável e disforme", diria George, duque de Clarence, a seu rei da Inglaterra assassino, que também foi rei de Shakespeare.

Oh sim, nesse derradeiro dia com todos os tempos juntos, talvez suspenso e imóvel, ecoariam e tornariam a ecoar essas frases até provocarem náusea em todos os mortos, inclusive os que assassinaram (mas nenhum jamais concebeu o resultado da soma inteira, e quando as coisas acabam elas têm seu número), e também no Juiz ao qual não se mente, que talvez se visse tentado a esquecer sua promessa e seus planos e cancelar para sempre a pestilenta e eterna assembléia: "Morri em tal lugar, em tal data e de tal maneira, você me matou ou me pôs na trajetória da bala, da bomba, da granada ou da tocha, da pedra, da flecha, da espada ou da lança, me mandou sair ao encontro da baioneta, do alfanje, do facão ou do machado, da faca, da maça, do mosquetão ou do sabre, você me matou ou foi a causa. Caia tudo agora como chumbo sobre a sua alma e sinta a alfinetada em seu peito". E os acusados respondiam sempre: "Foi necessário, eu defendia meu Deus, meu rei, minha pátria, minha cultura, minha raça; minha bandeira, minha legenda, minha língua, minha classe, meu espaço; minha honra, os meus, minha caixa-forte, meu moedeiro e minhas meias. E, em resumo, tive medo". (Aquilo também era um verso, que repeti para mim mais tarde em voz alta, quando já estava deitado: "*And in short, I was afraid*"; várias vezes, porque naquela noite isso se aplicava a mim e eu assinava embaixo: "*And in short, I was afraid*".) Ou então recorreriam a isto: "Foi necessário e evitei assim um mal maior, ou era o que acreditava". Porque ante esse juiz farto e com náuseas não poderiam alegar: "Oh não, eu não queria, não tive nada com isso, aconteceu independente da minha vontade, como nas fumaças tortuosas do sonho, isso foi coisa da minha vida teórica ou entre parênteses, daquela que na realidade não conta, passou apenas em parte e sem meu consentimento pleno: 'Não procede, aqui não há causa', diria o juiz que visse isso". Não, não poderiam alegar ante esse juiz que agora ia ver, mas mesmo assim alguns o fariam: são inconfundíveis, eu os conheço no meu tempo. São sempre tantos.

Que reconfortante tinha de ser essa esperança remota, ou compensação adiada, ou diferida justiça, essa perspectiva, essa visão, essa idéia, para os humanos da fé firme durante os muitos séculos em que a deram por certa e a prefiguraram e acalentaram, como se fizesse parte do conhecimento comum a todos, iletrados e doutos, abastados e necessitados, e, mais que uma promessa ou *desideratum*, fosse quase uma presciência. Que apaziguadora idéia, sobretudo para os subjugados definitivamente, para os que se sabiam destinados a sofrer na vida — em sua inteira vida mansa, sem revés nem volta — injustiças, abusos, humilhações impunes, sem reparação possível para as ofensas nem castigo concebível para os seus ofensores, mais poderosos ou mais cruéis, ou somente mais decididos. "Eu não o verei aqui", pensariam aqueles mordendo o lábio inferior ou a língua até se machucarem, para afrouxar então a dentada, "não neste mundo tão descompensado e teimoso, não em sua ordem inerte que não posso alterar e que me prejudica tanto, não nessa harmonia desequilibrada que o governa e que já cava meu túmulo para me expulsar logo depois; mas sim no outro, quando acabar o tempo e todos nós nos reunirmos, convidados sem exceção para o grande baile da aflição e do contentamento, e o Juiz ao qual não se mente me dê razão e me premie porque já está a par do sucedido, viajou por todas as partes, viu e ouviu tudo, até o mais ínfimo e insignificante no conjunto do mundo ou de uma só existência; o que hoje aconteceu comigo, essa afronta odiosa que eu mesmo esquecerei se ainda viver uns tantos anos e que não se repete, ou se repete tanto que às vezes confundirei e me acostumarei com ela por minha conveniência de não a ver mais como um crime, não a esquecerá esse juiz que se lembra de tudo com seu abrangente registro ou infinito arquivo da história do tempo, desde a primeira hora até o último dia." Que enorme consolo para a solidão absoluta crer que éramos vistos e até espionados a todo instante ao longo dos nossos escassos e malvados dias, com perspicácia e atenção sobre-humanas e com a sobrenatural anotação ou memória de cada fastidioso detalhe e pensamento vazio: assim tinha de ser, se é que assim era, nenhuma mente humana teria suportado isso, saber e recordar tudo de cada pessoa de cada época, saber permanentemente sem nunca jogar num saco rasgado um só dado de ninguém, por mais prescindível que fosse e ainda que não acrescentasse nem diminuísse nada: uma verdadeira condenação, uma maldição, um tormento ou inclusive o mesmíssimo celestial inferno, talvez estivesse arrependido da sua onisciência o juiz ante tanto acontecimento, ressentido com os excessivos fatos aborrecidos, pueris, idiotas e bem supérfluos, ou tivesse virado beberrão para se tornar esquecidiço (um gole e um trago, um gole e um trago, de vez em quando), ou melhor, opiômano (um cachimbo ocasional estirado, para se esvaziar de conhecimentos).

"Há muitos indivíduos que sentem sua vida como matéria de um minucioso relato", eu tinha dito a Tupra ao interpretar para ele Dick Dearlove, "vão instalados nela suspensos em seu hipotético ou futuro conto. Não se questionam muito, é só uma maneira de viver as coisas, uma maneira acompanhada, digamos, como se houvesse espectadores ou testemunhas permanentes de suas atividades e passividades, até dos seus passos mais fúteis e dos momentos mortos. Essa fantasia narcisista de tantos contemporâneos, às vezes chamada de 'consciência', talvez não seja mais que um sucedâneo da antiga idéia ou vago sentido da onipresença de Deus, que com seu olho vigiava e estava atento a cada segundo da vida de cada um, era muito lisonjeiro no fundo, e um alívio apesar das contrapartidas, isto é, do elemento implícito de ameaça e castigo e da aterradora crença em que nada nunca era totalmente ocultável a todos e para sempre; seja como for, três ou quatro gerações de dúvida ou incredulidade dominantes não bastam para que o homem aceite que sua trabalhosa e não solicitada existência transcorra sem que ninguém assista a ela nem a contemple nem nunca apareça nela; sem que ninguém a julgue nem a desaprove."

Talvez nem o homem mais ateu possa engolir isso facilmente, sem se impingir uma violência racional. E talvez a repugnância ou o horror narrativo que eu havia mencionado a Tupra — quem sabe se todos nós não o sentimos em alguma medida, não só os Dearlove da vida — também procedia dos velhos tempos da fé firme, quando uma vida inteira de virtudes, de fazer o bem e de seguir preceitos podia ir abaixo por um só pecado grave cometido na última hora — mortal se chamava ele, o aviso não vinha com rodeios —, sem margem para o arrependimento nem para ser perdoado, o propósito de se emendar já pouco crível pelo escasso tempo restante de quem o demonstrasse, os velhos deviam percorrer pisando em brasas seus trechos finais, procurando não cair em tentações intempestivas ou, o que é a mesma coisa, tratando de evitar qualquer erro ou rasura narrativa que os marcasse no desenlace e os condenasse no juízo. Parecia um sistema injusto; não sei se divino, mas decerto pouco humano, excessivamente dependente da sucessão ou da ordem das palavras, obras, omissões e pensamentos, não pude deixar de me lembrar de uma das razões que meu pai tinha me dado para não ter feito nada contra seu delator Del Real, nenhum ajuste de contas ou compensação tardia, quando por fim teria sido possível reclamá-los depois da morte do tirano, o agora remoto Franco, a quem o traidor prestou um serviço precoce que lhe foi correspondido com prebendas universitárias e com a proteção assegurada das suas leis bárbaras, no que se refere a esse serviço, durante trinta e seis anos e meio. Trinta e seis anos imune, de 1939 a 1975, e daquele maio a este novembro: uns tantos mais do que teve Marlowe, o dobro dos vividos por meu tio Alfonso... "Teria dado a ele uma espécie de justificativa *a posteriori*, uma falsa razão, um motivo anacrônico para a sua ação", tinha dito meu pai quando lhe perguntei sobre seu amigo ruim. "Não se esqueça de que no conjunto de uma vida o cronológico vai perdendo importância, não se distingue tanto o que veio antes do que veio depois, nem os atos das suas conseqüências, nem as decisões do que desencadeiam. Ele teria podido pensar que no fim das contas eu tinha lhe feito alguma coisa, pouco importa quando, e ter ido para o túmulo mais em paz consigo mesmo. Mas não foi assim. Eu nunca o prejudiquei, nunca lhe fiz nem lhe tinha feito nada, nem antes nem depois nem, é claro, naquela ocasião..."

Sim, meu pai e Wheeler já eram bem velhos e talvez percorressem ambos pisando em brasas seus penúltimos trechos, não por pavor religioso mas por apreensão biográfica; ou talvez nem tanto, apenas temiam se macular. Meu pai parecia bastante satisfeito consigo mesmo e sereno em seu presente, com alguma amiga de sobrevivência e com seus filhos e netos que o visitavam e o levavam a falar do passado pessoal ou coletivo, e é esse o grande alívio (eu andava faltando ultimamente, desde a minha nova ida para a Inglaterra e meu deliberado aturdimento para não pensar muito nas minhas coisas, que ainda não me trazia alívio; ele não me dizia nada, mas quando nos telefonávamos ou nos escrevíamos — o último para agradá-lo: "Não gosto da caixa de correio sempre vazia, ou só com propaganda e demais porcarias" — eu notava que sentia a minha falta, um pouco talvez); não devia prever mudanças sensíveis e nenhum episódio maléfico que arruinasse o fim da sua história já traçada em essência em tempos muito mais difíceis que os atuais e já contada a si mesmo, se não com orgulho, claro que sem repugnância e quase sem floreios, era o que eu supunha; e tampouco era provável que a estropiasse a olhos alheios, ou mesmo aos exigentes olhos de um filho, e que portanto frustrasse a minha confiança, a não ser que eu fizesse um dia uma má descoberta e algo oculto deixasse de sê-lo. (Eu sim estava em condições de frustrar a sua e a de qualquer um, inconvenientes de ter a vida tão-só no meio; e sem dúvida já havia frustrado algumas, a de Luisa e a de meus filhos, com certeza.)

No que dizia respeito a Wheeler, ele talvez corresse risco maior, por ser um falso velho e porque detrás do seu venerável e manso aspecto ainda se escondiam maquinações enérgicas, quase acrobáticas, e, por trás das suas abstraídas divagações, uma mente observadora, analítica, antecipadora, interpretativa; e que sem cessar julgava; ele parecia disposto não só a intervir em seu tempo minguante e ao mesmo tempo sobrante, a não mais deixá-lo em poder do acaso e a lhe ditar o máximo possível seus conteúdos finais, como também a ter ainda participação e influência em um que outro assunto menor do mundo, embora fosse só por amigos interpostos, por meu intermédio ou de Tupra, ou de alguém que nem eu nem Tupra conhecêssemos, quem sabe quantos mais iam visitá-lo em sua casa à beira do rio, ou simplesmente lhe telefonavam, ou falavam com a senhora Berry como intermediária, ou até, quiçá, escreviam cartas para ele. Ele tinha me posto em contato com Tupra e com tudo o que provinha deste, isso para começar teria sido um movimento espontâneo dele, uma intervenção na minha vida e uma mão que dera a Bertram, um oferecimento em todo caso, ninguém mais que ele podia ter me oferecido ao grupo e ao edifício sem nome a que eu agora pertencia sem quase me dar conta do pertencimento, algo mais me dei no fim daquela noite. Wheeler não renunciava a tramar, a canalizar, a manipular e a encenar, e nesse sentido não só se expunha ainda a se sujar com a brasa ou o carvão, mas também a se queimar. Não parecia temer isso, como meu pai tampouco, mas cada um com sua temeridade distinta ou inclusive oposta: podia ser que Juan Deza se considerasse já pintado, em ordem e pronto, e Peter Wheeler, ao contrário, sem remédio e garatujado, a começar por seu próprio nome substituído e riscado, assim eu o via com minha percepção imperfeita; teria sido ousado, excessivo, injusto, dizer que o primeiro se sentia a salvo e o segundo condenado, ainda que somente no plano narrativo, não no moral, de maneira nenhuma. Não sei, talvez Wheeler sabia aplicar a si mesmo sua convicção de que os indivíduos levam suas probabilidades nas veias e de que é apenas uma questão de tempo, de tentações e circunstâncias para que finalmente as conduzam à sua consumação; e conhecia bem as suas, pode ser que de antemão, porém já também por experiência; e sabia que havia disposto das três coisas em abundância, sobretudo de tempo: para ser persuasivo, encerrar mais perigo e tornar-se pior que seus inimigos, e desenvolver uma capacidade de fabulação superior ou mais mortífera do que a deles; para se aproveitar da maioria das pessoas, que são tolas, frívolas e crédulas, e nas quais é fácil atear um fósforo que dê lugar a um incêndio e que este por sua vez se propague como a pior das epidemias; para fazer outros caírem na odiosa e destrutiva desgraça da que nunca se sai e assim converter esses sentenciados em baixas, em não-pessoas, em árvores cortadas das quais recolher a lenha apodrecida; tempo para espalhar brotos de cólera, de malária, de peste, e pôr muitas vezes em marcha o processo da negação de tudo, de quem você é e de quem você foi, do que você faz e do que você fez, do que você pretende e do que você pretendeu, dos seus motivos e das suas intenções, das suas profissões de fé, suas idéias, suas maiores lealdades, suas causas... Constava-lhe que tudo podia ser deformado, distorcido, anulado, apagado. E tinha consciência de que no fim de qualquer vida mais ou menos longa, por mais monótona que tenha sido, e anódina, cinzenta, sem variações, sempre haveria demasiadas recordações e demasiadas contradições, demasiadas renúncias, omissões, mudanças, muita marcha a ré, muito arriar bandeiras, e também demasiadas deslealdades, ou talvez todas fossem lenços brancos, rendições. "E não é fácil ordenar tudo isso", dissera, "nem mesmo para se contar a si mesmo. Demasiada acumulação... Minha memória está tão cheia que às vezes não a suporto. Queria perdê-la mais, queria esvaziá-la um pouco. Ou não, isso não é verdade... O que eu queria é que ela não se houvesse enchido tanto." E depois havia acrescentado o que eu tão bem recordava (desde então voltava a mim como um eco, de tarde em tarde, ou não tão tarde): "A vida não é contável, e é extraordinário tanto empenho em contá-la... Às vezes penso que valeria mais abandonar esse costume e deixar que as coisas apenas passem. E depois se acalmem".

Sim, talvez Wheeler se abstivesse de tomar a palavra no famoso último dia: desdenharia expor seu caso e fatigar o cansado juiz com suas razões argumentadas e com a enumeração dos seus feitos notáveis ou com a sua história completa desde o nascimento, e solicitar ou esperar justiça ou a ultrajante misericórdia, por ter vivido e morrido nos tempos em que esse dia ainda tinha vigência para a maioria dos humanos. Talvez tivesse preferido recorrer à *fórmula Miranda* dos detidos na América (uma vez ela me foi recitada, imperfeitamente), quero dizer criá-la *avant la lettre* e claro que sem esse nome no meio daquela grande dança, de modo que seu benefício ou prejuízo não transcenderiam os vivos em caso algum (já não restaria na realidade nenhum vivo, nesse dia, eu me dei conta de repente, e tudo seria *après la lettre*). Pode ser que Wheeler guardasse silêncio e assim poupasse a esse juiz um trago ou dois, meio cachimbo, deixando-lhe em compensação a tarefa de pôr em ordem e recontar, afinal de contas ele já tinha visto tudo e ouvido, a ele não era preciso contar com inevitáveis vergonha e esforço, seria tomar tempo ainda que ali não houvesse mais tempo ou somente esse tempo absurdo que teria começo, sim, mas não necessitaria de fim. E se fosse interrogado ou se o juiz o intimasse a se defender ou alegar alguma coisa — "O que você tem a dizer disso, Peter Rylands e Peter Wheeler, de Christchurch na Nova Zelândia?" —, nem sequer teria respondido "Nada", mas teria mantido o silêncio, refugando a *careless talk* até o último instante, ela também e em meio de tantas outras mais, porque aquele seria o dia supremo da tagarelice indiscreta e da conversa imprudente, da loquacidade, da verborréia e das falas às claras, o dia instituído para as recriminações e as justificativas máximas, as acusações e os perdões, as desculpas, as apelações, os desmentidos furiosos e os depoimentos enviesados, no caso de algum perjúrio iludido e das múltiplas cagüetagens ("Oh não, eu não queria, não tive nada com isso", "Podem me revistar", "Não fui eu", "Me obrigaram com ameaças", "Me puseram uma pistola na têmpora, tive de fazer", "A culpa foi dele, foi dela, foi deles, foi de todos, menos minha"); o dia mais indicado para tirar dos ombros os infinitos mortos e jogá-los sempre em cima dos outros. Sim, talvez Wheeler renunciasse a participar dessa balbúrdia do mundo e a não jogar nenhuma vaza na desequilibrada partida: "Cale-se, cale-se e não diga nada, nem mesmo para se salvar. Guarde a língua, esconda-a, engula-a mesmo sentindo-se sufocar, como se o gato a tivesse comido. Cale-se e então salve-se".

Foi isso que sir Peter Wheeler disse, calar de saída, quando por fim eu tinha perguntado a ele e à senhora Berry, durante o almoço daquele domingo, ou melhor, durante a sobremesa, pouco antes de me levantar e ir para a estação de volta a Londres, sobre a mancha de sangue no alto da escada.

"Antes que eu me esqueça", tinha dito aproveitando uma

pausa, das que preludiam ou aproximam as despedidas, "ontem à noite limpei uma mancha de sangue no alto da escada, no fim do primeiro lance, quando subi para o meu quarto." E apontei para os primeiros degraus virando o polegar. Na realidade tinha sido ao descer com *From Russia with love* como um tesouro, o exemplar dedicado a Wheeler pelo ex-comandante Fleming da Divisão de Inteligência Naval ("*... who may know better. Salud!*"), mas isso dava na mesma e eu preferia que Peter não me tivesse por *chafardero*, como chamam fofoqueiro no castelhano da Catalunha. "Não sei de que era, mas não era pequena; vocês têm idéia?"

Foi a senhora Berry que respondeu, quanto mais esquisita uma pergunta mais exige uma resposta imediata, ainda que esta só consista em repetir palavras.

"Uma mancha de sangue?", ela fez, e suas sobrancelhas se arquearam por si sós, sem aparente ordem prévia. E no mesmo instante acrescentou com leve irritação: "Como é possível que eu não a tenha visto, ao subir para o meu quarto, se além do mais não era pequena?", e assim pareceu desviar em seguida o assunto para uma possível negligência sua. "No alto da escada, o senhor disse, Jack? Que estranho." E olhou com aversão para os degraus baixos que eu havia assinalado, como se ainda pudesse ser visível aquilo de que eu a punha a par — mas também a punha a par de tê-la apagado —, e no lugar inadequado. "Lamento muito, Jack, que tenha se dado ao incômodo."

Olhei para Wheeler, que tinha aberto os olhos muito e a boca pouco, um gesto suficiente de surpresa como para associá-lo a essa expressão, "ficar sem voz". Ou era antes uma cara de não entender nada, como se a ocasional lentidão dos seus anos estivesse processando a minha pergunta ou notícia com desconcerto e dificuldade; como se estivesse pensando: "Será que ouvi bem, será que disse sangue? Terá pronunciado mal ou disse isso mesmo, mancha de sangue? Apesar de ser estrangeiro, sua pronúncia não costuma falhar, salvo em palavras caprichosas ou pouco freqüentes que talvez nunca tenha ouvido, só tenha visto escritas, mas nesses casos tem consciência da sua insegurança e hesita, pergunta, antes de soltá-las. Terei sido eu que me confundi e não entendi?". Parecia pensar algo assim mas não podia pensá-lo, porque a senhora Berry havia repetido no ato "A *bloodstain?*", e sobre a sua pronúncia não havia dúvidas.

"Não se aflija, mrs. Berry, não foi nenhum incômodo, eu ainda não estava com sono", respondi. "Só que não me explico de onde pode ter saído. Achei que era minha, que eu tinha me cortado sem perceber, mas me apalpei inteiro e não. Quer dizer que não têm idéia?", insisti com a voz um tanto retraída.

A senhora Berry olhou para Wheeler com perplexidade, como se com os olhos ela também perguntasse a ele, ou me ocorreu que talvez fosse de consulta, o olhar, ou até de preocupação comigo, que garantia ter limpado no meio da noite uma mancha improvável e estranha. Mas Peter continuava calado, muito abertos seus olhos metálicos ou minerais (como calcedônias àquela luz do dia) e seus lábios ainda separados (mas já não tanto como para poder dizer boquiabertos).

"Não, realmente", respondeu ela. "Talvez algum convidado que subiu ao banheiro do primeiro andar tenha se cortado, vi subir vários ao longo da noitada... Onde foi, exatamente?"

Pus-me de pé e ela também ("Vou mostrar"), levei-a até a escada, subi o primeiro lance a passos largos, e ela comigo, atrás, sem pular degraus.

"Aqui", falei e apontei para o lugar aproximado. Não podia ser o lugar exato porque a memória espacial é imprecisa se não se estabeleceu uma referência invariável e ali não restava rastro, nem mesmo das minhas esfregadas, via-se tudo uniforme, liso, eu tinha limpado conscienciosamente e com grande esmero, eu teria sido um bom criado em outra vida, ou uma faxineira aplicada, não sei se ilustre. "Ocupava mais ou menos isto", acrescentei, "uma polegada e meia, talvez duas, de diâmetro. E não havia nenhum filete, é curioso, só a mancha. Como uma marca isolada."

A senhora Berry se inclinou para examinar o chão mais de perto. Eu já estava agachado e dava pancadinhas na tábua com os cinco dedos em posição de garra, como se chamasse assim a madeira, mas não havia o que invocar e nada brotaria dela. "Eu sabia", pensei fugazmente, "tinha de ter deixado alguma marca, não foi à toa que ela resistiu a se apagar." Peter também havia deixado a mesa, com mais parcimônia, e nos havia seguido até o pé da escada, ele não subia. Estava ali com as mãos apoiadas em sua bengala como se ela fosse uma espada fincada na terra em temporal descanso, olhando para cima, olhando para nós com aquele olhar que muitas vezes os velhos adotam ainda que estejam acompanhados e falando animadamente, são olhos foscos de íris dilatada que alcançam muito longe em direção ao passado, como se na verdade seus donos vissem fisicamente com eles, quero dizer, ver as recordações, às vezes têm esse olhar os velhos já cegos como o poeta Milton em seu sono, e não é um olhar ausente e sim concentrado, só que numa coisa a muito longa distância. E ademais Wheeler não estava falando.

"Tanto? Não se vê nada", disse a senhora Berry. De fato, a madeira polida, brilhante, encerada, como se nunca houvesse sofrido. "Com que o senhor limpou a mancha?"

"Peguei algodão e álcool no banheiro de baixo. Limpei pouco a pouco, com cuidado. Não queria sujar nenhum pano seu, nem que ficasse marca."

"O senhor conseguiu, Jack, por certo", observou a senhora Berry com aprovação e olhando fixamente para o chão vazio, mas me pareceu perceber um leve resquício de ironia na frase.

Começava a não acreditar em mim, era possível. "Tem certeza de que era sangue, Jack? Não podia ser licor ou vinho, que alguém teria derramado? Ou o suco do *roast beef*, uma rodela escorregou de algum prato? Temo que lorde Rymer não tenha sido o único titubeante ao longo da noitada. A carne estava *très saignante*, e além disso alguns puseram molho. Não confundiu com o suco, com o molho? Isso explicaria por que não havia filete, cai um pedaço de carne e só deixa a sua mancha. Não goteja." Pensei então: "Ela acha que eu estava bêbado e que foi imaginação; é bem verdade que um bife cru cai direto, plaf; mas não eram bifes, eram rodelas". E no mesmo instante me lembrei que não podia nem mesmo pegar os algodões ensangüentados para mostrá-los, eu os havia jogado na privada, não no lixo, e havia dado a descarga, naturalmente; também teria sido estranho que eu me houvesse empenhado a ponto de ir revirar a lata de lixo, ainda bem que não pudesse fazer isso, teriam me tomado por um insano, um obsessivo.

"Não provei a carne, se é a isso que se refere, mrs. Berry", falei, e deve ter havido decepção no meu tom, ou orgulho ferido. "Mas conheço sangue, creia-me. Sei distingui-lo."

"Bom, então é muito estranho." Assim respondeu a senhora Berry, como dando por encerrados a inspeção e todo o caso; soou como se tivesse me dito: "Não insista, Jack, que mais quer que façamos? Eu não sei de nada e não vi, nem Peter. E é improvável que uma mancha assim me escape, ainda mais por ser o caminho que leva ao meu quarto. Não entende como isso é difícil?".

Apartei os dedos da tábua, me ergui, virei mais para Wheeler, fitei-o ali do alto. Ele não havia pronunciado uma só palavra. Mas não me pareceu que dessa vez se tratasse de um novo congestionamento oral como aqueles de que padecera um pouco antes no jardim, depois dos rasantes do helicóptero, e na noite anterior, quando ficáramos a sós e o tolo vocábulo "almofada" não lhe saía da boca. Não me pareceu que tivesse uma presciência de nada, seu olhar ancião não olhava agora para o vindouro incerto e portanto vazio e liso como a madeira, sem dúvida, mas em seu assombro alcançava mais longe, mais além das nossas cabeças em cuja direção ia sua vista mas que não focalizava ou não totalmente, e os olhos tão abertos lhe conferiam uma contraditória expressão, quase de criança que descobre ou vê algo pela primeira vez, algo que não o assusta nem o repele, tampouco o atrai, mas que lhe produz espanto, ou algum saber intuitivo, ou então uma espécie de encantamento. Olhava para algo que era rugoso, com desenho ou figura, ao contrário do chão, mas que não me ficou muito claro se seu traço era distinguível e firme nem se pertencia ao passado. Era como se contemplasse o limbo, o invejável lugar, o único livre de juízos e cômputos naquele último dia, segundo as antigas especulações, e de que o juiz se retiraria por momentos para ficar sossegado e respirar um pouco longe das atrocidades e das perfeições, das desculpas esfarrapadas e das desmedidas aspirações, e fazer talvez uma boquinha para recompor forças e resistência para as intermináveis sessões, e também tomar um golinho da sua divina garrafinha, uma viagem com a qual se inebriasse um pouco, antes de voltar ao grande salão de dança para continuar a ouvir mais milhões e milhões de embrulhadas, confusas, miseráveis e descabeladas histórias.

"Também não lhe ocorre nada, Peter." Agora só falei com ele, diretamente, foi mais confirmação do que pergunta, mas também, percebi, uma tentativa de fazê-lo exprimir algo verbal sobre aquele sangue ou não-sangue que eu tinha visto ou não visto, algo com sua própria voz e não por meio da senhora Berry, que tinha se apoderado das conjecturas e das respostas. Na realidade não havia nada de anômalo nisso, era o lógico, a manutenção da casa era do seu encargo, como o seu asseio ou limpeza e suas imperfeições e manchas. Em inglês, era a *housekeeper*, literalmente a que conservava ou guardava a casa.

"Não." A negativa de Wheeler veio no ato, não que estivesse longe dali ou que não prestasse atenção no que se falava. Seu olhar ia viajando, mas não estava perdido. "É muito estranho, de fato", repetiu, mas sem dar à frase a entoação concludente da sua governanta. "*That's very odd indeed*", foi o que disse na sua língua, como se fosse somente uma convenção, uma maneira mais ou menos aceitável e para mim não ofensiva de deixar a questão suspensa no ar ou de enviá-la sem mais delongas para o limbo, onde nada acontece e não há nenhum caso, porque dos fatos dali ninguém se ocupa. Descravou a espada, manteve-a um momento no alto com ambas as mãos como se para assestar um golpe, em seguida deu meia-volta para regressar à mesa e terminar a sobremesa. Para mim foi o sinal de que eu devia ficar nisso, abandonar, me resignar. Desci o lance da escada, deixei a senhora Berry passar, fomos atrás dele, só acrescentei mais uma coisa sobre o assunto:

"Tive de utilizar bastante algodão, para tirar a mancha. Não deve ter sobrado muito, convém repô-lo logo. Quanto ao álcool, a mesma coisa." Foi o que disse a eles. Me pareceu justo avisá-los. E não fossem acreditar que até isso eram devaneios, ou que eu também havia inventado.

Agora eu via outra possibilidade, outra me ocorria agora, ao sair do banheiro das mulheres, ou antes, foi depois, naquela mesma noite mas horas mais tarde, quando tentava pegar no sono e não conseguia, no máximo uma sonolência pensante durante a qual fiquei pensando no estalo que tivera e que eu havia adiado no curso dos acontecimentos. Deve ter sido mais tarde, porque estava com pressa e com a vista aguçada tão-somente para fora quando saí do banheiro, essa idéia nunca tinha cruzado pela cabeça de Wheeler nem da senhora Berry, de fato não passou pela minha até aquele momento, depois de ver sentada no assento a mulher das coxas abundantes, não, isso leva a conceber uma gordura que ela não tinha, como dizer, era imponência, era formidabilidade, era presença. Era chamada. "Uma mulher não usa calcinhas", pensei; "mesmo que use meias, podem ser dessas que se vendem agora, que chegam até a metade da coxa como as de antes e são presas com um elástico que faz as vezes e a imitação sem graça das antigas ligas, usava uma dessas aquela iminente herdeira consorte que ficou uma noite para tomar o café-da-manhã em casa e cujo celular parecia uma obsessão ou um objetivo bélico para o seu ainda pré-marido mas já pós-corno, ou pelo menos usou-as nessa única vez em que a vi tirá-las ou eu mesmo as tirei, já nem me lembro do caso." Rememorei e pensei nisso largado na cama, pouco interessado em rememorá-lo, foi totalmente involuntário. "Uma mulher não usa calcinhas na ceia fria de Wheeler, algumas se vangloriam de prescindir dessa peça para se sentirem drásticas e radicais, ou o fazem ocasional e provocativamente para se arriscarem a ser vistas se estão de saia média ou curta e vai haver muitas testemunhas (uma reunião, um banquete, uma estréia, uma classe se são estudantes e o professor está na frente), ou para chatear um marido que a caminho da festa é informado desse detalhe íntimo e que fica apreensivo com ele, ou para que nasça um desejo fugaz e primário onde desejo não havia nem talvez ia haver — um vislumbre, um relâmpago — e assim possa depois se fazer persistente e elaborado — uma condensação, um crescimento —, não poucas aprenderam isso naquele filme célebre com a atriz Sharon Stone e o cara de bruxa filho do Douglas.

"Essa mulher sobe ao banheiro do primeiro andar, o de baixo está ocupado, ou talvez suba em busca de um quarto vazio em que alguém está à sua espera ou ao qual esse alguém irá ao cabo de um minuto, ou não chega, um encontro combinado mas laborioso e rápido, o que se chama gráfica e vulgarmente na minha língua de um mete-e-tira, e em inglês de um *quicky* (na verdade, muito vulgarmente: não importa, o pensamento é mais vulgar do que a fala, ou o é nos que tendem a evitar a vulgaridade verbal para que assim tenha sentido quando incorrerem nela), nesses lances a ausência prévia das calcinhas cai como sopa no mel, embora elas também não sejam um impedimento, basta afastá-las com um par de dedos e com delicadeza — cuidado para não beliscar nada —, na altura apropriada. Sobe essa mulher de saia, soam seus saltos altos nas tábuas ou não soam na parte atapetada, e tem o azar — ou é pior para o anfitrião, conforme o ponto de vista, ou para um convidado com olho melhor que os outros — de que justo então, ao chegar em cima e parar um instante procurando com o olhar a porta adequada ou combinada, fazem ato de presença as regras — sem dúvida já pressentidas, mas não tanto ou não o bastante — em forma de gota que cai no chão ao não bater em nenhum pano que a freasse; mas a coisa ainda é incipiente e é só uma gota, a primeira, uma só, não há filete porque não é um fluxo e não continua imediatamente, assim ela pode não se dar conta do acontecido até um pouco depois, quando já entrou no banheiro e pode remediar provisoriamente a coisa, ou quando o homem que a esperava nota aquela umidade diferente ou mais cálida e já se manchou, a mancha na madeira fica ali despercebida e por isso não é limpa até bem entrada a noite, quando subo para pegar um livro e, ao descer já com ele, descubro-a, vejo-a e penso que não devo deixá-la ali uma vez que sei que existe: cabe a mim, cabe tirá-la, senão Wheeler podia escorregar nela de manhã — se bem que então já terá secado —, e na sua idade não podemos permitir que caia, é melhor lhe poupar qualquer risco e salvá-lo."

Meu ex-colega Comendador havia pensado na possibilidade menstruosa com mais rapidez do que eu, mas ele tinha uma moça na sua frente quando viu o sangue e também observou gotas vermelhas minúsculas na sua camiseta e outra maior no lençol, foi mais fácil para ele pensar nisso, além do mais nunca saberíamos, ele com certeza e eu muito provavelmente, se essa era a explicação acertada para as nossas respectivas manchas, seria, isso sim, para a mulher do toalete — cerâmica e sapato brancos — que tinha se comportado com tanta serenidade. Mas quem podia saber?

De repente eu me vi tentando lembrar que mulheres estavam de saia no jantar de Wheeler (também foi meio involuntário, ou vai ver que qualquer rememoração sempre atrai o sono parcial): claro que a muito chamativa Beryl, e muito chamativa, que ademais era bem capaz de ter prescindido da peça íntima dada a avidez com que De la Garza a espiava, sentando-se num pufe baixo, rente ou quase às suas pernas compridas (coxas como tobogãs para a gente deslizar, tinha dito o malucão); e também combinava com ela ter querido incomodar Tupra com esse rasgo de descaramento (não teria dito nada a ele até já perto de Oxford, no automóvel), ou ter pretendido seduzi-lo, apesar do seu desdém aparente, de um modo elementar e tosco, sem sequer roçar nele e a relativa distância, sem esforço pessoal, psicológico, sentimental, biográfico, tão-somente animalesco, que vem a ser sem nenhum esforço. Usava saia a senhora Fahy, esposa do soporífero historiador irlandês professor Fahy, assim como a prefeita trabalhista e aziaga (por casamento) das infelizes populações de Eynsham, ou Ewelme, ou Bruern, ou Rycote, ou talvez daquela com pior fama no Oxfordshire desde a distante época do poeta Marlowe, Hog's Norton; mas ambas as damas haviam superado largamente o tempo concedido àqueles eventos regulares, do mesmo modo que a senhora Berry, que era claramente mais moça do que Wheeler mas não tanto quanto quatro decênios, nem mesmo três ou dois e meio, de fato me deu instantânea vergonha pensar nela ou nelas (sobretudo nela, eu a conhecia e a respeitava havia séculos, ainda a serviço de Toby Rylands) em tal circunstância em sua idade, quero dizer em sociedade e sem calcinha, a idéia me suscitou forte rejeição, mais que nada por ser irreverente, e um pouco de compaixão hipotética, reprovei minhas elucubrações. Quanto à deã de York que havia provocado delírios grosseiros em De la Garza ("Caralho, que turbinada essa tipa", tinha dito o anormal rematado), era temerário se pronunciar sobre a atual influência da lua no seu corpo, a viuvez torna vaga a idade e engana bastante, faz mais velhas as muito moças e rejuvenesce as já vividas; também vestia saia, e eu diria que antiquadas anáguas e ainda mais antiquada cinta, portanto eu não acreditava que a inacessível *dowager* de um clérigo renunciasse a roupas mais fundamentais (talvez nem mesmo em sua cama, sozinha, que dirá em casa alheia e companhia nutrida). Algumas havia de calças, mas não Harriet Buckley, a doutora em medicina recém-divorciada e que segundo Tupra podia estar mais disposta naquela noite a fazer averiguações *in loco* do que Beryl e a senhora Wadman (esse nome só por hipótese); eu não estivera atento nem havia falado com ela à parte as apresentações, mas não faltava a essa doutora certo atrativo básico, e na realidade foi um milagre ela não ter estourado a saia, não por ser gorda ela, mas estreita, apertada e justa a saia (na verdade todas essas redundâncias são necessárias para dar idéia de quanto), e em todo o jantar não tirou uns óculos que lhe conferiam um ar distraidamente fescenino, como que de secretária brejeira de uma comédia americana dos anos 50 (logo, secretária fantasiada); a doutora sem calcinha me pareceu uma idéia aceitável ou pelo menos não me causou arrepios nem muito má consciência (só uma pitada), como tampouco Beryl desguarnecida ou uma mocinha que pululou por ali chateada ao longo da noite e que eu nunca soube quem era, na certa a filha estudante de algum dos convidados, podia ser da própria Buckley: em todo caso me pareceu frívola e atrevida de longe, e eu havia notado na sua boca um aviso de indecência (incisivos separados; lábios que nunca conseguiam estar totalmente fechados nem, por conseguinte, ocultar os dentes despudorados); não acreditei que fosse abusivo imaginá-la liberada, quero dizer debaixo da saia.

Uma das três teria subido ao primeiro andar num momento infortunado, teria perdido ou soltado a sua gota sem perceber, assim como a centro-americana que tinha me respondido

"Obrigada", isso indicava que não havia descoberto a do seu sapato antes que eu a assinalasse. Era improvável, porém, uma conjunção desses fatores durante a festa de Wheeler, e eu nem sequer sabia se algo como a imprevidência e a conseqüente mancha no chão era tecnicamente possível (técnica ou fisiologicamente, para dizer de alguma maneira). Me dei conta de que em Londres eu não tinha nenhuma amiga nem amante estável a quem perguntar a esse respeito, ninguém com quem eu tivesse suficiente intimidade, em Madri sim, na minha vida normal eu teria consultado Luisa em primeiro lugar, também havia minha irmã, velhas amigas e ex-namoradas, *old flames* como Beryl de Tupra ou Tupra é que era de Beryl, ela mais indiferente ao seu passado. "Minha vida normal": não conseguia me afazer à idéia de que não era mais, eu havia sido expulso dela ou minha tumba estava ali bem enterrada, cavada até o mais fundo; ainda conservava a sensação enganosa de que aquele outro país era um parêntese, de que aquela segunda estada na Inglaterra era vida não vivida totalmente, essa que não conta muito e pela qual mal somos responsáveis, ou só quando se celebrar o grande baile, cada vez mais inverossímil — seguramente hoje abolido, cancelado até segunda ordem, ou antes, até nova crença —, do tempo que não é mais tempo ou está congelado e sem transcurso. ("Quanto tempo me confiais", exclamavam os espanhóis irônicos, parafraseando dom Juan no verso de um contemporâneo de Marlowe; agora se usa menos, mas ainda é possível ouvi-lo, quando o tempo não é temível e parece que o anunciado não chegará, de tão distante.) Talvez aquele meu período no fim se revelasse provisório, mas nada nunca é provisório nem é período enquanto não se conclui e se fecha, e enquanto isso não acontece o parêntese se transforma na frase principal, dominante, e ao ler a gente se esquece até de que o sinal deste se abriu.

Dois dias depois liguei para Luisa apesar do extemporâneo

da consulta, do extravagante mesmo. Com uma irmã é mais embaraçoso referir-se a esses assuntos: apesar de elas serem a primeira namorada, são quando ainda não há sangue, esposa menina apenas. Liguei para Luisa e encontrei-a em casa, não houve espaço para o meu nervosismo; soou um pouco surpresa (não era quinta nem domingo), mas não incomodada. Interessei-me rotineiramente pelas crianças, pela saúde delas e pela dela, depois me justifiquei: "Estou ligando para fazer uma consulta", falei. "Diga", respondeu, bem-disposta. De modo que perguntei, após um preâmbulo e dois pedidos de desculpas, se era possível que uma mulher sem roupa íntima, pega desprevenida pelas regras, deixasse cair uma gota de sangue no chão, estando de pé ou andando ("É, não sei, ou subindo uma escada", arrematei sem necessidade, para completar o quadro absurdo). Houve um breve silêncio durante o qual temi que batesse o fone na minha cara ou me sugerisse ir procurar o meu juízo num paradeiro desconhecido, mas o que veio em seguida foi uma gargalhada amistosa, eu conhecia bem esse riso, o riso divertido, o riso bem-humorado, o riso inevitável nela quando achava graça de verdade em alguma coisa. Nesse momento vi com clareza sua cara e como essa cara era simpática (eu a vi com os olhos da mente, ali em Londres, ou com os da memória, através da minha janela).

"Mas que pergunta é essa?", indagou ela ainda entre risos. "Você está escrevendo um romance ou o quê, um anúncio de absorvente? Ou agora tem saído com descuidadas? Espero que não, porque teria de ser muito, para acontecer com ela isso que você falou." E se ouvia seu riso jovial.

Me deu tempo de pensar que, se ela estava contente, talvez fosse por ouvir minha voz fora de hora ou porque já se delineava plenamente para ela a figura que me substituiria — o adulador piedoso que desliza para dentro, o irresponsável piadista que fica de fora, o desconfiado dominante que a acaba aprisionando; eu preferia o segundo, hipoteticamente, apesar das minhocas que tem na cabeça; mas ela não ia pedir minha opinião, isso é certo. Eu nunca lhe perguntava nada a esse respeito, como ela tampouco me interrogava sobre minhas andanças, só uma vez tinha dito: "Espero que você não esteja muito sozinho, aí em Londres", e isso não era uma pergunta, exatamente. "Nada mais que o esperável", eu havia respondido de pronto, sem dizer nem sim nem não, e em todo caso desdramatizando. E me deu tempo de pensar que, se falava assim de "descuidadas", podia significar que tinha curiosidade de saber se eu me relacionava com mulheres em situações tão íntimas que elas andassem na minha presença sem calcinha (claro que isso era possível sempre com a minha total ignorância do escamoteio). E isso podia significar por sua vez que o fato não lhe era indiferente e que talvez a magoasse um pouco, ou então que lhe desse na mesma e por isso mencionasse as mulheres de modo tão descontraído, talvez me incitando a freqüentá-las, ou a recrutá-las, e que não faltassem. Já não tinha a menor idéia de como ela me considerava agora, se sentia por mim um simples afeto tranqüilo ou ainda era passível de borrascas, que lugar me atribuía, se continuava esperando que meu cheiro se dissipasse totalmente e me transformasse em fantasma (num fantasma camarada ou dos que não se zangam nem abusam e admitem espaçar suas aparições) ou se já estava encerrado o processo e meus lençóis rasgados para fazer tiras ou panos. Na realidade quase nunca sabemos nada do que nos concerne diretamente, por mais que interpretemos e conjecturemos, o que eu fazia sem parar, talvez estivesse desperdiçando meus dias no edifício sem nome, acreditava contribuir para alguma coisa ali e sem querer trapaceava: talvez trabalhasse em vão. E além do mais, portanto, em resumo, tivera medo, medo de Tupra e medo de falhar com ele, e desconfiança de mim mesmo, isso também (eu havia descoberto tudo apenas algumas noites antes, a noite dos Manoia). Me pagavam para fazer apostas sobre o comportamento futuro das pessoas e sobre suas probabilidades, e eu nem sequer via o rosto — o de hoje, o de amanhã; só via o de ontem, com olho mental e vesgo — de quem melhor conhecia, eu tinha vivido bastantes anos com Luisa e em meus filhos eu dispunha de mais dados complementares, ela se prolongava neles e os filhos são transparentes enquanto ainda são nossas crianças, depois se blindam, ou fogem, ou se envolvem em suas brumas. Agora eu ignorava até como seria o seu penteado, o de Luisa (e diz muito das mulheres como elas usam ou cortam os cabelos), e nem a mim mesmo eu me via; mas esse último ponto importava menos, pois afinal de contas era certo o que apontava aquele texto relativo ao meu nome que eu havia lido meio às escondidas no arquivo: isso nunca tinha me interessado nem preocupado um pouquinho que fosse. Um enigma pouco digno, uma perda de tempo.

Não pude evitar de me unir ao seu riso, nem quis, muito pelo contrário: sentia falta dele e aproveitei a ocasião, que ela tinha me retirado fazia muito, mas antigamente nós nos contagiávamos, ou nem mesmo isso, ele costumava brotar quase ao mesmo tempo em nós dois, o riso dela comigo pertencia aos que não se forçam nem são precedidos de uma decisão nem de um cálculo, o meu com ela também, mas dessa vez ri com atraso, estava desacostumado e não tinha sabido ver de antemão, por minha conta, o lado cômico da minha consulta, suponho que andava metido demais em mim mesmo, em particular naqueles dias que se seguiram à noite do medo novo e da não tão nova desconfiança; mas ela tinha achado graça imediata ou quase, após alguns segundos de estupefação, de não dar crédito ao meu telefonema para fazer essa pergunta ("*Che vanto ridere insieme*", costumava exclamar uma velha e não efêmera paixão da Itália, do meu passado já remoto, devia a ela grande parte do meu conhecimento do italiano. Não sei como se diria isso na minha língua: "Que glória rirmos juntos" ou talvez "Que alarde").

"Parece boba", falei, "olha que boba", e enquanto dizia ríamos juntos, e senti algo parecido com um *vanto*. "Não, ainda não fiquei tão idiota a ponto de me dedicar à publicidade ou a escrever romances como todo mundo. Mas, afinal, bem que poderia ser, eu não descarto mais nenhuma besteira na vida. Mas olha que boba, os anos passam e é incrível como você continua bobinha."

"Ah, então me diga por que essa pergunta tão natural, tão normal. Bem, meus colegas a fazem para mim diariamente." E ainda continuava ou continuávamos rindo com gosto, nada como a leve gozação mútua, a que ofende mas dá prazer, para demonstrar afeto, quero dizer o preliminar quando estávamos juntos e ao fim de três frases ou quatro podíamos nos tocar, nos beijar ou nos abraçar caídos e bem despertos. Mas agora não teríamos querido, que nos víssemos com os olhos físicos. "O que aconteceu, alguém estragou o seu assoalho? Não acredito!"

Parei de rir por fim, um momento.

"Não, não foi meu assoalho. Foi o de Wheeler. Mas seria demorado contar agora. Diga, é possível ou não isso acontecer?"

"O de Peter? Na sua idade? Vou ter de passar um pito nele. Compreendo todas as tentações, mas não creio que uma coisa dessas lhe convenha. Como é que a senhora Berry não proíbe, como é que não põe para correr essas sujas?" E ainda soltou outra gargalhada, sem dúvida estava de ótimo humor. Isso me agradava e não me agradava, podia ser por mim ou por algum outro indivíduo que talvez tivesse acabado de ir embora, ou estivesse a ponto de chegar, ou estivesse ela a ponto de sair para encontrá-lo, ou ele estava lá, na minha casa, ouvindo a conversa e aguardando impaciente que terminasse, ouvindo só a parte dela, a minha não mas a de Luisa sim. Eu não acreditava nessa última hipótese, ela soava como se não houvesse testemunhas e nada a condicionasse nem a ameaçasse. Mas quem sabe, nunca se sabe, podia se tratar de um estrangeiro que não entendia a língua, a gente fala como se não houvesse testemunhas quando está certo de que não está sendo entendido, ou até faz assim de propósito para apaixonar ou atrair, ou assim espera convencido, para se mostrar tal como supostamente é, para que quem contempla admire como a gente é com os outros, quão simpáticos e risonhos somos, há uma pitada de fingimento e outra de exibicionismo nisso, eu já agi assim, em épocas de fraqueza claro, esta começava a me parecer uma delas. E aquela não era a minha casa. Esses pensamentos embrionários amainaram meu riso e me permitiram insistir, não em tom sério mas sim de pressa:

"Está bem, vou avisar os dois que você vai dar um pito neles, que vão levar uma boa bronca. Mas me diga, isso é possível, a gota de sangue, a mancha?"

Ela me conhecia bem, seguramente era quem ela conhecia melhor, compreendeu que agora devia responder à estapafúrdia consulta ou deixá-la para lá, ignorá-la, isso era fácil, nossa confiança não era a de antes e ela não me devia nada, nem mesmo respostas de cortesia. Pelo menos eu não a sentia em dívida, e nisso é o sentimento que importa e manda (sentir-se credor, devedor), muito mais que os fatos e os dinheiros, ou que os favores e males.

"Sim, poderia acontecer. Mas seria pouca quantidade, suponho, uma gotinha; a coisa teria de ser muito incipiente, para pegar a mulher desprevenida."

"De um par de polegadas, ou uma e meia, algo assim? A mancha. Poderia ser?"

Isso lhe provocou de novo um pouco de riso. Mas já não era como o de antes, como o riso comum; era um resto, com menos ardor.

"Polegadas?", disse divertindo-se. "Como assim, polegadas? Não se esqueça que aqui não temos isso, nem entendemos, ei, não exagere a anglificação. E me diga uma coisa, você pegou a fita métrica? Ou foi a olho? Que história é essa, você virou detetive, entrou para a Scotland Yard? Que bicho te mordeu?" Agora sua voz denotava estranheza. Na Espanha ninguém se lembra de que o nome é New Scotland Yard, já faz tempo.

"Desculpe, eu queria dizer centímetros, quatro ou cinco. De diâmetro. A gente aqui se acostuma a essas medidas inglesas."

"Tá, tá. Pois não sei, Jaime. Não costumo andar com fita métrica, além do mais nunca aconteceu uma coisa dessas comigo. Continuo sendo precavida e usando roupa íntima, como você disse. Nunca ouvi você falar assim antes, claro: um bom achado." E ainda lhe saiu um intento de riso sincero. Foi só um intento, como se a expressão houvesse parecido engraçada de verdade, mas já tivesse preguiça de aplaudi-la.

"E a mulher poderia não perceber?"

"Poderia sim. Mas não demoraria muito, se for uma pessoa normal e não estiver distraída, claro. Ou de porre, ou algo assim. Mas a princípio, sim, poderia não perceber, suponho. Mas, ande logo, me diga por que tudo isso, se não se trata de anúncio de absorvente nem de um romance. Você começa a me tirar a paciência."

"Nesse caso, não limparia a mancha, não é?", perguntei. "Se não a vir, a mancha fica." E aqui afirmei.

O riso tinha se desfeito, furtado, acabado. Eu havia feito uma pergunta de mais, talvez duas, mas sobretudo uma, soube antes de fazê-la, esta última. Mas custa muito não tentar me certificar da possibilidade de algo, e tanto mais custa quanto mais remota.

"Não sei, você deve saber de quem está falando, muito descuidada. Mas agora, a sério, por que isso, o que aconteceu?" Não havia irritação em seu tom de voz, nem ciúme, creio, não sou tão ingênuo. Mas sim uma leve aspereza, talvez tivesse se cansado da brincadeira de que não participava.

"Espere que ainda quero te fazer outra consulta, é capaz de você estar mais por dentro do que eu dessas coisas, de que não tenho a menor idéia. Você ouviu falar de um produto de beleza, um enxerto artificial, sei lá, dizem que é uma injeção, custa a crer, chamam de *bottox*?"

Eu queria verificar nem que fosse algo anedótico, mas é que com isso também evitei responder, afinal ela tinha me perguntado um pouco a sério ("Agora, a sério", tinha dito, e agora à sério parecia mesmo) e eu não ia lhe contar, não só porque era comprido e assunto meu, mas porque o relato seria decepcionante para ela e principalmente não ficaria mais intrigada, depois de conhecê-lo. Eu tinha percebido que estava um pouco intrigada. Não a ponto de ficar preocupada, isso teria sido melhor ainda, para eu voltar à sua cabeça de vez em quando, durante uns dias. Sim, sua curiosidade e sua impaciência tinham se despertado, eu não havia telefonado com essa intenção, mas aconteceu. E, sim, ela logo havia querido participar dos meus assuntos, como nos velhos tempos. Havia sido breve, só um minuto (ah, sempre há mais por vir, sempre falta, um minuto, a lança, um segundo, a febre, e outro segundo, o sonho, e um pouco mais, para a dança — a lança, a febre, minha dor e a palavra, o sonho, e ainda um pouco mais, para a última dança), havia desejado compartilhar minhas pesquisas ou minhas perambulações, sem nem sequer saber quais eram, como antigamente. Pobre de mim ou de quem eu era então, senti aquilo como um triunfo ainda que um tanto breve. Ou antes, como uma glória, um mimo, um alarde, um *vanto*. O que era certo é que ela voltaria à minha mente por uns dias, depois daquela conversa, e não de vez em quando, mas o tempo todo. Mas eu não podia voltar para casa nem pensar nisso, logo seriam poucos esses dias, por necessidade e por sorte. Durariam até que se perdesse outra vez o que tornara a ficar claro para mim, que Luisa ainda não ia me dizer: "Venha, venha, eu estava tão enganada antes. Ocupe de novo este lugar ao meu lado, aqui está seu travesseiro que já não tem marcas, eu não soube te ver. Venha. Venha comigo. Aqui não tem ninguém, volte, meu fantasma já se foi, pode ocupar o lugar dele e afugentar a sua carne. Ele se transformou em nada e seu tempo não avança. O que foi já não terá sido. Então, suponho, fique aqui para sempre". Sim, essa noite também passaria, e ela ainda não o diria.

Foi da boca de De la Garza que ouvi a palavra *bottox* enquanto esperávamos Tupra no amplo banheiro dos incapacitados, ao qual me mandou voltar com o adido, levá-lo lá e aguardar sua chegada, quando ele houvesse devolvido a senhora ao marido, levar Rafita àquele espaço vazio e retê-lo ou entretê-lo ali até Tupra se juntar a nós, ele preferia se encarregar do assunto agora, estava claro, deve ter me julgado tonto, lerdo e nada prático nas emergências, talvez também pouco arrojado. Eu não havia empregado, creio, mais de cinco minutos para entrar e sair dos três banheiros, um depois do outro, mas sem dúvida pareceram demais da conta para quem tinha por norma ser intransigente com as contrariedades.

Uma vez fora do banheiro de mulheres, eu me aproximei da pista de dança mais frenética e concorrida, então vi Tupra ou Reresby vindo da mesa em minha direção, abrindo passagem com agilidade entre os noctâmbulos — sabia ser escorregadio e assim não se lambuzar com os perfumados suores daqueles —, devia ter deixado Manoia sozinho e não gostado nada de ter de fazê-lo e de interromper portanto suas persuasões ou suas propostas, vinha com olhar alerta, tanto quanto o meu, ao nos avistarmos simultaneamente percebi no seu uma fagulha de censura e incompreensão misturadas ("Como é que já não traz os dois com você, ainda não os encontrou, pedi que fosse rápido", me disse com as suas pupilas quase tão pálidas quanto as suas íris às vezes, ou foi com as suas pestanas tão lustrosas e densas que se tornavam o predominante quando nele incidia menos luz que sombra); mas não havia tempo para desperdiçar nisso, de modo que na hora somamos olhos para serem quatro procurando, e foram os dele os primeiros a avistá-los, me assinalou os dois com um dedo irritado, Flavia e De la Garza, como quem ergue o cano de uma arma.

Estavam no meio da pista rápida dançando muito loucamente, pedindo cada qual um exorcista e espantando algumas pessoas que sem dúvida os viam como elementos estranhos (ela pela idade, ele pelo perigo), aquela dança não admitia o agarradinho clássico, tampouco o aproximado, de modo que De la Garza não estava submetido ao tormento dos cones eretos ou pica-gelos horizontais que ambos já tínhamos experimentado, mas na verdade era ele — foi isso que nos provocou grande alarme e nos impeliu a intervir sem mais delongas nem contemplações — que agora açoitava a senhora Manoia, quase literalmente ou sem quase, e o mais surpreendente era que ela não parecia sentir as chibatadas involuntárias — foi o que imaginei, não sei se Tupra também — que aquele babaca maiúsculo lhe prodigalizava em sua dança, só mesmo um babaca de nível máximo para dançar daquela forma selvagem, a pouca distância, girando à moda do Travolta, oferecendo a seu par tanto a nuca quanto o rosto, sem ter previsto que a redinha vazia, sem rabo-de-cavalo nem cabeleira a enchê-la, nem peso algum para contê-la ou freá-la, com tanto movimento veloz e brusco podia se transformar num látego, numa correia, num couro descontrolado; se houvesse posto na ponta algum adorno metálico, teria sido tal qual as boleadeiras de um gaúcho ou o *knut* de um cruel cossaco, por sorte não a tinha arrematado com ferretes nem com bolinhas, guizos, aguilhões nem nada, senão teria feito picadinho de Flavia; mesmo assim estremeci, porque semelhante idéia caberia de sobra em seu despovoado cérebro e seria muito própria de um paspalhão do seu calibre: disfarçado de rapper negro e de toureiro napoleônico, de pintor *majo* Meléndez em seu auto-retrato do Louvre e de adivinha cigana com sua argola obrigatória tilintando e dançando (tudo ao mesmo tempo, um ser confuso). "Eu o encheria de sopapos até não poder mais", foi meu pensamento único, breve e simples, naquele instante. Cada vez que ele girava, sua redinha maldita fustigava a parte de Flavia que estivesse à sua altura e a seu alcance, por sorte no mais das vezes o flagelo passava por cima dos cabelos dela, ou vai ver que dos apliques vários, por ser De la Garza mais alto; mas ainda nos deu tempo de ver como num par de ocasiões, em que o adido se agachou um pouco em seus febris revoluteios, a redinha cruzava o rosto da senhora Manoia, de orelha a orelha. Só aquela visão já escorchava, daí ser tão incompreensível ela nem parecer se dar conta, por mais camadas de maquiagem que pudessem amortecer as lanhadas: lembrou-me fugazmente aqueles boxeadores com enorme capacidade de suportar pancada, aqueles que nem pestanejam ao receber a primeira tunda — uma verdadeira chuva de socos —, se bem que tudo costuma ser questão de lhes castigarem — e por fim abrirem — um pômulo ou um supercílio.

Não esperamos que terminasse a música feroz. Invadimos a pista no ato e, agarrando-os pelos ombros com firmeza e jeito (Tupra cuidou de Flavia e eu do babaca, nem precisamos combinar), paramos os dois bruscamente. Vimos suas caras de grande desconcerto e também vimos — quando já estávamos grudados neles — que a senhora Manoia trazia na bochecha uma marca, uma erosão da corda, um arranhão do látego, não havia sangrado mas era apreciável, como se fosse uma esfoladura, me lembrou a marca que fica por muito tempo no pescoço dos enforcados nos *westerns* (os enforcados frustrados; bem, nem tanto, a dela logo sumiria), Manoia não ia gostar nada disso quando descobrisse, vi numa careta de Tupra que ele estava pensando a mesma coisa e ouvi o estalar da sua língua, ela nem tinha se dado conta, quem sabe pela exaltação da dança, não consigo me explicar.

— Vou acompanhá-la ao banheiro, para ver se isso tem remédio ou dá para dissimular — ele me disse apontando para a marca. E a ela, imediatamente: — Você machucou um pouco o rosto, Flavia. — E passou o dedo pela própria face. — Vamos ao toalete, eu te espero do lado de fora. Lave esse arranhado, talvez possa disfarçá-lo com maquiagem, sim? Se não, Arturo vai ficar preocupado. Quer você lá, de volta. Dói? — Ela levou a mão ao rosto e negou com a cabeça, estava como que pensativa ou apenas aturdida. Em seguida Tupra dirigiu-se novamente a mim para me dar esta ordem, falava rápido mas com calma: — Ele, leve-o para o banheiro dos entrevados e me esperem lá dentro, não vou demorar muito. Vamos ver se arranjamos um pouco esse machucado, não parece que haja corte, e a devolvo ao marido num momento. Retenha esse babaca enquanto isso, não vai passar de cinco minutos, sete no máximo. Retenha-o lá dentro até eu chegar. Temos de neutralizar esse tarado, temos de anulá-lo.

Chamou-o primeiro de "*cunt*", depois de "*moron*", a primeira palavra eu só conhecia então aplicada em seu sentido de "boceta", de sexo feminino designado com grosseria ou só com o pensamento, a outra acepção inferi naquela noite e confirmei mais tarde no dicionário, um dicionário de *slang*, claro. Não era muito diferente de como eu o chamava mentalmente, "babaca", não sei se "*cunt*" tem um valor mais agressivo. Mas não é a mesma coisa o que uma pessoa pensa e até diz, e o que ouve os outros proferirem; o insulto que você pensa, e até solta, sabe em que medida é sério e que essa medida não costuma ser grande, conhece a função de desabafo que cumpre e no mais das vezes não se preocupa nem lhe dá importância porque sabe que tem pouca; você controla à vontade a veemência, que em termos gerais pode ser bastante artificial, quando não falsa: um exagero retórico, um jogo de cena para você mesmo e para os demais, uma espécie de bravata. Já o insulto alheio sempre é inquietante, tanto se dirigido a nós como se dedicado a terceiros, porque é difícil calibrar a que verdadeiro fundo corresponde — fundo da pessoa que injuria —, com que cólera ou que aversão, com quanta possibilidade real de violência. Por isso não achei graça ao ouvir de Tupra esses vocábulos e também, é verdade, porque nele eram inauditos, e não gostamos de descobrir em outros inclusive o que nós temos ou são nossas potencialidades mais feias, o que em nós parece aceitável (que remédio), queremos crer que há homens e mulheres melhores, gostaríamos de que houvesse homens e mulheres sem mácula e que, ademais, fossem nossos amigos, ou pelo menos que os tivéssemos por perto, nunca em oposição, nunca contra. Claro que também não é freqüente que da minha boca saia "babaca", para não buscar outros exemplos, no entanto eu tinha pensado isso um montão de vezes naquela noite, bem como no jantar de Wheeler e depois, a sós com ele. Mas achava que não tinha dito em sua presença, pois também não é a mesma coisa pensar em algo e guardar para si, pensar com força e calar, que soltar diante de testemunhas ou soltar ao destinatário, quando mais não fosse porque você permite então que lhe atribuam as palavras pronunciadas e que já sejam para sempre tidas como suas próprias ou verossímeis em seus lábios ("Eu ouvi, você disse, naquele dia você recorreu a esses termos"). E isso já é dar muitos dados, mostrar cartas demais.

Considerei a ordem tão irrealizável que perguntei claramente a Tupra:

— Como assim, que o leve para lá? Com que pretexto? E para quê, o que você quer?

— Diga que vai chupar o pau dele. — Reresby tinha se impacientado, mas foi um segundo: meu olhar de estranheza foi provavelmente tão intenso (deixaria transluzir a exasperação, indissimulável, imediata) que deve ter lhe parecido de intolerância ou até mesmo de sonhada ameaça. De modo que acrescentou na mesma hora, afogando sua frase grosseira anterior (talvez só Reresby fosse desbocado, não Tupra, nem Ure, nem Dundas, e vai ver que cada noite ele era quem era para todos os efeitos e conseqüências): — Pergunte se ele quer uma carreirinha, superior, da boa. Com certeza ele vai me esperar com o nariz babando. Com certeza não vai objetar nada.

— Como você sabe? — perguntei. Depois achei que, feita a Tupra, era uma pergunta vã ou de resposta redundante. Ele se dedicava principalmente a saber ou, assim pensava eu, e de antemão ainda por cima, a conhecer rostos futuros; e ao contrário do que acontecia comigo, com Mulryan e Rendel, talvez com Jane Treves e Branshaw ocasionalmente (com Pérez Nuix era mais duvidoso), não era preciso guiá-lo nem lhe indicar a trilha de cada saber pertinente. Ele é que nos conduzia, que decidia que aspectos das pessoas nos interessavam ou diziam respeito e nos interrogava sobre o campo delimitado, por exemplo, se o cantor Dick Dearlove era capaz de matar e em que circunstâncias, ou se um homem anônimo tinha intenções de pagar um empréstimo, tantas coisas distintas e tantas vezes. Ele nunca tinha me perguntado se eu acreditava que De la Garza fazia uso de coca, cola ou ópio, na verdade não me lembrava que um dia tivesse perguntado algo sobre ele, nada. De modo que só agora, portanto, parei para pensar. Examinando bem, não era improvável que fizesse uso de tudo: ansioso demais, pretensioso e palerma demais, e também muito excitado.

— Pergunte que você vai ver — respondeu Tupra enquanto oferecia delicadamente o braço à senhora Manoia e os dois partiam para o toalete feminino. Encontrariam uma fila, sem dúvida nenhuma. — Daqui a sete minutos, mais ou menos. Eu me junto a vocês. Distraia-o até lá. — E com seu dedo como um cano curto apontou para a porta do gancho pintado, impossível não se lembrar de Peter Pan ao bater com os olhos nele.

Perguntei a Rafita, que como Flavia havia ficado momentaneamente estupefato. A proposta o fez se recuperar, se reativar; mostrou-se interessado, ou melhor, um tanto ansioso.

— Falou, vamos lá — respondeu na hora, e para lá fomos passando pelo gancho. Uma vez no banheiro dos mutilados, que continuava deserto como pouco antes, não ocultou certa impaciência ante a perspectiva, devia pensar que assim sua embriaguez diminuiria, tinha entrado numa fase de ligeiro enjôo, por sorte não grave, não vomitaria, mas seus pés se trançaram um pouco no breve trajeto com muitos obstáculos humanos, o que também atribuí em parte a um efeito da sua dança demente, assim como, é claro, sua falta de fôlego, depois me dei conta de que os cadarços dos sapatos tinham se desamarrado, os dois, podia ter levado um belo tombo e caído estatelado na pista, onde as hordas teriam acabado com ele e nós teríamos economizado um bocado de aborrecimentos. — Você não tem, você não tem. — Ele quis constatar o fato.

— Não, quem tem é o senhor Reresby — respondi, e então me ocorreu que ele era bem capaz de ter mesmo a coca; para alguém como ele não seria complicado arrumar, oferecê-la pode ser muito útil em nossos tempos, e ele sabia se movimentar em qualquer território. — Ele disse que não vai demorar. Ia ver se curava um pouco a avenida que você abriu na cara da nossa *titi* com essas cordas absurdas que saem da sua nuca, essa cesta. — Naquela altura já não me incomodava tratá-lo cruamente, além do mais no exterior a gente toma confiança com os compatriotas bem rápido e sem nenhuma base, em geral infeliz e desgraçadamente, mas com a vantagem de que se pode ir direto ao assunto quando é preciso. De la Garza estava me causando problemas demais, e todos evitáveis, o pior era isso. Me adaptei de antemão à sua habitual gíria forçada (eu nunca diria por minha conta "abrir uma avenida"), isso equivalia a percorrer de repente um grande trecho, da confiança. — Como pode passar pela idéia de alguém usar esse troço ridículo e depois açoitar com ele seu par? Vamos ver como o marido vai encarar a coisa ao ver a chibatada no meio da cara. — "*Uno sfregio*", me lembrei no ato das suas consultas, horrorizado; "vamos devolvê-la a ele com uma espécie de *sfregio*, se bem entendi o seu gesto, ele passou a unha do polegar pela face; vai dar rolo a coisa, ele não vai gostar nada, se bem que pior seria o arranhão na *bazza* do que na *guancia*, Manoia poderia imaginar que fosse uma alusão, uma zombaria, uma revanche minha contra seus maus modos, embora o queixo da pobre Flavia não seja protuberante nem portanto *bazza*, propriamente". — Você é um cálice de imprudência, De la Garza. Eu disse que aquele cara tem muita influência no Vaticano e em toda a Itália, incluída a Sicília. — Até eu fiquei surpreso por utilizar essa expressão ("cálice de imprudência"), absolutamente inusitada, creio que por associação de idéias com o Vaticano, que deve estar cheio de cálices, pelo menos um em cada aposento, suponho. — Além do mais, vi que ele tem um gênio do capeta, um humor do cão — devia continuar fazendo associações, além de resvalando para o linguajar ao mesmo tempo grosseiro e afetado daquela peste de simplório perfumado —, espero que Reresby possa explicar que não foi intencional, que você não percebeu. Não foi, não é mesmo, Rafita?, não foi de propósito. — Nunca eu o tinha chamado assim, diretamente, achava; na verdade, me parecia ter ouvido esse diminutivo da boca de Peter, já depois de o adido ter saído da sua casa naquela noite sem afogar o ganso e de mãos abanando, para levar e se espatifar na estrada com o prefeito e a prefeita de Thame, ou Bicester, ou Bloxham, ou Wroxton (mas essa sorte não tivemos).

— Claro que não foi de propósito, está pensando o quê, que quero ficar sem afogar o ganso, que quero estragar minha trepada? Espero que vocês já não tenham fodido comigo, cortaram a minha inspiração e mandaram minha lide pro caralho, vocês são que nem porra desnatada. Eu já estava nos finalmentes. — Foi o que ele disse, "foder, trepada", a metáfora taurina "lide", "desnatada", quase sempre conseguia tingir sua ordinarice com mediocridade, a nefasta mescla espanhola tão difundida, com nossos escritores à sua frente, inclusive muitos jovens deprimentemente antiquados, malcheirosos de tanto ranço, as tradições abjetas são fáceis de seguir, fazem-se tenazes. No outro aspecto eu não podia acompanhá-lo, me adaptar: não estava ao alcance das minhas concessões aquela sua cafonice.

— Que trepada o quê, você está obcecado em afogar o ganso, De la Garza. Esqueça. Pra você, tanto faz, não? Ela podia ser sua tia e está aqui com o marido montando guarda, eu avisei. Por que não vai pegar umas putas de vez em quando, hem, seu salário dá pra isso. Pela cabeça dela, viu, nem passou semelhante idéia. E ainda por cima você vai e lhe dá umas chicotadas. Acho que ela nem vai querer se despedir.

— Bah — contestou com displicência —, foi sem querer,

já vou tirar esta *peineta*, para dançar não funciona, atrapalha um pouco. — Acariciou a redinha com a mão toda, de cima para baixo, como se passasse uma flanela. — Ela nem deve ter percebido, com aquela cara cheia de *bottox*. Você não sabe o que diz, cara, eu já tinha ganhado a dona. Só faltava quadrar e zás, estocada até a empunhadura, até o jarrete. Enfiar tudo e vai tomar no cu. — Insinuou a postura de matar o touro com a espada. Começava ele com suas incongruências em série, sinal de que se recuperava. Eu me perguntei o que "jarrete" devia significar para ele, mas a ele é que eu não ia perguntar.

— *Bottox*? — Foi então que ouvi o neologismo pela primeira vez. — O que é isso? Que palavra é essa? *Bottox*. — Disse-a de novo para me acostumar, é comum a gente fazer assim com as palavras que não conhece. De la Garza havia chamado suas cordinhas penduradas pelo nome do pente de prender cabelo, na sua vida devia ter visto um deles. Disso e de seu enigmático jarrete não era de esperar que me oferecesse uma etimologia. Insistia na comparação taurina, com gestos e tudo, isso sim era próprio dos nossos fascistas no sentido coloquial do termo, ou no analógico. Não o gesto em si, é claro (até eu sou capaz de imitá-lo, assim como o de uma *verónica* ou de um *derechazo*; isso a sós, bem entendido), mas a presunçosa associação (por assim dizer) dos labores de sedução de mulheres com a lide de um touro bravo diante dos espectadores. Talvez, afinal de contas, ele tivesse mesmo um espírito fascista, por analogia.

— Ah, você não sabe. — Falou isso num tom pueril de faroleiro, como se a minha ignorância fosse prova da sua mundanidade superior (eu não a discutia, broncos mundanos há aos milhares e não param de aumentar) e da sua permanente instalação no chique que tanta importância tinha para ele (para mim ele podia morar nesse terreno até o último dia, eu não pensava disputá-lo, nem sequer pisá-lo). — Ah, você não sabe — repetiu. Estava encantado com poder me dar lições de alguma coisa, por assim dizer. — Injetam nas donas cheias da grana, bem, agora também em alguns caras. Seu amigo na certa, para não ir mais longe, deve botar no rosto, no queixo, na testa e nas têmporas, contra os pés-de-galinha. Esse Reresby tem a pele muito compacta e sem rugas, deve cravar a seringa cada poucos meses, a italiana só deve deixar passar umas semanas, sei lá. Se os médicos deixarem.

Era verdade que Tupra tinha uma pele inquietantemente lustrosa e lisa para seus prováveis anos, de uma bonita cor acervejada ou até, às vezes, apessegada, mas nunca me havia parecido que fosse graças a algum artifício nem tratamento, ou é que não costumava me ocorrer que os homens recorressem a isso, ainda não naquela época. Mas quem podia saber? Eu estava ficando antiquado em alguns aspectos: ignorava a existência daquele tal de *bottox* e sem dúvida de outros produtos, era só um exemplo. Bem, ainda continuava ignorando, Rafita não era o mais indicado para explicar nada.

— A seringa? Injetam, quer dizer são injeções mesmo, com agulha e tudo? O que é, uma coisa líquida, claro? Contra as rugas. — A última frase foi uma afirmação, também para me acostumar. Me parecia inconcebível que uma pessoa se fizesse cravar uma agulha na testa ou no queixo (nas têmporas não era crível) sem ser obrigado a isso por motivos imperiosos, e além do mais aquela palavra... Se tenho senso de alguma coisa é das línguas e das etimologias, creio que me acostumei a prestar atenção e a deduzi-las quando lecionava em Oxford, e os estudantes (em geral mal-intencionados, morrinhas) me indagavam constantemente a dos vocábulos mais incomuns, muitas vezes eu tinha de improvisar, inventar na hora, como é que se pode saber no meio de uma aula de onde vêm "peteleco" ou "bochecha", ou como se originaram "piparote", "esgrima" ou "vereda". Agora não pude evitar a desconfiança de que *bottox* fosse uma contração (tranqüilizadora e de camuflagem, além de cômoda e prática) de "*botulin toxin*" em inglês, isto é, da toxina botulínica tão perigosa e temida, que, segundo Wheeler tinha me contado, o SOE havia trazido *ex profeso* da América em plena guerra para impregnar com ela e envenenar as balas que dispararam em Heydrich no atentado de 1942 em Praga e que foi o que, afinal, acabou causando a morte a que ele tanto resistia, sua vontade não o abandonava. "É coincidência demais para que não seja isso. *Bot-tox*", pensei. "E se é isso mesmo, que loucura, inocular-se veneno para não envelhecer, em todo caso para não aparentar a velhice, há de ser em quantidades muito bem medidas, mínimas. Mas que fácil deve ser o praticante errar a mão na dose. E que antiga já é essa palavra, 'praticante', era normal na minha infância." — *Bottox* não é por acaso a toxina botulínica, espero? — perguntei a De la Garza. Ao ver sua cara de brutalidade ignorante soube que não tinha a menor idéia, mas não esperava tanta burrice quanto a sua resposta encerrou, tanto assim que duvidei se era fingida ou se ela tinha aumentado com o seu meio porre e o recente sacolejar da música ensandecida. Não era tão tapado assim, apesar dos pesares, para fazer tal confusão indeliberadamente.

— Isso não tem nada a ver com bulimia, cara — respondeu a anta. — Nem com a bulimia nem com a anorexia. — Tinha apoiado a mão numa das estranhas barras cilíndricas do banheiro espaçoso e limpo; na única fixa, aliás, para sorte sua: sem dúvida era o que precisava para não despencar enquanto aguardava a prometida carreirinha.

— Não é bulímica, cara! Botulínica. Do botulismo, sabe. — Continuava olhando para mim com uma expressão mais que ignara. — O botulismo, aquela doença que a gente pega ao comer alimentos em mau estado, ou conservas mal enlatadas, nunca ouviu falar? — Essa etimologia eu sabia, de modo que a soltei, não digo que não era para lhe dar o troco por seu tom letivo: — Carne, peixe, não sei se frutas também; mas acontecia principalmente com os embutidos, daí o nome: "*botulus*" significa em latim "embutido".

— Não sei do que está falando, sei lá, porra, não me pergunte o que é, nem de onde tiram. Mas acho que lingüiça ou salsicha não têm merda nenhuma a ver com isso, viu. Só sei que é uma substância que injetam e acho que paralisa os nervos, então mal fazem caras e bicos, as rugas somem enquanto dura o efeito e não aparece nenhuma nova, quer dizer, onde espetam, claro. Pode crer, é assim, conheço várias: uma dona tem a testa que nem pergaminho? Injeção no canto e fica parecendo lisa como se fosse de mármore, uma estátua. Tem um acordeão nas bochechas? Taca uma dose de paralisante e exibe uma cara fresca e acetinada. A única coisa ruim é que, ficando os nervos paralisados, toda a zona fica insensibilizada, por isso a italiana nem deve ter percebido que eu lhe batia com isto — tocou na redinha como se fosse uma crina —, e também as pessoas ficam com uma expressão esquisita, como se estivessem piradas. Não podem mexer direito nada, de modo que você as vê muito viçosas, com a carne durinha, mas também muito esticadas, tipo boneca inflável, com uma cara meio de lesas e loucas. Não sei se você reparou naquela atriz, a ex-mulher do outro que está com a nossa, porra, como fui esquecer como se chama, aquela que tem cara de alta, pra mim aqueles olhos tão fixos com que ela ficou foi por causa do *bottox*, e parecem pontiagudos, né? Não acha ela pirada de cara? Deve botar litros nas maçãs do rosto e nos pés-de-galinha, é como se não pudesse fechar os olhos, vai ver que dorme de olhos abertos. Como essa Flavia, porra. Conforme o ângulo, parece um duende.

Ali estava ele de pé ministrando para mim uma palestra absurda, recuperando-se da sua leve tonteira sem maior esforço, com seu aspecto pretensamente fantasioso e moderno, mas na realidade apenas irrisório, ele todo era uma caricatura grosseira, uma figura de farsa, tinha anunciado que ia tirar a *peineta* mas ainda não havia feito nenhum movimento nesse sentido, e seu rígido paletó gigante, os cadarços dos sapatos desatados. Não pude evitar de sorrir, e me atravessou um fio de dó. De la Garza era insuportável de qualquer ponto de vista, o que se chama um mala, e dos que dão vergonha; mas não era antipático, como não costumam ser os do seu estilo, vi muitos desde a infância, são risonhos e até carinhosos formalmente, mostram-se desconsiderados e obscenos porque são sempre autocentrados, nota-se isso neles inclusive na adulação e no servilismo; mas no fundo não suportam ficar mal com ninguém, nem com quem detestam, aspiram a ser queridos até pelos que os maltratam, e em geral acreditam conseguir, não têm nenhuma capacidade para se darem conta de que enchem a paciência, para perceber que são impertinentes, são tão convencidos que não podem conceber tal coisa, vivem numa presunção permanente de si mesmos, nunca entendem uma indireta nem quase nunca as mais cruas diretas, e assim é muito trabalhoso afugentá-los. E aquela do acordeão, dos olhos pontiagudos da diva do cinema, das feições de duende da senhora Manoia (era verdade que, apesar de muito agradáveis, por momentos pareciam bicudas, hieráticas), tudo isso me fez achar um pouco de graça, também me levou a pensar que em sua sandice havia falhas, na prática é difícil encontrar uma pessoa que careça totalmente de acertos, sobretudo verbais — ou, digamos, de singularidades —, sempre ocorrem à gente imagens, expressões ou comparações gozadas, no melhor sentido ou no mais apreciável, que fazem sorrir ou rir nem que seja por equívoco, ou por serem grosseiras, ou inconvenientes, poucas coisas são tão cômicas quanto as mancadas e os foras, mesmo quando é a gente que dá. Talvez por isso todo mundo fale tanto e custe tanto a guardar silêncio, porque em quase qualquer fala sempre acaba aparecendo algo engraçado, não é só calar que salva, às vezes é o contrário e de fato é essa a crença geral, um rastro das *Mil e uma noites*, a idéia herdada pelos homens de que nunca se deve perder a palavra nem terminar o conto, matraquear sem fim e não parar jamais, nem mesmo para contar histórias ou persuadir com razões ou intrigas, com freqüência nada disso é necessário, pode ser suficiente entreter o ouvido alheio como se se derramasse música ou se arrulhasse nele, e evitar assim que se afaste de nós. E isso pode bastar para se salvar.

De repente fiquei com vontade de ouvir mais, o De la Garza, mais papo, mais disparates, mais coisas gozadas (vai ver que eu sentia mais falta da minha língua do que percebia), apesar de seu lado patrioteiro sempre surgir como um estigma, sem ele se propor necessariamente a exibi-lo: "com a nossa", tinha dito, esse temível sentido de pertencimento. Pensei se não estaria acontecendo comigo em relação a ele (mantida a longa distância) algo semelhante ao que acontecia com Tupra em relação a mim: eu o divertia, ele se sentia à vontade em nossas sessões de conjectura e exame, em nossas conversas ou tão-só me ouvindo ("O que mais?", reclamava. "O que mais te ocorre? Diga o que pensa e o que mais viu"), quem sabe lhe soasse agradável o sotaque canadense que tinha me atribuído na noite que nos conhecemos, ou da Colúmbia Britânica, mais precisamente, ele estivera em toda parte. É tudo uma questão de ver de repente a graça de alguém, inclusive de quem nos dá nos nervos, é possível e também perigoso ver no ser mais detestado uma pitada de impensada graça (a solução da maioria — a precaução, melhor dizendo — é não admitir nem um mero indício e fingir-se de cego). Tupra via graça em mim, sem dúvida e quase desde o princípio; era inesperado e mais estranho que eu descobrisse alguma em Rafita após dois encontros e de ele me irritar tanto, assim podia ser uma miragem que não duraria nada.

Quanto ao *bottox*, devia ser mesmo o que eu havia inferido, porque a toxina botulínica produzia um efeito de paralisia muscular, atacava o sistema nervoso, a gente acabava sem poder falar nem engolir (ah, uma enfermidade para suprimir a fala), mais tarde nem respirar e morria assim, por asfixia, isso recordava as advertências dos familiares durante a minha infância, quando ainda se temia qualquer abaulamento numa lata, que ao abri-las escapassem gases, ou o mais ínfimo cheiro impróprio que desprendessem fechadas, as conservas já não eram novidade de maneira nenhuma, mas tampouco eram tão difundidas, e as avós desconfiavam, as mães já não ou só um pouco, pela ascendência; em toda a minha vida nunca soube de ninguém que tenha sofrido de botulismo na Espanha (talvez em atrasadíssimas zonas rurais), mas ficara gravada em mim uma frase da apreensão reinante, nunca se apaga o que impressiona uma criança, uma frase da minha avó materna, creio, o que impressiona a criança o adulto que a substitui sempre recorda até o último dia, e era dessas ameaças que você toma então ao pé da letra, aterrorizado pela instantaneidade atribuída ao veneno, deslumbrado pelo prestígio do fulminante e do extremo, que permite fantasiar sem limites e nas duas trincheiras, como vítima e como assassino: "Em hipótese alguma você deve nem sequer provar o conteúdo de uma lata ou de uma conserva duvidosas, e a maioria delas é", nós quatro a tínhamos ouvido prevenir as criadas; "porque se estiver estragado, essa toxina é tão forte que às vezes pode ser mortal o simples contato com a ponta da língua".

Você imaginava algo tão normal e tão insignificante como

uma colher cuja borda ou ponta a mulher que mexe o guisado leva à língua, para ver se falta sal ou se ainda está morno ou já quente, e o faz com toda a tranqüilidade, enquanto cantarola, murmura ou até assobia (se bem que naquela época só os homens assobiavam, ou jovens tão novas que ainda eram quase-meninas), talvez sem olhar para a panela ou para a frigideira, mas enquanto espia para fora e dá uma olhada para a área interna onde outras senhoras e outras criadas sacodem tapetes pendurados nas janelas ou colocam pregadores na roupa úmida (sempre com pelo menos um nos dentes), ou as vê dentro do apartamento limpando o pó com um preguiçoso espanador ou trepadas num banquinho desenroscando do teto a lâmpada queimada. Ao ouvir a advertência, dirigida também a nós para o futuro ("De modo que, por via das dúvidas, nunca nem toquem no conteúdo suspeito. Até que tenha fervido"), você imaginava essa colher impregnada tocando a língua ou os lábios, e no mesmo instante a mulher fulminada como por um raio ou um disparo, caída no chão da cozinha sem vida, enquanto seu guisado continua cozinhando, e temia por sua mãe quando era ela que cozinhava, porque ao ouvir a palavra "mortal" não ocorria à gente pensar em algo adiado ou lento, imperceptível no ato e cujos efeitos apareciam mais tarde, mas numa espécie de descarga elétrica espetacular, mortífera, uma faísca, as crianças só concebem o imediato ou o muito rápido, se algo é fatal o é agora mesmo e nunca a longo nem médio prazo, como é a patada de um tigre ou a estocada de um mosqueteiro na testa ou a flecha de um mouro em nosso coração, brincávamos dessas ficções, os perigos são iminentes ou, na realidade, não são perigos. "Quanto tempo me confiais", essa é a divisa da criança para o que não chega logo ou não acontece hoje nem no mero prolongamento de hoje que é amanhã; claro que nela não há ironia, nem adota como lema essas palavras, e sim as mais infantis de "Para isso ainda falta muito", no mais das vezes como reiterada pergunta ante qualquer espera ou demora: "Ainda falta muito para chegar?", "Ainda falta muito para o verão?", "Para o Dia de Reis?", "Para meu aniversário?", "Para o filme começar?", "E para amanhã?", seguida após os cinco minutos da impaciência que nega e consome o tempo, "Já é amanhã?". "Não, filho, ainda não é amanhã, ainda é hoje, que demora a passar." "E para voltar para casa e para Madri junto das crianças, ainda falta muito para voltar para Luisa?" Ou a que se acentua na idade adulta e vai insistindo sem nunca se formular assim nitidamente: "E para a minha morte, quanto ainda falta?".

Por isso perguntei a ela, quando telefonei dois dias depois daquela noite com os Manoia, Reresby e De la Garza; antes que desligasse irritada inquiri sobre o *bottox*, caso ela soubesse, Luisa tinha montões de amigas e conhecidas, e algumas eram donas cheias da grana, segundo a expressão do adido, achava incrível e sarcástico que com o passar do tempo pudesse existir uma solução ou uma medida daquela toxina que foi tão temida e com a qual se untavam as piores balas, as destinadas aos pouquíssimos verdugos nazistas que se tentou derrubar, e que agora a utilizassem em benefício dos endinheirados, para seu capricho e luxo, para retardar suas rugas ou eliminá-las durante uns meses, com a mesma base de paralisia muscular ou nervos anestesiados ou estropiados — o que quer que fosse, ou ambas as coisas, ou conseqüência uma da outra —, a mesma base que outrora trazia vertigens, imobilidade crescente, falta de coordenação, visão dupla, perturbações intestinais graves, depois afasia, asfixia, a paralisação de tudo, e matava. Sim, tudo é ridículo, subjetivo e parcial até extremos insuportáveis, porque tudo encerra seu contrário, depende exclusivamente do momento, do lugar, da virulência e da dose, conforme sejam estas há doença ou há vacina, há morte ou embelezamento, do mesmo modo que todo amor traz em seu seio sua saturação, e todo desejo sua saciedade, e todo anseio seu fastio, e assim as mesmas pessoas na mesma posição e no mesmo lugar se amam e não se agüentam em diferentes períodos, hoje, amanhã; e o que nelas era costume consolidado se torna paulatinamente ou de chofre — tanto faz, isso é o de menos — inaceitável e improcedente, e o tato ou o roçar tão esperado entre ambas se converte em ousadia ou ofensa, o que se apreciava ou se achava graça no outro se detesta e se repugna agora, se amaldiçoa, desagrada, e as palavras ontem ansiadas envenenariam hoje o ar, provocariam náusea, não querem mais ser ouvidas de forma alguma, e as ditas um milhar de vezes tenta-se que não valham mais (apagar, suprimir, cancelar, e ter calado já antes, é a isso que o mundo aspira, quer saiba, quer não, esteja ou não a par). E até para ligar para casa é preciso encontrar um motivo, para apresentar ou adiantar.

"Você ouviu falar de um produto de beleza, um enxerto artificial, sei lá, dizem que é uma injeção, custa a crer, chamam de *bottox*?" Com essa pergunta de penúltimo instante tratei além do mais de distrair ou abortar sua incipiente aspereza, sua seriedade repentina depois dos seus risos, seu aborrecimento com minhas outras ou demasiadas perguntas sobre a ausência de calcinha e sobre uma mancha de sangue que eu talvez tenha imaginado, ou à qual, depois de limpá-la inteiramente, conscienciosamente, totalmente, inclusive sua auréola grudada e resistente, já se podia finalmente dizer o que a tantos fatos e objetos, a tantos mortos, ou talvez ninguém se dê ao trabalho de lhes dizer isto: "Como de você não há rastro, você não se realizou, não aconteceu. Não cruzou o mundo nem pisou a terra, não existiu. Já não vejo você, logo nunca vi você. Como você não é mais, nunca foi". Era possível que Luisa me dissesse exatamente isso com seu pensamento, quando estivesse a sós, ou dormindo; embora falasse comigo de vez em quando e houvesse o permanente rastro dos nossos filhos, e eu ainda não estivesse morto. Somente estava "*in another country*", expulso do tempo dela que envolve e arrebata as crianças e já é bem diferente do meu, fora do seu que avança agora sem me incorporar, sem me deixar ser partícipe nem mesmo testemunha, enquanto eu não sei bem o que fazer com o meu, que avança igualmente sem me incorporar ou no qual eu ainda não soube entrar (talvez eu nunca me ponha em dia), mas no qual transcorre esta vida paralela ou teórica na Inglaterra, que não contará muito quando terminar e se fechar como os parênteses, e à qual então também se poderá dizer: "Você já não avança. Você se converteu em pintura congelada, ou em memória congelada, ou num sonho acabado, e já nem te vejo da desfavorável distância. Você não é mais, logo nunca foi".

Luisa não me respondeu de imediato, ficou calada, como se houvesse considerado minha segunda consulta o que ela era só num grau mínimo (uma manobra diversionista, um recurso para evitar responder a sério a sua pergunta), ou como se lhe parecesse tão imprópria em mim quanto a primeira e contribuísse portanto para a sua perplexidade ou para a sua curiosidade.

"*Bottox*? Sim", repetiu a palavra ao cabo de alguns segundos. "Mas a que você está se dedicando, Jaime? Calcinhas, menstruações, agora isso. Não vai mudar de sexo, espero. Não sei como as crianças reagiriam, mas acho que ficariam com medo. Eu fico, sem dúvida nenhuma."

"Muito engraçada", falei, e alguma graça eu tinha achado mesmo, ou talvez me alegrasse com que ela tivesse recuperado o humor; quando Luisa fazia piada significava que se sentia amistosa, além do mais as dela não eram agressivas, no máximo ácidas como esta, e as soltava sempre com amabilidade ou com reconhecível afeto, risonhamente e sem querer magoar. Ela própria tinha se divertido com sua tirada idiota, porque eu a ouvi rir de novo e não pôde resistir a continuar um pouco a gozação.

"Como iríamos te chamar, já pensou? Ia ser um bocado confuso. Pense bem no assunto, Jaime, antes de dar o passo; irreversível, suponho. Pense nos inconvenientes e nas situações embaraçosas. Lembre-se daquele tesoureiro de um *college* de que Wheeler nos falou uma vez. Era muito formal, seus colegas de repente não sabiam se deviam tratá-lo de 'senhor' ou 'senhora' e os de maior familiaridade levaram meses chamando de Arthur uma matrona de saias, continuavam vendo a mesma cara de Arthur de sempre, só que com os lábios pintados no lugar do bigode e emoldurada por um cabelinho curto e despenteado, arrumava pessimamente os cabelos pelo visto, diziam que não tinha costume." Ao ouvi-la rememorar o relato, a imagem de Rosa Klebb passou mais uma vez por minha cabeça, a desasseada, preguiçosa e "*aterradora* mulher da SMERSH", discípula do implacável Beria e infiltrada por este no POUM como braço direito e amante de Nin, do qual também pode ter sido a assassina, isso tudo segundo Fleming; ou terá sido a de Lotte Lenya na sua interpretação do papel: tentando chutar Connery com espetos envenenados, sabe lá se com a mesma toxina. Ou não, devia ser outra mais veloz, se tencionava matá-lo com seus sapatos mortíferos, a pontapés. "O que não deve ser nada fácil é suavizarem seus traços, por mais hormonado que você esteja, não?, e extirpado. Não sei, você vai ver, mas além do mais você é de compleição atlética e tem barba bastante cerrada, seria uma mulher e tanto, temível, nenhuma senhora se meteria com você na feira." E tornou a rir, já às gargalhadas.

Tive de morder os lábios para não acompanhá-la, apesar de a minha descrição como mulher não ter me agradado muito; mesmo assim me escapou algum som delator.

"Sim, lembro do *bursar* Vesey", consegui dizer quando me

contive plenamente. "De fato, eu o conhecia de vista dos meus tempos de Oxford. Como Arthur, claro, não como Guinevere. Preciso perguntar ao Peter que fim ele, ou ela, levou. Já deve ser bem velho, e não é a mesma coisa a velhice como homem e como mulher. Vocês voltam a ter vantagem a partir de certa idade." E quando Luisa parou, voltei à minha consulta: "Então você sabe do *bottox*. É verdade o que me contaram, a história das injeções?". Eu conhecia tanto aquilo: era o habitual, que ela se esquivasse das questões quando conversava comigo e intercalava suas brincadeiras. E, ao contrário de mim ou de Wheeler, e também de Tupra, não costumava voltar por si só.

"Sim, ouvi mais de uma falar nisso. Parece até que havia reuniões para injetar, quando apareceu, e ainda não era oferecido pelas clínicas de beleza ou lá o que sejam. Pelos centros estéticos, ou como quer que se chamem."

"Reuniões?" Agora fui eu que repeti uma palavra, a que me soou mais desconcertante.

"Sim, não sei, ouvi María Olmo contar uma vez. Uma coisa de senhoras ricas, mais ou menos; se reuniam para um lanche ou algo assim, aparecia um praticante contratado por todas e ele ia injetando em cada uma segundo as suas necessidades. Bem, as que quisessem, claro, e que haviam contribuído, suponho, para comprar as doses, que custavam caro. O praticante era a anfitriã que chamava, acho." Pensei: "Sou apenas alguns anos mais velho que ela, por isso para ela também é natural a palavra 'praticante'. Mas devia ser um especialista", supus; não quis interrompê-la para perguntar se era mesmo. "Era a grande atração, circulou que os resultados eram espetaculares, mas não sei se logo não lhes pareceu tão extraordinário assim. Agora creio que já existem muitos centros aqui, mas no início, há um ano ou mais, traziam de fora, sei lá de onde, por encomenda. Agora imagino que cada uma já deve marcar as aplicações por conta própria."

"Da América", murmurei, pensando em Heydrich e no coronel Spooner do SOE, o organizador do seu atentado. "Deviam trazer da América."

"Acho que não, me parece mais que vinha daí, da Inglaterra; ou da Alemanha." Ela não tinha como saber em que eu estava pensando, nem esteve presente quando Wheeler me falou de Lídice e do ódio espacial, do ódio ao lugar, de que também haviam padecido Madri e Londres durante anos de bombardeios e cerco; e o de Madri ainda perdura, detestam a cidade e detestaram todos os seus governantes, sem exceção. Ela já não estava presente, nunca, onde eu estava. Antes sim, muitas vezes; por isso nós dois conhecíamos a história do transexual tesoureiro.

"Mas por quê? Não era autorizado, como a melatonina? Era melatonina, não?, o que não se permitia na Europa. Era proibido, ou algo assim?"

"Não que eu saiba. Simplesmente deve ter demorado um pouco para chegar aqui. Quando as pessoas ficam sabendo de uma novidade, ficam muito impacientes, e depois ainda bancam as avançadas, quando experimentam. Você sabe, essa classe de bobas que ficam loucas se não vão todo ano a Nova York e contam para todo mundo, tem cada vez mais dessa gente jeca, eu não agüento ouvir mais nenhuma história dessa cidade. E se ouvem que lá ou em Londres andam injetando doses cavalares de um produto novo e rejuvenescedor, correm todas para comprar logo as agulhas, pelo menos isso."

"Mas dão mesmo injeção na testa, nas maçãs do rosto, no queixo, nas têmporas?" Isso em si me impressionava, a agulha sendo cravada em tais pontos, o líquido penetrando lentamente, porém mais ainda — isto é, me espantava — se o *bottox* era de fato o que eu temia. Assim, meu tom deve ter sido de estupefação e escândalo, porque notei que Luisa me humilhava de propósito, com sua resposta, apesar de sem intenção de me dar lições, isso não fazia parte do seu estilo.

"Claro que sim, e em outros lugares piores, pelo que ouvi dizer. Nas pálpebras, nas olheiras, certamente nos lábios e claro que acima deles, essas ruguinhas verticais são o grande pesadelo de não poucas amigas, junto com o pescoço. Sim, também acho meio horripilante, mas devo estar mais acostumada do que você com todos esses enxertos e inoculações. E com as várias carnificinas. Cada vez fico sabendo de mais mulheres que vão a sessões periódicas de corte e confecção como quem vai ao cabeleireiro. E saiba que há bastantes homens adeptos, e não só solteiros convencidos e divorciados deprimidos, já ouvi falar de mais de um marido. Bem, não sei se devo acreditar no que me contam, ninguém deve." Disse isso com tanta soltura que me levou a pensar: "Nem lhe passa pela cabeça me incluir entre os divorciados deprimidos, ainda bem, não lhe dou dó, ou ainda não, e eu também não gosto de bancar o coitado, como fazem tantos namorados e maridos. Claro que divorciados ainda não estamos. Mas tudo isso vai se resolver, suponho, quando ela quiser". Não via essa iniciativa partindo de mim. Mas nunca se sabe. Não a fiz participar dos meus pensamentos. "Por exemplo: olhe esse caricato do Berlusconi, a esta altura deve ser todo de látex, viu ele?, parece um boneco de Carnaval. Ele sim talvez devesse mudar de sexo, para ver se assim melhorava um pouco, ou se reumanizava, uma vovozinha." Tornou a rir, e eu sabia que também ia rir assim que a palavra "caricato" lhe saiu da boca: nós nos conhecíamos bem demais para deixar de nos conhecermos. Agora corria o risco de ir por aquele caminho e, por exemplo, imaginar outros políticos convertidos em senhoras de idade; de modo que a trouxe de volta ao assunto:

"Mas o que é exatamente o *bottox*? Você sabe?"

"Me disseram na época, mas não prestei muita atenção. Uma toxina, creio; ou uma antitoxina; para dizer a verdade, não me lembro."

"A toxina botulínica? Pode ser? A do botulismo. Não sei se você sabe que isso era utilizado como veneno antigamente." E mencionei minha etimologia intuída.

Não pareceu se alterar. Por intermédio das suas conhecidas e de alguma amiga insegura devia estar mesmo acostumada aos mais sangüinários e peçonhentos remédios contra o envelhecimento.

"Não me lembro. Pode ser. Não estranharia, a metade desses especialistas estéticos são uns irresponsáveis, se não uns criminosos. María me contou que deixou de ir a um que a emagrecia barbaramente no dia em que entraram juntos numa farmácia, ele disse que tinha esquecido o receituário em casa e, para convencer a farmacêutica de que era médico, a única coisa que lhe ocorreu foi ir até o carro e trazer um estetoscópio que estava jogado no banco traseiro. Imagine só, 'Olhe, tenho um esteto, sou médico', e agitava o instrumento na cara dela. María deduziu que não era inscrito no conselho, nem diplomado, nem coisa nenhuma, apesar de ter clínica montada e tudo o mais, ficou gelada. De modo que acredito em qualquer coisa."

"Você poderia averiguar para mim se é isso mesmo, toxina botulínica?"

"Acho que sim. María com certeza deve saber, ou Isabel Uña, que também anda metida nessas histórias, posso perguntar para elas. Mas por que esse interesse pelo *bottox*? Está pensando em usar, como o Berlusconi, ou é sua amiga descuidada? A você não faz nenhuma falta, ainda não tem nem meia ruga, isso é intolerável de sua parte." Ela não tinha perdido de vista a minha primeira consulta sobre o sangue caído, ainda achava que alguém podia ter manchado meu piso, alguém ocasional ou não tanto. A perspectiva de que Luisa fosse fazer uma pequena investigação para mim alegrou minha alma ingênua. Era algo comum após muito tempo, algo novo (não as crianças nem o dinheiro nem assuntos práticos), embora se tratasse de uma coisinha à-toa. E logo iríamos nos telefonar de novo por causa disso, ela para mim ou eu para ela, para que me passasse a informação obtida. Ficávamos com uma questão pendente, e isso era uma novidade.

"Obrigado, você também está ótima", respondi com não mais humor que galanteio, e acrescentei: "Não, é pura curiosidade. Me falaram dele aqui e eu gostaria de saber se é a mesma substância que matou um dirigente nazista importante, em 42, Wheeler me contou o caso. Que efeito causa, você sabe? O processo."

"Creio que paralisa os músculos da zona injetada e assim alisa e dá volume a ela, não me pergunte por que nem como. Pelo visto as mulheres que usam ficam um pouco inexpressivas, se bem que não notei nada nem em María nem em Isabel, que são as que conheço que experimentaram. Pode ser, é claro, que por coincidência eu não as tenha visto quando estavam sob o seu efeito, creio que dura uns meses e renovam depois de uma pausa, que tendem a ir encurtando. Bem, um pouco rígidas, sim, percebi que estavam, pensando melhor, e como que mais esticadas, mais compactas... Não sei, essa obsessão", e soou mais pensativa; "já não é só a gente rica, nem só mulheres, já te disse. Todos acabarão aplicando. Você não imagina o que as pessoas fazem hoje em dia, o que põem e tiram, o que espetam e cortam, ao que se submetem. Você ficaria de cabelo em pé, se soubesse em detalhe. Mas você vai ver, todos acabarão aplicando, e ainda reprovarão os que não o fizerem, 'Como você se deixa ficar assim', dirão, 'com essa carne flácida, essas dobras, essas bolsas; com esses sulcos, ou com essas gorduras, ou com essa pele, como você está maltratada'. Já há quem compare isso com ir ao dentista, 'Por acaso não consertamos, se cai um dente, fica tão feio, não pomos jaqueta? Então, é a mesma coisa.' Como se envelhecer fosse um defeito, ou um mal consentido, uma negligência. Como se a gente pudesse escolher e fosse culpado por seu envelhecimento. Ou pobre, claro, sem meios para dissimulá-lo. Parecer velho acabará denotando isso, que você é um pária, vai ver só. Será outra demarcação, outra diferença, como se já não houvesse bastantes. Será como andar de roupa puída. Tomara não cheguemos a ver isso."

Então ficou calada, como se estivesse considerando seu próprio caso. Nunca eu havia percebido nela a menor veleidade ou tentação: ouvia suas conhecidas e amigas mais angustiadas com o passar do tempo, ria com benevolência ante as extravagâncias e experiências delas, não via nada de mais nelas, ou as considerava válidas se elas ficavam contentes com a suposta melhor aparência, mesmo que fosse tão precária e tão falsa, ou tão comprada; tão monstruosa, às vezes. Aquilo nunca havia combinado com ela. Mas Luisa já não era tão moça e nunca havia mencionado minha falta de rugas — coisa da minha família; estava à altura de Tupra — como uma crítica comparativa, nem mesmo no tom de brincadeira que havia empregado agora. "Talvez comece a se preocupar, por efeito ou influência dos outros", pensei. "Não tem motivos reais, não tinha da última vez que a vi; mas meu critério não lhe serviria muito, se inventasse motivos (disso ninguém está a salvo) ou se alguém os instilasse (disso também não se está a salvo), acha que eu a vejo com olhos favoráveis demais."

"Você não está pensando em recorrer a essas coisas, está?", perguntei. "Não precisa delas."

Riu um momento, foi assim que saiu do seu silêncio meditativo.

"Se não preciso hoje, não vou precisar amanhã, nem mesmo depois de amanhã", disse. "Em todo caso não teria meios, farei parte dos párias e dos puídos." E tornou a rir, achou graça no que disse. "Apesar de você estar mandando muito dinheiro desde que tem esse trabalho do qual não conta nada", acrescentou. "Queria te agradecer, Deza, agora já estamos a um passo do luxo. Não precisa mandar tanto." Era como se quisesse se fazer perdoar, por aceitá-lo; por isso me chamou de Deza e não de Jaime, não queria me arrancar nada nem estava zangada comigo.

"Você já me agradece a cada transferência. É o justo, ficou com as crianças, estou ganhando bem agora e não tenho muitos gastos. Se aumentarem, eu diminuo."

"É, mas você podia guardar algum dinheiro. As crianças perguntam quando você vem."

"Não sei se vai ser logo. Tenho de acompanhar meu chefe numa viagem, mas ainda não sabemos quando, se daqui a uma semana, um mês ou mais tarde, até então estou preso. Veremos se depois eu posso, um fim de semana com *bank holiday*." É assim que chamam na Inglaterra os feriados, fazem todos eles cair na segunda-feira, Natal e Ano-Novo à parte. "Mas já guardo, sobra para isso. E olhe que compro bons livros antigos, melhores e mais caros do que nunca."

"Trate de conservar esse trabalho. Quem sabe um dia você me conta alguma coisa sobre o que faz." Não acreditava que lhe interessasse de verdade, era uma forma de se mostrar amável. Não havia manifestado curiosidade a esse respeito em outras conversas. Ou é por serem sempre mais curtas.

"Não há grande coisa a contar", respondi, e aqui menti, sobretudo pensando em duas noites atrás. "Traduzir diplomacia e negócios é rotineiro, apesar de haver gente interessante de vez em quando. Mas não vou conservá-lo se me cansar, isso você sabe."

Aguardou um par de segundos e respondeu:

"Sim, eu sei. E acho que está certo, isso você também sabe."

Eu a vi sorrir ao dizer essas palavras, com os olhos da mente despertos. Estava em outra cidade, em outro país. Mas eu a vi muito bem, de Londres.

Agradeci, dei boa-noite, nos despedimos, desliguei. Mas não com o pensamento. Ergui a vista, levantei da poltrona, me aproximei da janela de guilhotina e subi-a de um golpe para arejar o cômodo, havia fumado enquanto conversávamos. Não chovia, não fazia frio ou assim me pareceu num primeiro instante, só não se podia dizer que era uma noite de primavera precoce por ainda não ser tarde, nem mesmo para a Inglaterra, apesar de já ter anoitecido havia umas tantas horas, lá fora via-se a pálida escuridão do *square* ou praça, mal iluminada por esses postes de luz branca que imitam a sempre econômica iluminação da lua, as luzes acesas do hotel elegante, um pouco mais longe, dos edifícios de apartamento que abrigam famílias ou homens e mulheres solitários, cada um encerrado em sua protetora moldura amarela, como eu para quem me observasse. Também me pareceu ouvir uma música muito fraca, tanto que qualquer movimento meu a cobria ou afogava, de modo que fiquei parado — outro cigarro na mão — tentando ouvi-la e identificá-la sem sucesso, chegava tão tenuemente que não distinguia seu gênero nem sequer seu ritmo. Olhei então, como de costume, por cima e mais além das árvores, da estátua, da praça, até o outro lado, em busca do meu vizinho despreocupado e dançante.

Lá estava como quase sempre, e a noite devia ser de fato amena, porque ele também mantinha abertas duas das suas janelas, duas das quatro, e era provável que a música proviesse da sua sala comprida e sem móveis, como uma pista livre de obstáculos; por não ser tarde deve ter prescindido por uma vez dos fones de ouvido ou de sua geringonça sem fio, e desta vez a música não soaria apenas na sua cabeça — e nos dedutivos ouvidos da minha mente ao contemplá-lo em sua dança —, mas em toda a casa e fora dela, até morrer como sombra ou fio puído onde eu me encontrava, à minha janela. Não estava sozinho mas com suas duas parceiras já por mim registradas, as duas mulheres que numa ou outra ocasião eu tinha visto, separadamente se bem me lembrava: a branca de calça justa que não tinha ficado para dormir, que eu soubesse (tinha montado numa bicicleta e se afastado na noite com um pedalar vigoroso), e a negra ou mulata da saia esvoaçante que não parece ter saído logo depois. Agora as duas usavam saia bastante curta e apertada (na metade da coxa, mais ou menos, talvez não muito cômodas para dançar), e nenhum dos três ainda dançava, não propriamente, era antes como se dirimissem ou decidissem os passos exatos que iam dar, certamente em uníssono com aquela música que quase não chegava até a mim e que, assim, eu nunca reconheceria.

"Juntou as duas", pensei; "vai ver que está se profissionalizando e quer ensaiar com elas o que chamam de uma '*routine*' na América, isto é, os movimentos e passos já não improvisados mas combinados e coordenados, que mania de arruinar vocábulos a deste país, tudo é cada vez mais usurpado, impreciso, mais oblíquo, forçado e com freqüência incompreensível, tanto as palavras como os usos e como as reações; mas pode ser que só uma delas seja amante dele e não tenha nada de mais que se reúnam para dançar a três, ou até que nenhuma seja, mas se ambas forem aí sim seria um pouco estranho, suponho, apesar da artificial leniência destes tempos em que, segundo muita gente, nada nunca tem demasiada importância, nem sequer as ações violentas, que são tão facilmente perdoadas ou ante as quais nunca faltarão imbecis com autoridade moral imbecil — ou santarrona —, dispostos a indagar com infinita paciência suas nada misteriosas causas e que em todo caso as compreendem, como se estivessem acima delas (dança na ponta da língua deles, tenta-os permanentemente a velha frase dos padres, por mais laicos que se pretendam: 'Mas por que você é assim, meu filho?'), até que os faz descer da atalaia alguém que lhes dá umas porradas e então eles não compreendem mais, eu mesmo, eu poderia ser violento em algumas circunstâncias, além de para me defender, mas sei que por motivos ruins e sempre sem nenhum mistério, por frustração, ou por inveja ou revanche, ou pelo transtorno do mesquinho medo, de modo que é preferível evitar, pura e simplesmente, essas circunstâncias: eu não poderia me reunir com um namorado ou amante de Luisa para uma impensável atividade dos três juntos, não por enquanto, quem sabe se daqui a vários anos, quando nem mais um centímetro de pele me ardesse e se, além do mais, ele fosse um grande sujeito, do que duvido; nem ela tampouco, creio eu, com uma namorada ou amante minha que um dia existirá irremediavelmente, e olhem que ela e eu não somos isso, nem somos nada atualmente, o que seremos ou já vamos sendo, talvez tão-só passado, um do outro um passado tão extenso e duradouro que nos pareceu que nunca ia sê-lo. Ela não deve estar se divertindo muito estes dias, embora no início e também no fim da conversa eu a ouvisse contente, se sua idade futura imediata pode preocupá-la um pouco", pensei. "'Se não preciso hoje, não vou precisar amanhã, nem mesmo depois de amanhã', disse das venenosas poções e dos plásticos sanguinolentos, e isso não é muito diferente do que Flavia Manoia pensará, ao acordar cada manhã do último sonho angustiante, segundo Reresby ou Tupra, que a descreveu de antemão para mim, bem como o marido, já condicionando assim habilmente minha posterior percepção de ambos: 'Ontem à noite ainda sim, mas e hoje? Estou um dia mais velha', pensa a senhora Manoia ao abrir os olhos sem maquiagem, e então, por alguns minutos, lhe dá preguiça submeter-se a outra prova e quer tornar a fechá-los. Como é difícil para mim imaginar Luisa com semelhantes apreensões, estou acostumado a que seja jovem. Ou na realidade não é tão difícil assim, se não me engano: elas também não me são desconhecidas, suponho. Essa classe de temor não é só das mulheres, mas provavelmente de todos depois de um revés tardio ou a partir do primeiro forte cansaço, eu mesmo creio sentir diariamente esse temor ou seu aviso, ainda mais neste tempo estrangeiro em que ando descasado e um pouco solitário aqui em Londres, não muito, como crê Wheeler, só um pouco e só de tempos em tempos; mas elas o reconhecem, enfrentam-no sem enobrecê-lo nem procurar transcendência nele, enquanto nós homens, em sua maioria, formulamos com deliberada crueza, que portanto é um tanto falsa, nosso pensamento mais definitivo e mais triste, mas em compensação conseguimos não nos ver frívolos nem assustados pela solidão — que é o acessório — nem pela perda do apaixonamento — que é o substancial, mas também o insignificante. De modo que nos perguntamos um pouco, para não nos ruborizarmos: 'E para a minha morte, quanto ainda falta?'."

Agucei o ouvido porque me pareceu que a música chegava agora mais clara, deviam ter aumentado o volume e, ao olhar de novo olhando — não mais absorto —, vi que haviam por fim dado início os três à sua discutida dança. Era elegante, não brincavam nem corriam, mas avançavam a passos curtos e não sei se devo dizer sinuosos e efetivamente sincronizados, os mesmos ao mesmo tempo, o movimento era de pés e quadris, e da cabeça que marcava o ritmo, os braços só acompanhando leve e escassamente, um pouco dobrados e um pouco estendidos na altura dos flancos, como se cada par de mãos segurasse um jornal aberto. O trio ia se movimentando pelo assoalho, e com celeridade, mas a impressão que davam com seus passos apertados era que cada um mantinha sua posição, como se suas respectivas porções ou trechos atribuídos de chão se movessem com eles e cada um pisasse sempre nas mesmas tábuas; eu me disse — ou vai ver que já ouvia melhor, na distância — que deviam estar dançando ao som de alguma música de Henry Mancini, podia ser o célebre *Peter Gunn*, ninguém se lembra mais de que esse tema nasceu para um antigo seriado de tevê, de detetives, não sei se nunca passou na Espanha, acho que ainda era dos anos 50 (ou seja, quase pré-histórico) e, claro, em preto-e-branco, mas em todo caso sua música não envelheceu e se tornou um clássico da dança moderna elegante, se se tem noção do modo elegante de interpretá-la, e aqueles três tinham. Ou podia ser, se não, o início da trilha sonora de *A marca da maldade*, ou *Touch of Evil* em inglês, um filme de Orson Welles desses mesmos anos em que nada menos que Charlton Heston fazia o papel de mexicano, era assombroso que alguém acreditasse nele, por mais bigodes que ostentasse do primeiro ao último plano, mas acreditavam. Mas essa música é menos famosa, de modo que me decidi por *Gunn*. Há músicas fundamentais que viajam comigo se me previno (não me preveni quando mudei de Madri, saí com pouco) ou que não demoro a comprar de novo se fico num país certo tempo, e entre elas são fixas três ou quatro de Mancini porque alegram quase infalivelmente qualquer dia tétrico, de modo que procurei e peguei o disco, programei para repetir a primeira faixa, como deviam ter feito os três em frente (dura apenas dois minutos e eles a dançavam demoradamente), e pus para tocar na minha casa, tal como outras melodias outras vezes quando acreditava adivinhar o que meu dançarino dançava, em parte para minha diversão, em parte para evitar o ridículo garantido de alguém se agitar, se mover e dar saltos absurdos diante de um espectador que não ouve o que os provoca, não ouve nada, se bem que para ele sem dúvida tanto fizesse ou ignorasse que tinha um. Mas a gente deve mostrar ainda mais respeito que o convencional para com quem não o pode solicitar.

"Essa preocupação de Luisa talvez signifique", pensei, "que não saiu muito ultimamente nem recebeu visitas estimulantes; que não está se entretendo, e que, por sua vez — pode ser —, ainda não me substituiu totalmente, do contrário contaria com alguma distração ou pequena ilusão mais ou menos cotidiana, embora só consistisse num instante de conversa telefônica com uma pessoa concreta no fim do dia, se não fosse fácil se encontrarem por qualquer motivo, sei lá, a mulher ou os filhos dele, os nossos filhos. Logo me dou conta de que é uma dedução sem base, infundada. Mas talvez signifique, sim, pelo menos isso, que ninguém ainda entrou em sua vida até o ponto de se introduzir também na casa, quero dizer não diariamente ou não com freqüência suficiente para que ela já o espere, ou para que não se surpreenda se ele se apresentar sem outro aviso que ligar de baixo e dizer 'Luisa, sou eu, estou aqui, abra para mim', como se 'eu' fosse seu inequívoco nome, e para que, além disso, ela se alegre por ele resolver aparecer assim, na boca da noite ou ao cair da tarde. Não, ainda não deve ter entrado o homem adulador, sibilino, aplicado e, no começo, também esforçado, o que quer ajudar com o jantar, descer o lixo e pôr as crianças para dormir a fim de se tornar — como dizer — doméstico, e assim ir se instalando e ficar, limitando-se a ocupar um vazio e procurando não alterar nada do que encontrou arrumado ali. Nem o irresponsável e festeiro, o inquieto que, ao contrário, se apavora com deixar o patamar da escada, entrar e conhecer meus filhos, vê-los atravessar fugazmente, de pijama, o umbral da porta em que está encostado enquanto Luisa acaba de dar suas instruções à babá e saia de uma vez para a noite, ele que só aspira tirá-la dali pouco a pouco, noite a noite desprendê-la ou, pelo costume, arrancá-la, para que assim possa acompanhá-lo sem laços e em tudo, e a toda parte. Nem entrou tampouco o falso apaixonado, o oculto tirano frágil que irá, ao contrário, separá-la de todo o exterior com suas dramatizações e malas-artes, trancá-la e confiná-la a ele, só a ele como horizonte final, o que investe na baixa para possuir e dominar na alta, o que sempre se justifica em seu sentimento tão forte ou em seu sofrimento intenso, e nisso é como quase todo mundo, tanta gente acredita que sentir muito vivamente, não vamos dizer sofrer e atormentar-se, já as torna boas e merecedoras e lhes outorga direitos, e que hão de ser compensadas por isso incessante e indefinidamente, até pelos que não inspiraram seu sentimento nem causaram seu sofrimento, nem tiveram a ver nem com um nem com outro, para essas pessoas a Terra inteira está sempre em dívida com elas, e nunca param para pensar que o sentimento a gente escolhe ou consente, isso no mínimo, e que quase nunca é imposto, ou o destino não se mete; que a gente é tão responsável por ele quanto por seus apaixonamentos, ao contrário da crença geral que declara e repete a velha falácia incansavelmente através dos séculos: 'Está além das minhas forças, não tenho como evitar'; e que exclamar 'É que eu te amo tanto' como explicação dos atos, como álibi ou desculpa, deveria ser respondido sem falta com a frase que poucos se atrevem a soltar, embora seja justa quando o querer não é correspondido e talvez também quando é: 'E eu com isso? Problema seu'. E que além do mais, às vezes — sim, isso é verdade —, até a infelicidade é invenção. Não, ninguém é obrigado a se responsabilizar pelo amor que outro lhe tem, muito menos ainda por seu abatimento ou despeito, e no entanto reclamamos atenção, compreensão, piedade e até impunidade por uma coisa que só incumbe a quem a experimenta, 'É preciso entendê-lo', dizemos, 'está passando um mau pedaço, por isso maltrata a todos'; ou também 'Foi machucado, está em guerra com a vida porque está destroçado, na verdade ele não podia viver sem ela', como se não gostar de alguém ou deixar de gostar fosse algo contra esse alguém, contra quem gosta ou continua gostando, uma maquinação ou uma represália, uma decisão para prejudicá-lo, quando justamente nunca é isso. De modo que não posso me queixar, e muito menos devo: quando Luisa me quis a seu lado, eu desfrutei de uma graça que se renovava diariamente, assim como eu renovava para ela outra de valor parecido; e se uma manhã não me foi mais confirmada, não podia recriminá-la por isso nem ver sua atitude como hostilidade voluntária nem como malquerer, nada disso estava envolvido, era antes espírito de rendição, e um grande pesar. Tampouco apelar para essas desprezíveis figuras contemporâneas com as quais as intrometidas leis amparam milhões de aproveitadores que hoje percorrem e povoam montes e vales: os direitos adquiridos, o tempo empregado, os projetos acalentados, a força do acomodamento ou do costume, o nível de vida alcançado, o futuro com que contávamos e o amor investido, tudo se faz mensurável. E, claro, os filhos tidos e os contratos firmados. Ou os não firmados, mas só verbais. Ou os nem sequer verbais, mas só implícitos, os abusivos contratos implícitos que segundo nosso pusilânime mundo o simples passar do tempo prepara e redige às nossas costas e, além do mais, assina por sua conta e arbítrio, como se o tempo nunca pudesse ser acumulativo e não começasse a partir da estaca zero a cada amanhecer e até a cada instante..."

De repente me senti leve, talvez pela primeira vez desde que duas noites antes me levantei da mesa de Manoia e Tupra na discoteca para realizar o encargo que este me dera e empreender a busca de De la Garza e Flavia, me pus de pé e afastei minha cadeira com uma sensação instantânea de peso inopinado, de mal-estar e execrabilidade, a alfinetada no peito e o presságio de uma desgraça, tudo isso emanando de Tupra muito mais que de mim mesmo, como se ele houvesse transferido para mim, com a sua simples ordem, a respiração contida ou o falso afogo de quem se apresta para assestar um golpe, ou houvesse atirado chumbo na minha alma desperta submergindo-a, assim, no sonho, desde então essa gravidade pressentida e depois sentida, essa carga, não tinha me abandonado, ou foi até se incrementando hora após hora, até o ponto de eu me perguntar sem pausa, durante aquelas quarenta e oito transcorridas tão lentamente (ou nem chegavam a tantas), se eu não devia pedir demissão e ir embora, desistir, sair daquele trabalho no fundo tão atraente e cômodo no edifício sem nome e para o grupo sem nome que mais de sessenta anos antes havia sido criado por sir Stewart Menzies, ou Ve-Ve Vivian, ou Cowgill, ou Hollis, ou também o célebre traidor Kim Philby, ou até o próprio e leal Winston Churchill, pouco devia restar deles e do metal, ou a intenção, ou a têmpera com que o conceberam (não, é a enganosa palavra "*mettle*" que no intruso inglês ronda minha mente); ou talvez esse metal e essa têmpera tenham sobrevivido, sim, sem se degradarem, e simplesmente ocorresse que o grupo já fosse em sua fundação tão drástico e inclemente quanto desde anteontem parecia ou eu intuía que era desde havia apenas duas noites: pode ser também que todos eles, o grupo original completo, incluídos nele Peter Wheeler e seu irmão mais moço, Toby Rylands, trouxessem as probabilidades dele nas veias, e só uma questão de tempo, de tentações e de circunstâncias é que tenha enfim levado estas à sua consumação. Talvez essas circunstâncias e tentações, talvez esse indesejado tempo houvessem chegado agora, fazia pouco, e quando a maioria já vivia apenas em seus discípulos e herdeiros (Tupra o era de Rylands), nos recentes anos vazios da desagregação e da abulia, ou da adequação e do desconcerto, que haviam trazido os particulares particulares, anos de orfandade e distração, como os havia chamado a jovem Pérez Nuix ao relatá-los e descrevê-los a mim na noite de chuva eterna em que me visitou com seu cachorro, depois de ter me seguido oculta durante um longo tempo. Chegavam quando eu estava metido neles, isso era tudo. Ou perseveravam. Puro azar, culpa de ninguém. Talvez o que havia ocorrido, o que eu havia visto e ouvido, na discoteca, em casa de Tupra mais tarde, na realidade e na tela, ainda não era motivo para eu me esquivar, nem para cair fora.

Compreendi que me sentia leve graças à música, em parte, àquele *Peter Gunn* que serve para tudo e nunca falha, e no mesmo instante me dei conta de que era também — ou mais ainda — graças à dança em que eu me havia introduzido sem me propor, sem dúvida em imitação instintiva, maquinal, quase inconsciente, dos três indivíduos despreocupados do outro lado da praça: os pés se movem sozinhos às vezes, ou como diz a minha língua, com exatidão metafórica, ganham vida, escapam do nosso controle, praticamente sem a gente perceber. Eu tinha começado a dançar, era incrível, eu mesmo, sozinho em casa como se não fosse mais eu, e sim meu vizinho ágil e atlético, de ossudas feições e esmerado bigode, um caso claro de contágio visual e auditivo, de mimese, favorecido ademais por meus devaneios. Eu me descobri (modo de dizer) avançando na minha sala, mais exígua que a da frente e com móveis, a passos curtos, rápidos e não sei se sinuosos, com um movimento louco de pés, quadris e da minha cabeça que marcava o ritmo, meus braços acompanhando só leve e escassamente, um pouco dobrados e um pouco estendidos na altura dos flancos, e nas minhas mãos um jornal aberto que, claro, eu não lia, tinha-o pegado como elemento de equilíbrio da minha dança, assim supus. E então fiquei com vergonha, porque ao olhar de novo e de verdade para os dançarinos originais, ao olhar olhando e não mais absorto em meus pensamentos, tive de deduzir que eles deviam ter ouvido por sua vez a minha música em alguma mínima pausa da deles — aberta a minha janela como duas das suas — e me localizado sem dificuldade, ao rastrear sua procedência; e, está claro, se divertiam me vendo (o vigia vigiado, o caçador caçado, o espião espiado, o dançarino dançado); porque agora nós quatro não só dançávamos absurda e descompassadamente a coreografia deles, mas também ocorrera outro contágio, e este ia de mim a eles: devia ter lhes parecido imaginativa ou engenhosa a minha idéia, de modo que cada um dos três segurava nas mãos um jornal desdobrado, era como se dançassem com as páginas do jornal, cada qual um par.

Parei de imediato, notei que meu rosto ficava quente, por sorte isso eles não veriam, graças à distância, por enquanto não usavam binóculo como eu de vez em quando, ao espiar o salão dançante deles. Eles também pararam no ato, vieram às janelas e me fizeram sinais, me cumprimentaram agitando os braços, na verdade me fizeram gestos inconfundíveis para que me locomovesse e me juntasse a eles, para que fosse ao apartamento deles e não dançasse mais sozinho, mas sim lá, em jovial quarteto. Isso me deu mais vergonha ainda: baixei minha janela de golpe, retrocedi, apaguei a luz, diminuí o volume da minha música. Me fiz invisível, inaudível. De agora em diante não poderia mais observá-los com a mesma tranqüilidade, ou antes observá-lo, que no mais das vezes estava sozinho, isso era um inconveniente. Mas aquilo também me fez sorrir, e vi uma vantagem:

pensei que, se algum dia ou noite fossem tão desolados que nem mesmo as músicas infalíveis de Mancini e outras que produzem o mesmo efeito conseguissem levantar meu moral, eu tinha aberta a possibilidade de tentar buscar companhia e dança do outro lado do *square* ou praça, naquele apartamento descontraído e alegre, cujo ocupante além do mais resistia às minhas deduções e conjecturas, inibia minhas faculdades interpretativas ou se furtava a elas, coisa tão pouco freqüente que lhe conferia um ligeiro mistério. Essa perspectiva de uma visita hipotética, esse apoio possível ou futuro me levou a me sentir ainda mais leve. Peguei meu binóculo de hipódromo e olhei de trás, de dentro, ao abrigo dos olhos deles, pressenti que tinham mudado de acompanhamento pelo modo como se moviam agora (tinham voltado à sua ocupação, depois do meu eclipse e do meu susto), e assim parei a música do leitor de CD e fui substituí-la por uma da *Marca da maldade* chamada "Background for murder", nada sombria apesar do significado do título, "Fundo musical para assassinato". Mas me enganei ao programá-la no escuro ou apenas à luz econômica dos postes lunares, e em seu lugar começou a tocar outra, imprevista e totalmente diferente, não era mais jazz e sim uma pianola, "Tana's theme" o nome, vi depois na capa do disco, uma música que eu não lembrava naquela trilha sonora e naquele filme (o filme mais esquecido ainda, eu precisava comprar um aparelho de DVD sem mais demora, mal ia ao cinema em Londres), se bem que pouco a pouco, por meio das notas tão parecidas com as de um realejo, foi abrindo passagem na névoa a figura de uma Marlene Dietrich de cabelos negros, madura, vestida de cartomante ou algo do gênero, interpretando também um papel — ainda mais inverossímil, mas o público também acreditava — de mexicana ou sei lá o quê, talvez cigana apátrida na cidade fronteiriça, a tal Tana do tema.

Era uma música melancólica e pouco dançável sozinho,

música de despedida, e não tinha nada a ver — de fato era incongruente — com os passos largos e os pulos que meus vizinhos davam agora lá longe, embora eu os visse de perto com minhas lentes. Deixei a melodia tocar, no entanto, fiquei escutando, os realejos sempre me trazem à memória meu tempo de infância, eram freqüentes em Madri naquela época, hoje ainda se vê um ou outro mas já não é a mesma coisa, não são parte natural da paisagem mas um reclame para turistas, agora são intencionais; e ao ouvir esse realejo que foi programado por acidente no meu leitor de CD e que se repetia com sua parcimônia várias vezes, tranqüilamente (como se fosse uma pianola de verdade, cujo teclado se mexe sozinho e parece tocado por dedos-fantasma), foram aparecendo na memória imagens das minhas ruas de então, a Génova, a Covarrubias, a Miguel Ángel, a imagem de quatro crianças andando por essas ruas com uma criada velha ou com minha jovem mãe viva (ambas também já fantasmas), meus irmãos e eu, os três meninos e a menina, ela de mãos dadas comigo, do meu lado, a menor de todos e eu o seguinte depois dela, isso sem dúvida nos havia unido.

"Parece estranho que se trate da mesma vida", pensei. "Parece estranho que eu seja o mesmo, aquele menino com seus três irmãos e este homem sentado aqui na penumbra, com seus filhos distantes que nunca vê, só um pouco, aqui em Londres." "Como posso eu ser o mesmo?", tinha se perguntado Wheeler no jardim da sua casa à beira do rio, justo antes do almoço, naquele domingo. Como aquele ancião — ele se disse, me disse — podia ser aquele que esteve casado com uma mulher muito moça que ficou para sempre moça, porque morreu assim jovem? Peter tinha preferido deixar para outro dia o relato ("Como sua mulher morreu, de que morreu", foi minha pergunta), certamente para um dia que nunca chegaria ou não na terra mas no Juízo, com muita sorte, se por fim se celebrasse: era evidente que lhe custava falar disso, ou que não queria. Eu, em compensação, me reconhecia sim no que se casou com Luisa, ao voltar da estada inglesa que agora tinha de chamar de primeira estada, o casamento não foi muito depois. Haviam passado alguns anos, mas não muitíssimos, e, ao contrário do que havia acontecido com Wheeler e sua mulher Val ou Valerie, Luisa tinha me acompanhado quase todos os dias em meu lento envelhecimento, pelo menos havia sido assim até a minha expulsão e desterro. Compreendi que minha leveza daquela noite se devia também, mais que à música ou à impremeditada dança, ao conjunto da minha conversa com ela e principalmente à última parte, com aquela minha suspeita otimista, sem fundamento talvez, de que ninguém havia entrado na sua vida, não totalmente, nem portanto tinha se introduzido na minha casa para encostar a cabeça no meu travesseiro e ocupar todos os meus lugares.

"Talvez deva conservar este emprego por mais um tempo, apesar dos pesares, apesar de Pérez Nuix, apesar de Tupra", pensei quando comecei a adormecer, sentado de novo na minha poltrona de couro, o binóculo no colo, vestido, quase às escuras, apaziguado pelo realejo ou pianola que tocava sua melodia em adeuses intermináveis (adeus, graças; adeus, donaires; adeus, risos, e adeus, ultrajes), convencido de que por fim teria uma noite sem insônia nem sobressaltos, sem os pesadelos que nos oprimem e sem tanto chumbo sobre a minha alma. "Ela me aconselhou a conservá-lo, apesar de nada saber deste trabalho, na verdade absolutamente nada. Não foi pelo mensurável, isso não fora dito a sério, na verdade mando para ela mais do que o necessário, ela disse, sua integridade é a de sempre, não mudou por se ver sozinha. Mas é bom que estejam a um passo do luxo, também disse isso, me apraz torná-lo possível, se bem que deve ter exagerado, e é graças a este trabalho do qual ainda há muito por vir, sempre há, um pouco mais, por que não continuar, um minuto, a lança, um segundo, a febre, e outro segundo, o sonho (mas depois vêm sempre a dor e a espada, e se tornarão dias, semanas, meses, talvez anos). O que aconteceu anteontem à noite, o que vi e ouvi então, já começa a se turvar nesta outra noite e sem dúvida se esfumará com o transcorrer dos dias e com a omissão, nossa capacidade de omitir é enorme, como a de negação provisória e transitório esquecimento, e acabará talvez como a mancha de sangue no alto da escada, que já não posso jurar ter visto porque ao limpá-la totalmente abri espaço para a dúvida, por mais contraditório que isso seja: se sei que a apaguei, como posso duvidar dela; e no entanto assim é, você apaga ou risca, e o apagado ou riscado já não é; e não sendo, como estar seguro de que alguma vez foi ou nunca foi; quando algo desaparece sem auréola nem rastro, ou alguém se perde sem deixar seu cadáver, cabe então duvidar da sua absoluta existência, inclusive da passada e atestada. Cabe duvidar portanto da do meu tio Alfonso, de quem minha mãe só achou a foto de morto que eu guardo agora, mas não seu corpo. Cabe duvidar da de Andrés Nin portanto, que não se sabe onde jaz enterrado nem se foi enterrado (talvez num jardinzinho interno do palácio de El Pardo, e ali se inquietaram seus ossos durante trinta e seis anos, ao notarem pisadas inimigas ociosas sobre seu túmulo anônimo, ou, antes, ignorado). Cabe duvidar da de Valerie Wheeler, que para mim ainda não tem morte nem vida se ninguém me contou nem uma nem outra, é só um nome, e poderia ser nome inventado, talvez melhor seria que fosse mesmo (e talvez por isso seu viúvo eterno tenha me feito a advertência: 'Na realidade, ninguém nunca deveria contar nada'). O que aconteceu, aquilo de que participei anteontem à noite neste país que para mim voltará a ser 'o outro' um dia, ficará cada vez mais brumoso, irreal, sobretudo se não se repetir nem eu contar nem insistir, chegará então a ser recordado como um sonho ruim, no máximo, e depois de todos os sonhos sempre se pode dizer: 'Oh não, eu não quis, não era minha intenção, não participei e fui alheio, não escolhi, que posso fazer, se apareceram esse asco ou essa violência que eu mesmo causo, ou que não impedi...'. Assim pensa o iludido, assim pensamos todos, quem não pensou, de vez em quando. Mas enquanto dura a ilusão, já nos vale, e não se deve cerceá-la antes da hora, o melhor é lhe dar todo o seu tempo, para ser acreditada."

De repente — ou não foi assim, senão que demorei a me dar conta — vi que estavam apagadas as luzes em frente, as dos dançarinos, suas janelas fechadas. Tinham posto fim à sessão em algum momento, enquanto eu cabeceava ou adormecia ao som do "Tema de Tana", aquela pianola não pararia enquanto eu não a obrigasse com meu controle remoto, ou não acabaria nunca de se despedir (adeus, regozijados amigos; que vou morrendo; não vos verei mais, nem me vereis vós; e adeus ardor, adeus recordações). Não estivera prestando atenção na rua, não havia me aproximado da janela de novo para vigiar quem saía, qual das mulheres, se uma ou ambas ou nenhuma, era o caso de me aproximar agora e procurar uma bicicleta estacionada ali, mas o fato de não haver nenhuma careceria de significado, sua dona podia não a ter usado esta noite, ter vindo de ônibus, metrô ou táxi, o que se dá uma vez não tem por que se repetir, embora tenhamos a propensão idiota de acreditar no contrário, sobretudo se o que se dá nos compraz; como tampouco significaria nada se houvesse uma bicicleta, podia ser de qualquer pessoa. Na realidade não me importava em absoluto, eu não ia à janela espiar a praça, o que me importava só um pouco era quem saía ou não do meu apartamento, isto é, do de Luisa e das crianças na Madri distante, ou quem entrava ou não nele, e ficava; e isso era impossível eu ver, os olhos da mente não serviam, não dão para tanto. "Não é da minha conta, tenho de me habituar de uma vez a essa idéia", pensei. "Como também não é em que Luisa gasta meu desnecessário dinheiro, o que mando de sobra sem que ela peça, ela sabe o que pedir supõe, para as duas partes das petições, por isso, agora que não estamos juntos, prefere aguardar e evitar pedir: como tampouco é se cai na tentação das suas conhecidas e amigas e decide não correr o risco de acabar sendo uma pária ou uma descuidada, não esperar amanhã nem depois de amanhã para fazer um tratamento do que quiser, se quiser, submeter-se a incisões e implantes, ou inchar-se com arrepiantes injeções de *bottox* como a senhora Manoia, se isso lhe aprouver, embora eu não a veja seguir esse caminho, ainda não, não a que eu deixei para trás e conheci, ainda não será muito diferente, para trair seu rosto; em todo caso eu deveria conservar este emprego, continuar ganhando o que ganho agora e até mais, para custear ou cobrir qualquer outra necessidade ou emergência mais sérias, apesar de não me caber mais tentar protegê-la nem tentar contentá-la, mas como é que a gente se liberta dessa tendência, ou é costume?; como é que se anula isso no pensamento?"

Suprimi com o botão do controle remoto o realejo ou pianola, já passava da hora, eu tinha me excedido, tinha me exposto demasiadamente às evocações, sem me chatear com ouvir a mesma coisa. Pensei que se eu adormecesse de verdade, assim na poltrona, vestido, acordaria na metade da noite oprimido pelos sonhos plúmbeos, paralisado, me sentindo sujo, com frio. Mas não tive a decisão suficiente para me levantar, ir para o quarto e me deitar, pelo menos isso. E pensei já sem música, em completo silêncio, agora sim era tarde, não para Madri mas para Londres, e era aí que eu estava, um habitante a mais daquela ilha grande que era pátria para alguns como Bertram Tupra e para mim não era, somente este outro país em que não há persianas, em que mal há cortinas ou venezianas, e assim a lua se infiltra em todos os cômodos se o céu está limpo, ou os postes de luz se está coberto, como se ali houvesse que manter sempre um olho aberto ao dormir: "Tenho de me habituar à idéia de que a mim não cabe nada e que, ademais, não sou nada, naquela casa, naqueles lençóis que já não existem porque foram rasgados para fazer tiras ou panos antes que estivessem velhos e gastos, naquele travesseiro. Sou apenas uma sombra, um vestígio, ou nem mesmo isso. Um sussurro afásico, um cheiro dissipado e febre baixada, um arranhão sem crosta, que se desprendeu faz tempo. Sou como a terra sob a relva ou ainda mais abaixo, como a invisível terra sob a terra já afundada, um morto pelo qual não houve luto porque não deixou seu cadáver, um fantasma cuja carne vai se afugentando e só um nome para os que vierem depois, que não saberão se é inventado. Serei a auréola de uma mancha que em vão resiste a sumir, porque alguém raspa e esfrega conscienciosamente a madeira e a limpa a fundo; ou como o rastro de sangue que se apaga com muito esforço mas por fim desaparece e se perde, e assim já nunca houve rastro nem o sangue foi derramado. Sou como neve nos ombros, escorregadia e mansa, a neve sempre pára. Mais nada. Ou sim: 'Deixe-o transformar-se em nada e que o que foi não tenha sido. Isto é, serei tempo, o que jamais se viu e o que ninguém nunca pode ver'".

4. SONHO

"À parte isso, me parece que o tempo é a única dimensão em que os vivos e os mortos podem se falar e se comunicar, a única que têm em comum", era essa a citação exata, como verifiquei em Madri mais tarde, que de maneira aproximada eu havia murmurado diante de Wheeler em seu jardim junto do rio, logo depois de ele ter dito: "O falar, a língua, é o que todos compartilham, até as vítimas com seus carrascos, os amos com seus escravos e os homens com seus deuses. Os únicos que não compartilham, Jacobo, são os vivos com os mortos". Nunca compreendi direito essa citação, e Wheeler, que talvez teria podido compreendê-la com seu saber mais amplo, não a ouviu ou não quis me dar bola, ou tomou por minhas e desdenhou essas frases que não eram minhas mas de outro mais respeitável, eram de um morto quando falou em vida, ele as tinha escrito em 1967 e morrido em 1993, mas agora estava tão morto quanto o poeta Marlowe, embora este levasse uma vantagem na morte de exatos quatrocentos anos, foi apunhalado em 1593, aquele filho de sapateiro nascido em Canterbury (a cidade do deão bandido de

Hewlett Johnson, por cuja extravagante e indireta causa poderiam ter fuzilado meu pai muito antes do meu nascimento) e que havia estudado no Bene't's College de Cambridge, nele precisamente, depois chamado de Corpus Christi. Talvez não falar mais iguale, talvez o calar definitivo nivele de imediato, e assemelhe, e una com forte e desconhecido vínculo os já silenciosos de todos os tempos, o primeiro e o último que logo já será penúltimo, e o tempo inteiro se comprime, não se divide nem se distingue nem se distancia porque deixa de ter sentido quando se acaba — quando acabado para cada um o seu —, por mais que os que ficam continuem a contá-lo, o próprio e também o do abandono dos que se foram, como se algum dia estes pudessem remediar sua ida e não estar mais entre os ausentes. "Faz vinte e seis anos que minha mãe morreu", dizemos, ou "Vai fazer um que seu filho morreu".

Falava mais ou menos disso quem escreveu essas linhas quando as escreveu, era um compatriota meu, mais ainda, um homem da minha cidade odiada por tantos e que além do mais viveu seu cerco, um madrileno. Visitava, numa viagem a Lisboa, o frondoso cemitério dos Prazeres, com suas alamedas formadas por fileiras de minúsculos panteões, um mundo reduzido e feérico de estranhas casinhas baixas e cinzentas, pontiagudas e ornamentais, silenciosas, graciosas e arcanas — habitadas e desabitadas —, e espiava as saletas sóbrias que através de uma porta de vidro podem se ver parcialmente no interior de muitas dessas sepulturas, com "cadeiras ou duas pequenas poltronas estofadas diante de uma mesinha coberta por um xale de renda onde há um livro aberto, de leituras piedosas, a fotografia do defunto numa moldura de prata, um vaso com flores que jamais murcham e, em certas ocasiões, um cinzeiro". Num desses salõezinhos, "que querem ser acolhedores", o viajante viu um par de sapatos, meias e um pouco de roupa suja aparecendo por sob um dos ataúdes; em outro, copos; e em outro, acreditava, um baralho. “A meu ver”, escreveu meu conterrâneo a esse respeito, “semelhante *décor* não tem outro objeto senão infundir um caráter familiar, habitual e confortável à visita dos mortos, para que esta não seja muito diferente da que se faz aos vivos.” Ou seja, não viu esse costume como aparentado ao dos antigos egípcios, que procuravam que não faltasse ao defunto, em seu eterno isolamento decretado e selado, nada do que houvesse gozado e aproveitado em vida — o defunto importante, pelo menos —, mas associava-o, “mais que ao desejo de tornar agradável e caseira a permanência do morto no aposento, à necessidade do vivo de sentir-se calidamente acolhido naquele lugar”. E acrescentava, não podendo deixar de ver a grave ironia: “Imagina-se que ali são os vivos que buscam a companhia dos mortos, que, como sugeria Comte, são não só a maioria, como também os mais influentes e animados”.

Mas o que estremeceu esse viajante foi a “composição perfeita” que numa daquelas câmaras sepulcrais observou “com certa indiscrição”: além do pequeno tapete, das duas poltroninhas e da mesinha com a foto de família, o crucifixo e as flores artificiais, descobriu “um despertador, daqueles que se viam nas cozinhas do tempo dos nossos pais, redondo, com sua campainha em forma de calota esférica e duas pequenas bolas como pés”. Todos, ele e seus acompanhantes, aplicaram naturalmente o ouvido à porta para perceber “um tiquetaque tão descomunal em relação ao tiquetaque normal quanto o grito em relação à voz”. E foram essa visão e esse compasso sonoro que desencadearam sua reflexão que culminava com a citação que eu nunca compreendi bem e por isso lembro e me dá o que pensar. “Será”, ele se perguntava, “que, como os enterrados vivos de Edgar Poe, procurava fazer saber ao mundo dos vivos o macabro esquecimento que o deixou ali? Ou será que, para fazer chegar a medida do tempo àqueles surdos que o rodeavam, necessitava desse timbre exagerado?" Em seguida entrava na matéria fundamental, na verdadeira questão suscitada por aquele relógio antiquado, em aparência o mais inútil e supérfluo despertador. "E que media ele, afinal? Eu me pergunto", se perguntava o homem da minha cidade; sim, era a interrogação principal, "se era o tempo que estavam mortos; ou era — a contagem regressiva, como agora se faz — o tempo que faltava para o Juízo Final. Se eram as horas de solidão, contava as já passadas ou as que restavam passar? Jamais relógio algum — e tão humilde — me pareceu mais bem situado, maior motivo de meditação. Pensei, com certa surpresa, que um culto que sempre deu tamanha ênfase a esse tempo precário da espera não se preocupou — até aquele que pôs esse relógio — em conceder à alma o alívio que a medida da sua angústia supõe; pois se a alma espera a ressurreição da carne, o que há de melhor que o relógio para lhe proporcionar o cômputo não tanto do tempo que ainda vai esperar, mas do que já esperou?" E era aqui que se inseriam ou apareciam as enigmáticas frases: "À parte isso, me parece que o tempo é a única dimensão...", eu já as citei, em sua literalidade. Seguia-se a elas algo mais, mas não servia para elucidá-las, e na realidade isso não importa muito, nem sempre tampouco compreendemos Shakespeare, ou não cabalmente, e no entanto ele abre dez passagens ou vias pelas quais podemos entrar e ir bem longe, cada vez que oferece uma metáfora obscura ou uma ambigüidade deslumbrante (abre-as se você continuar olhando e pensando além do necessário, como nos recomendava meu pai, e insistir consigo mesmo e se disser "Que mais", ali onde se diria que não pode haver mais nada); "nesse sentido", anotava o viajante, "esse inquietante despertador é o único *deus ex machina* que permite a celebração do mistério, nesse salãozinho confortável e sufocante, do diálogo entre o vivo e o morto". E já não havia comentários, ou antes, sim: como é obrigatório depois dessas incursões no tempo fantasma ou no tempo morto, o viajante voltava ao momento vivo antes de encerrar seu texto e recordava como, "já saindo", havia feito estas duas perguntas a um dos seus acompanhantes (alguém com nome de personagem de Edgar Poe, claro, um tal de Valdemar, nada menos): "E se toca de noite? E se os que ali dormem se mexem?".

Cabia agora fazer-nos essas perguntas também em relação a ele, meu conterrâneo, falecido vinte e seis anos depois daquela visita ou daquele escrito, embora ele não estivesse enterrado no reduzido mundo frondoso dos Prazeres, mas no cemitério limpo da nossa cidade natal, pelo que entendi, chamado de La Almudena, onde também está minha mãe desde vinte e seis anos diferentes, isto é, os seus, dela. E cabia também nos perguntarmos sobre todos eles: e se em vez de permanecerem silenciosos falam entre si durante a espera, e o forte e desconhecido vínculo que os nivela, assemelha, une, não é o definitivo calar mas o contar indefinidamente, ao longo desse inacabável tempo que o teimoso relógio mede, mede, com seu descomunal tiquetaque e sem que nunca soe seu exagerado toque? Tempo de sobra para relatar uns aos outros o que cada sonho particular recorda — mais que cada consciência —, o que fizeram, o que aconteceu com eles, o que disseram, várias vezes até todos saberem de cor a história dos outros, isto é, cada um a de todos e todos a de cada um. Tempo suficiente para que cada homem que pisou na terra desde a origem desta e cada mulher que cruzou o mundo dêem a conhecer ao resto seu relato inteiro, do princípio ao fim, e o fim consiste no que os levou ao túmulo ou os expulsou dos vivos, para somá-los a essa outra companhia mais nutrida e influente, mais animada e talvez mais gaiata e jocosa, sem dúvida mais ociosa e leve, com menos aflições e responsabilidades. Tempo, inclusive, para fornecer dados e inventar histórias que nunca aconteceram, ficções, fabulações e brincadeiras com as quais entreter tanta espera, sem cair nas repetições. E assim estaríamos outra vez como de costume, sem saber o que é certo, ou, antes, o que aconteceu.

E caberia nos perguntarmos então como falariam entre si os mortos de morte violenta com os mortos que os mataram ou com os que deram a ordem de eliminá-los — talvez nunca tenham se visto —, uma vez todos nivelados e assemelhados, ainda que só nisso, e na realidade isso não é nada, ter morrido, logo os defuntos também se distinguiriam, nunca menos do que os vivos. E caberia nos perguntarmos que versão contariam, não ao Juiz que ainda não aparece e ao qual não se mente, e que talvez se atrase tanto porque não existe, não existiu, tampouco vai existir, não o trará a sugestão coletiva, nem a insistência (ou pode ser que não se atreva a enfrentar tão imensa multidão queixosa, se é que não ofendida ou pior que isso — zombeteira —, e assim adie a si mesmo até amanhã, sempre amanhã, esse mau pedaço a que se comprometeu por soberba, e o evite infinitamente com invencíveis temor ou preguiça); mas que versão um ao outro e os dois ao resto, sacrificado e carrasco ou instigador e vítima, sabendo que o tempo de agora, se é que assim se pode chamá-lo, e há muito que venho chamando, seria longo demais, insuportavelmente longo, para que o que não foi como foi fosse acreditado.

Só tive tempo para lhe responder uma frase ou duas, só tive tempo para sorrir comigo mesmo e para sentir um fio de pena me perpassar, também para que seus comentários sobre o hieratismo e a acentuação dos traços que o *bottox* provocava em alguns rostos, de divas ou terrenas, me divertissem um pouco e me levassem a pensar que havia inesperadas falhas na sandice global de De la Garza; e inclusive para que me apetecesse de repente ouvi-lo um pouco mais, mais conversa, mais disparates, mais comparações gozadas, e também para me perguntar rapidamente se estaria acontecendo comigo em relação a ele (mantida a longa distância) algo semelhante ao que acontecia com Tupra em relação a mim: eu o divertia, ele se sentia à vontade em nossas sessões de conjectura e exame, em nossas conversas ou tão-só me ouvindo ("O que mais?", reclamava. "O que mais te ocorre? Diga o que pensa e o que mais viu").

Tudo isso não durou nada, ou foi simultâneo e por isso tive tempo para tudo, ou então recuperei e recapitulei mais tarde, na pausa da sonolência ou na persistência do meu desassossego, já na cama, uma vez terminada aquela noite tão extensa, errônea e desagradável. De la Garza tinha me ilustrado a seu modo sobre aquele produto antes venenoso e agora possivelmente inócuo, e havia soltado algumas impertinências cômicas sobre as suas usuárias ou viciadas de expressão alucinada, a última coisa que tinha dito foi isto: "Não acha ela pirada de cara?", referindo-se a quem tinha chamado de "a ex-mulher do outro que está com a nossa", eu havia entendido perfeitamente, inconveniente ou vantagem do compatriotismo, uma mulher alta que além do mais tem cara de alta, isso sim é mais problemático, ter esse tipo de cara, sendo alta ou sendo baixa. "Deve botar litros nas maçãs do rosto e nos pés-de-galinha, é como se não pudesse fechar os olhos, vai ver que dorme de olhos abertos. Como esta Flavia, porra. Conforme o ângulo, parece um duende." Ali estava ele, carnavalesco e com os cadarços soltos, que ainda por cima eram compridos, seria fácil se molharem num banheiro apesar de aquele ser pouco utilizado, o chão deles está sempre úmido. Era milagroso que ainda não tivesse sofrido um sinistro, principalmente durante sua última e como que possessa dança, a que havíamos interrompido para salvar a senhora Manoia dos seus castigos pseudocapilares; e para salvar também a ele de algo pior, conforme disse Tupra mais tarde, em sua casa.

— Talvez os duendes durmam com os olhos abertos, todos eles. — Só me ocorreu responder isso, como preparação da piada ou da grosseria; o riso me ameaçava, e eu não queria que ele pudesse tomá-lo por um indulto nem uma homenagem (tão convencido o adido), de modo que procurei, improvisei outro rumo: — Você deveria saber, visto que conhece pacas a literatura fantástica universal, inclusive a medieval, Rafael. — E fingi rir da minha saída, na realidade eu ria das suas observações selvagens. No entanto introduzi outro elemento logo em seguida, para dissipar o possível efeito ferino do meu sarcasmo (depois, foram antes quatro ou cinco frases que tive tempo de dizer): — Olhe, seus cadarços estão desatados. — E apontei para seus pés com o indicador.

De la Garza olhou para baixo sem mudar de postura; agora que tinha se recuperado do enjôo, ou do frenesi, ou da vertigem, devia achar um tanto chique permanecer assim, meio encostado e meio agarrado numa estranha barra metálica cilíndrica, embora num espaço prosaico e sem espectadores (a mim, ele não podia considerar impressionável). Olhou para os sapatos de longe, com uma inexplicável cara de comiseração, como se não fossem dele, e sim de outro — os meus —, e não fez em continuação o esperado movimento imediato de se agachar e amarrá-los. Tinha capacidade para surpreender, como todos os imbecis maiúsculos, e claro que para irritar de novo num só segundo e apagar de golpe meu riso aberto, meu sorriso interior, minha condescendência incipiente e meu fino fio de pena.

— Amarre pra mim, que ainda estou um pouco bêbado para ficar de cócoras, tomara que venha logo de uma porra vez pra todas a porra do seu amigo com a porra do seu coletinho e a porra da carreirinha que você me prometeu. E é melhor dar um nó duplo, viu, por via das dúvidas. Não te custa nada.

O pior talvez tenha sido a chave de ouro, aquele "Não te custa nada". Sua puerilidade me tirou do sério, seu jeito de filhinho de papai. A simples idéia de que eu pudesse me jogar no chão de um banheiro, por mais limpo que estivesse ou mais luxuoso que fosse, e atar os cadarços de um tremendo babacão, artificialmente desbocado e que me encrencava a vida gratuitamente (quatro vezes "porra" na mesma frase é demais, e soará falso sempre)...; só por lhe ter passado pela cabeça e ter sugerido aquilo como algo natural, sem ver inconveniência nem o insólito da sugestão, algo factível...; e além do mais expressá-lo como desejo ou quase como uma ordem, e já tinham me dado naquele lugar chique e idiota umas tantas, quem me pagava e podia dá-las, ou não podia, ou até certo ponto...; e ainda por cima não estando ele impossibilitado, nem entrevado, nem nada, só porque naquele momento não estava a fim de se agachar... Há pessoas que não têm limites e sempre surpreendem, por mais prevenido que você esteja, são pessoas impossíveis. Não sei o que eu teria respondido ou o que teria feito, ou feito com ele, não sei porque não tive tempo; se bem que talvez, passados os segundos iniciais de estupefação, quem sabe eu teria rido mais ainda, por seu descaramento descabelado. Mas não tive tempo porque Tupra, ou Reresby naquela noite, entrou. Creio que quando entrou eu havia tornado a pensar, no máximo, o pensamento único, breve e simples que já tinha me enchido a mente ao descobrir a flagelante nuca no meio da pista rápida: "Eu o enchia de sopapos até não poder mais", devo ter chegado a pensar isso quando a porta se abriu.

Deviam ter passado os sete minutos anunciados por Tupra, ou talvez dez, quem sabe doze, eram várias as coisas de que teria se encarregado, recompor e dar uma aparência decente a Flavia, levá-la ao marido, explicar eventualmente alguma coisa a este, desculpar-se de novo por ter mais uma vez de se ausentar e deixar os dois a sós, eu estava ocupado em outro lugar, pode ser que agora ele ficasse com o adido — mas em que idioma falariam? — e me mandasse de volta à mesa para atendê-los. Mas logo vi — sua figura apareceu inteira, como que ao mesmo tempo de frente e de costas, digamos assim — que vinha de sobretudo, não vestido mas jogado nos ombros como um italiano ou um espanhol fantoche, ou talvez um eslavo abastado, e que trazia outro no braço, eram dois os sobretudos, o dele claro e o outro escuro, ocorreu-me que este era o meu, de modo que pensei que íamos embora, que ele tinha se encarregado também de pegá-los antes de vir ao nosso improvisado e absurdo encontro naquele toalete de invádos, para não nos demorarmos no vestiário, na saída ("*Don't linger or delay*", talvez fosse essa a divisa de Reresby).

— Vamos embora? — perguntei.

Não respondeu imediatamente, mas também não demorou. Vi-o tirar algo de um bolso e prender a porta, um papel bem dobrado, uma cunha de madeira, um papelão, não distingui o que era de primeira, fez aquilo num piscar de olhos, como se houvesse travado mil portas desde a infância. Ninguém poderia abri-la enquanto ele não a liberasse, vi como se certificava empurrando e puxando com força, foram dois movimentos seguidos e rápidos, notei uma firmeza e uma segurança especiais em cada um dos que fazia, e até economia, em todos eles.

— Não, ninguém ainda vai embora — disse então.

Parecia distraído, ou melhor, ainda ocupado, sua atitude era de trabalho. Deixou o sobretudo escuro caído numa das barras metálicas, uma barra baixa, na altura dos nossos quadris, já o dele pendurou pela gola numa mais alta, tirou-o dos ombros como se fosse uma capa, apesar de não ter o rodado desta, me pareceu meio pesado e rígido, como as roupas imundas dos mendigos e as engomadas. Mas ninguém mais engoma as roupas, muito menos um sobretudo. O dele, além do mais, era manifestamente caro, novinho, desses que salientam a respeitabilidade do dono, e salientam excessivamente talvez, quase como para que a receassem.

— Já era mais que hora — De la Garza se atreveu a reclamar. E acrescentou com seu espantoso sotaque na língua de Tupra, dirigindo-se a ele portanto (era uma provocação, era incendiário que houvesse fixado uns olhos zombeteiros no colete deste, vestido como estava com tanto exagero, quero dizer de forma tão afrontosa ao olhar): — *It was high time, you know.* — Na sua boca só eram reconhecíveis as frases feitas, precisamente por serem tão pisadas e repisadas, e ele era dos que acrescentava "*you know*" a tudo, isso denuncia muito os que na verdade não sabem; de resto, eu estava perfeitamente a par de que aquele mentecapto era incapaz de conversar em inglês, perdia-se na primeira subordinada ouvida, se não antes, e ninguém podia entendê-lo se não fosse seu compatriota, sê-lo era a minha desgraça, e não só sob esse aspecto. Era como se já tivesse esquecido por que estava ali, na realidade, que o havíamos separado de Flavia para evitar que deixasse a cara dela como um santo sudário, que estava em dívida conosco e nos havia ofendido, por assim dizer, como acompanhantes e guardiães dela, eu a apresentei a ele. É a sorte dos pretensiosos, nunca se sentem responsáveis nem sofrem de consciência pesada porque são totalmente inconscientes e irresponsáveis, qualquer castigo ou humilhação os desconcerta e não conseguem entendê-los, apesar de os terem buscado com inquebrantável afinco, eles nunca estão em erro e muitas vezes convencem os outros, como por contágio, dessa sua convicção espontânea e assim acabam se livrando. Eu não tinha certeza de que fosse acontecer isso desta vez. Pensei que Tupra receberia mal aquele tom exigente, tinha oferecido uma carreirinha a De la Garza, mas não diretamente e sim por pessoa interposta (por compatriota e por quase-intérprete), e em sua feliz mentalidade de fátuo isso era o bastante para se permitir reclamá-la sete minutos depois, ou dez, ou doze, era como pedir prestação de contas sobre um favor ou um presente.

A sensação de peso que eu sentira de repente ao me levantar da mesa e encaminhar-me para os toaletes aumentou naquele instante; eu não a tinha perdido desde então, mas agora se acentuava, se tornava mais opressora, trazida por várias combinações, a de sobressalto e pressa, a de fastio ante a represália fria que nos é forçoso levar a cabo, a da calma invencível numa situação de ameaça. Essa terceira mistura ainda não podia se produzir em Rafita, ele não sentia ameaça. Em mim, em compensação, ocorria agora mais a segunda que a primeira, já não havia sobressalto nem pressa como ao me pôr de pé e afastar a cadeira para ir em busca sua e de Flavia, mas um pressentimento (não chegava a presciência) de represália iminente, a duras penas evitável, como se a flecha estivesse no arco e este, embora com fastio, estivesse tensionado ao máximo, bocejante o braço. Tudo aquilo seguia emanando de Tupra, apesar de ser eu a suportá-lo: o mal-estar, o execrável, a alfinetada e o presságio de uma desgraça. Sim, Reresby devia ser dos que não avisavam ou só quando já era inútil, como dizer, quando a advertência é apenas parte da ação punitiva que já se consuma.

— A espera vai compensar — disse com afabilidade, ainda não dava um recado, não verbal pelo menos. Não sei se o adido entendeu, mas tanto fazia, porque ao mesmo tempo Tupra enfiou dois dedos no bolso de peito do seu criticável colete e tirou um papelote bem dobrado. Com esses mesmos dedos, médio e indicador, estendeu-o a De la Garza; ou não, ele não deu um passo nem estendeu o braço, somente o mostrou, mantendo-o no alto assim pinçado, como um adulto que retém por um segundo o prêmio que o filho ganhou, para que o diplomata sem diplomacia é que se aproximasse para pegá-lo; e Reresby o convidou a fazê-lo: — *Help yourself* — acrescentou, e isso qualquer inepto que tenha pisado na Inglaterra entende, "Sirva-se". — Não abuse. Tem de durar a noite toda. — Ainda soava distraído, como quem realiza um trâmite ou ainda está nos preparativos. E, embora o inglês não indique, entendi que o tratava de você.

"Então era verdade, então ele tem", pensei sem nenhuma estranheza: de fato, não tinha nada de especial que um homem como ele dispusesse com facilidade de um ou dois gramas, e até mais, podiam inclusive provir da polícia, um confisco; e nem precisavam ser para consumo próprio, sua posse só tendo em vista o que fizera agora, utilizar a substância como chamariz ou como gratificação simbólica, oferecê-la para conseguir alguma coisa em troca. "O Comendador a utilizava antigamente como isca para pegar mulheres", lembrei de repente, "elas entravam no seu carro ou iam à casa dele e num ou noutro lugar, e ele acabava comendo-as, com freqüência, não sempre, embora elas não houvessem previsto tal coisa em primeira instância, ao entrar no automóvel. Esse era o seu léxico, e apesar de serem tão diferentes, coincide em parte com o deste imbecil, também foi o meu às vezes em outros tempos mais jovens e subjetivos, e ainda pode ser em ocasiões avulsas — nenhuma fala se esquece, sou capaz de recuperar tantas quanto conheço —, quando uma mulher se presta a dar ou está disposta unicamente a isso, e você a come sem prévios rodeios nem posterior e súbito afeto, ou vice-versa, dá na mesma, rara é aquela que não conheceu uma noite na vida em que só quisesse interpretar o papel de carne crua e embrutecida, de saqueadora ou de despojo, esse matiz é indiferente, até Luisa viveu em sua juventude mais de uma, que ignoro em detalhe, e hoje poderia voltar a experimentá-las como eu fiz aqui algumas vezes, quem sabe se Luisa não o faz esta noite mesma, para não ir mais longe; e Pérez Nuix deve admiti-las, ainda não está na idade de ter posto fim a elas, quer dizer, fim temporal ou aparente, porque nada nunca é definitivamente descartado. Com seu chamariz, Tupra conseguiu que eu trouxesse este *cunt* a um toalete para deficientes físicos e o segurasse aqui dez ou doze minutos sem ele chiar, já é um mérito. Por enquanto, pois, ele logrou o mais importante, neutralizá-lo, para que não complicasse mais as coisas com a senhora Manoia e que o seu Arturo não se preocupasse nem sobretudo se enraivecesse, o principal sem dúvida era isso." Mas agora que lhe oferecia o papelote, me perguntei o que mais lhe interessava obter em troca para entregá-lo, talvez fosse suborná-lo com o pó (diria depois: "Ande, fique com ele"), exigindo que sumisse de vez, que daquele toalete fosse direto para a rua sem escala, mas isso não seria possível, teria de juntar ou avisar seus amigos de farra, a não ser que já tivessem ido embora sem o esperar, ao vê-lo tão desenfreado. Reresby tinha dito também: "Temos de anular esse *moron*", o que significava, *stricto sensu*, transformá-lo em nada, algo parecido com aniquilá-lo.

De la Garza tirou da sua mão o papelote bem dobrado, que talvez ainda não tivesse sido estreado, via-se que era volumoso. Nem sequer disse "*Thank you*", só confirmou com o canto do seu pulso enfeitado que a porta estava trancada, isto é, bem travada, e tratou então de preparar a carreira junto das várias pias, na parte plana do mármore negro que circundava a louça côncava. Mas mudou de opinião mal puxou sua carteira (vai ver que apesar de tudo não confiava na cunha de Tupra, não conseguia vê-la como um cadeado seguro) e entrou num dos gabinetes com ela e o papelote na mão; está claro que não fechou a portinhola do gabinete, teríamos considerado isso uma ofensa ou uma possível intenção de abusar, ao se servir. Na minha primeira visita acelerada eu não havia examinado com atenção — quase uma simples inspeção ocular em busca dos fugitivos — e tinham passado despercebidas as três ou quatro barras que havia na altura dos nossos quadris, além das mais altas, à altura dos nossos ombros; numa dessas repousava meu sobretudo, se é que era o meu; tampouco havia reparado em como eram amplos esses gabinetes, só dois mas eram quase saletas, tudo ali era espaçoso, sem dúvida para facilitar os movimentos dos incapacitados e possibilitar às cadeiras de rodas todo tipo de viradas (até cavalo-de-pau); igualmente generosa era a iluminação, magnífica, com certeza para evitar tropeções, tudo estava impoluto e novo, reluzente e até acolhedor, sem um só dos elementos sórdidos freqüentes nos banheiros públicos. Na verdade era admirável como os capacitados britânicos respeitavam o recinto, como não o invadiam com a maior sem-cerimônia, o enlameavam e estragavam, como é norma entre os cavalheiros e optativo entre as damas. Bem, agora éramos ali três ainda capacitados, não só fazendo uso indevido e semidelituoso mas impedindo a entrada de qualquer legítimo deficiente que pudesse necessitar do local, era uma coincidência improvável; mas dois dos três intrusos éramos espanhóis, e em nosso caso, ou da maioria de nós, é bem sabido: basta nos proibirem uma coisa para que nos precipitemos a transgredir as ordens, e também as indicações, os pedidos. A idéia original, no entanto, havia sido do inglês do trio, a de nos reunirmos ali ou profanar aquele lugar, por mais que seu nome fosse finlandês ou tcheco, turco ou russo; era um inglês típico e talvez patriota, além do mais respondia por Reresby naquele lugar, naquela noite. A verdade é que eu tinha dificuldade de me lembrar, quando mudava de nome: eu sempre pensava em Tupra e era isso que me vinha à língua, nem mesmo Bertram ou Bertie, depois que ele me convidou a tratá-lo com essa maior intimidade, e insistisse nela.

De la Garza abaixou a tampa superior da privada e pôs o papelote e a carteira sobre a caixa de descarga acoplada a esta, mas logo se deteve, se deu conta de que era branca, de modo que passou tudo para a tampa, que era de baquelite ou algo do gênero, azul-escura, limpa e lisa, e se ajoelhou em frente, quase apoiando as nádegas nos calcanhares ("Ah, agora tudo bem para esse macaco", pensei com rancor; "faz um instante não queria nem se agachar para amarrar os cadarços e pretendia que eu desse os nós, agora se planta de joelhos para preparar e cheirar uma carreira, tomara que pise nos cordões e se estatele no chão; no pescoço dele, sim, eu dava um nó"). Jogou para trás a redinha a fim de que não o importunasse, com um movimento de nuca, como se fosse cabelo, a redinha ficou pendurada de lado; tirou da carteira um cartão de crédito, vi que era *platinum*, devia dispor de um bom dinheiro na sua conta, habitualmente, ou vai ver que administrava fundos da embaixada, despesas, não dão esse Visa para qualquer um. Abriu o papelote com cuidado e não muita habilidade, devia ser um consumidor ocasional; com a ponta do cartão polvilhou uma pequena quantidade de coca diretamente na tampa, não tendo nada à mão que pudesse servir de pátena ou de bandeja, o pó branco se distinguia com toda a nitidez em cima dela, ao contrário do que teria ocorrido sobre a louça da caixa de descarga. Com o plástico rígido foi alinhando o pó até formar uma carreira, não abusou, até pôs um pouco do que havia tirado de volta no invólucro, que em seguida afastou como que com um repentino senso da propriedade alheia, dobrado mas não totalmente fechado. Não manejava o Visa com muita destreza, reagrupava e endireitava a linha, eu o observava perplexo do umbral do gabinete, Tupra ficou fora, às minhas costas ou assim supus, eu não olhava para ele, só para Rafita de joelhos (embora não fosse habilidoso, a operação era breve, ou costumava sê-lo). Não me pareceu muito grossa nem muito comprida, a carreirinha, comparada com as que eu tinha visto o Comendador e seu círculo outrora prepararem, bom, e também outras pessoas menos noturnas em diferentes festas e em algum outro toalete (principalmente em fins dos 80 e nos 90, neste último caso, mas não só), inclusive um ministro, um magnata, o presidente de um clube de futebol, um juiz de severa fama e até suas respectivas e enfeitadíssimas mulheres de variadas educação, noções e idade, tanto na Inglaterra como na Espanha, assim como algumas atrizes e um par de bispos (separadamente: um católico e outro anglicano, mas ambos incógnitos), uma multimilionária da Opus Dei ou dos Legionários de Cristo, não me lembro, e mais recentemente Dick Dearlove ao fim do seu jantar-*cum*-celebridades e algumas dessas celebridades-*ad*-jantar; e nos Estados Unidos, numa ocasião, um chefe do Pentágono, mas isso não posso contar, quero dizer, quem nem onde nem em que circunstâncias; mas foi puro acaso eu estar presente, além do mais isso aconteceu bem depois, na época de que estou falando eu ainda não havia visto nada parecido (creio que o que me livrou de uma detenção foi ter visto isso, ou o que a invalidou na hora, mais ainda que a recitação incompleta da *fórmula Miranda* pelo detetive que algemou a mim, esse chefe, duas mulheres e outros dois indivíduos, "Tem direito de guardar silêncio...": o caso é que, se não tivesse guardado, teria posto em bom apuro aquele altíssimo funcionário com tanta tropa a seu mando).

De la Garza apalpou as calças e o paletó gigante (as abas varrendo o chão) e olhou para mim sem me fitar nem virar totalmente a cabeça; temi que fosse me pedir uma nota, era capaz, ou a Tupra. "Se vai enfiar grana no narigão, que seja da sua, seu babacão", me antecipei pensando com involuntária rima. Mas por fim ele enfiou a mão num bolso e tirou uma nota de cinco libras que enrolou rapidamente — mais destro nisso —, para improvisar o canudo com o qual inalaria o pó que lembrava talco. "É isso", pensei, "aqui tem um pouco de cheiro de talco. Como são limpos os incapacitados", se bem que duvidasse cada vez mais que naquela discoteca tivesse entrado algum deles nos últimos anos, talvez aquele banheiro ainda estivesse por ser inaugurado, uma melhoria recente. "Ou então não é coca, e sim talco, o que Tupra entregou", isso também me ocorreu. Vi De la Garza inclinar a cabeça e estirar o pescoço para a frente, já ia fungar sua carreirinha, ou metade dela pela fossa nasal esquerda, tapando com o indicador a direita. "Parece um antigo condenado à morte", pensei, "que oferece sua nuca vencida, seu pescoço nu ao machado ou à guilhotina, a tampa da privada como cepo, se o vaso sanitário estivesse aberto faria de cesto para que a cabeça caísse dentro como um vômito, na água azul, e não rolasse."

Então ouvi a voz de Tupra, que me dizia com autoridade:

— Afaste-se, Jack. — E ao mesmo tempo me agarrou pelo ombro, com força mas sem rudeza, e me puxou dali, me tirou da frente, quero dizer do umbral do gabinete que era quase como uma saleta, talvez tivesse o mesmo tamanho dos panteões minúsculos do cemitério dos Prazeres, sumariamente decorados e supostamente acolhedores, habitados e desabitados. "*Stand clear, Jack*", foram suas palavras, ou talvez "*Clear off*", ou "*Step aside*", ou "*Out of my way, Jack*", é difícil lembrar com exatidão o que depois vira nada pelo muito que vem em seguida, em todo caso captei, qualquer que fosse a frase, foi esse o sentido, além do mais era acompanhada pelo gesto da mão firme sobre o ombro que se deixou arrastar, com boa vontade se podia entender "Chegue para lá", com má, "Fora daqui, Jack, saia da frente, não se meta nem tente impedir", mas o tom foi mais da primeira, foi suave para ser uma ordem que não admitia desobediência nem morosidade, nenhuma dilação em seu cumprimento nem resistência, ou questionamento, ou protesto, nem sequer a manifestação do espanto, porque é impossível objetar ou se opor a quem traz uma espada na mão e ergue-a para abatê-la, assestar um golpe, dar uma cutilada, sem que se tenha visto aparecer a arma nem se saiba de onde saiu, um gume primitivo, um cabo medieval, um punho homérico, uma ponta arcaica, a arma branca mais desnecessária ou mais incompatível com estes tempos, mais até que uma flecha e mais que uma lança, um anacronismo, uma gratuidade, uma extravagância, uma incongruência tão extrema que provoca pânico só de vê-la, não um medo horripilante mas atávico, como se você recuperasse no ato a noção de que foi a espada a arma que mais matou ao longo de quase todos os séculos — a que matou de perto e vendo a cara do morto, sem que o assassino, ou o justiceiro, ou o justo se desprendam nem se separem dela enquanto fazem seu estrago, e cravam-na, cortam, despedaçam, tudo com o mesmo ferro que nunca descartam mas conservam e empunham cada vez com mais força enquanto atravessam, mutilam, espetam e até desmembram, nunca saco de farinha mas sempre saco de carne que cede e se abre sob esta nossa pele que não resiste nada, não serve, e tudo a fere, até uma unha a rasga, uma faca a corta, dilacera-a uma lança, e uma espada a rompe com o mero roçar da sua passagem no ar —; de que é a mais perigosa, tenaz e temível, porque ao contrário da arma que se atira ela pode repetir o golpe, crivar de espadadas e não acabar de desferi-las, uma, outra, mais uma, cada qual pior, mais feroz, não é uma flecha ou uma lança que alcançam e às quais não têm por que se seguirem outras que também acertem e se cravem no mesmo corpo, podem ser uma só e pronto, e talvez façam uma só brecha ou um só destroço que podem ser curados se elas não forem untadas com nenhum veneno ruim, já a espada entra e sai, entra e talha com insistência, é capaz de matar o sadio, liquidar o ferido, esquartejar o morto indefinidamente, até a extenuação ou queda de quem a sustém, que jamais vai soltá-la nem vai perdê-la, se não for por sua vez o morto ou se lhe arrancarem o braço; e por isso o gesto de desembainhá-la já comprometia e não era vão, mais valia deixá-lo a meio caminho como ameaça, dúvida ou gesto de alerta, recado visual de manter-se em guarda, porque uma vez a lâmina inteira no ar, uma vez a ponta livre e mirando, já era anúncio seguro do irremediável sangue.

Eu não tinha visto Tupra desembainhá-la, se é que havia alguma bainha, mas de repente, como por um passe de mágica, ele tinha na mão já nu o aço, uma folha não muito comprida, bestial e afiadíssima em todo caso, bem menos de um metro sem dúvida nenhuma, um cabo não medieval apesar de todos assim parecerem à primeira vista, salvo os que são de guarda-mão ou *a tazza*, talvez fosse mais renascentista, me pareceu uma espada de lansquenete então e mais tarde, quando a recordei na minha sonolência ou na minha insônia uma vez de volta a casa, não é que eu seja entendido nessas armas, mas em meus tempos de docente tive de traduzir em Oxford, em meio a tantas passagens presunçosas e rançosas de nulas aplicações práticas, uma de sir Richard Francis Burton — para os livreiros de sebo não mais que o "Capitão Burton" — sobre os diferentes tipos de espada, uma passagem ainda por cima ilustrada, e retive esse nome e a correspondente imagem assim como alguns outros ("à la Papenheim", por exemplo), a dos lansquenetes também era conhecida por um apelido alemão, *Katzbalger* ou algo do gênero, algo que significava "estripa-gato", modesto cometimento esse e com escasso risco, ou até vantajoso e baixo, afinal de contas os lansquenetes eram mercenários germanos de infantaria, dos quais entretanto meu país não se privou nos regimentos imperiais, talvez essa tradução absurda tenha sido do espanhol para o inglês, e não ao contrário, *O cerco de Viena por Carlos V*, de onde, se não me lembrava desse título do infinito Lope de

Vega, de onde, se não sabia eu de cor esses versos (mas não era impossível ter ouvido meu pai recitá-los, tão afeiçoado a isso, tanto quanto Wheeler ou mais, eram quase coetâneos): "Vou-me, espanhol raio e fogo, e vitorioso te deixo. Eu vos deixo, campos amenos, de Espanha me vou gelando; que estes homens, de ira ardentes, são como raios silentes que despedaçam calando".* Muito patriótica e presunçosa, e muito feliz a passagem, na boca de um invasor que foge, não era o caso naquele cerco para desbaratar e pôr fim a outro, o dos otomanos a Viena a mando de Solimão, o Magnífico, ali devem ter fervilhado as "estripa-gatos" nas mãos dos lansquenetes a soldo, mais desalmados do que furibundos, aparecem em gravuras de Dürer e Altdorfer, nelas também se vêem suas armas, essa espada que não é comprida portada na horizontal, uns setenta centímetros cruzados por cima do ventre, às vezes levam lanças, não muito diferentes das de Breda em Velázquez, só faltava que Tupra também houvesse brandido uma destas para nos infundir mais pavor, claro que a mim, mas sobretudo à sua vítima, De la Garza, contra o qual levantou a espada, Reresby a sustinha com uma mão quando me afastou para passar e me empurrou para o lado, mas a empunhou com ambas para alçá-la e soltar a cutilada. Vi como seu colete subia arrastado pelos dois braços erguidos, tomou todo o impulso possível, vi sua camisa de listas finíssimas, elegantes, pálidas, acima do cinto, por baixo.

"Vai matá-lo", pensei, "vai cortar a cabeça, o pescoço dele, não, não pode ser, não vai fazer uma coisa dessas, sim, vai decapitá-lo aqui mesmo, separar sua cabeça do tronco, e eu já não posso evitar porque a lâmina vai descer e é de dois gumes, não

* "*Voyme, español rayo y fuego y victorioso te dejo. Ya os dejo, campos amenos, de España me voy temblando; que estos hombres, de ira llenos, son como rayos sin truenos que despedazan callando.*"

há como lhe dar apenas um golpe com o dorso, ainda que forte, para assustá-lo, para castigá-lo, porque não tem dorso, mas gume duplo que vai ceifar de qualquer modo, De la Garza estará morto no mesmo instante e agora teremos de esperar um tempo infinito até tornar a vê-lo inteiro, em uma só peça, até o dia em que por decoro se juntarão as duas partes em que logo vai se converter, para comparecer ao Juízo arrumado, e não como um monstro de parque de diversões, com a cabeça sobre os ombros, e não debaixo do braço como se fosse uma bola ou um globo terrestre, e ali gritar: 'Morri na Inglaterra, num banheiro público, num toalete para deficientes físicos da velha cidade de Londres. Me matou este homem com uma espada e fez de mim dois pedaços, e este outro estava presente, viu, não mexeu um dedo. Foi em outro país e quem me matou estava no seu, mas para mim era um estrangeiro porque ele o era na minha terra; já o que assistiu e não fez nada falava a minha língua e ambos éramos dessa mesma terra, mais ao sul, não tão distante, embora houvesse o mar entre elas. Continuo sem saber por que fui assassinado, não tinha feito nada de grave, nem constituía perigo para eles. Tinha meia vida ou mais pela frente, provavelmente teria chegado a ministro, ou embaixador em Washington, no mínimo. Não o vi se aproximar, fiquei sem vida, fiquei sem nada. Foram como raios silentes: um despedaçou e o outro calou'. Mas talvez De la Garza não possa falar dessa maneira nem mesmo no último dia, nele cada homem e cada mulher continuarão sendo o que sempre foram, o bruto não se fará delicado nem o selvagem civilizado, o cruel compassivo nem leal o traiçoeiro. Assim, o mais provável é que Rafita faça a denúncia a seu modo pretensioso e grosseiro, e berre ao Juiz esta queixa: 'Virei presunto na Inglaterra com uma violência do caralho, hein?, veio este cara e cortou o meu pescoço na tampa de um cagatório pra aleijados, vê se pode! Um grande filho-da-puta, e da Grã-Bretanha, um tremendo de um escroto. Que otário que eu fui, nem deu tempo de cheirar, puta merda, eu tinha enchido a cara, dançado pra cacete e ainda por cima estava enjoado pacas, nem precisava tomar vomitivo, estava na minha, desligadão, mas juro que não tinha feito nada com ele, ele deu uma de psicopata, não dá pra entender, tirou sei lá de onde uma espada e me guilhotinou de um golpe só, o sacana, deve ter pensado de repente que era Conan, o Bárbaro, ou El Cid, ou o Gladiador, sei lá, piradão ele, um cara de coletinho ainda por cima, só rindo, aí vai e lasca o estoque, e sua fantasia me custa o pescoço, que vida do peru a minha, piada sem graça essa, como que a minha vida foi acabar ali mesmo? E esse outro aí, olhando que nem uma estátua de cara espantada, um tipo de Madri, é foda, um conterrâneo, um cara da capital, e nem sequer tentou segurar o braço dele, quer dizer, os braços, porque esse puto agarrou a arma com as duas mãos para me acertar com toda a força, e toma literatura medieval e universal, é quase melhor assim, sabia, um corte certeiro, imagine você se tivesse deixado a coisa pela metade, pendurada, e eu ainda meio vivo vendo-o e sacando que estavam me matando à toa. Morri em Londres, morri lá em noite de farra, sem chegar a aproveitá-la toda, não deu tempo de terminá-la, me armaram uma cilada. A última coisa que fiz foi me ajoelhar, foi a grande cagada, pode crer. Depois tudo se acabou pra mim'. Sim, não há nada o que fazer", pensei, "ele vai matá-lo. O mais rápido de tudo é a voz, agora só posso gritar."

— Tupra!

Gritei seu nome, não dava tempo para mais, nem sequer acrescentar "O que está fazendo?", ou "Está louco!", ou "Pare!", como nos romances antigos e nos quadrinhos, ou qualquer uma dessas exclamações inúteis ante o que não é iminente mas que na realidade começou, já está em andamento e é flecha voando. De la Garza girou a cabeça uma fração de segundo — rodaria como um globo terrestre —, da mesma maneira que havia feito pouco antes, quando estivera a ponto de me pedir uma nota para enfiar enrolada no nariz, isto é, sem virar totalmente a vista, sem focalizar, sem poder ver mais que um lampejo turvo do que tinha acima de si ou o sobrevoava, mas sem dúvida viu o aço pairar, de passagem, de esguelha, reconhecendo a lâmina e o fio e sem reconhecer seu reconhecimento, sem dar crédito e ao mesmo tempo dando, porque o perigo real de morte sempre se percebe e nele se crê imediatamente, embora no fim tudo resulte apenas num susto mortal. Como quando se prolonga no sonho uma situação de ameaça com risco de aniquilação ou uma duradoura seqüência de perseguição e alcance, e mais perseguição e alcance, e a consciência adormecida sucumbe ao pânico e ao fatalismo, mas ao mesmo tempo compreende que alguma coisa não bate, que a fatalidade não é tão certa, porque o sonho continua sem cessação nem vazio nem resolução, e não acaba de cair o golpe que já faz tempo iniciou sua queda: *it delays and lingers and dallies and loiters*, o golpe, a espada, o sonho, se entretém e espera, e tudo é chumbo sobre a minha alma, se congela e ganha tempo enquanto a consciência luta por despertar e nos salvar, por dissipar a má visão ou quebrá-la, e afugentar ou resolver o impedido pranto que anseia por brotar mas não consegue.

Vi sua expressão de morto, de quem se dá por morto e se sabe morto; mas como ainda estava vivo a imagem foi de infinito medo e de reação, esta última somente mental. Talvez um desejo; de pueril e indissimulado espanto, sua boca deve ter secado instantaneamente, tanto quanto a palidez que cobriu seu rosto, como se tivessem passado nele uma rápida brocha de tinta branca suja, ou cinzenta, ou cor de doente, ou tivessem atirado farinha ou quem sabe talco, foi parecido com as nuvens velozes quando sombreiam os campos provocando nos rebanhos um calafrio, ou como a mão que espalha a praga ou a que fecha as pálpebras dos defuntos. Seu lábio superior se ergueu, quase se dobrou, foi um ricto, deixou descoberta sua gengiva seca na qual se enganchou a parte interna do lábio na falta de toda saliva, não poderia mais voltar a abaixá-lo, assim contraído até o fim dos tempos numa cara atormentada separada do corpo, abaixou a cabeça mal avistou o lampejo turvo de metal no alto, acima dele e de mim, um gume duplo, duas mãos, um cabo, achatou-a contra a tampa como se quisesse que esta cedesse e desaparecesse, e encolheu o pescoço instintivamente, enterrou a cabeça entre os ombros como num espasmo, devem ter feito esse gesto sem querer ou querendo todos os guilhotinados de duzentos anos e os que receberam a machadada ao longo dos cem séculos, e também os culpados conformados e os resignados em sua inocência, até as galinhas e perus devem ter feito esse gesto.

A espada desceu com grande velocidade, com grande força, bastaria aquela cutilada para cortar certeiramente, atingir também a tampa e estilhaçá-la ou rachá-la, mas Tupra parou de chofre a lâmina no ar, a um centímetro ou dois da nuca, da carne, das cartilagens e do sangue, tinha controle sobre o seu impulso, sabia medi-lo, quis freá-lo. “Não fez, não decapitou”, cheguei a pensar com alívio e sem tantas palavras, mas só durou um instante, porque logo em seguida ergueu-a de novo realizando o que é próprio e temível das armas que não são atiradas nem arremessadas e que também são de repetição portanto, logo podem se abater mais de uma vez, podem ameaçar primeiro e ceifar depois ou atravessar sem remédio, uma falha ou um arrependimento brusco não equivalem a uma respiração, a um momentâneo indulto, nem a uma efêmera trégua, como seriam a lança que erra o alvo ou a flecha que desvia e se perde a caminho do céu ou cai de ponta no chão, são necessários alguns segundos para tirar outra da aljava, pô-la no arco, recuperar o pulso para apontar melhor e tornar a retesar a vara curva sem que o músculo se ressinta, durante essa mínima pausa o outro pode se proteger ou pôr-se a correr ziguezagueando, na esperança de que não restem mais dardos ao nervoso arqueiro que mirou em nós, três, dois, um, nenhum. Cada movimento de Tupra continuava sendo ou era resoluto, não improvisado, devia ter sabido ou calculado todos eles antes de entrar naquele toalete, inclusive no momento em que me ordenou na pista que levasse para lá o adido e que esperássemos os dois a sua vinda com a prometida carreirinha, promessa que ele tinha cumprido, tinha trazido a coca, se é que não era talco o pó agora espalhado, voado pela cabeça esquiva de De la Garza, ilusoriamente, pois não tinha para onde fugir, onde se esconder. Mas se Reresby conhecia seus passos, eu não, e menos ainda De la Garza, de modo que eu não soube como interpretar o meio sorriso — ou não chegou a tanto, foi só um quarto, ou nem mesmo isso, nada mais que sua expressão zombeteira — que acreditei ver em seus lábios carnudos um pouco africanos, ou mais propriamente hindus, ou eram eslavos, quando deteve a espada, tornou a levantá-la e assim parecer que ia matá-lo, mais ainda que da primeira vez me pareceu que ia mesmo fazê-lo, porque quando se desperdiça uma oportunidade sobra uma a menos para se salvar, e as possibilidades se reduzem. Isso é tudo, e não o contrário.

— *Tupra, don't!* — Desta vez sim tive tempo de acrescentar uma sílaba, teriam sido cinco na minha língua, "Não faça isso!", ou teria bastado dizer "Tupra, não!", eu o vi capaz e o vi incapaz, as duas coisas, o que significava, pensei muito mais tarde na cama, que naquela ocasião não ia fazê-lo mas que possuía a frieza necessária para tanto — ou a crueldade, ou era apenas o metal, ou a têmpera, o caráter, ou a indiferença, ou era algo consubstancial ao seu ofício — e que talvez já tivesse feito isso antes, na juventude e no passado remoto, ou na idade adulta e havia pouco, talvez havia meses, semanas ou dias, e eu sem saber nem imaginar; possivelmente em outros países e sempre prestando serviço ao seu ofício, mesmo que fosse antes de mais nada em busca do proveito próprio; em lugares remotos nos quais uma cutilada às vezes é necessária para sufocar ou avivar incêndios maiúsculos e tapar ou abrir grandes brechas, para remediar ou provocar desavenças pré-bélicas e acalmar ou atiçar insurretos, enganando-os invariavelmente. E o que era uma cutilada comparada com espalhar surtos de cólera, de malária, de peste, como Wheeler havia feito tempos atrás, ou assim dizia, ou comparado com uma só insídia que prende e contagia, que se converte em fogo incontrolável e calcinação de tudo, ou em epidemia e eliminação de tantos quantos estejam em seu caminho ou tão-somente próximos ou inclusive nos confins, de tantos quantos não podem ir embora ou se refugiar, não há para onde fugir muitas vezes nem onde se esconder, nem mesmo há uma asa própria para enfiar debaixo dela a cabeça.

De la Garza havia recorrido a ambas, os dois braços sobre a nuca, inúteis como um guarda-chuva sob uma tempestade marinha, e havia fechado os olhos, mantinha-os apertados, eles tremiam ou palpitavam — talvez as pupilas corressem enlouquecidas debaixo das pálpebras —, devia ter se dado conta da situação embora não olhasse, a espada havia descido brutalmente, mas tinha parado antes de alcançar seu pescoço e agora voltava à sua posição no alto, quem sabe para retificar-se um milímetro e garantir a trajetória, buscar perpendicularidade para a lâmina ou mirar com mais pontaria, a ameaça não só permanecia como era maior ainda (mas se a primeira houvesse sido consumada já não haveria outra, nem mais nada). De la Garza preferiu não olhar de novo para lado nenhum, nem mesmo sem focalizar, nem com o rabo do olho, não quis ver outro lampejo turvo nem mais nada do mundo, sua última imagem era um vaso sanitário com a tampa abaixada, e todos eles se parecem, sua carteira e seu Visa cortante em cima dela, se soube mais morto ainda e por mais morto ainda se deu, havia disposto de alguns segundos de consciência ou vida para se assustar mais e compreender que acontecia realmente com ele o que estava acontecendo, que até ali havia chegado, inesperada e insensatamente, sem nenhuma causa que ele conhecesse para tamanho exagero, para aquela parada, ou seria fim. Pensei que se lhe tivessem dado uns instantes a mais ele teria sido capaz de dormir de repente, ali, com a cabeça encostada, achatada contra a baquelite, apesar de como travesseiro ela ser dissuasiva e plana, às vezes é a única forma de escapar da dor e descansar do desespero, uma modalidade de narcolepsia, é assim que se chama, mas quem não conhece esse sono súbito e extemporâneo, impróprio, quem não dormiu ou não quis dormir no meio do medo ou na metade do pranto, como acontece quando você se senta na cadeira do dentista, ou a caminho da sala de cirurgia trata de se antecipar ao cuidadoso trabalho do anestesista, o irresistível sono como negação última e fuga, sonhar o que acontece transformará o acontecimento em fictício.

Tupra sacudiu a espada com tanto vigor que soou como uma chicotada no ar, e desta segunda vez fez a mesma coisa com seu grande controle, deteve-a de chofre sem que a lâmina chegasse a entrar em contato com nenhum corpo animado ou inanimado, com matéria ou carne, nem com pele, nem objeto, tudo continuou intacto, a cabeça, o assento, a louça, o pescoço, ainda não cortou nem partiu, não despedaçou nem ceifou, não decepou nada. Então manteve o gume por um momento bem perto do pescoço encolhido, como se quisesse que De la Garza notasse bem sua presença — sopro de aço — e também se familiarizasse com ela antes do golpe definitivo, da mesma maneira que ao fim de um breve intervalo notamos às nossas costas uma respiração agitada ou olhos intensos que nos querem mal ou bem, pouco importa isso se são vorazes como serras ou machados, ou penetrantes como facas. Como se quisesse que ele se desse conta de que ainda estava vivo e ia estar morto no instante seguinte, em qualquer deles — um, dois, três e quatro; mas ainda não; depois cinco —, e o adido deve ter pensado, se é que ainda pensava e não sonhava o sonho naufragado: "Que não o faça, por favor, que hesite e continue hesitando mas que decida não fazer, que levante essa arma absurda e não torne a baixá-la, o que ele acha que é, um sarraceno, um viking, um mau-mau, um bucaneiro, que a afaste de mim, que a embainhe e a guarde, que sentido tem isso, e que Deza faça alguma coisa, que faça alguma coisa de uma porra de vez por todas, que a tome, que o derrube ou que o convença, ele não pode deixar isso acontecer, não vai acontecer, não vai acontecer comigo, comigo não, continuo pensando logo não aconteceu, o tempo não transcorre mais mas eu continuo pensando, de modo que nem todo o meu tempo parou".

Algo muito parecido deve ter percorrido minha mente, talvez também suplicante e adormecida — *numbed* —, talvez pela incredulidade, ou entorpecida, embora eu fosse apenas testemunha ou cúmplice involuntário — mas de quê: de nada ainda — e meu pescoço não estivesse em xeque. Tentar arrancar uma espada de quem ameaça com ela só ocorreria a um insensato, o gume duplo, a lansquenete ou "estripa-gato" podia se voltar contra mim e minha cabeça é que correria risco e até acabaria rolando por aquele banheiro, se bem que não havia em Tupra o menor sinal de alienação ou transtorno, era o mesmo de sempre, atento à manobra, sereno, alerta, um tanto metódico, levemente zombeteiro, inclusive levemente simpático no possível ato de matar alguém, que é o pior e indizivelmente antipático. Era improvável que me desse uma cutilada, eu estava com ele, trabalhava com ele, tínhamos vindo juntos e iríamos embora juntos, era homem leal, meu sobretudo estava ali, ele tinha ido pegá-lo e trazido para mim, por que não parava de truculências e caíamos logo fora daquele lugar infecto, eu não queria ver sangue nem De la Garza descabeçado, sem pescoço, como um frango, que faríamos com o cadáver e que diriam na embaixada, abriam um inquérito na Espanha, afinal de contas era um diplomata apesar do seu indescritível aspecto, e a New Scotland Yard abriria o seu, tínhamos sido vistos com ele na pista, principalmente eu, e a senhora Manoia. Soube então com certeza: Tupra não o mataria, porque não ia metê-la em semelhante encrenca. A não ser que não restasse cadáver, porque o levaríamos. Mas como?

— *Are you mad or what? Don't do it!* — Desta vez sim tive tempo de dizer um pouco mais, não grande coisa, de dizer isto, "Ficou maluco? Não faça isso!", o tipo de frase supérflua, ineficaz, pobre, que acode à nossa língua ante o brutal inesperado, mero contraponto oral ao que já prescinde de todo verbo e só é ação violenta, apunhalamento, espancamento, homicídio, assassinato ou suicídio, são frases supersticiosas, são como interjeições, essas é que me saíram apesar de não ver em Tupra nenhum traço de loucura, ele sabia muito bem o que fazia ou deixava de fazer, em sua atitude não vi cólera nem mesmo irritação, no máximo fastio, impaciência, saturação, sem dúvida recriminação adiada: desta última me caberia a minha parte, isso era certo, eu tinha sido o nexo com De la Garza naquela noite; Wheeler tinha me encarregado dele, mas isso pertencia a outro dia e só o de hoje conta sempre. Mas se tratava antes da aplicação de uma punição, ou da cobrança de uma dívida, um castigo que ele executava ou ia executar com indiferença com aquela espada intempestiva, continuava sem saber de onde havia saído nem por que ele recorria a uma arma tão desusada e pouco prática — ocupa muito espaço, quase um estorvo —, desconcertante em nossos dias. A primeira coisa soube logo em seguida; a segunda não, até mais tarde, quando já estávamos fora dali.

Levantou a lansquenete, afastou-a da nuca rosada, esse era um momento ruim e bom, podia preludiar a descida final, a mortífera, ser a nova tomada de impulso para o golpe e a decapitação já iminente, ou significar a renúncia, a retirada e o cancelamento do susto, a decisão de não fazer uso e deixar toda a cabeça ainda unida ao seu tronco. Apoiou a parte plana no ombro direito, como se fosse o fuzil de uma sentinela ou de um soldado em parada. Foi um gesto de ponderação, meditativo. Olhou para baixo verticalmente, para De la Garza ajoelhado, que não se mexia mais, fora uns estremecimentos involuntários e desagradáveis como espasmos, devia conter a respiração com o coração disparado, devia não estar querendo fazer nada para desequilibrar a balança, não falar, não olhar, não existir, como esses insetos que ficam quietos ante o perigo, acreditando poder desaparecer da vista e até do olfato, mudar de cor abruptamente e confundir-se com a pedra ou a folha sobre as quais os inimigos os pilharam pousados. Então Tupra baixou a mão esquerda, agarrou a redinha de De la Garza e puxou-a com força, maldita a hora em que ele a tinha posto. Este notou o puxão e apertou mais os olhos como se quisesse que saltassem, e encolheu mais ainda o pescoço, mas não tinha carapaça, era impossível escondê-lo.

— Não faça o quê, Jack? — Foi o que Reresby me disse sem olhar para mim, ainda fitava o vulto a seus pés, à sua mercê, de joelhos diante de uma privada. — Quem te disse o que eu vou fazer ou não vou fazer? Eu não te anunciei nada, Jack. Diga, o que é exatamente que você quer que eu não faça? — Depois, sim, ergueu os olhos. Me olhou de frente como costumava olhar qualquer um, focando com nitidez e na altura adequada, que é a do homem. Depois baixou a espada.

Cortou a redinha com uma só cutilada, teria bastado uma faca de mesa, uma tesoura, um canivete suíço para fazer isso, menos gume do que necessitava um toureiro para cortar seu rabicho ao se aposentar das arenas, ainda que seria mais demorado e não teria causado impressão ao ameaçado nem à testemunha, nem teria soado como soou o golpe de espada, não foi como antes, como chicote ou chibata no ar, mas como um leve tapa chato ou uma tênue palma clara ou mesmo uma cusparada no ladrilho, em todo caso foi audível, o bastante para que De la Garza levasse automaticamente as mãos aos ouvidos em outro movimento de proteção imaginária, não deve ter pensado que se podia fazer esse gesto é porque estava vivo, na certa demorou um pouco mais da conta para se dizer que havia sobrevivido também à terceira aproximação, passagem ou ronda da tremenda lâmina, que esta não o havia cerceado nem aberto nenhuma parte do corpo, ou vai ver que não confiava — fazia bem, se assim era — e ainda aguardava o golpe seguinte, e o outro, e mais um, da arma que se retém e não se arremessa; claro que eu também o esperei por uns segundos, menos que ele, porque vi o que ele ainda não via: o mínimo tempo que demorou para Tupra se afastar uns passos, ficar com a mão livre e tornar sobre seus passos, De la Garza permaneceu petrificado, como uma estranha estátua implorante e angustiada, ou antes rendida, resignada ao sacrifício, espantada, de olhos fechados e ouvidos tapados, recordando-me assim Peter Wheeler — mas só nisso — quando este tapou os seus do mesmo modo contra o estrépito do helicóptero que lhe pareceu um Sikorsky H-5 e contra os ventos que este levantava naquela manhã de domingo em seu jardim à beira-rio, naquele dia em que me falou mais de Tupra e de seu grupo sem nome a que ele havia pertencido e eu pertencia agora, por esse pertencimento tático estava eu ali naquela noite, no banheiro luminoso e limpo, fazendo parte do terror de um homem.

Aquele que naquela noite era Reresby se afastou, numa das mãos uma espada, na outra a redinha obtida como um esquálido troféu, muito menos do que uma cabeleira, mero andrajo suado; saiu do gabinete piscando o olho para mim — mas não foi uma piscada tranqüilizadora, entendi-a como se anunciasse: "Até aqui o preâmbulo" — e se aproximou do sobretudo pendurado, já não tão rígido em seu caimento, e então deduzi que na parte do forro, nas costas, tinha um bolso interno comprido e dentro dele uma bainha, porque ali enfiou a lansquenete e seu deslizar soou metálico, e se não houvesse uma bainha a ponta teria furado o fundo desse bolso estreito e comprido, setenta centímetros pelo menos para a lâmina da *Katzbalger* e talvez o cabo ficasse de fora para facilitar sacá-la, não pude ver às claras, mas por força não cabia outra dedução possível. Respirei muito fundo — ou foi mais que isso — ao ver desaparecer aquele ferro mortal, momentaneamente. O fato de tê-lo embainhado não significava necessariamente que não recorreria a ele de novo — continuava ali, à mão —, e podia obedecer a uma precaução muito própria de Tupra, não deixar uma arma assim ao alcance do inimigo, inadequada essa palavra, o pobre adido fantoche não combatia, nem sequer resistia; mas se Reresby tivesse se limitado a cruzar a espada sobre a caixa de descarga ou depositá-la no chão, ninguém lhe garantiria que numa arrancada de desespero e pânico De la Garza não se atirasse sobre ela e a empunhasse, e aí invertiam-se as coisas, dois gumes, fácil de manejar, pouco pesada, sempre há perigo no ser mais insignificante e fraco, no mais covarde e no mais vencido, e a nenhum nunca se pode subestimar nem dar a oportunidade de se recuperar nem de se sobrepor, de tirar forças da fraqueza nem de juntar coragem suicida, esse era um ensinamento de Tupra e por isso entendeu um dia esta expressão espanhola — gostou dela, anotou-a mentalmente — que nos define tanto e que eu lhe dei a conhecer e traduzi: "Um ficar caolho por deixar o outro cego", temia essa atitude como a peste. Ainda bem que não lhe ocorreu me pedir que eu a segurasse, a "estripa-gato", não teria achado nada engraçado encontrar-me com ela na mão, isto é, empunhá-la, embora, está claro, eu a tivesse pegado e brandido, não ia perder a oportunidade. Ou talvez ele tampouco se fiava no uso que eu podia lhe dar, de que numa reviravolta dos acontecimentos não acabasse voltando-a contra quem não devia, nunca soube direito se contei com a sua confiança, isso na realidade nunca se sabe, com respeito a ninguém. Nem ninguém deveria obter a nossa, inteiramente.

Assim pois ele tornou sobre seus passos até o gabinete, postas as luvas que tirou do sobretudo, dos bolsos convencionais — luvas pretas, de pelica, normais, de boa qualidade —, e passou outra vez por mim com a redinha ou despojo na mão, a direita livre, seu ar continuava sendo resoluto, pragmático, desapaixonado, como se o que fazia em cada momento estivesse programado e, além do mais, pertencesse a um programa já testado.

Desta vez também piscou o olho para mim, e também não foi tranqüilizador, eram piscadas que não implicavam sorriso mas simples anúncio ou aviso similares a ordens ou instruções, desta vez entendi como "Vamos ao que interessa, não vai demorar, já liquidamos o assunto"; por isso ocorreu-me dizer:

— Chega, Tupra, deixe-o para lá, o que vai fazer agora, ele está meio morto de susto. — Mas meu tom foi de menor alarme do que quando havia gritado seu nome e pouco mais, porque meu alarme também era muito menor, uma vez posto de lado o gume; de fato, tão grande era o meu alívio e tanto haviam decrescido de golpe a angústia, o horror e o peso que sentia, que quase qualquer coisa que viesse agora me parecia leve, bem-vinda, pouca. Sei lá, umas bofetadas, uns socos, até mesmo uns chutes (inclusive na boca): em comparação com as minhas certezas de havia pouco, quase me pareciam dádivas celestes, e para dizer a verdade eu não me via muito disposto a impedi-las; ou somente com a voz, suponho. Era isso, sim: eu me sentia grato com que Tupra fosse lhe dar uns sopapos, como imaginava que faria, pelas mãos enluvadas. Só lhe dar uns sopapos. Não cortálo no meio, nem arrebentá-lo, nem desmembrá-lo, que sorte enorme, que alegria.

— É só um minuto. Ele se lembra de mim, já são três vezes.

Não entendi o sentido desta última frase e, além do mais, não tive tempo de pensar qual seria, tampouco de refletir sobre meu preocupante sentimento de gratidão e da minha anômala sensação de peso menor, se é que não era de leveza quase criminosa, porque Tupra se aplicou de imediato à tarefa: com diligência recolheu o papelote na tampa da privada, ajustou sua borda e guardou-o de volta no bolso do colete — da sua variada coleção não me esquecerei deste, cor verde-melancia intenso —; depois pegou o Visa com os mesmos dedos, guardou-o na carteira de De la Garza de onde havia saído e enfiou-a em outro bolso, do paletó, junto com a nota transformada em canudo. O que restava da carreira, cocaína ou talco que fosse, varreu com um tapa, o pó voou, caiu no chão, Rafita nem sequer tinha chegado a aspirá-la, nunca desfrutou daquela substância, depois de prepará-la. Em seguida, Tupra passou-lhe a redinha no pescoço, puxou para trás, e no mesmo instante meu alívio foi posto em quarentena — "Vai estrangulá-lo, vai enforcá-lo" —, até eu me dar conta de que não era esse o intento — não a enrolou, não apertou nem torceu —, e sim obrigá-lo a erguer a cabeça, o adido continuava tão grudado na tampa que faltava pouco para abraçar o vaso; e teria abraçado mesmo, creio, se não houvesse preferido manter as mãos nos ouvidos, tinha optado por não ver nem ouvir nada na ilusória esperança de assim não ficar sabendo direito o que faziam com ele, quando o senso do tato ia informá-lo, a dor e os machucados lhe diriam.

Após afastá-lo o bastante, Tupra abriu as duas tampas da privada e com muita violência enfiou a cabeça dele dentro do vaso, o impulso foi tão forte que até os pés levantaram do chão, vi se agitarem no ar os cadarços soltos de De la Garza, nem ele nem eu tínhamos chegado a amarrá-los. Não temi, inicialmente, que a água depositada no fundo pudesse afogá-lo, porque o tobogã se estreitava como é a norma e não caberia ali, inteira, sua cara larga de lua cheia, que no entanto batia brutalmente contra a louça — e ficava meio entalada — cada vez que Tupra tornava a empurrá-la depois de tê-la retirado um pouco, e além do mais deu a descarga três ou quatro vezes seguidas, o jorro de água azul era tão potente e tão prolongado que de novo fui invadido pelo alarme supremo — "Vai afogá-lo, vai inundar seus pulmões", pensei, "não, não pode ser, não vai fazer isso" —, e me ocorreu que em todo caso bastavam dois dedos de líquido, uma poça, para submergir boca e nariz e assim conseguir que alguém nunca mais respirasse; e que a momentânea subida do nível da água, com cada descarga, traria a Rafita uma segura sensação de afogamento, ou pelo menos de engasgo; e era o toalete dos incapacitados: com sorte não haveria resto de odores fétidos, com sorte maior ainda não seria inaugurado.

"Não quero ver Tupra como *Sir Death*, o Cavaleiro Morte", pensei, "com seus frios braços de disciplinado sargento, corajoso e sempre atarefado; mas já começo a vê-lo assim, pela insistência das suas capacidades e pela variada gama das suas ameaças, decapitação, estrangulamento, afogamento, já são três, quantas mais restarão, qual vai empregar no fim, se é que vai aplicar alguma, qual escolherá para culminar sua obra ou seu afazer de perito, qual já será consumação e fato, e não mais ameaça ou tentativa." Não imergia De la Garza na água por muito tempo, logo essa também não parecia ser a forma definitiva, embora pudesse mudar de idéia de uma hora para a outra e só precisaria deixar passar os segundos, uns tantos mais, uns poucos, esses que transcorrem tão depressa habitualmente que nem reparamos neles habitualmente, sobras de tempo, era só deixá-los passar com a cara do meu compatriota grudada na água — nariz e boca, bastava isso —, e assim é que vida ou morte muitas vezes dependem dos desdenháveis segundos que se desperdiçam ou de centímetros tão escassos que muitas vezes são presenteados ou concedidos em vão ao rival — os que a espada renunciou a percorrer. "Dois esbirros me afundaram de cabeça para baixo e me afogaram num tonel do teu nauseabundo vinho, pobre de mim, pobre Clarence, seguro pelas pernas, que ficaram para fora e tentaram patear ridiculamente até a embriaguez última da minha garganta, traído, humilhado e morto pela incansável astúcia da tua língua negra e disforme." Mas aquilo não era vinho estancado num barril, e sim água azulada que caía aos jorros, e ele não era George, duque de Clarence, mas o tarado idiota do De la Garza, e nós não éramos dois esbirros, muito menos de um rei assassino. Ou talvez eu fosse, sim, de Tupra ou Reresby, recebia pequenas ordens do primeiro diariamente, e as do segundo, naquela noite, eram maiores e de uma índole não prevista, diferente da consentida pela remuneração do meu trabalho, tinham me tirado das minhas atribuições ou haviam forçado meu compromisso, embora nunca escritos nem estipulados, nunca muito claros. Ou talvez fôssemos, sim, ambos esbirros apesar de eu ignorá-lo, do Estado, da Coroa, do MI6, do Exército, do Foreign Office, do Home Office ou da Armada, eu podia estar a serviço de um país estrangeiro sem me dar totalmente conta, no meu sonho de estrangeirice, e talvez de uma maneira em que jamais teria aceitado estar a serviço do meu. Ou podíamos ser esbirros de Arturo Manoia (segundo Pérez Nuix nossos patrocinadores eram variados, naqueles dias), e estar ali massacrando Rafita por exigência dele e para compensá-lo, eu não sabia como ele havia recebido a volta da sua mulher à mesa com a face cruzada pelo *sfregio* ou talho, ela tinha saído para se divertir e dançar e regressava com uma marca, com certeza Manoia não tinha achado nenhuma graça nisso. Não dava para confiar na maquiagem.

De repente soou uma musiquinha vulgar, raquítica, como de telefone celular que está recebendo uma ligação, demorei um pouco para reconhecer — não era fácil — os acordes mais repisados de um famoso e espanholíssimo *paso doble*, devia ser o arquibatido "Suspiros de Espanha" a que tanto recorrem em meu país os noveleiros e cineastas para criar certa emoção de mau gosto e barata (os esquerdistas de carteirinha o apreciam tanto quanto os criptofascistas), uma coisa insuportável, o pedantismo racial de De la Garza não poderia ter escolhido outra melodia, pobre De la Garza, um pouquinho antes eu havia pensado "Eu o enchia de sopapos até não poder mais", tinha pensado isso na pista e depois também, quando da história dos cadarços, e talvez alguma outra vez antes; mas isso era uma maneira de dizer, uma forma de falar figurada, na realidade raríssimas vezes alguém quer dizer literalmente o que está dizendo e até o que está pensando (se for um pensamento bem formulado), quase todas as nossas frases são na verdade metafóricas em si, a linguagem é somente aproximação, tentativa, rodeio, até a que usam os mais rudes e os mais iletrados, ou pode ser que a mais metafórica seja justamente a deles, talvez só se salvem a técnica e a científica, mesmo assim nem sempre (os geólogos são muito coloristas, por exemplo). Agora eu via como lhe davam uma sova — não eram sopapos, Tupra ainda não o tinha agredido diretamente com as mãos nenhuma vez, nem mesmo com as luvas já postas e que estavam se molhando, para o lixo iriam —, eu estava muito assustado e perturbado, não só por não saber até onde o maltrataria, se se transformaria mesmo diante de mim em *Sir Death* ou no Sargento Morte, ou se ficaria apenas em *Sir Blow*, não era pouco, no Cavaleiro Golpe, ou em *Sir Wound*, ou Ferimento, ou em *Sir Trashing* — em todo caso já era *Sir Punishment*, o Cavaleiro Castigo —, não era agradável descobrir nenhum deles numa pessoa próxima, e menos ainda contemplar seus atos; mas porque o infinito costume de ver a violência nas telas e de que cada murro, cada chute nelas soam como trovões sem raios, ou estampidos de dinamite, ou edifícios desabando, levou-nos a crer num caráter algo venial da violência, quando sua natureza nunca é venial, e assistir a ela na realidade, perceber suas emanações de perto, notá-la fisicamente, palpitante, ao lado, sentir o cheiro do imediato suor de quem se agita e faz esforço e de quem se encolhe e tem medo, ouvir o rangido de um osso que se desloca, o estalido de um pômulo quebrado e o retalho de carne ao se rasgar, ver pedaços e lascas, e que o sangue nos salpique, tudo isso é tão-só horror, é tão-só o que deixa mal qualquer um, literalmente doente, exceto os sádicos e os habituados, os que convivem com isso diariamente ou de tempo em tempo, e, está claro, os encarregados de exercê-lo profissionalmente. Tive de supor que Tupra pertencia a estes últimos, eu o tinha visto tão decidido e experiente, seus movimentos quase rotineiros.

Meu pai tinha me falado disso uma vez numa das nossas conversas sobre o passado, ou antes, sobre o passado que era dele e não meu, o tempo da Guerra Civil e do posterior rolo compressor sobre as pessoas durante o primeiro franquismo, o primeiro que foi tão longo, foi eterno porque não se soube tampouco quando havia acabado e, além disso, voltava de quando em quando.

"A geração de vocês e as seguintes", tinha me dito assim no plural, a que recorria amiúde, tinha bem presente que éramos quatro os seus filhos, e quando falava com um era como se se dirigisse a todos na maioria das vezes, ou como se confiasse em que o interlocutor da vez fosse transmitir mais tarde suas palavras aos outros, "tiveram a sorte de viver pouca violência real, de ela ter estado ausente da existência diária de vocês, se encontraram alguma foi exceção e não muito grave, umas cacetadas numa manifestação ou uma rixa num bar, que sempre se tende a impedir e a que não se dá livre curso nem costuma se generalizar; talvez um ataque, uma agressão. Por sorte, e tomara que dure para sempre, vocês não estiveram em situações nas quais não havia mais remédio senão contar com ela. Quero dizer que era certa, que a gente sabia que apareceria em algum momento do dia, se não da noite, e que, se ao longo de um dia inteiro por acaso não vinha, ou você não topava de cara com ela e só a alcançava de ouvir dizer — disso sim, ninguém se livrava, dos relatos e rumores —, podia ter certeza de que era um presente que no dia seguinte não se repetiria, porque o cálculo de probabilidades não dava para tanto acaso benéfico. A ameaça era permanente e o estado de alerta também. Meu quarto foi destruído uma tarde, caiu um obus, acertou em cheio, um buracão na parede e o interior arrasado. Eu estava fora, estivera ali pouco antes e ia voltar logo. Mas podia ter caído em cima de mim em outro lugar, andando pela rua ou indo de bonde, num café, nas repartições, enquanto esperava a mãe de vocês no portão, na rádio ou num cinema. Durante os primeiros meses da guerra a gente via detenções por toda parte, às vezes com empurrões e coronhadas, ou caçadas nas casas, tiravam famílias inteiras para a rua e levavam, e quem estivesse ali de visita, você podia cruzar com uma perseguição ou um tiroteio na esquina mais inesperada, e ouvia de noite as descargas dos fuzilamentos nos arredores, os chamados passeios, ou disparos secos e isolados, dos *pacos* (os franco-atiradores, você sabe) no teto dos edifícios ao entardecer ou de manhã cedinho, principalmente nos primeiros dias, ou se soavam de madrugada eram tiros à queima-roupa na têmpora ou na nuca, à beira da sarjeta ou nem sempre aí, às vezes você até via se tivesse azar, via saltar os miolos de alguém ajoelhado, não é metafórico, ou sair a massa encefálica. O melhor era continuar, não olhar, afastar-se depressa, você não podia fazer nada, depois de ver, e se via só de viés podia dar-se por contente. Havia carrascos que começavam na boca da noite, tinham preguiça de ir para um lugar afastado se não tinham um carro à disposição ou estavam com pouco combustível, de modo que entravam numa viela com pouco trânsito e ali liquidavam, se impacientavam e não eram capazes de esperar que a cidade estivesse meio adormecida, porque totalmente nunca voltou a dormir, durante três longos anos de sítio, fome e frio, tampouco depois, a partir de 39 a polícia de Franco irrompia em plena noite nas casas, nos mesmos anos em que a Gestapo fazia isso no resto da Europa, eram primas-irmãs. Mais organizados, muitos fuzilamentos eram realizados diretamente nos cemitérios, depois do fechamento, ou os fechavam para tanto; assim, em algumas zonas continuou-se a ouvir tiros no meio da noite durante bastante tempo, tempo de paz proclamada. Não havia muita paz, porém, ou só para os desse bando, eles sim dormiam sossegados. Nunca me explicarei como podiam estar tão tranqüilos, com toda aquela matança. Sabe do que mais, havia alguns decentes, mas a maioria era muito arrogante."

Eu me lembro de que meu pai fez uma pausa então, ou eu soube depois que era pausa. Tinha ficado calado, eu me perguntei se teria se esquecido do que queria falar comigo ou me dizer, não acreditava, ele também costumava retomar o fio, ou bastava eu puxá-lo um pouco para ele voltar ao assunto. Ficou olhando para a frente onde não via nada, seus olhos azuis e limpos se dirigiam para aquela época e, esta, sim, discerniam sem dúvida nenhuma com nitidez, como se tivessem a capacidade de observá-la com um binóculo sobrenatural, era um olhar muito semelhante ao que eu vira em Peter Wheeler em certas ocasiões, concretamente quando subi o primeiro lance da sua escada para assinalar, a ele e à senhora Berry, onde havia encontrado a mancha de sangue noturna que eu tinha me aplicado a lavar e para a qual nem ele nem ela tiveram nenhuma explicação. Era aquele olhar que amiúde surge nos velhos mesmo se estão acompanhados e conversando animadamente, são olhos baços de íris dilatada que alcançam muito longe em direção ao passado, como se seus donos vissem de verdade, fisicamente, com eles, quero dizer, ver as recordações. Não é um olhar ausente nem irado, mas intenso e concentrado, só que numa coisa a longuíssima distância. Também o havia advertido nos olhos de duas cores do irmão que conservou o sobrenome, Toby Rylands. Quero dizer, cada olho de uma cor diferente, um cor de azeite, o outro cinza-pálido. Um agudo e quase cruel, de águia ou gato, o outro de cachorro ou cavalo, meditativo e reto. Mas quando olhavam assim se igualavam, acima das cores.

"Tocou-me ver os acontecimentos daqui, de Madri", continuou meu pai, "e ouvi mais do que vi, muito mais. Não sei o que é pior, se ouvir o relato ou presenciar o fato. Talvez o segundo seja mais insuportável e espante mais no instante, mas também é mais fácil apagá-lo, ou turvá-lo e enganar-se a seu respeito, convencer-se de que não se viu o que se chegou a ver. Pensar que você antecipou com a vista o que temeu que ocorresse e que afinal não aconteceu. O relato é, por sua vez, coisa fechada e inconfundível, e se é escrito pode se voltar a ele e comprovar; se é oral podem voltar a contá-lo, e mesmo que não contem as palavras são mais inequívocas que os atos, pelo menos as que você ouve, com respeito às que você vê. Às vezes esses atos são somente vislumbrados, é como um lampejo de visão, não dura nada, uma faísca, que ainda por cima cega os olhos, mas isso dá para manipular depois com a memória, acomodar, a qual no entanto não nos possibilita muita alteração do ouvido, do relatado. Claro que relato é dizer muito, e muito chamar, do que por exemplo chegou a meus ouvidos uma manhã no bonde, um par de frases ditas despreocupadamente, poucas semanas antes de estourar a guerra, as de mais fúria assassina e de um descontrole absoluto, muita gente cedeu e ia cheia de ira, se tinha armas fazia o que bem entendia e aproveitava o pretexto político para ajustar contas pessoais e obter vinganças exageradas. Bem, você sabe. A mesma coisa nas duas zonas: na nossa, foram impostos alguns limites mais tarde, mas não o bastante; na outra, nenhum durante os três anos, nem depois, com o inimigo já vencido. Mas me impressionou tanto aquela violência que me foi contada — em princípio, não a mim mas a qualquer um que estivesse ao alcance, isso é que é terrível — que me lembro perfeitamente por onde passava o bonde naquele momento, no momento em que chegou aos meus ouvidos. Virávamos na Alcalá para entrar na Velázquez, e uma mulher que estava sentada no banco da frente apontou com o dedo para uma casa, um andar alto, e disse à outra com que viajava: 'Olhe, ali moravam uns ricos que levamos embora para dar um passeio. O bebê que eles tinham eu tirei do berço, agarrei pelos pés, girei-o umas tantas vezes e estatelei-o ali mesmo contra a parede. Não deixamos nenhum vivo, à merda a família inteira'. Era uma mulher com aspecto meio bruto, porém não mais que o de tantas outras, mil vezes vistas no mercado, na igreja ou num cabeleireiro, pobres ou endinheiradas, mal ou bem vestidas, sujas ou limpas, em todos os ambientes e classes há gente bestializada, já vi bestas iguais comungando na missa do meio-dia na igreja de San Fermín de los Navarros, de casaco de pele e jóias caras. Aquela mulher comentou sua selvageria no mesmo tom que teria dito: 'Olhe, trabalhei ali uma temporada, mas em poucos meses fui embora sem avisar porque eles eram insuportáveis. Deixei-os esperando sentados'. Com toda a naturalidade. Sem dar maior importância. Com a absoluta sensação de impunidade que havia naqueles dias, pouco lhe importava se a ouvissem. Com orgulho, até. Com jactância, pelo menos. Nem é preciso dizer que com enorme desprezo para com as suas vítimas. E esperar um pingo de remorso teria sido pura ilusão, claro, disso não havia nem sinal. Fiquei gelado e enojado e desci tão logo pude, para não continuar a vê-la nem correr o risco de ouvi-la contar mais façanhas, um ou dois pontos antes do que me convinha. Não disse nada, naqueles dias era impossível se você quisesse salvar o pescoço, você podia ser preso por qualquer coisa e levado para dar um passeio, mesmo que fosse republicano; ou, como no caso do seu tio Alfonso, que não era nada, um rapaz, e da moça que ia com ele quando o apanharam, ela ainda era menos nada. Olhei para ela de viés antes de descer, uma mulher comum, de feições grosseiras mas não feias, moça, mas não tanto para lhe atribuir a freqüente inconsciência dos poucos anos, talvez já tivesse filhos ou os teve depois. Se sobreviveu à guerra e não foi alvo de represália (não terá sido pelo que ouvi, com certeza; mas, no máximo, se se fez notar por outras coisas mais rastreáveis e reconstituíveis ao término da guerra ou se alguém bem situado então teve ojeriza dela e a denunciou sem mais nem menos, ou intuitivamente; porque toda a atrocidade inicial ficou no limbo), o mais provável é que tenha levado uma existência normal e não tenha pensado muito naquilo. Será uma senhora como tantas outras, talvez risonha, cordial, simpática, com netos pelos quais se desvelará, e é até possível que tenha sido uma fervorosa franquista durante toda a ditadura e que nada disso lhe tenha causado o menor conflito. Muita gente com barbaridades e crimes desumanos nos ombros viveu assim longos anos, tranqüilamente; aqui e na Alemanha, na Itália, na França, você sabe que de repente ninguém foi nazista, nem fascista, nem colaboracionista, e cada um que foi se convencia com plena consciência de que não havia sido e ainda explicava: 'Ah, não, meu caso é diferente', costuma ser a frase-chave. Ou então: 'Eram os tempos, quem não os viveu não pode entender'. Quase nunca é difícil se salvar perante a própria consciência, se é isso o que alguém quer a qualquer custo, ou do que necessita, ainda menos se essa consciência é compartilhada, se é parte de uma maior, coletiva ou até maciça, o que facilita a essa pessoa dizer-se: 'Não fui o único, não fui um monstro, não fui diferente, não me destaquei; porque era preciso sobreviver e quase todos fizeram a mesma coisa, ou teriam feito se houvessem nascido'. E para os que são religiosos, precisamente, pode ser mais fácil que para os outros, em particular para os católicos, que os padres estão aí para limpá-los em seu território sublime, no mais íntimo de si, e os daqui, não tenha dúvida, se mostraram mais dispostos que nunca a absolver, a relativizar e justificar qualquer canalhice ou furor de seus protetores e camaradas, tenha em mente que eles também foram beligerantes e os incentivaram. Enfim, tudo isso ajuda, mas nem é preciso. As pessoas têm uma capacidade incrível de esquecer voluntariamente o que elas infligiram, para apagar seu passado sangrento, não diante dos outros — aí a capacidade é infinita, ilimitada —, mas diante de si mesmas. Para se persuadirem de que não fizeram o que é claro que fizeram, ou que não aconteceu o que aconteceu sim, e com seu imprescindível concurso. A maioria de nós somos mestres na arte de ornamentar nossas biografias, ou de atenuá-las, e a bem dizer é assombroso como é simples desterrar pensamentos, enterrar recordações e ver o passado sórdido ou criminoso como um mero sonho de cuja intensa realidade pulamos fora à medida que avança o dia, isto é, à medida que nossa vida continua. E eu, contudo, depois de tantos e tantos anos, cada vez que passo pela esquina de Alcalá e Velázquez não posso evitar de olhar para cima, um quarto andar, para aquela casa que a mulher assinalou com o dedo numa manhã de 1936, sentada no bonde, e de me lembrar daquela criancinha morta, apesar de para mim ela não ter rosto nem nome e eu nunca ter sabido dela mais do que isso, um par de frases sinistras que o acaso trouxe ao meu ouvido."

Meu pai voltou a ficar em silêncio, e agora tive uma coisa a dizer durante a sua pausa. O azul dos seus olhos parecia intensificado. Disse, de fato, o que vinha pensando fazia pouco:

"Pode ser que a partir de agora eu também olhe para esses prédios, embora não saiba exatamente de qual se trata, quando passar por essa esquina. Agora que ouvi o seu relato."

Ele fez um gesto com a mão no ar, ou antes com três dedos, indicador, médio e polegar acompanhando-os por mimetismo com ligeiro atraso, como se eu houvesse tocado numa questão já muito velha, fazia tempo debatida e resolvida. Quase como se a afastasse ou descartasse, por ser irremediável.

"Sim, eu sei, talvez nunca se devesse contar nada", me respondeu. "Quero dizer, nada de ruim. Quando vocês começaram a nascer, a mãe de vocês e eu discutimos isso: como íamos contar o que aconteceu aqui mesmo, onde vocês viviam, apenas quinze, vinte anos antes que viessem ao mundo, ou mais até, no caso da sua irmã? Aquilo não nos parecia contável para crianças, menos ainda explicável, não o era nem para nós mesmos, que havíamos assistido a tudo desde o princípio até o fim. Para nossa capacidade de esquecimento não era muito tempo, além do mais tudo permaneceu em carne viva demais da conta, o regime se encarregava de que assim fosse. Não se fez limpeza mental, nunca, nem nada para acalmar os ânimos, sua falta de generosidade foi constante e, como todo o resto, totalitária, porque se deu em todas as ordens e em todos os âmbitos da vida, até no intangível. Deixei essa decisão para ela, para sua mãe, que ficava mais que eu com vocês, que sempre foram mais dela do que meus, por isso me dá tanta pena que ela tenha acabado conhecendo vocês menos que eu, durante menos anos e em idades apenas juvenis, como dizer, mais inacabados do que estão agora, embora ainda estejam bastante, e você mais que todos, não por acaso. E que nem sequer visse os filhos de vocês. Ela acreditava que vocês nunca deviam se sentir ameaçados, preocupados pessoalmente, temerosos com vocês mesmos, com que lhes acontecesse algo terrível. Inseguros com seu cotidiano e com seus passos. Vocês tinham de se sentir em conjunto protegidos e a salvo. Mas tampouco considerava prudente nem favorável que ignorassem o que é o mundo, o que pode chegar a ser ou o que foi. Pensava que se fossem sabendo pouco a pouco, sem truculências nem detalhes feios e desnecessários, e sem se sentirem diretamente em perigo com eles, ficariam prevenidos, mais bem preparados e contariam com mais recursos. E também dependia, claro, do que perguntassem. Ela sempre teve aversão a mentir para vocês. Isto é, mentir plenamente, dizer que não era verdade o que era. Podia atenuá-la ou disfarçá-la um pouco, a verdade, mas não sonegá-la. Agora não sei, existe essa tendência a encerrar as crianças numa bolha de felicidade atordoante e de falso sossego, a não pô-las em contato nem sequer com o inquietante, a evitar que conheçam o medo e até que saibam da sua existência, creio que circulam por aí, que há quem lhes dê a ler ou leia para elas versões censuradas, adaptadas ou açucaradas dos contos clássicos de Grimm, Perrault e Andersen, privadas do tenebroso e cruel, do ameaçador e sinistro, quem sabe até dos desgostos e dos enganos. Uma estupidez descomunal, do meu ponto de vista. Pais idiotas. Educadores irresponsáveis. Eu consideraria isso um delito, por abandono e omissão de socorro. Porque protege muito as crianças perceber o medo alheio e assim concebê-lo com serenidade, a partir da sua segurança de fundo; experimentá-lo substitutivamente, por meio de outros, sobretudo por intermédio de personagens de ficção, como um contágio de curta duração e, além disso, apenas emprestado, sem chegar a ser fingido. Imaginar uma coisa é começar a resistir a ela, e isso também vale para o que já ocorreu: a gente resiste melhor às desgraças se depois consegue imaginá-las, depois de as ter sofrido. E, claro, o recurso mais comum das pessoas para isso é relatá-las. Enfim. Não que eu acredite que tudo pode nem deve ser contado, muito pelo contrário. Mas tampouco é admissível falsear excessivamente o mundo e lançar nele idiotas e bobocas que nunca foram contrariados e aos quais nunca se permitiu a menor inquietação. Ao longo da minha vida procurei medir o que poderia ser contado, antes de contar alguma coisa. A quem, como e quando. Há que parar para pensar em que fase ou momento da vida está quem escuta, e ter presente que o que lhe contam ficará sabido para sempre. Essa pessoa o incorporará ao seu conhecimento, como eu incorporei aquela matança concreta de que soube num bonde, e olhe que era uma a mais entre tantas outras. Mas não me desfiz desse conhecimento, você está vendo, como tampouco nunca me desfiz de outro relato da guerra que, por exemplo, veja só, não me ocorreu contar à mãe de vocês na época, embora ela estivesse a salvo de espantos e no dia em que ouvi eu tivesse chegado muito perturbado em casa. Mas para quê, pensei, para que angustiá-la com mais uma coisa, agora que a guerra terminou, logo passará minha perturbação, logo esquecerei dele sozinho, sem compartilhar nem transferir para ela o peso. E passou pouco a pouco, porque quase tudo passa. Mas não me esqueci, isso já seria esperar muito. Como poderia? Ele me foi presenteado por um notório escritor falangista, que depois deixou de ser a segunda coisa, como quase todos, nos últimos anos de Franco, nem falemos em depois da sua morte, e ainda teve pachorra bastante para se passar por esquerdista veterano, imagine só, e as pessoas engoliam. Gente não ignorante, gente da imprensa e da política. Sempre foi assim, sob as duas bandeiras, com a superficialidade ética característica da Espanha."

Parou um instante, mas dessa vez não recordava com particular intensidade nem vividez, e sim pensava, ou hesitava, ou até mordia a língua. Tinha se refreado.

"Não posso imaginar nada", aproveitei para dizer, "se não sei de quem se trata nem você me conta a história. Que relato foi esse? Quem era?"

"Você acaba de me repreender por eu ter contado o caso do bonde", respondeu, e acreditei vê-lo um tiquinho ofendido. "Não sei se devo continuar falando." Soou como se me pedisse licença. Soou estranho.

"Não exatamente. Não era nenhuma repreensão, que absurdo. Seria como repreender os historiadores que escrevem o que investigam ou o que conhecem de primeira mão. Passamos a vida ampliando o catálogo de horrores sucedidos, não param de ser descobertos, de vir à superfície. Eu ouvir você contar não pode ter o mesmo efeito que teve sobre você ouvir da boca daquela mulher. Contava quem tinha feito, e com alarde. E então tinha acabado de acontecer. Ainda estava acontecendo, aqui e em todas as partes, é bem diferente. Não se preocupe. Pode me contar qualquer coisa, nenhuma será pior do que muitas que leio ou que vemos na televisão todos os dias. Não vá fazer isso comigo, se transformar de repente em pai idiota, a esta altura. Era só o que faltava. Além do mais, eu teria de te denunciar. Te acusar de abandono e omissão de socorro."

Riu um pouco, achou graça de que eu desarmasse seus improvisados reparos com seus próprios argumentos e termos, acabava de utilizá-los. Mas não pôde deixar de me dedicar um plural, antes de prosseguir: incluir os quatro irmãos também era uma maneira de moderar a repreensão de um só.

"Como vocês às vezes são tontos", disse. Tornou a me singularizar. "Bem. Não vou te dizer quem foi, seu nome. Não posso ter certeza de que se você souber vai calá-lo, como eu sempre fiz. Do seu ponto de vista não teria por quê. Não se sentiria obrigado, nem que eu te pedisse, prefiro não me arriscar, Jacobo. Não é por consideração para com ele, porque a única coisa que tive por ele foi desprezo e rancor desde que o ouvi contar aquilo. Ou mais que isso: asco, e uma tremenda aversão. Ânsias de vingança suponho que não, mais que nada por causa do muito que consomem as ânsias do que não se pode realizar, eu era uma vítima das represálias e ele um vencedor influente, imagine só. Mas veja que durante cinqüenta anos não parou de publicar livros e de receber prêmios, ser aclamado e sair na imprensa e na televisão, e creio que durante a metade desses anos, ou mais, não li nem uma só linha dele e virei rapidamente a página de qualquer jornal em que aparecesse uma entrevista com ele, ou uma resenha de uma obra sua, não suportava ver sua cara nem seu nome impresso. Mais tarde sim: tive curiosidade de ver de que era capaz, até onde podia chegar na biografia-ficção que começou a forjar publicamente, sem o menor rubor. E, sobretudo, aconteceu que, por acaso, por motivo de trabalho, conheci e me relacionei com a mulher dele. Era uma pessoa boníssima, muito alegre, que sem dúvida nenhuma ignorava os aspectos mais repulsivos da sua atuação na guerra. Era bem mais moça que ele, dez ou doze anos, devem ter se casado por volta de 1950, ele já um pouco tardiamente para a época, com seus trinta e cinco ou mais anos. E ela não só era boníssima, alegre e competente, como numa ocasião se portou muito bem conosco, com a sua mãe em particular. Não vem ao caso. Mas eu guardo por ela uma enorme gratidão, e sempre foi ela, não ele, que teve a minha consideração."

"Ainda está viva? Ainda estão vivos?", perguntei.

"Não. Ele morreu faz uns anos, ela o seguiu não muito depois."

"E então?" O que eu queria dizer era "Então que sentido tem manter a consideração e o silêncio?", e meu pai entendeu.

"As filhas estão por aí, eram duas meninas muito bonitas, muito graciosas, eu as vi uma vez ou duas. E também eram as filhas dela, são, não só do homem importante. Bom, importante enquanto viveu e pôde defender seu lugar, e bem que se valeu de todos os meios. Mas passaram-se muito poucos anos e já mal se fala nele, e sua lembrança minguará ainda mais, uma figura inflada. Mas eu não daria um desgosto desse às filhas dela, das quais ela gostava quase tanto quanto do marido infame, vivia por elas e sobretudo por ele, um desses amores fixos que não diminuem nem se vêem questionados, nem pelo tempo nem pelas infidelidades, estão acima disso (infidelidades veniais, ele também gostava muito dela a seu modo egoísta e frívolo, e não teria podido viver sem ela; até nisso teve sorte, morrendo antes). Não, eu nunca traria tal vergonha às suas filhas. E mesmo que elas não existissem. Também não as traria a uma mulher tão afetuosa e compassiva. Me parece que para a geração de vocês e as mais novas não importa muito o bom ou o mau nome dos mortos, mas para nós sim. Aliás, seguramente alguém acabará divulgando seu nome um dia, por se tratar de um personagem público e, vá saber, pode ser que ninguém dê muita bola para isso então e não veja como ignomínia, nem mesmo como mancha, e seus apologistas passem por cima como se fosse um fato anedótico; este país não é apenas superficial, é arbitrário e muito parcial, e quando concede um privilégio a alguém raramente o retira. Mas não vou ser eu a contar, nem se saberá dele por uma imprudência minha com você, não será por descuido nem por intermédio meu. Embora a maioria já deva ter morrido, quando eu o ouvi relatar estávamos presentes cinco, e com certeza não foi essa a única vez que a contou com tanto alarde, de modo que a história certamente é conhecida de muitos (do mesmo modo poucos continuamos vivos). Mas eu não estranharia nada se essa vez houvesse sido a última e a partir daquele aperitivo procurasse calá-la e até iniciasse o processo da minuciosa ocultação posterior. É bem provável."

"Aperitivo? O que foi que contou?", perguntei sem realçar o tom interrogativo. Me dei conta de que estava querendo saber, muito embora eu em geral não tentasse fazer meu pai falar mesmo que tivesse curiosidade, deixava em paz suas recordações se ele não as evocava por próprias conta e vontade. E muito embora também eu lhe tivesse mentido um pouco, e mentido outro pouco de passagem a mim, momentaneamente: não era verdade que ele podia me contar qualquer coisa, quero dizer sem conseqüências para meu ânimo ou minha tristeza, nem que a coisa ingrata que seus lábios relatassem fosse mais suportável ou menos ruim de saber do que as piores atrocidades lidas nos livros de História ou que as contemporâneas, vistas na tevê. O que ele contava não só era tão real e verídico quanto o cerco de Viena de 1529 ou a espantosa queda de Constantinopla ante os turcos infiéis em 1453; como a matança em Gallipoli dos compatriotas de Wheeler e as três batalhas ou carnificinas de Ypres durante a Primeira Guerra Mundial; como o arrasamento da aldeia de Lídice e os bombardeios de Hamburgo, Conventry, Colônia, Londres, durante a Segunda; mas além disso havia ocorrido aqui, nas mesmas cidades e ruas pacíficas, alegres, hoje prósperas, "campos amenos" nos quais havia passado a maior parte da minha vida e quase toda a minha infância; e não só havia ocorrido aqui — assim como os fuzilamentos de 1808, no que os ingleses chamam de Guerra Peninsular, ou como o cerco de Numância entre os anos de 154 e 133 antes de Cristo, ou como tantos furores mais — como eram coisas que tinham acontecido com ele, que seus olhos azuis tinham visto e tornavam a ver agora (agora baços e de dilatada íris), ou que seus indefesos ouvidos tinham escutado e agora voltavam a escutar (o estômago embrulhado, o peito oprimido como nos turvos e agitados sonhos, tudo isso chumbo sobre sua alma). O que tornava para mim suas experiências penosas mais difíceis de conhecer do que quase qualquer desventura ou crueldade passadas, ou inclusive atuais mas distantes, era que haviam afetado pessoalmente a ele e haviam entristecido sua biografia, a de alguém tão próximo e que além do mais eu ainda tinha diante de mim, ainda vivo, ainda presente, quem sabia por quanto mais tempo, com a cabeça muito boa ainda. Não, você não recebe, você não agüenta do mesmo modo a informação de primeira mão de um desconhecido — um cronista, uma testemunha, um locutor, um historiador — e a de alguém com quem você convive desde que nasceu. Você vê os mesmos olhos que viram e que descobriram num arquivo, com desolação, a foto de um jovem morto com um tiro no ouvido ou na têmpora; e ouve a mesma voz que teve de avisar a irmã do morto, ou que teve de calar com horror, ou com pena, ou com sufocada cólera quando os ouvidos correspondentes ouviram involuntariamente, num bonde ou num café, o que teriam preferido não ouvir jamais ("Cale-se, cale-se e não diga nada. Guarde a língua, esconda-a, morda-a, engula-a ainda que te queime, como se o gato a tivesse comido. Cale-se e então salve-se").

"Eu tinha ido uma manhã à editora de Gómez-Antigüedad", me respondeu essa voz, "para ver se me davam alguma tradução para fazer, embora não as pudesse assinar com meu nome, ou outros trabalhos anônimos e esporádicos, resenhas de livros estrangeiros, coisas assim. Quem já cuidava da editora era principalmente o filho, Pepito, que eu conhecia superficialmente da faculdade e do cruzeiro que fizemos pelo Mediterrâneo quando estudantes, e que foi um dos raros vencedores que se comportaram com grande decência e generosidade, como você sabe: deu uma mão a alguns perseguidos que ele considerava valorosos, e ainda por cima durante os primeiros anos, quando era mais difícil para nós exercer qualquer atividade, até 45 foi tudo muito duro e só um pouquinho mais leve até 53. A mãe de vocês e eu tínhamos podido casar graças às aulas de francês que ela dava, a uma pequena ajuda da sua madrinha, que tinha dinheiro e havia bem ou mal conseguido conservá-lo, e aos trabalhos que a *Revista de Occidente* me dava de vez em quando; mas para tocar a vida era preciso procurar mais coisas, sem parar, porque três quartas partes do que eu tentava costumavam não dar certo. Ou mais. Antigüedad me recebeu, o filho, e expus meu caso." ("Cada vez que pedimos estamos expostos, vendidos", pensei, "à mercê quase absoluta do que concede ou nega.") "Apesar das nossas diferenças políticas, ele achava injusto o que haviam feito comigo e me deu umas obras para traduzir, uma do alemão, Schnitzler, outra do francês, Hazard, me lembro muito bem. Aquilo era para mim como se tivesse ganhado na loteria. Poder fazer alguma coisa remunerada, ainda que escassamente. Pegava o que me davam, com entusiasmo, sempre disse a vocês que não há trabalho ruim enquanto não houver outro melhor. Foi muito cordial e para comemorar a colaboração me sugeriu descermos para tomar alguma coisa no que antigamente era o Café Roma, na Serrano, a editora ficava ali pertinho, na Ayala."

"Me lembro bem do Café Roma", falei, "pelo menos durou até meu primeiro ano na universidade."

"Pode ser", respondeu, sem querer se deter mais no assunto. Pensei que mais valia não interrompê-lo outra vez, havia começado a contar algo que lhe custava contar, era melhor ele não voltar a pensar no caso, ou a hesitar, como havia feito com minha mãe um dia, aquele dia em que ele ouviu e decidiu guardar para si. "Mal entramos, o chamaram de uma mesa, uns conhecidos ou amigos seus, nos convidando a sentar com eles. Não sei se me conheciam, quero dizer se meu nome lhes dizia alguma coisa quando fui apresentado, mas eu sabia quem eram dois deles, os outros dois não. Um era o escritor em questão, ainda falangista entusiasta, o outro um monarquista, desses de infinita paciência e nenhuma pressa, tão franquista naquele momento quanto qualquer um. Cada um com seu respectivo carguinho, claro. O escritor, na realidade, só então começava a aparecer como tal: havia publicado um livro de poesia antiquada ou talvez já dois, muito elogiados por motivos óbvios, mais tarde deixou o verso e se dedicou ao romance, que foi com que fez carreira; escreveu algum teatro pedestre e um ensaio, pedestre também. Esses dois pareciam ter se encontrado com os outros depois de muito tempo, e naquela época as pessoas ainda se contavam o que havia sido delas durante a guerra, o que haviam sofrido ou o que haviam feito sofrer. E foi esse o caso. Trocavam experiências, histórias, algumas proezas, alguns castigos, alguma barbaridade. Gómez-Antigüedad participava um pouco, eu não. E, no meio daquilo tudo, o escritor mencionou um nome para mim bem conhecido e muito apreciado, o de um ex-colega da universidade. Não tinha sido um grande amigo, era de um ano antes do meu, mas tive uma boa relação com ele, ocasional, além do mais era um sujeito muito estimado: Emilio Marés, andaluz, simpaticíssimo, engenhoso, graciosamente presunçoso e deliberadamente frívolo, bancava o anarquista mas sem nenhuma solenidade, inclusive em suas perorações havia sempre uma gota de deboche, além do mais andava impecavelmente vestido, o tipo do anarquista clássico de romance não batia com ele, claro; um sujeito muito divertido, de permanente bom humor. O início da guerra o havia pegado na sua terra, em 18 de julho muitos estudantes que não eram de Madri já tinham ido para seu lugar de origem passar o verão com a família, ele era de um vilarejo de Málaga ou de Granada, não estou certo, de que seu pai era prefeito creio que socialista: de Grazalema, ou de Casares, ou Manilva, por ali. Tinham nos chegado notícias, em plena guerra, de que os nacionais o haviam matado em Málaga, supusemos que na cidade, que havia caído em fevereiro de 37 com a intervenção decisiva dos Camisas Negras italianos, mais de dez mil. Imaginamos que teria sido fuzilado sumariamente. Lá a repressão foi particularmente feroz, a vingança, porque a cidade havia resistido durante sete meses e o pessoal tinha feito muita besteira, passeios em abundância, saques indiscriminados, queima de igrejas, acertos de contas, como aqui no começo. Depois contaram que os nacionais, uma vez tomada a cidade, com o duque de Sevilha à frente, igualaram e aumentaram os malfeitos e que no prazo da primeira semana passaram pelas armas uns quatro mil. Talvez não tenham sido tantos, mas dá na mesma: se fartaram de dar café, você sabe que era esse o eufemismo de Franco e dos seus para ordenar as execuções, 'Dêem um café para eles', diziam, e os detidos iam para o *paredón*. Em Málaga levaram para a praia muitos deles. Foi tão selvagem a coisa que os italianos protestaram, sentiram-se salpicados pela sangria desatada, a tal ponto que o embaixador Cantalupo falou com Franco e foi até lá em pessoa controlar a situação. Li em algum lugar que ficou atônito ao ver a fúria desenfreada e como até as senhoras ricas, muito católicas, se dedicavam a profanar os túmulos dos republicanos." Meu pai se deteve e passou a mão pela testa ou quase a espremeu, com quatro dedos, como se quisesse arrancar algo dali, talvez imagens, talvez relatos. Tinha oitenta e tantos anos. Mas foi uma pausa muito breve e em seguida voltou: "Não me lembro exatamente de como a conversa chegou àquele episódio, ali no antigo Café Roma. Mas tenho gravado na memória o que se referia a Marés. Creio que um deles comentou em tom ofendido que muitos republicanos, ao se renderem ou serem detidos, 'logo se enchiam de dignidade', disse alguma coisa assim. E mais ou menos então, instigado pela menção a essa ousadia, o escritor se animou a contar a lição que tinham dado num deles. Contou que uma vez, em Ronda (Ronda havia caído muito antes de Málaga, em setembro ou outubro de 36), levaram três pessoas para fora da cidade a fim de fuzilá-las ao raiar o dia e, como era costume, mandaram que cavassem (era costume em ambos os lados, e temo que nos de qualquer guerra também). Um deles, um 'almofadinha que se chamava Emilio Marés', foram essas as suas palavras, 'filho de um prefeito vermelho da região', se negou a cavar e disse a seus carrascos: 'Vocês podem me matar e vão me matar. Mas não vão me tourear'. Não estava disposto a fazer parte do trabalho deles. A resposta parecia combinar com o personagem que eu conhecia, embora, é claro, naquele dia sem seu bom humor: um desplante derradeiro, não devia querer se ver com uma pá na mão no momento final, cavando terra, suando e se sujando. 'Imaginem quão insolente aquele sujeito pareceu', prosseguiu o escritor; 'como se pudesse impor condições. Via-se que, por mais vermelho que fosse, era um filhinho de papai, todo engomadinho, o fresco. E ainda por cima instou seus dois companheiros a se negarem também. Não lhe deram ouvidos, sorte deles; estavam assustados demais e cavaram. Ele deve ter pensado que de qualquer maneira passaríamos fogo nos três sem mais conversa, diante da fossa aberta. Um do nosso grupo, que era da província e já estava de olho nele fazia tempo, acertou-lhe uma coronhada na cara que o derrubou no chão, e voltou a mandar que cavasse. O sujeito continuou se negando e repetiu que podíamos matá-lo, a porrada se quiséssemos, mas toureá-lo, não. 'A mim vocês não vão tourear, ou não me chamo Emilio Marés', insistiu. Fincou o pé nessa idéia, acrescentando nome, sobrenome e tudo, quem ele pensava que era. Pois olhem. 'Só digo a vocês que foi uma péssima idéia ele empregar essa expressão, porque sabem o que fizemos com ele?' O escritor esperou um pouco, como para criar expectativa e obter maior efeito, como se na verdade precisasse nos ouvir dizer 'Não, o quê?', se bem que não aguardou o bastante, porque a pergunta era apenas retórica, teatral. Abaixou o indicador com energia sem chegar a tocar a mesa, como se detalhasse ou sublinhasse, como se se gabasse da resposta, e ao mesmo tempo que fazia esse gesto deu-a a si próprio e a nós: 'Toureamos ele', disse todo prosa. Satisfeito com a lição. Me lembro de que se fez um silêncio imediato, de estupor, de incompreensão. Acho que nenhum de nós entendeu direito, ou não no primeiríssimo instante, porque até aquele momento a palavra 'tourear', claro, só havia aparecido em seu sentido figurado de 'provocar'; e porque era inconcebível também. Com desconcerto e já uma ponta de apreensão, foi Antigüedad que perguntou: 'O que está querendo dizer? Que o tourearam?'. 'Isso mesmo. Pegamos a deixa e o toureamos, literalmente', respondeu o escritor. 'A idéia foi do malaguenho, que já estava a fim de pegá-lo antes. Como não, eh?', disse a ele. Você vai ver. Entrou na caminhonete, rumou para a cidade e em menos de meia hora estava de volta ao campo com todos os apetrechos. Ali mesmo espetamos as bandarilhas, o picamos um pouco do teto da caminhonete, tornando seus passos lentos, depois seu conterrâneo se encarregou da estocada. Um cabra de maus bofes, muito perverso, e deu para ver que alguma prática tinha, matou com perícia, a primeira estocada até o fundo, cruzada no coração. Eu só lhe espetei um par de bandarilhas curtas, no alto das costas. O tal de Emilio Marés viu mesmo. Os outros dois serviram de público e os obrigamos a gritar olé. Não os fuzilamos antes de rematar a tourada, como prêmio por terem cavado. Assim puderam ver do que tinham se livrado. O malaguenho fez questão de tirar uma orelha. Era um pouco demais, mas nós é que não íamos impedir.' Foi isso o que contou durante o aperitivo o famoso e festejado escritor", acrescentou meu pai, e sua voz soou abatida assim que acabou a rememoração; "mas quando se tornou de fato famoso não voltou a contar. Teve um funeral solene quando morreu. Creio que até um ministro muito democrático ajudou a carregar o caixão."

Agora sim ficou calado por mais tempo, com o olhar ancião de recordar, como se na verdade houvesse voltado ao desaparecido Café Roma da calle Serrano, ou a Ronda, onde não havia estado, quero dizer, não em setembro de 36, quando tourearam e cravaram o estoque em seu amigo. Foi no dia 16 daquele mês, verifiquei mais tarde, que caiu essa cidade "heróica e fantástica" com seu enorme precipício ou despenhadeiro, caiu nas mãos do general Varela das sempiternas luvas brancas — ou talvez fosse coronel na época: dormia com as medalhas no peito, contavam —, um homem muito mais sangüinário que o chefe dos Camisas Negras, o italiano coronel Roatta, que avançou sobre Málaga e foi apelidado de "Mancini", como meu músico protetor, seguindo a norma de perder ou renunciar ao nome, de tantos que passaram por aquela guerra; mas não menos, em todo caso, de quem se apossou e mandou em Málaga uma vez tomada, duque de Sevilha era seu inoportuno título: ai, esses espanhóis que sempre despedaçam, silenciosos uns e loquazes outros; ai, "esses homens de ira ardentes", tantos são e tantas vezes.

Ali em Ronda o poeta Rilke havia permanecido um par de meses vinte e quatro anos antes, em fins de 12, começo de 13, quando nem mesmo Wheeler havia chegado ao mundo, nos antípodas e como Peter Rylands. E há dele, do poeta, uma estátua bem negra de corpo inteiro no jardim de um hotel de cuja sacada no alto se vêem amplos campos amenos, talvez tenha sido num deles que ocorreu aquela breve tourada de um homem único: embora improvável, não seria impossível, porque na alvorada ninguém teria assomado para contemplar os campos, nem o recinto estaria ocupado pelas vitoriosas tropas que não objetariam à lide, se alguma sentinela a avistou: talvez houvesse entre elas voluntários carlistas que Varela havia adestrado de aldeia em aldeia de Navarra, com disfarce de padre e apelido engraçado, "Tio Pepe"; e sem dúvida legionários e mouros, grotesca como "cruzada" aquela — seu termo predileto — de voluntários católicos fanáticos e mercenários muçulmanos aniquilando juntos e arrasando o país laico. Esse hotel é o Reina Victoria, se não me engano, que "o diabo sugeriu aos ingleses construir ali", assim disse Rilke, e também se visita o quarto em que se hospedou, uma espécie de pequeno museu ou panteão minúsculo, decorado com um retrato e uns poucos móveis, alguns livros velhos, umas notas manuscritas dele na língua alemã que empregava, talvez um busto (faz anos que o vi, não estou certo). Pode ser que lá houvesse começado a conceber estes versos, melhor seria dizer estes fragmentos, que são dos que me lembro: "Certamente é estranho não poder mais habitar a terra, deixar para sempre de praticar costumes pouco antes aprendidos; não ser mais o que se era e ter de se desligar até do próprio nome. Estranho não continuar desejando os desejos. Estranho ver tudo aquilo que nos concernia como que pairando solto no espaço. E penosa a tarefa de estar morto...". Quem sabe Emilio Marés não pensou isso, apesar de sem as palavras.

"E o que aconteceu, o que você fez, como reagiu?", perguntei a meu pai, não só para tirá-lo do seu silêncio e da sua longa viagem. Me intrigava saber o que pode ter feito ou dito, se é que fez ou disse alguma coisa. Por menos que nada o teriam detido e mandado de volta para o cárcere naqueles anos, e teria facilmente uma sorte muito pior, excepcional foi a que teve, e em 1939, nada menos, quando quase não havia sorte para nenhum vencido.

Com certo esforço regressou de longe. Um suspiro. A mão na testa, com a aliança que nunca tirou. Um pigarro. Depois focalizou a vista. Olhou para mim e me respondeu. Lentamente, a princípio, como com repentina cautela, talvez a mesma que teve de demonstrar então, no Café Roma.

"Bem", disse. "Assim que ouvi o nome de Marés temi o pior e fiquei ainda mais na defensiva. Já não gostava nem um pouco do rumo que tomava a conversa. Mas não fiz nada enquanto foi contando. Nem me passou pela cabeça interrompê-lo. Sentia náuseas e cólera conforme ouvia, as duas coisas misturadas, mais que alternadamente. Queria não estar ali, não saber o que haviam feito com aquele colega de faculdade que eu estimava. Sabia que estava morto, e só, isso já era o suficiente, ruim o bastante, mas não era tão amigo meu assim a ponto de não ir me esquecendo dele, depois lembrando, depois esquecendo. Em compensação, me dei conta de que não podia ouvir pela metade aquele relato de terror, uma vez começado. Devo ter ficado muito pálido ou muito corado, não sei, senti frio e calor, também misturados. Fosse a cor que fosse, ela não chamaria a atenção de ninguém, não me tornava suspeito, não me denunciava, porque os demais presentes estavam emudecidos, lívidos, apesar de os quatro serem do bando franquista e terem assistido, sem dúvida, cada um suas bestialidades, ou mesmo cometido." Parou um segundo, olhou ao seu redor — estávamos na sala da sua casa, em fins do século XX ou já era XXI, na última hora da manhã: se situava — e prosseguiu, mais solto: "Creio que o escritor calculou mal. Pôs-se a contar quase fazendo farol, com alarde, mas à medida que foi avançando, e embora tenha demorado um pouco para contá-la, deve ter notado que sua história não caía nada bem, que era excessiva, que passava dos limites de todos nós. Se no fragor e no ódio da guerra alguém podia ter achado graça nela (a modo de dizer), agora não mais. Era demasiado relatar esse episódio em torno de uma mesa, numa manhã de Madri ensolarada, diante de umas azeitonas e umas bebidas. O silêncio que se fez quando ele disse 'Toureamos ele' e abaixou o dedo como uma bandarilha, uma lança ou uma espada, ficou instalado até o final da história, e permaneceu na sua conclusão, inalterável. Como o silêncio chegou a ser violento, e o escritor era ali o que provavelmente tinha maior influência, um dos outros que eu não conhecia antes nem de nome, o mais obsequioso, rompeu-o com uma piada de péssimo gosto que não foi capaz de guardar para si, ou vai ver que, homem estreito, não lhe ocorreu nada melhor para encher o vazio e animar o contado: 'E por que não deu de prêmio as duas orelhas e o rabo, já que nesse pé estavam as coisas?', perguntou, referindo-se ao malagueнho e à orelha que tinha se outorgado. O escritor voltou a calcular mal, ou o ambiente gelado que sua história havia deixado o fez sentir-se, sei lá, incomodado, pisando em falso, e isso leva quase sempre a piorar as situações com qualquer movimento para concertá-las, o melhor é ficar quieto e calado. Sorriu como se o céu houvesse se aberto para ele. Talvez tenha sido obstinação, ou talvez tenha pensado que o efeito da sua historieta havia sido o que ele esperava, só que um pouco retardado por impressionante que era a lição, ou considerava aquilo uma façanha. Não era muito inteligente, só hábil. E vaidoso até a sola dos sapatos, como costumam ser os que se sabem valorizados além do seu talento, por motivos espúrios ou por seu arrivismo e sua insistência. Não toleram não ficar bem, ou por cima da onda, e neles tudo é tão frágil e falso que qualquer frieza, o mais ínfimo reparo, os desarma. De modo que respondeu, na metade do caminho entre o melindre e a chacota: 'Bem, eu não queria carregar nas tintas. Mas não vou negar que no final cortou tudo. Perigoso, aquele camarada. E, todo prosa, saudou com sua boina vermelha como um toureador, exibindo os três troféus'. Não sei se esta última parte era verdade ou se, atiçado pela pergunta do outro, improvisou-a para se valorizar; vai ver achou que a história tinha ficado capenga e que era a isso que se devia a frieza do público. Mas para mim dava na mesma; ou era quase pior que houvesse inventado na hora, para nos adular, conforme seu critério, ou para nos arrepiar mais. Não agüentei. Já não agüentava antes. Mas me passou pela mente uma imprecisa imagem de Marés mutilado depois de torturado e morto, do homem tão agradável que eu conhecia. Tão graciosamente gabola, convertido num despojo mais animal que humano. Levantei-me e, dirigindo-me somente a Gómez-Antigüedad, murmurei: 'Tenho de ir, já é tarde. Passo pelo balcão, pago esta rodada'. E me aproximei do balcão para pedir a conta. Fazendo essa escala antes de ir embora chamaria menos a atenção e ficaria menos marcante do que se houvesse saído diretamente porta afora. Pegaria muito mal eu não pagar nada, imagine, e era um lugar para mim muito caro, nem sabia se o dinheiro que levava ia dar; e pagar para aqueles quatro você não sabe quanto me repugnava. Mas dava por bem empregado meu dinheiro, se com isso eu podia perdê-los de vista imediatamente, não ouvir mais suas risadas forçadas de escárnio nem a voz daquele bestalhão assassino; e sair dali, claro, sem contratempos graves. Só faltaria terem me prendido naquele dia, com meus antecedentes. Não fiquei longe, atrás deles, enquanto aguardava de pé no balcão que o barman ou um garçom me atendesse, e ouvi o escritor dizer a Antigüedad: 'O que houve com ele, podemos saber? Deza, você disse que se chama, não é? De onde vem? Que bicho o mordeu?'. Nada bom ouvirem seu nome, prestarem atenção nele e o guardarem, tanto as autoridades como os criminosos, ainda mais quando as autoridades são criminosas. Pensei que não ia conseguir, que o escritor não ia me deixar sair em paz, que ia querer esclarecer o que acontecia comigo, e eu não ia ser capaz de me conter, com toda a certeza. Se me pedisse explicações eu era capaz de agarrá-lo pelo colarinho sem dizer uma só palavra, no mesmo instante. Ele teria se dado mal, mas eu muito pior. Não teria me livrado de um bom espancamento num calabouço naquela noite, e sabe lá se não abririam outro processo contra mim, alegando o que bem entendessem. Por sorte, a resposta de Antigüedad foi rápida, e essa foi outra coisa pela qual lhe agradeci até a morte: 'Deve ter acontecido com ele o mesmo que comigo, porra, você fez com que me sinta mal', disse. Não era homem de palavrões, mas dependendo com quem, é bom saber recorrer a eles. Uma questão de autoridade, às vezes. E com essa autoridade deu-lhe um puxão de orelhas, quase uma espinafração em regra: 'Você acha que essa barbaridade pode ser contada assim, sem mais nem menos? Acha que tem graça? Veja como fala, rapaz, veja como fala. Já está mais que na hora de deixarmos de esquentar a cabeça com tudo'. Embora o escritor estivesse em melhor posição no regime, Antigüedad era de uma família de posses e de direita a vida toda, havia acabado a guerra com a patente de capitão e estava acima de qualquer suspeita; além do mais, seria dono de uma editora um dia e já mandava muito nela, e isso um escritor iniciante sempre leva em conta, porque não sabe se lhe poderá ser útil. De modo que engoliu o carão, apesar da sua arrogância. 'Ora, não fique assim, Pepito, não é para tanto. Todos temos histórias um pouco brutais. Mas talvez seja mesmo verdade que esta não é para tempos de paz, reconheço', falou. E Antigüedad amaciou em seguida.

Deu-lhe um tapinha paternalista no ombro e respondeu: 'Esqueça, rapaz. Bom, nos vemos outro dia com calma. Até mais ver, senhores'. Se despediu dos outros assim, em grupo, sem apertar as mãos deles, e veio para junto de mim justo quando chegava o garçom que tinha nos servido. 'Me dá isto aqui, Deza, fui eu que convidei', e abordou o garçom, antes que ele pudesse me dar a nota. Eu já estava contando o dinheiro na mão com grande angústia, temia que não fosse suficiente. Saímos juntos, ele ainda se virou da porta e deu adeus com a mão aos quatro. Depois, já na rua, se desculpou comigo, embora não tivesse tido culpa alguma. 'Não sabe como lamento, Deza, não podia imaginar', falou. 'Você se dava com o Marés, não é? Eu só o conhecia de vista.' Foi dos poucos entre os vencedores que procuraram temperar as coisas, dos poucos que não seguiram com rigor as diretrizes de Franco, de humilhação constante e castigo tenaz dos derrotados. E você não sabe como me alegrou ter podido lhe corresponder em vida com algum favor não desdenhável: nos anos 80 consegui evitar que fosse preso, por uma história de contabilidades e sociedades, uma transferência ilícita de fundos, bem, não vem ao caso. Teria preferido que não tivesse se metido em apuros, claro, mas para mim foi uma bênção estar em condições de lhe dar uma mãozinha e tirá-lo daquele atoleiro. Quando em tempos *muito* difíceis alguém ajuda você, sem ter por quê, ou muito pouco... (vocês não conheceram esses tempos, *muito* difíceis mesmo)..., a gente nunca esquece. Se você é uma pessoa decente, claro, e não encara essa ajuda como uma espécie de auto-rebaixamento, ou como uma ofensa com testemunhas."

Passou-me pela cabeça que, ao dizer esta última frase, estava se lembrando de Del Real, o amigo traidor cujo rosto vindouro, o de 39, ele não havia sabido prever nos anteriores anos dessa década de 30.

"Alguma vez você depois disso encontrou o escritor pessoalmente?", perguntei.

"Muito depois, trinta e tantos, quarenta anos depois, num par de eventos públicos a que ambos fomos convidados. Da primeira vez estava com a mulher, de modo que lhe apertei a mão para que ela não sofresse nem se preocupasse, e nos falamos os três, nada, quatro frases sociais. Da segunda vez estava sozinho, quer dizer, com um dos seus habituais séquitos, aquele homem não dava um passo desacompanhado. Me viu, me evitou, evitou meu olhar. Não que eu procurasse o dele, Deus me livre. Só para ver como ia reagir. A gente nota essas coisas. Ele sempre soube quem eu era. Quero dizer, não só a que me dedicava, ou que mantinha com sua mulher uma educada relação de grande estima recíproca. Mas gravou meu nome já naquela manhã, no café, e desde então tinha presente que eu havia ouvido sua história. Deve ter se arrependido um montão de vezes por ter soltado a língua durante aquele aperitivo, por sua autocomplacência. Daí eu acreditar que deve ter sido a última vez que a revelou a alguém. Sua repulsiva contribuição à tauromaquia. A reação de Antigüedad, sobretudo, deve ter lhe servido de aviso. E o silêncio que se fez. Por isso você não deve estranhar que eu não a contasse à mãe de vocês, apesar de vontade não ter me faltado, quando mais não fosse para compartilhar o abatimento com que voltei para casa naquele dia, nem te conto, em que havia conseguido duas traduções. Ela também tinha conhecido Marés na universidade e nutria muita simpatia por ele, como quase todo mundo, era um desses homens que iluminam um encontro, e o tornam mais otimista e válido. Para que lhe trazer mais desolação, para que sobrecarregá-la com algo de novo que não se podia mudar e contra o que não haveria alívio nem, é claro, reparação? Além do mais ela gostava de touradas, entendia muito mais do que vocês, havia herdado a paixão do pai mas preferia não transmiti-la muito aos filhos. Mais de uma tarde dizíamos para vocês que íamos ao teatro ou ao cinema, mas na realidade íamos à praça de touros." Meu pai deixou escapar uma risada breve e divertida, ao recordar e confessar aquela pequena e inócua tapeação. "Não queria estragar esse seu gosto, e é o que teria acontecido, provavelmente. Eu mesmo, que as apreciava menos, a quem as touradas eram mais indiferentes, necessitei de tempo e esforço para que a morte contada de Marés não as comprometesse irremediavelmente: no começo me lembrava dele a cada tourada e tudo ficava escuro, sua sombra se insinuava a cada momento. Não sei, da mesma maneira que naquela esquina da Alcalá com a Velázquez sempre penso no garotinho que a miliciana estatelou contra a parede do quarto, segundo ela disse." Meu pai tinha se cansado, notei ao se iniciar uma nova pausa; fechou os olhos como se doessem por ter olhado tão longe, por tanto tempo. Mas ainda não era hora do almoço, consultei o relógio, faltavam uns vinte minutos para que a mulher que cozinhava para ele viesse nos chamar ou aparecesse minha irmã, tinha avisado que passaria para almoçar conosco se terminasse uns afazeres a tempo. E ele ainda não havia reatado o fio da meada, de modo que pouco depois resolveu continuar falando, mas sem abrir os olhos imediatamente. "Vi muitas coisas, vimos coisas talvez piores", disse, utilizando um plural ambíguo ou alternando-o com o singular inequívoco. "Muitos mortos simultâneos, conhecidos e desconhecidos juntos, de repente nos bombardeios, então você não tem tempo para se concentrar em nenhum deles nem um segundo, costuma predominar uma sensação de absoluto arrasamento, de rendição geral, de extermínio que se consuma, é o que a gente sente então, e se misturam os impulsos contrários de sobreviver a qualquer preço, pular por cima dos cadáveres, buscar refúgio, pôr-se a salvo, e ficar com eles, quero dizer, unir-se a eles, deitar ao lado deles, fazer parte do monte inerte e acabar de uma vez: a gente quase tem inveja. É estranho, mas ainda no meio do estrondo, dos desabamentos e do caos, no meio das correrias para ajudar um ferido ou tentar se proteger, dá para distingui-los no ato como já imprestáveis. Inofensivos para todos, e também já descansados e apaziguados, é visto e não visto. Bem, o mais provável era que, se você seguia o segundo impulso, alcançava sem querer o efeito do primeiro, porque a bomba seguinte nunca caía no mesmo lugar das anteriores: os sitiadores não desperdiçavam, pode ser que não houvesse lugar tão seguro quanto tombado junto dos já mortos. Mas veja só, olhe. Eu te contei agora duas coisas que não vi, que não vimos, mas que me foram relatadas, ou antes, que captei sem querer, em nenhum dos dois casos as palavras eram dirigidas a mim, não pessoalmente, ou não a mim exclusivamente; e no entanto ficaram na minha memória tanto quanto o que vimos ou talvez mais, é mais fácil você se vedar a evocação de uma imagem insuportável que a da narração de um fato, por mais odioso que seja, justamente porque toda narração aparenta ser mais tolerável. E é mesmo, em certo sentido: o que você vê, está acontecendo; o que ouve, já aconteceu; seja o que for, você sabe que terminou, senão ninguém poderia contar. Creio que minha lembrança tão aguda dessas duas histórias, desses crimes, se deve ao fato de que ouvi ser contadas por quem as cometeu. Não uma testemunha, tampouco uma vítima que havia sobrevivido, cujo tom teria sido de recriminação e queixa justificadas, mas por isso mesmo de veracidade mais duvidosa, sempre cabe suspeitar do exagero na descrição de um sofrimento, porque quem o padeceu tende a apresentá-lo como uma virtude ou um mérito, um sacrifício nobre, quando às vezes não há nada disso e é tão-só azar. Em ambos os narradores houve ostentação e nenhuma hesitação. Não sei, sim, houve alarde. Mas para mim era como se se acusassem, além do mais sem serem obrigados, o escritor falangista e a mulher do bonde. Ou assim registraram meus ouvidos, que não se divertiram nem admiraram as crueldades narradas, mas se horrorizaram e se enojaram; e meu juízo condenou-as, passivamente." ("Com a língua calando", pensei.) "Isso te dá uma idéia de como muitos viveram a violência; de como a gente mais superficial e mais simples — não necessariamente mais primitiva nem mais inculta — se habitua e não vê limite nem impõe limites a ela; e te dá uma idéia de quanta havia. Tanta e tão habitual que podiam divulgá-la com a maior tranqüilidade, com fanfarronice, os que a exerciam mais brutal e gratuitamente, com mais insensatez e mais ódio vão. Você vai me perguntar que necessidade havia de estourar os miolos de uma criança de peito; que necessidade havia de bandarilhar e lancear um condenado, e depois mutilá-lo. Mas também houve os que não se acostumaram nunca, a gente não se acostuma se não perde a perspectiva, se não entra na indolência do 'E por que não, já que nesse pé estão as coisas...', como disse aquele sujeito ao escritor quando perguntou pelo rabo e pela outra orelha. Se não torna o concreto abstrato, que é o que acontece hoje com tantos, a começar pelos terroristas e a continuar pelos governantes: eles não se dão conta da parte concreta do que põem em marcha, nem, claro, querem se dar. Não sei. A maioria das pessoas dessas nossas sociedades viu demasiada violência, fictícia ou real, nas telas. E se confunde, toma-a por um mal menor, por não grande coisa. Mas é que nenhuma é verdadeira aí, na imagem plana, por mais terrível que seja o que mostrem a alguém. Nem mesmo a das notícias. 'Sim, que horror, isso aconteceu na realidade', as pessoas pensam; 'mas não é aqui, não é no meu quarto.' Se fosse em nossa sala, como seria diferente: notá-la, respirá-la, sentir seu cheiro, sempre tem cheiro, sempre recende. Que tremor e que pânico! Seria insuportável para as pessoas, elas sentiriam o medo bem próximo delas, o próprio ou o alheio, o efeito e a comoção são parecidos, além do mais nada contagia tanto. As pessoas fugiriam, para se porem ao abrigo. Olhe. Basta alguém dar um empurrão violento em outro num bar, ou na rua, no metrô, que dois motoristas broncos se xinguem ou se atraquem, para que os que se encontram perto tremam com a impressão e a incerteza, para que fiquem tensos e dispare neles o alarme, muitas vezes incontrolável, tanto físico quanto mental, é o que acontece com a maioria. Para não falar quando se produz um tumulto. E se você dá um soco com toda a vontade, é provável que machuque bastante, mas também que fique com a mão estourada e inflamada por uns dias. Com um único soco. Não é brincadeira." ("É verdade", pensei, mas não disse nada para não o preocupar; "aconteceu comigo uma vez, depois quase não podia mexê-la.") "Quem conviveu com a violência diariamente durante uma época da sua vida nunca jogará com ela, nem a tratará com ligeireza. Vai administrá-la, não com cuidado, mas com cautela extrema, com pão-durismo, com enorme avareza. Não se permitirá empregá-la, sempre que puder poupá-la, e isso quase sempre é possível. Mas também a agüentará melhor, se ela voltar." Tornou então a abrir os olhos claros, meu pai, e vi-os novamente serenos, as lembranças os haviam afligido pouco a pouco. "Exceto na ficção, aí é diferente, embora as pessoas devessem saber disso melhor que de costume. O exagero é divertido, inclusive, o dos filmes é como contemplar acrobacias ou fogos de artifício, chego até a achar engraçado, aqueles corpos voando, aqueles salpicões de sangue, dá para ver perfeitamente que têm molas e bolsinhas com líquido que furam e estouram. Os mortos de verdade por bala não pulam, mas desabam e param. E essa violência, sim, é inócua, ou deveria ser, se a perspicácia geral das pessoas não houvesse diminuído tanto. Para alguém tão velho como eu, é espantoso quão tolo ficou o mundo. Inexplicável. Que época de declínio, vocês não podem fazer idéia. Não falo intelectual, mas simplesmente do discernimento. Enfim. Tudo isso é muito pouco diferente das brigas do *Quixote* ou de Tom e Jerry, de que vocês gostavam em criança, a gente sabe no fundo que nelas ninguém sai machucado para valer, que todos se levantam ilesos depois e vão jantar juntos, amigavelmente. Bah. Tampouco há que se tornar puritano a esse respeito, nem cheio de melindres, como fazem os que reduzem a água com açúcar os contos clássicos. Em compensação, no caso da violência real, nessa, em compensação... Nem um deslize a gente deveria ter em relação a ela. Mas veja como as coisas mudaram, e as atitudes: quando se declarou guerra a Hitler, e talvez não tenha havido ocasião em que se fizesse mais necessária e justificável uma guerra, o próprio Churchill escreveu a esse respeito que o simples fato de se ter chegado àquele ponto e àquele fracasso transformava os responsáveis, por honrosos que fossem seus motivos, em culpados ante a História. Estava se referindo ao governo do seu país e ao da França, entende, e por extensão a si mesmo, embora ele bem gostaria que essa culpa e esse fracasso lhes houvessem caído em cima antes, quando a situação não era tão adversa a eles, nem teria sido tão cruento e grave travar essa possível guerra. 'Nesta amarga história de juízos errôneos efetuados por pessoas capazes e bem-intencionadas...', assim disse. E agora, como você está vendo, os mesmos que se escandalizam com as pancadarias de Tom e Jerry e de seus descendentes deflagram guerras desnecessárias, interessadas, sem nenhum motivo honroso, evitando outros recursos, quando não os torpedeiam. E, ao contrário de Churchill, nem sequer se envergonham delas. Nem sequer as deploram. Nem, é claro, se desculpam, hoje não existe isso no mundo... Em nosso país foram os franquistas que criaram essa escola. Nenhum deles jamais se desculpou, e eles também desencadearam uma guerra desnecessária. A pior possível. Isso sim, com a colaboração imediata de muitos dos seus adversários... Que exagero foi tudo..." Agora notei que meu pai pensava em voz alta, mais do que falava comigo, e seguramente eram pensamentos que vinha tendo desde 1936, quem sabe diariamente, da mesma ou parecida maneira que não há dia ou noite em que não representemos em algum instante a idéia ou a imagem dos mortos mais próximos, por mais que passe o tempo desde quando nos despedimos de um deles ou eles da gente: "Adeus, graças; adeus, donaires; adeus, regozijados amigos; que vou morrendo e desejando vos ver em breve contentes na outra vida". E no pensamento que em seguida lhe ocorreu utilizou uma palavra que mais tarde também ouvi Wheeler empregar, ao referir-se às guerras, embora a tenha dito em inglês, e era "*waste*", se não me engano. "E que incrível desperdício... Não sei. A gente se lembra e não acredita. Às vezes parece mentira eu ter vivido tudo isso. A gente não entende por que, principalmente, com o passar dos anos custa ainda mais vê-lo. Nada do que é grave nunca parece tão grave, com o passar do tempo. Não o bastante para iniciar uma guerra, claro, imagine, são sempre desproporcionais, quando olhamos retrospectivamente para elas... Nem para que ninguém mate ninguém." (E então até nossos juízos tão comiserativos e agudos serão por sua vez tachados de vãos e ingênuos, para que ele fez isso, dirão de você, para que ele se angustiou tanto e seu pulso se acelerou daquela maneira, para que aquele movimento e aquela reviravolta; e de mim dirão: por que falou, ou calou, ou guardou tantas ausências, para que aquela vertigem, tantas dúvidas e tamanho tormento, para que deu aqueles e tantos passos? E de nós dois dirão: por que se enfrentaram e para que tanto esforço, para que guerrearam em vez de olhar e ficar quietos, por que não souberam se ver ou continuar se vendo, e para que tanto sonho e aquele arranhão, minha dor, minha palavra, sua febre, a dança, e tantas dúvidas, e tamanho tormento?)

Aquela musiquinha rala me transportou instantaneamente para longe dos versos apócrifos de "The streets of laredo" que me rondavam, essa melodia não tinha saído totalmente da minha cabeça em nenhum momento, apesar dos meus sustos e alarmes; e agora, ao ver De la Garza engolindo água azulada, tinha entrado uma terceira versão, creio: eles põem quantas letras querem nas baladas e eu já havia escutado a de Laredo e Armagh convertida em "Doc holliday" pelo capricho de algum cantor esquecido, o qual fazia a música ser cantada pelo cara que acompanhou Wyatt Earp no O K Corral, no famoso duelo, ou antes, batalha campal entre bandos, o jogador tuberculoso e alcoólatra formado em medicina (ou em odontologia, como Dick Dearlove) e bom conhecedor de Shakespeare, ou pelo menos assim o apresentaram no melhor filme que vi sobre eles, sobre Earp e Holliday na cidade de Tombstone, e não em Laredo nem, claro, nessa desconhecida Armagh da Irlanda: "*But here I am now alone and forsaken, with death in my lungs I am dying today*", e a mesma coisa podia estar se dizendo Rafael de la Garza com as suas mesmas palavras, sempre mais divertidas e grosseiras, apesar de ele não morrer pela doença da tosse, do lenço na boca, dos escarros violentos, mas por inundação ou encharcamento, "Mas aqui estou agora, só e abandonado, com a morte em meus pulmões estou hoje morrendo".

O *paso doble* vulgar incomodou Reresby ou até o irritou, e não estranhei nem um pouco porque a mim também dava nos nervos.

— *What's this shit?* — perguntou, ao mesmo tempo que eu pensava: "De novo esta música?".

O som insistente fez que interrompesse seus golpes e as imersões de De la Garza no vaso sanitário. Então revistou-o rapidamente e com maus modos em busca do celular impertinente, e quando o encontrou num bolso do paletó de rapper pegou-o, olhou para ele com perplexidade e ira, e o varejou contra uma parede com todas as suas forças, o aparelho se espatifou e a espanholice cessou no mesmo instante. "Pelo menos não vai mais afogá-lo", pensei, "por ora", e também me dei conta de que, sem a espada, eu o achava menos perigoso, menos mortal, talvez só porque para um estrangulamento se necessite de algum tempo, pouco embora, e esse tempo dá tempo para outro intervir, que teria de ser eu, mas como, não havia mais ninguém naquele lugar e ninguém tentava entrar, todos dariam com a porta trancada e suporiam que aquele toalete estava fora de uso; enquanto para a decapitação ou corte não se requer nenhum lapso de tempo, e se Tupra não houvesse freado logo de início a lâmina, a cabeça do adido já estaria decepada e caída no chão, e ele seria duas partes, ou não seria. Assim, eu vigiava com apreensão o que Reresby fazia mas também lançava olhares para seu sobretudo pendurado, sabia agora que ali estava guardada a temível arma dos lansquenetes e que ele podia tornar a pegá-la em qualquer momento de ímpeto ou exasperação, desembainhá-la de novo e brandi-la.

Em seguida Tupra agarrou Rafita pela lapela, melhor dizendo pelo peitilho, e fez com ele quase a mesma coisa que com o celular, quer dizer, atirou-o contra uma parede, e vi como uma das estranhas barras cilíndricas que sobressaíam se cravava nas suas costas. Por sorte eram rombudas, mesmo assim deve ter doído sobremaneira, no impulso de Tupra não houve reservas. Depois de bater contra ela, De la Garza desabou, com um ganido derrotado e sem ar. A camisa tinha saído das calças e então descobri com estupor — também com vergonha, ou era quase pena — que o diplomata tinha incrustada no umbigo uma jóia, como um pequeno brilhante ou talvez uma pérola, seguramente de bijuteria, de imitação, falsa. "Santo céu", pensei, "quer se sentir moderninho a qualquer custo, não bastaram o brinco de cigana e a redinha, será que usa isso sempre, até na embaixada, ou só quando se fantasia para farrear?" Tupra tornou a catá-lo e o levantou, agarrando sempre o peitilho, arrastou-o para trás e arremessou-o de novo contra a barra metálica dos entrevados, era a fixa, tive a sensação de que agora se fincava em suas escápulas. De la Garza era um títere, um saco, estava todo molhado e manchado de azul, com talhos no queixo e na testa, e um corte num pômulo, *uno sfregio*, a roupa toda desarrumada e com vários rasgões, e seus gritos eram muito fracos, apenas o incontido gemido cada vez que suas costas se chocavam contra aquela barra, porque Reresby deu seqüência à série, contínua e rapidamente: levantava-o, afastava-o um pouco da parede e arremessava-o contra o aríete, devia estar quebrando as costelas dele se é que não lhe produzia lesões internas de maior conseqüência, a caixa torácica do adido retumbava toda e seu interior rangia, e a cada impacto era como se a respiração cessasse. Reresby fez aquilo cinco vezes ao todo, como se contasse, com paciência e disciplina, como quem já tem o roteiro traçado. De la Garza não se defendeu em momento nenhum (nem podia mais se encolher ou tapar os ouvidos), não sei, suponho que a gente percebe quando não dá, quando a força e a determinação do outro — ou o número, se são vários outros; ou as armas, se você está desarmado — são tão superiores que só resta esperar que se canse ou que decida pôr um ponto final, Rafita também devia pensar na espada com temor e uma ponta de esperança durante os arremessos, durante seu espancamento, como talvez Emilio Marés nos campos de Ronda, uma vez que viu vir contra ele primeiro as bandarilhas, depois a lança: "Estão fazendo. Estão fazendo mesmo, esses filhos-da-puta, desgraçados", deve ter pensado então. "Estão me toureando como se eu fosse um touro, o melhor é que me matem o quanto antes e que não falhem, que não tenham de me dar o golpe de misericórdia com o que lhes ocorrer, porque são capazes de usar um prego."

Quando terminou, Tupra virou para mim e me disse:

— Jack, traduza para ele, quero que entenda bem, que fique claro. — E antes de começar acrescentou: — Você tem um pente?

De la Garza estava por fim no chão, parecia imobilizado e não seria mais levantado à força por *Sir Blow*, *Sir Punishment* ou *Sir Trashing*, pelo menos não era o Cavaleiro Morte a meus olhos. Reresby se olhou no espelho enquanto falava, ajeitou um pouco a camisa, recompôs o paletó, alisou o colete, quanto ao mais seu aspecto era o habitual, nem mesmo estava muito despenteado. Arrumou a gravata, ajustou o nó, tudo isso já sem suas luvas empapadas, que largou com nojo junto da latrina. Com elas postas, não tinha batido nele nem uma vez com o punho cerrado ou com a mão aberta — com o pé tampouco —, todos os golpes tinham sido realizados por objeto interposto, o vaso do gabinete, a barra cilíndrica e até a redinha e as descargas d'água, ele devia estar muito bem a par do que meu pai tinha me dito tempos antes, que no golpe direto também pode se machucar quem o aplica. Na Espanha sempre se soube dessas comodidades para a violência: em 1808 (é um exemplo), durante a Guerra Peninsular ou da Independência, as tropas de Filanghieri, governador de La Coruña, italiano de nascimento para maior desconfiança (não era um "espanhol raio e fogo"), consideraram-no traidor por ter demorado um pouco a proclamar a independência (*he lingered*, tão-só por prudência estratégica, aduziu, mas já era tarde); de modo que fincaram suas baionetas no chão, com a ponta para cima (aconteceu ao que parece em Villafranca del Bierzo, onde estavam não sei por quê), e jogaram seu capitão-geral sobre elas umas tantas vezes, até que algum órgão vital foi por fim atravessado e careceu de sentido a insistência, poupando assim aos amotinados o esforço de cravá-las com seu próprio ímpeto e deixando que o pré-morto Filanghieri se varasse ele próprio por elas. Pelo visto não foi a primeira ocasião em que se recorreu a esse método preguiçoso, inaugurado talvez pelos cartagineses, com lanças, contra o general romano Atílio Régulo no século III antes de Cristo; e um viajante inglês à Espanha assinalou que assassinar os abusivos, despóticos, incompetentes e péssimos generais e chefes que geralmente assumiram o mando em nossa península ao longo da História (bons vassalos, maus senhores sempre) era "uma inveterada artimanha ibérica". Também observou que "socorros na Espanha vêm tarde ou nunca" (em auxílio de Filanghieri acudiu quem haveria de sucedê-lo, mas já muito depois de ele ter sido experimentado como faquir até a saciedade, sem sucesso), do que me lembrei quando me inclinei sobre De la Garza para me interessar inoperante e vagamente por seu maltratado estado, não havia muito que fazer então, já triturado o presunçoso, semi-inconsciente, estirado no chão, quem sabe se não entrevado por uma longa temporada, esperava que não para sempre, ou teria de se acostumar a freqüentar o toalete deles. Tanto assim que me perguntei se na origem do sobrenome Tupra não estariam, remotamente, antigos e indolentes compatriotas meus.

— Um pente? — respondi, meio desconfiado. Me lembrava do comentário de Wheeler acerca dos latinos, em seu jardim, à beira do rio, depois das graças do helicóptero. Fama de vaidosos. — O que te faz pensar que eu possa andar com um pente?

— Vocês, latinos, costumam andar, não? Veja se ele não tem um. — E fez um gesto com a cabeça para o caído.

Me deu não sei quê, me pareceu abusivo que ainda por cima Reresby se aproveitasse do pente que De la Garza certamente teria consigo, se não o perdera na desequilibrada refrega ou na sulfurosa dança de antes. Fiquei com vergonha de revistar o espancado, o tão facilmente derrotado. De modo que puxei o meu, apesar de lhe dar razão com isso.

— Prontinho — disse a Tupra e passei-o. Pelo visto era uma idéia difundida, a dos nossos pentes, na ilha grande.

Mas não me importava muito corroborá-la: de repente eu me sentia extraordinariamente aliviado, porque aquilo tinha terminado, De la Garza continuava vivo e eu já o tinha visto morto. Mortíssimo, separado, transformado em cabeça e tronco, em duas partes. O perigo maior já era passado, assim parecia, embora fosse muito recente era passado, é fantástico e também irritante como a cessação traz uma espécie de falsa anulação momentânea do ocorrido. "Uma vez que não está surrando *mais*, é *quase* como se não tivesse surrado", pensamos em nossa desmedida adoração do presente que vai em louco e permanente aumento. "Uma vez que não arde *mais*, é *quase* como se não houvesse ardido, uma vez que não bombardeiam *mais*, é *quase* como se não houvessem bombardeado. Sim, aí estão os mortos e os mutilados, as casas queimadas e destruídas, mas isso já foi, já aconteceu, já é *antes*, e não há quem o mude nem desfaça, e agora *pelo menos* não estão matando nem mutilando nem destruindo, não enquanto estou aqui com minhas ocupações, e respirando." Esses pensamentos passam por nossa cabeça cada vez que há uma dessas guerras atuais mais ou menos televisionadas, pelas quais sente tanto desprezo a gente antiga que esteve em outras não frívolas, como meu pai ou Wheeler: a do Golfo, a do Kosovo, a do Afeganistão, a do Iraque de desonrosos motivos, interesses espúrios e falta de necessidade absoluta, salvo uma arrogância sem limites dos seus impulsionadores. Enquanto há combates e as bombas voam sobre militares e civis, uma angústia enorme se apossa de nós, vemos as notícias diariamente com o coração na mão; essa fase costuma ser breve hoje em dia, às vezes só algumas semanas ou poucos meses em todo caso, e não temos tempo para nos acostumarmos nem portanto para ficar suficientemente insensíveis, para aceitar que assim é qualquer guerra fraudulenta ou íntegra e que também se pode conviver com isso cotidianamente, sem dar tanta importância nem se desesperar pelos outros a cada instante, sobretudo pelos desconhecidos distantes; nem mesmo por nós mesmos e por nossos conhecidos próximos, se chega a nossa vez, ela chegou e pronto, uma vez desatada a matança. Se uma bala traz teu nome, como disse Diderot antes de qualquer outro, se não me engano. Hoje não temos tempo de nos instalarmos no estado de guerra, que torna inconcebível o estado de paz e vice-versa, conforme havia observado Wheeler ("A gente não tem consciência de até que ponto uma coisa nega a outra", tinha dito, "a suprime, repele, exclui da nossa memória e afugenta da nossa imaginação e do nosso pensamento"), e assim o grau de excepcionalidade se mantém muito alto pela própria e curta duração do horror visto na tela, de modo que quando termina essa fase vem-nos uma estranha convicção de que tudo acabou e até certo ponto se apagou.

"Pelo menos já não está acontecendo", pensamos, e até suspiramos; e esse "pelo menos" implica uma injustiça notável: o acontecido perde gravidade e força tão-somente porque *já* não está acontecendo, e então *quase* ignoramos os feridos e os mortos, que tanto nos oprimiam e afetavam *enquanto* se produziam. Agora já são passado, logo que alguém se ocupe, reconstrua, cure, enterre, adote, preferivelmente os mesmos que os causaram, que assim aparecem também como reparadores, o cúmulo do absurdo e da patranha. É mais um sintoma da infantilização do mundo, era isto o que as mães diziam aos filhos para acalmá-los: "Já passou, pronto, já passou", depois de um pesadelo, de um susto ou de algum mau momento, prender o dedo ou qualquer machucado, quase como se declarassem: "O que não é mais, não foi", embora a dor persistisse e depois se formasse uma crosta comichosa ou os dedos ficassem roxos, inchassem, e às vezes ficasse uma cicatriz para que o adulto a acariciasse e continuasse se lembrando daquele machucado e daquele dia.

Sentir alívio por ter assistido a uma surra dada em alguém acovardado e desprevenido, meio bêbado, e não ter ousado ou sabido impedi-la; por ter acreditado que meu colega ia cortar de um só golpe um pescoço, que ia estrangular com uma rede e afogar com água da descarga, não era sensato nem, portanto, nobre. E no entanto assim era, Tupra tinha parado e eu estava contente, era muito mais decisivo o peso que ele havia tirado de cima de mim do que o que tinha posto, e este não era pouco, de modo algum. De la Garza não estava mais em perigo, esse era meu principal e grotesco pensamento, porque o perigo já o havia atingido brutalmente. Não até a morte, é certo, mas parecia ridículo conformar-se com isso, com vê-lo vivo e até se alegrar, quando a última coisa que havia previsto ao levá-lo àquele toalete era que saísse de lá tão arrebentado, com vários ossos quebrados, na certa, no mínimo. Se é que sairia, porque enquanto

Reresby se arrumava e acreditava domar seus cabelos escuros, volumosos e frisados como não se costuma achar em seu reino (exceto em Gales), com as têmporas encaracoladas e provavelmente pintadas (quatro passadas ou retoques de pente, não ficou muito diferente depois de utilizá-lo), de novo mandou que eu traduzisse e me soltou o seguinte:

— Jack, traduza para ele — tornou a me dizer —, não quero que haja mal-entendidos, porque seria ruim para ele e para nós, deixe tudo bem claro, diga a ele, diga logo o que acabo de dizer. — E assim fiz, comuniquei a De la Garza na minha língua a questão dos mal-entendidos; ele estava com os olhos entrecerrados e o olhar avultado, mas sem dúvida era capaz de me ouvir. — Diga que agora você e eu vamos sair tranqüilamente daqui e que ele ficará estirado aí meia hora mais, onde está, sem se mexer, quarenta minutos para dar uma margem maior, ainda tenho assuntos a resolver aí fora. Que não lhe passe pela cabeça sair, nem mesmo se levantar. Que não grite nem peça socorro. Que permaneça aí durante esse tempo, o frio do chão será bom para ele e não será ruim ficar um instante caído e imóvel, até retomar fôlego. Diga a ele. — E assim fiz, inclusive sobre o frescor do chão. — O sobretudo dele está ali — prosseguiu Reresby, e apontou para o segundo que havia trazido, o escuro, o que havia deixado pendurado numa barra baixa, e então compreendi até que ponto meu transitório chefe havia previsto tudo: não era o meu mas o de Rafita que ele tinha se dado ao trabalho de pegar no vestiário antes de vir ao toalete, devia ter mão e mando naquele estabelecimento besta chique ou capacidade de tapear, devem ter buscado e entregado o capote sem fazer perguntas e até com certa reverência. — Com ele posto, ninguém perceberá o seu estado, das suas roupas, não vai chamar a atenção. Se tiver dificuldade para andar, vão achar que está de porre. Mande ele fingir, se é que já não está meio de porre mesmo. Quando sair, saia direto para a rua sem parar no salão por nenhum motivo, vá para casa. Que nunca mais volte aqui. Ande, traduza. — E voltei a traduzir, fui eu que disse "de porre" em espanhol, Tupra tinha dito "*sloshed*". — Nem pense em ir à polícia, nem armar um escândalo na embaixada dele, nem prestar queixa por meio dela, qualquer que seja: ele já sabe o que pode vir a lhe acontecer. Que não telefone para você tomando satisfações, que deixe você em paz, esqueça você. Meta na cabeça que não tem que tomá-las, que não há razões para denúncias nem protestos. Que não conte nada, que se cale. Nem como aventura que tenha vivido. E que se lembre. — "Cale-se, cale-se e não diga nada, nem mesmo para se salvar. Cale-se e então salve-se", pensei mais uma vez e dei as instruções a De la Garza. Mas Tupra ainda acrescentou umas tantas, saíam rápidas, como se recitasse uma lista ou fossem conseqüências sabidas de um plano cumprido, as seqüelas de um tratamento: — Diga a ele que deve estar com duas costelas quebradas, três, no máximo quatro. Embora doa muito, vai sarar, acabarão se consolidando. E se descobrir algo mais grave, dê sempre graças a Deus por sua boa sorte. Podia ter ficado sem a cabeça, esteve a ponto. E, como não a perdeu, diga a ele que ainda está a tempo de perdê-la, outro dia, um destes, sabemos onde encontrá-lo. Que não se esqueça disso, diga a ele que a espada estará sempre aí. Se tiver de ir a um hospital, conte o mesmo que tantos bêbados e tantos devedores, que a porta da garagem caiu em cima dele de repente. Molhe o cabelo antes de sair, limpe-o, embora ninguém aqui estranhasse esse tom azulado. Aliás, na verdade fica menos excêntrico e menos ridículo do que com a rede que usava no cabelo. Diga isso, diga a ele e vamos embora. Certifique-se de que entendeu tudo. E tome seu pente, obrigado.

Devolveu-o. Ao contrário de Wheeler, ele não tivera a precaução de observá-lo contra a luz para verificar se estava limpo, quando lhe dei. Já eu, sim, fiz isso, quando voltou à minha mão, não havia cabelos. Traduzi a última parte da ladainha ao adido, mas omiti o detalhe da espada; quero dizer, mencionei a cabeça e sua sempre possível perda, talvez só adiada; mas não a espada. Não se pode dizer a alguém que traduza tudo sem questionar, julgar nem repudiar o que traduz, qualquer loucura, qualquer imprecação ou calúnia, qualquer obscenidade ou selvageria. Embora não seja você mesmo que fale ou diga, embora você seja um mero transmissor ou reprodutor de palavras e frases alheias, o certo é que as faz bastante suas ao convertê-las em compreensíveis e repeti-las, em muito maior medida do que a imaginável em princípio. Você as ouve, entende-as, às vezes tem uma opinião sobre elas; encontra um equivalente imediato para elas, lhes dá nova forma e as diz. É como se você assinasse embaixo. Nada do sucedido naquele banheiro havia me agradado. Nada do que havia feito Tupra. Minha passividade tampouco, ou meu desconcerto, ou era covardia, ou havia sido prudência, talvez houvesse evitado calamidades maiores. Menos graça ainda tinha achado naquele improcedente plural de Reresby, "sabemos onde encontrá-lo", me causou inquietude e incômodo que me incluísse naquilo, conhecendo-me pouco e sem o meu consentimento. O que não podiam me pedir é que ainda por cima eu fosse ativo e ameaçasse com a arma que mais me mete medo, um medo atávico, a que mais matou ao longo de quase todos os séculos, de perto e vendo a cara do morto. E a que eu havia temido tanto enquanto esteve desembainhada e erguida.

Terminei e acrescentei por minha conta e na minha língua:

— De la Garza, é melhor que faça tudo o que ele disse, ficou claro? De verdade. Achei que você não ia sair vivo. Eu também não o conheço muito bem. Espero que possa se recuperar. Boa sorte.

De la Garza assentiu, apenas um movimento do queixo, os

olhos distantes e turvos, não queria nem olhar para nós. Além de dolorido, continuava morto de medo, creio eu, não sairia dali enquanto não desaparecêssemos da sua vista, e mesmo assim guardaria para sempre um resto de pavor. Obedeceria com toda a certeza, não se atreveria nem a averiguar, a me procurar, a me telefonar. Talvez nem sequer ligasse para Wheeler a fim de se queixar, seu mentor teórico na Inglaterra. Nem a seu pai na Espanha, o velho amigo de Peter. Chamava-se dom Pablo e era muito melhor que o filho, eu me lembrava.

Tupra pegou seu sobretudo claro tão respeitável e tão rígido, e jogou-o nos ombros, já não havia diferença entre o que saía e o que havia entrado. Catou as luvas molhadas e enfiou-as num bolso do capote, depois de torcê-las e enrolá-las cada uma num pedaço de papel toalha. Destrancou a porta e abriu-a para mim.

— Vamos, Jack — disse.

Não dedicou um só olhar ao caído. Era isso, um caído, já não era problema seu, tinha feito seu trabalho. Foi essa a impressão que me deu, de que o via assim, provavelmente sem animosidade nem pena. Era assim que ele devia ver todas as coisas: alguém as fazia quando necessário, alguém se ocupava delas, as consertava, desativava, queimava ou equilibrava ("*Don't linger or delay*"); depois eram esquecidas, eram passado, e sempre havia algo mais esperando, ele já tinha dito, ainda havia assuntos a resolver lá fora e necessitava de trinta ou quarenta minutos, com tanta interrupção não devia ter encerrado as tratativas ou os subornos, as chantagens ou os acordos com o senhor Manoia. Ou não o teria convencido nem persuadido, ou não teria dado oportunidade suficiente a Manoia para que este o persuadisse ou convencesse, seja lá do que fosse. Tampouco deu um pontapé de despedida ou de assinatura, ao passar junto do vulto de De la Garza. Tupra era *Sir Punishment* sem sombra de dúvida, mas talvez não *Sir Cruelty*. Ou vai ver que nunca, nunca batia diretamente, com nenhuma parte do seu corpo. Só a aba do sobretudo, em seu vôo como capa de toureador, roçou ao sair a cara do caído.

Antes de passar pela segunda porta, a que já dava acesso à discoteca, ainda me veio à memória um verso de "The streets of Laredo", com sua melodia insistente que não me largava. Esse verso me pareceu inoportuno, porque eu não podia garantir que não o subscrevesse um pouco naquele instante, como o que se traduz ou repete num juramento, ou que não fosse Tupra que pudesse fazê-lo seu naquela noite, depois do meu insatisfatório comportamento a seus olhos, do princípio ao fim: "*We all loved our comrade although he'd done wrong*", dizia, o que vem a ser: "Todos gostávamos do nosso companheiro, embora tivesse agido mal". Claro que também se podia traduzir: "... embora tivesse feito o mal", e talvez essa fosse a versão mais justa.

Reresby conhecia seus tempos, foram trinta e cinco minutos que tivemos de passar na mesa antes de sairmos os quatro da discoteca, o senhor e a senhora Manoia, ele e eu. Havíamos deixado o casal a sós muito menos tempo, toda a operação do toalete não durou nem dez minutos, quero dizer a violenta intervenção de Tupra. Até então ele fora um solícito acompanhante de Flavia, primeiro no banheiro feminino e, depois, de volta à mesa: não tinha descuidado dela nem portanto dele, não podiam se queixar muito da nossa ausência. Manoia, assim, não me pareceu particularmente impaciente nem mal-humorado, ou então *lo sfregio* no rosto da mulher o havia enfurecido tanto que depois a febre só poderia baixar, acalmar-se por comparação, enquanto aplicávamos o castigo no bestalhão (agora eu me incluí no plural), talvez em seu nome, talvez por ordem sua.

Tupra, em todo caso, não levou o sobretudo de volta ao vestiário, sentou-se com ele jogado como uma capa, deixando-o cair reto nos ombros, obrigado pela rigidez da arma, parecia acostumado (deve ter sujado a borda, que roçava no chão). Me perguntei se Manoia teria idéia do que meu chefe trazia oculto, talvez não lhe tivesse agradado nem um pouco. Também não se podia descartar que não levasse a espada consigo desde o início, que ela não o acompanhava sempre, que a tinham dado no vestiário junto com o sobretudo, quando o pediu; que a um sinal seu a houvessem enfiado no comprido bolso-bainha, que a deixasse depositada naquele lugar, por assim dizer, e a passassem quando dela precisava. Seguramente era um cliente assíduo, privilegiado, e devia sê-lo em todos os lugares a que íamos, pelo menos assim era tratado, como alguém muito conhecido, adulado, respeitado e até um pouco temido, quer se chamasse Reresby nuns, Ure em outros ou Dundas nos demais. Mas em todos eles lhe guardariam ou entregariam armas. Armas brancas compridas.

Durante aqueles trinta e cinco minutos se concentrou na conversa com Manoia, depois de lhe fazer, ao chegar, um gesto que me atrevi a entender como "Pronto", ou "Pode se dar por vingado", ou "Já terminou a chateação, sinto o ocorrido". Ouvi-os repetir alguns nomes, soltos, já ditos: Pollari, Letta, Saltamerenda, Valls, "*the Sismi*", eu não sabia o que isso vinha a ser. Manoia nem sequer olhou para mim, devia ter formado uma péssima opinião e preferir evitar qualquer contato, até o visual, comigo. Coube-me tornar a distrair Flavia, como se nada houvesse acontecido. Mas ela estava amuada, com pouca vontade de falar, quase deprimida, lançava olhares imprecisos ao seu redor, com tédio, só para o tempo passar, acompanhava o ritmo da música com o pé, preguiçosa e discretamente, tinha maquiado bem a bochecha mas ainda assim estava arrasada e se notava a marca, tinha se despenteado com a dança e, em seu caso, não bastaria um pente próprio ou alheio para recompor como convinha as probabilíssimas cabeleiras postiças dispostas complexamente. Tinha ganhado alguns anos, podia inclusive ter soltado algumas lágrimas artificiais, pueris, isso acentua na hora a idade dos que tergiversam sobre ela ou a escondem (as lágrimas que são fingidas, não as verdadeiras). Só ao fim de um instante, quando seu marido cochichava longamente com Tupra, um no ouvido do outro, me perguntou em italiano:

— E o amigo do senhor? — De repente voltou a tratar-me por senhor, um indício a mais de desânimo.

Olhei com o canto dos olhos os mamilos pungentes ou *brutali capezzoli*, pela cabeça de quem passaria se armar com *piolets* assim? Tiveram culpa indireta por quase tudo, e, claro, por minha negligência.

— Foi embora — respondi. — Se chateava. E já era tarde, ele sempre madruga. — Temo que a segunda coisa eu tenha dito com más intenções, naquele momento eu estava muito descontente e não agüentava a senhora.

Procurei então com a vista o grupo de espanhóis bagunceiros com que De la Garza tinha vindo; não os ouvia, logo era lógico que também não os visse, a mesa deles estava vazia. Eles sim deviam ter ido embora ou se dispersado, sem esperá-lo nem procurá-lo, já deviam dá-lo por copulante ou quase, não havia por que se preocupar com eles, com que fossem resgatar o amigo e o impedissem de cumprir as ordens terminantes de Reresby e seus prazos.

Foram os suficientes minutos de tempo contemplativo ou morto para que eu acabasse de me enfurecer, retrospectivamente. Como havia sido possível?, eu me perguntava, e a cada segundo me parecia mais um sonho estúpido e inquietante, dos que não vão embora, e se mantêm e esperam. Por que Tupra não tinha se contentado com driblar De la Garza, com termos nós quatro caído fora dali, tomando cuidado para que ele não grudasse na gente? Que importância tinha continuar a conversa ali, naquele lugar mauricinho barulhento, em vez de em qualquer outro, sem tropeços nem intromissões? A cidade estava cheia deles, naquela mesma zona de Knightsbridge é que não faltavam, e em todos Tupra estaria em casa; não via necessidade da surra, menos ainda da espada. E por que eu não lhe segurei o braço? (Quando acreditei que ia abatê-la sobre a palpitante carne.) A resposta a este último ponto logo me veio à mente, e além do mais era simplíssima: porque era o meu pescoço que ele podia ter cortado, ou ter aberto na vertical um ombro até alcançar um pulmão. De um só golpe. ("*And in short, I was afraid.*" Em resumo, tive medo.) E de acordo com essa resposta e do que eu havia visto, me interroguei sobre Tupra como se fosse Tupra que me interrogasse numa das nossas sessões de interpretação de vidas no edifício sem nome, e ele bem que podia ter me feito perguntas como essas — quase impossíveis de responder em princípio, até você se aventurar —, no dia seguinte de qualquer reunião ou saída, de qualquer encontro ou vigilância, sobre qualquer pessoa com que houvéssemos falado, ou tão-só estado, ou a que só houvéssemos observado e ouvido:

"Você acredita que esse homem é capaz de matar ou que é apenas um fanfarrão, dos que não passam das ameaças? Por que acha que ele parou a espada?"

E eu podia ter respondido:

"Talvez antes de mais nada se deva perguntar por que a sacou. Era ostensiva e desnecessária, e no fim nem a utilizou, só para cortar a redinha e dar um susto daqueles na vítima, e na testemunha também, claro. Caberia duvidar se a esgrimiu principalmente para que eu a visse, me alarmasse e me impressionasse, como de fato ocorreu. Não sei. Para que eu acreditasse que ele era capaz de matar efetivamente, sem pensar duas vezes, da maneira mais brutal e por quase nada. Mas talvez também a tenha detido para que eu acreditasse o contrário, que não era capaz, apesar de ter tudo a seu favor para fazê-lo, como dizer, apesar de já estar em andamento. Ou talvez tenha querido me testar, ver minha reação diante de uma coisa assim, verificar se eu me juntava a ele, ou se lavava as mãos, ou se o enfrentava ante aquela selvageria. Bem, esta última coisa ele já sabe. Sabe que não, se estou desarmado. O que nunca é saber muito: mais útil teria sido conferir tendo eu uma nas mãos."

"E então, no que você acredita, em definitivo? Não me respondeu, Jack, e se pergunto é porque me interessa que me responda; quer você se engane ou acerte, dá na mesma, porque no mais das vezes nunca vamos averiguar. Você acha que esse Reresby é capaz de matar ou que na verdade jamais mataria? Não pense só nessa ocasião, pense no homem em conjunto."

"Sim, agora creio que é", eu teria dito. "Todo mundo é, no entanto uns mais e a maioria menos, e nessa questão é menos infinitamente: infinitamente menos." E teria acrescentado, comigo mesmo: "O Comendador é capaz, sei disso desde sempre, Wheeler é e eu sou, soube disso muito depois; Luisa não é, e Pérez Nuix não sei, me escapa, Manoia e Rendel são, não são Mulryan, nem De la Garza, nem Flavia, ou o segundo talvez sim, sem querer, por pânico e pelas costas; também não são Beryl nem lorde Rymer, o Frasco — esse não se altera por se embriagar, se é que alteraria estar sóbrio, do que ninguém se lembra —, já a senhora Berry sim, assim como Dick Dearlove, mas por horrores diferentes dos deste, não sei quais, não pelo horror narrativo nem pelo biográfico, que pairam sobre os astros. Não são capazes meu pai nem minha irmã nem meus irmãos, não teria sido minha mãe, tampouco Cromer-Blake ou Toby Rylands, ou Toby só na batalha e aí certamente o fez. Alan Marriott não, com seu cachorro trípode, mas Clare Bayes sim, minha ex e pegajosa amante de Oxford. Não será capaz meu filho mas talvez sim minha filha, dentro do que cabe prever, que ainda é muito pouco. Sem dúvida Incompara pode, embora eu tenha vindo a sustentar o contrário". E ainda teria pensado: "Refletindo melhor, sei a resposta para quase todas as pessoas que conheci, ou não estou longe de, e também creio saber quem viria me matar, me dar um passeio, como fizeram com Emilio Marés e tantos outros: se pudessem, se estourasse outra guerra civil na Espanha, se encontrassem a confusão, o pretexto e o disfarce para seu crime. Melhor estar na Inglaterra". Depois teria continuado interpretando Reresby: "Ele provavelmente o fez. Algumas vezes com as próprias mãos e muitas outras com suas intrigas, com meios sub-reptícios, com difamações, veneno, com subentendidos e lacônicas ordens ou condenatórios silêncios. Com certeza espalhou cepas de cólera, de malária, de peste, depois bancou o espantado ou o sapiente, conforme os casos e sua conveniência, conforme tenha querido deixar ou tirar a máscara. Tirá-la para infundir medo, deixá-la para infundir confiança. Ambas as coisas trazem grandes benefícios, não falham".

"Com ele há que tomar muito cuidado, então", teria dito Tupra de Reresby. "Ele, sim, representa um perigo e, está claro, há que temê-lo."

Era quase essa a conclusão do vago informe que eu tinha lido sobre mim no velho arquivo do edifício sem nome, sabe lá redigido por quem, por alguém que havia aludido a pessoas concretas, sem que eu soubesse quais (ou então eram arquétipos), e com um destinatário: "Pode ser que não lhe importe muito o que acontece com alguém...", rezava aquele texto em inglês que me haviam dedicado. "As coisas acontecem e ele toma nota, sem nenhum propósito definido, o mais das vezes sem sentir ter algo a ver com elas, muito menos estar envolvido nelas. Talvez por isso perceba tantas. Tantas não lhe escapam, quase dá medo imaginar o que ele sabe, quanto vê e quanto sabe. De mim, de você, dela. Sabe mais de nós do que nós mesmos..." E mais adiante acrescentava: "Não faz uso do seu saber, é muito estranho. Mas tem um. E se um dia fizesse uso, haveria que temê-lo. Eu creio que ele não perdoa". E terminava insistindo um pouco sobre esse ponto: "Sabe que não se compreende e que não vai compreender. Assim, não se dedica a tentá-lo. Creio que não representa um perigo. Mas que há que temê-lo, sim".

Podia ser verdade a primeira coisa, que raras vezes eu me preocupava com o que acontecia ao meu redor (talvez por isso não havia segurado o braço de Reresby, com a lansquenete no alto). A segunda era exagerada do meu ponto de vista: por mais que eu acreditasse saber, não sabia tanto, a diferença é sempre enorme entre essas duas coisas que se confundem continuamente, acreditar saber e saber ao certo. E quem era "eu", quem era "você", quem era "ela" naquele relatório? "Eu" era Tupra? "Você" era Pérez Nuix, ou ela era "ela"? De repente me ocorreu que "eu", o que escrevia, o que elucubrava, o que me havia observado, tinha de me conhecer há mais tempo e com maior profundidade do que meus colegas (embora essa ocorrência supusesse um momentâneo esquecimento daquilo a que eles se dedicavam, ou nos dedicávamos, com grande arbitrariedade e audácia). Fora Wheeler, fora a senhora Berry, fora o próprio Toby Rylands, que o havia redigido ou ditado e deixado pronto anos atrás, somente por via das dúvidas, quando eu ainda vivia em Oxford, nem sequer estava casado e não era previsível que voltasse para a Inglaterra uma vez terminado meu contrato universitário? Acumulavam tanta inutilidade? Podiam ter se adiantado tanto? E nesse caso "você" seria seu irmão, seria Wheeler, com quem eu mal tivera contato durante minha estada? E quem podia ser "ela" senão Clare Bayes, que foi minha única "ela" naquele tempo? "Sabe mais de nós do que nós mesmos." Talvez essa fosse uma maneira de se referir à Congregação, que é como se chama a si mesmo o conjunto dos *dons* ou professores da universidade, seguindo a forte tradição clerical do lugar, e os dois irmãos eram membros dela. Peter havia me dito que Toby foi quem primeiro tinha lhe falado de mim e de meu suposto dom: "De fato, em parte chegamos a nos conhecer por isso, ele despertou minha curiosidade. Que você talvez pudesse ser como nós...". Aí também havia outro "nós", e este não era oxfordiano, mas aludia ao que ambos eram ou tinham sido, intérpretes de pessoas ou tradutores de vidas. "Ele tinha me adiantado isso e confirmou-o depois em alguma ocasião em que ocorreu falarmos do velho grupo." Tinham sido essas as suas palavras enquanto eu tomava o café-da-manhã, depois ele fora ainda mais explícito: "Toby me disse que sempre admirava e ao mesmo tempo temia o dom especial que você tinha para captar os traços característicos e essenciais, tanto externos como internos, de seus amigos e conhecidos, muitas vezes inadvertidos, ignorados por eles mesmos...".

Logo tudo podia ser, tudo podia, até que aquela fosse a voz de Rylands vinda do além-túmulo, informando sobre mim a Wheeler ou ao próprio Tupra, ex-discípulo seu de sei lá o quê, afinal de contas isso não devia ser esquecido. (Nunca sabemos até que ponto e de que modo somos observados por quem nos rodeia, pelos mais próximos e pelos mais leais, que aparentaram renunciar faz muito à objetividade e nos dar por previsíveis, ou por certos, ou por invioláveis, ou por inegociáveis, ou nos conceder toda a graça; não sabemos os juízos que em silêncio continuam fazendo, e que por força serão mutáveis, nossas mulheres e nossos maridos, nossos pais e nossos filhos, nossos melhores amigos: a eles consideramos seguros e a salvo por um tempo indefinido, como se fossem permanecer assim para sempre, quando não resta dúvida de que seus rostos variam, e para eles o nosso, de que podemos amá-los e acabar odiando-os, de que podem estar incondicionalmente do nosso lado até que um dia se voltam contra nós e começam a só tentar nos arruinar, nos perder, nos arrasar, e que soframos. E até nos expulsar da terra e do tempo, isto é, nos aniquilar.)

Quanto à terceira, que eu não representava perigo mas devia ser temido e que, além disso, não perdoava (apesar de isso só estar expresso como crença), me parecia ainda mais exagerada. Claro que não estou seguro de que ninguém saiba se deve ser temido ou não, a não ser que procure sê-lo conscientemente, que trabalhe isso, para dominar vontades e cagar regras ou falar mais alto, como parte de um plano ou de uma estratégia, ou como uma forma bastante extensa de andar pelo mundo, pensando bem. Se assim não fosse, como explicá-lo, a gente não se percebe como temível porque nunca ninguém teme a si mesmo. E entre os que se empenham nisso, para ser temíveis e temidos, na verdade só uns poucos são bem-sucedidos. Tupra e Wheeler, cada um a seu modo, eram dois bons exemplos desse êxito; e se entre ambos havia elos, e se elos havia por sua vez entre cada um e o mestre, ou amigo, ou irmão morto; se entre os três havia semelhanças e vínculos de caráter, ou não eram disso, mas de capacidade, a daquele dom compartilhado de que eu também fazia parte segundo seu sagaz critério, então não era impossível que eu também, só que sem me propor, devia ser de fato temido e aquele escrito estivesse certo. Com Tupra não havia sido sincero já numa oportunidade, na interpretação de Incompara: havia aceitado o pedido de Pérez Nuix e assim havia calado, ou omitido, ou mentido. E talvez só isso já me convertia em temível ou, o que é a mesma coisa, em não confiável, ou o que muito se assemelha a isso, em traiçoeiro. (Pedir, pedir é a maldição mais freqüente depois de contar; tomara não nos pedissem nunca e só nos dessem ordens.)

"Creio que sim", teria respondido de novo a Tupra, acerca de Reresby. "Embora não intimide inicialmente nem inste ninguém a pôr-se em guarda, mas, ao contrário, convide a baixar o escudo e tirar o elmo, para melhor deixar-se apreender por ele, por sua cálida e envolvente atenção, por aquele olho seu que sonda o passado e acaba enaltecendo quem olha; embora logo de saída seja cordial, risonho, abertamente simpático para ser insular, com uma vaidade branda e ingênua que não só não incomoda como faz a gente encará-lo com ligeira ironia, e com instintivo e também ligeiro afeto, mesmo assim representa um infinito perigo e há que temê-lo infinitamente, creio. Seguramente é um homem que tolera muito mal que não se faça o que ele julga justo, preciso, conveniente ou bom. Principalmente quando se pode fazer."

E Tupra teria me feito então a pergunta mais difícil de responder:

"Você acha que ele poderia ter te matado, Jack, ali no banheiro dos aleijados, se você tivesse agarrado o seu braço, se houvesse tentado impedir que decapitasse o fantoche? Você achou que ele ia matá-lo e que isso não estava certo, nada certo. Apesar de detestar o indivíduo, você ficava perplexo. Por que não o freou? Foi porque pensou que em vez de um ele era capaz de matar dois e que todos vocês sairiam perdendo mais ainda? Dois mortos em vez de um, e um deles, você? Quero dizer, você o crê capaz de matar a você, que não é um amigo mas alguém sob as suas ordens, um empregado, um contratado, um companheiro, um colega, um associado do seu mesmo bando? Diga o que pensa, diga já, diga o que for. Tenha coragem para ver. Tenha a irresponsabilidade de ver. Sobre uma coisa dessas a gente acha que sabe."

E eu teria caído de novo na tentação habitual do princípio, das primeiras sessões em que me interrogavam acerca de pessoas famosas ou desconhecidas escrutadas em vídeo ou em carne e osso no falso vagão de trem, ou cara a cara, e muitas vezes me perguntavam coisas demasiado específicas sobre aspectos das pessoas que costumam ser impenetráveis à primeira vista e mesmo à última, inclusive as mais chegadas, a gente pode passar a vida ao lado de alguém, vê-lo morrer em seus braços e na hora da morte ignorar ainda do que é capaz e do que não é, e não estar seguro nem sequer dos seus verdadeiros anseios, nem a par de que se os tenha consumado a razoável contento ou sofreu a existência inteira, e isso é o mais freqüente, a não ser que essa pessoa não os tenha, o que rara vez ocorre, sempre aparece um modesto. (Sim, a gente pode estar convencido, mas não saber com certeza.)

Assim, eu gostaria de responder "Não sei", as duas palavras que nunca interessavam e quase não eram aceitáveis no edifício sem nome, no novo grupo herdeiro e degradado do antigo, isso foi se comprovando cada vez mais, que elas não caíam nas graças mas no desdém e no vazio. Não só para Tupra não eram aceitáveis: tampouco eram para Pérez Nuix, Mulryan e Rendel, nem provavelmente para Branshaw e Jane Treves, que embora fossem colaboradores apenas esporádicos não deviam admiti-las nem em seus informantes e confidentes de hierarquia mais baixa. O "Talvez" era consentido — que remédio —, mas causava má impressão, era pouquíssimo apreciado e no fim das contas era ignorado como se quem o dissera não tivesse dado nenhuma contribuição nem dito nada, produzia o mesmo efeito de um voto em branco ou uma abstenção, como dizer: a atitude com que era recebido quase não tinha um correlato verbal, mas equivalia a murmurar: "Boa, meu caro, foi muito útil. Passemos, então, a outro assunto"; e às vezes alguém franzia o cenho ou fazia um muxoxo de aborrecimento. Àquelas alturas do meu atrevimento induzido e da minha trabalhada ou desenvolvida perspicácia, era inverossímil que tivesse respondido assim à pergunta final sobre Reresby em sua interminável noite: "Talvez. É improvável. Não é de se descartar. Quem sabe. Não sei". De modo que eu teria precisado me arriscar e, depois de meditar um instante, teria por fim emitido meu veredicto ou minha aposta mais sinceros, isto é, em que eu de fato mais acreditava ou, como as pessoas gostam de repetir, do fundo do coração:

"Creio que não teria sido fácil para ele, que teria sido duro, que teria procurado nos poupar, isto é, teria me dado uma oportunidade ou duas antes de descarregar o golpe, a oportunidade de desistir. Talvez um ferimento, um corte, um aviso ou dois. Mas, sim, também creio que teria podido me matar se tivesse visto que eu me empenhava e que agia a sério ou que era possível que eu conseguisse frustrar sua já decidida execução. Por eu ser um estorvo, por ser insistente, teria podido matar a mim também. A única coisa é que, pelo que se viu, ainda não tinha se decidido por essa execução."

"Está dizendo que você o teria feito perder a compostura, perder o controle, que ele teria deixado a mão escapar tão gravemente num arrebato de impaciência, soberba, ira?", talvez Tupra tivesse querido averiguar, ofendido quem sabe com tal possibilidade.

"Não, não é isso", eu teria reconhecido. "Teria sido pelo que falei antes, porque tolera muito mal que não se faça o que segundo ele deve ser feito, quando se pode fazer. O que ele já resolveu racionalmente, com suas próprias ou alheias razões, que às vezes lhe surgem após uma longa reflexão ou maquinação, e outras vezes muito rapidamente, um clarão, como se seus olhos que tudo abarcam olhassem instantaneamente na altura adequada e superassem com uma só olhada o que há de vir. Com uma só, focalizando com nitidez, sem volta atrás. Não sei como explicar: poderia ter me matado por disciplina, isso de que o mundo prescindiu; por determinação, por desvelo prático, por um plano; pelo costume de vencer obstáculos e eu ter me convertido num imprevisto, gratuito, supérfluo, não projetado: do seu ponto de vista, sem razão de ser." Mas depois teria sido incapaz de não expressar uma dúvida ulterior, porque era uma dúvida real, e teria acrescentado: "Ou talvez não, talvez não tivesse podido, apesar disso tudo, por uma simples razão: talvez ele goste de mim e ainda não se cansou de que assim seja".

Quando nos levantamos e fomos buscar os sobretudos, os do casal e o meu, Tupra quis passar de novo um instante pelo toalete dos inválidos. Não me disse, mas eu vi. Me fez um sinal para que eu seguisse com Flavia até o vestiário, me entregaram as fichas para que fosse pedindo os casacos, e vi como ele e Manoia desviavam para lá, atravessavam a primeira porta, supus que a segunda também, mas não soube mais nada de certo. Não tinha cabeça para me alarmar outra vez, só para ir me irritando: o que tinha acontecido já era bastante, e De la Garza não ter morrido — me dei conta — somente melhorava as coisas. Eu o tinha visto assim, com expressão de morto, de quem se dá por morto e se sabe morto. Três ou quatro, cinco vezes, seu coração podia ter estourado. "De qualquer modo, Reresby vai e o mata agora", pensei sem acreditar, "ainda leva a espada nas costas. Ou talvez vá apenas certificar-se de que foi obedecido. Ou talvez queira mostrar sua obra a Manoia, dar-se ou dar a ele satisfação. Ou pode ser que este último tenha exigido contemplar o trabalho e dar ou não sua aprovação, o '*Basta così*' ou o '*Non mi basta*'. Ou vai ver que esse siciliano, napolitano ou calabrês não vai verificar mas arrematar o feito em pessoa, ele próprio." Demoraram muito pouco, foi quase entrar e sair, nossos casacos ainda estavam em cima do balcão, o da senhora e o meu, quando eles nos alcançaram. Deve ter sido a quarta ou terceira possibilidade, prestar conta ou se gabar; na segunda eu não acreditava, Tupra saberia tão bem quanto eu que De la Garza não tinha se movido uma polegada de seu lugar no chão. Ninguém pagou nada naquela casa metida a besta, pelo menos eu não, nem o vi fazer. Reresby devia ter crédito, ou era um convidado da casa, ou seria sócio com participação. Ou quem sabe De la Garza teria se encarregado de pagar sem sabermos, antes de sua última e interrompida dança, também para conquistar a senhora com o gesto. Mas isso não batia com ele, nem teria feito aquele babaca ganhá-la.

Entramos os quatro no Aston Martin das noites de bajulação ou ostentação, esta era das primeiras; um pouco apertados, mas não íamos despachar o casal num táxi, éramos os anfitriões, além do mais o trajeto era curto. Levamos os dois para o hotel, nada menos que o opulento Ritz, perto da livraria Hatchard's de Piccadilly, que eu tanto visitava seguindo os passos dos insignes pretéritos, Byron e Wellington, Wilde e Thackeray, Shaw e Chesterton; e não longe da Heywood Hill, à qual eu mais ia quando morava em Oxford, nem das lojas Davidovich e Fox na St. James's Street, onde Tupra provavelmente comprava seus Rameses II e eu às vezes os meus não tão preciosos cigarros Karelias, do Peloponeso.

Ao me despedir de Flavia tive o pressentimento — ou foi presciência — de que, se ainda estava decepcionada ou desconcertada com o incidente e a subtração do galã, após um instante, já às escuras, calados o marido e ela em suas respectivas camas ou em sua cama de casal, se lembraria principalmente de quem a tinha adulado durante a noitada e dormiria mais tranqüila e satisfeita do que havia acordado naquela manhã; e de que portanto ainda poderia amanhecer no dia seguinte pensando: "Ontem à noite ainda sim, mas e hoje?". De modo que pelo menos sob aquele aspecto eu tinha me encarregado bem da encomenda e tinha proporcionado a ela, indireta e aparatosamente — a melhor maneira: como teria gostado de se saber causa de uma violência —, mais uma prorrogação. Mais uma antes do dia em que o primeiro pensamento seria: "Ontem à noite já não, e hoje então...?”. Deu um beijo em Tupra, outro em mim e entrou, sem reparar no homem de libré que abriu e segurou a porta para ela, e sem esperar que seu marido acabasse por sua vez de se despedir. Ele não brigaria com ela por causa disso, e ela devia estar desejando ver seu *sfregio* num espelho de aumento e com melhor luz, e começar a convocar de pronto, em silêncio, os instantes mais gratificantes da longa noite, quando ainda estava de tão bom humor que até me solicitou com fingida censura: “*Su, va, signor Deza, non sia così antipatico. Mi dica qualcosa di carino, qualcosa di tenero. Una parolina e sarò contenta. Anzi, mi farà felice*”.

Quanto a Manoia, apertou a mão de Reresby com o que num homem tão anódino, vaticano e manso seria efusividade — falso manso porém —, e supus que no fim das contas devem ter combinado o que quer que fosse de conveniência mútua, ou teriam arrancado um do outro o que o outro pedia ao um, ou se propuseram, ou se impuseram sob inexpressa extorsão.

— Foi um grande grande grande prazer, mr. Reresby — disse em seu pastoso inglês: não devia encontrar outra forma de traduzir “*grandissimo*”. — Uma noite um pouco acidentada, mas não por isso menos prazer. Seja bom e mantenha-me a par. — Depois mostrou-se frio comigo: na verdade, me deixou pendurada no ar a mão que eu havia lhe estendido e se limitou a inclinar a cabeça secamente, como um diplomata da velha escola (e incliná-la já é dizer muito). Nem sequer olhou para mim, ou não consegui enxergar seus olhos baços e ziguezagueantes sob seus extensos óculos que refletiam tudo. Empurrou-os para cima uma última vez sem que houvessem baixado, com o polegar, e me disse: — *Buona notte*.

Depois deu uma corridinha ridícula para alcançar a mulher, sem dúvida lhe era custoso separar-se dela. Ali me pareceu mais um funcionário aplicado do que um estuprador, menos da

Máfia, da Camorra ou da 'ndrangheta, e mais da Opus, ou dos Legionários, ou talvez do Sismi, fosse isso o que fosse. Mas já não se via Flavia no saguão, da rua, de Piccadilly. Já deve estar no elevador, a caminho do quarto, para se trancar um momento a sós no banheiro e retardar assim as recriminações sem testemunhas do marido. Ele já estaria sabendo que não era para lhe falar através da porta, e nesse tipo de coisa com certeza obedecia a ela.

Nem sequer acrescentou: "*E grazie*". Tampouco devia ter por quê, ele não estava a par da minha crescente cólera nem da minha conturbação. Podia ser até que acreditasse que eu tinha me encarregado de dar a surra cujo resultado deve tê-lo satisfeito, quando apareceu no toalete para supervisionar. Pode ser que me tomasse apenas por um sequaz, um esbirro, um pau-mandado, um matador. E a verdade é que naqueles momentos eu me sentia, sim, um sequaz, um esbirro e até um pau-mandado: eu tinha posto a vítima de Tupra onde este queria. Mas não era um *thug* nem um *hitman* nem um *goon*, não um capanga, porque eu ainda não tinha tocado em ninguém, nem pensava tocar. Assim como não esperava que ninguém tocasse em mim, com espada ou sem ela, nem com pente ou sem ele.

O que eu adivinhava ou sabia dele, e ele de mim, supunha eu, não dá para decifrar à vontade, impunemente, enfurnado ou invisível como o espectador em casa ou o fantasma já bem-sucedido, que por sua vez você estuda e decifra, não dá para observar quem te observa com idênticas faculdades e com as mesmas ou parecidas armas que quem sabe são melhores, ou talvez se produza então uma estéril neutralização recíproca, uma impenetrabilidade, um bloqueio, uma anulação e uma cegueira — quietude e dissuasão de guerra fria —, a mútua desativação das maldições ou doações, ambas paralisadas e inúteis quando face a face há outra mente que delas também padece ou desfruta, se é que Wheeler e ele acertavam e não mentiam, e que eu estava efetivamente à altura das suas predições. Eu ainda duvidava tanto que na realidade não acreditava, apesar de o primeiro, invocando a autoridade de Rylands que nada mais iria desmentir, ter me persuadido de que alguma eu possuía, e apesar de ter ficado um pouco mais ousado a cada dia da nossa tarefa zarolha no edifício sem nome, açulado pela fé dos outros ou por suas exigências: "Diga-me o que mais, não pare, o que mais você vê, o que for, diga já sem demora, *don't delay or linger*, a penúltima coisa que nos interessa é que você se reserve, que hesite, que se preserve, não pagamos pela sua prudência nem te contratamos para isso, e a última coisa que queremos é que você não saiba nem nos diga nada. Tudo tem seu tempo para ser acreditado, lembre-se, logo não cale nunca, nem sequer para se salvar, aqui não há lugar para isso nem existe aqui nenhum gato para comer a língua de ninguém, de nenhum dos cinco, tampouco é o caso de engoli-la. Nem mesmo se você quisesse se sufocar...". Ou então: "Você não fez mais que começar, continue. Vamos, corra, depressa, continue pensando. O interessante e difícil é continuar: continuar pensando e continuar olhando além do necessário, quando se tem a sensação de que não há mais o que pensar nem nada mais o que olhar, que continuar é perder tempo. O importante está sempre aí, no tempo perdido, ali onde você diria que não pode haver mais nada. Por isso diga o que mais, o que mais te ocorre, o que mais você oferece, o que mais você tem, continue pensando, corra, não pare, vamos, continue...". Era o que nos dizia meu pai desde garotos, quando discutíamos.

E essa possível situação de empate e de renúncia, de ausência de duelo, de abstenção entre pares, podia ocorrer não só com Tupra e, evidentemente, com Wheeler, mas também com os outros três, com a jovem Pérez Nuix, Mulryan e Rendel, e até quem sabe com Branshaw e Jane Treves, se fosse o caso. E quem sabe se com a senhora Berry.

Quando Manoia desapareceu (que corrida!), Tupra olhou para mim muito sério, quase com reprovação, na calçada, diante das luzes do Ritz Hotel, Ritz Restaurant, Ritz Club. Depois sorriu abertamente para mim e me disse:

— Quer uma carona? É Dorset Square ou uma praça próxima, não? Naquela parte.

Eu sabia, por exemplo, que ele sabia as minhas coordenadas com exatidão e que dissimulava com o aproximativo, devia saber de cor até o andar, o número e a letra do meu apartamento, como do de todos os seus colaboradores. Soube também que ele *queria* me levar, por algum motivo além da deferência. Queria falar, comentar um pouco as vicissitudes. Ou queria me fazer advertências. Ou me dar conselhos e talvez instruções para outras vezes, depois do meu batismo de fogo, como testemunha e com arma branca. Não acreditava que seu propósito fosse me dar explicações nem se desculpar, no máximo limar asperezas. Mas alguma coisa queria. Supus portanto que acabaria me levando na sua Aston Martin, *velis nolis*. E que, se eu declinasse a oferta, ele insistiria. E que, se eu a recusasse, se empenharia.

— Não precisa, pego um táxi — respondi, e ele deve ter notado que minha indignação continuava.

Estávamos os dois diante do Ritz, de pé na calçada, sob o pórtico ou arcada; a porta da frente do carro ele tinha deixado entreaberta enquanto nos despedíamos rapidamente do casal católico, a esquerda, a do acompanhante, quero dizer, pela qual eu havia descido. O de libré se apoiava ora num pé, ora no outro, como se estivessem frios. Vigiava-nos impaciente, ali não era permitido estacionar, claro, nem mesmo parar.

— Vamos, vamos, não custa nada, com tudo o que aconteceu acordei. Vão ser dez minutos, é o mínimo que lhe devo, você fez por merecer. Vamos, entre, aqui estamos atrapalhando.

Eu teria pegado um táxi e estaria encerrado o assunto, mas não passava nenhum naquele momento e o ponto do hotel devia estar situado numa esquina, não estava à vista, ou então era ali mesmo e estava deserto. Mas, além disso, eu agora sabia ainda melhor que ele tinha interesse, ou mais, intenção de me levar.

Não gostava nada da perspectiva. Preferia não vê-lo mais naquela noite e não correr o risco de um cara-a-cara com ele, de reprová-lo e cobrar-lhe explicações, e achava impossível não o fazer se dispuséssemos de um trajeto a sós. Na manhã seguinte — entraríamos tarde, era a norma quando virávamos a noite trabalhando, e os horários em geral eram flexíveis — eu me sentiria mais calmo e mais conformado, pensava. E muito embora ele soubesse perfeitamente onde eu morava, não me agradava nem um pouco que se aproximasse do meu território, eu sabendo e em minha companhia. Quando alguém leva você, ou segue, ronda, espia, e vê você entrar em seu prédio ao cair a noite ou ao cair a tarde, já viu muito mais do que parece e do que devia: o viu — como dizer — em retirada, provavelmente cansado e a ponto de se abandonar depois da longa jornada de fingimento e esforço, e de falso alerta; além do mais, assistiu a algo que repetimos todos os dias, assistiu talvez ao mais cotidiano da nossa vida exterior. A gente se deixa acompanhar ou levar sem problemas, agradece e espera que o façam, como as mulheres com grande freqüência; mas é como se a partir de então esse alguém soubesse onde nos encontrar — soubesse com seus próprios olhos e guardasse a imagem, é diferente de apenas saber — e a que hora aproximada. (De fato é a primeira coisa averiguada e observada pelos ladrões e seqüestradores, estupradores e assassinos, espiões e policiais, quando alguém volta, quando está em casa ou não há ninguém nesta, segundo seus fins e conforme lhes convenha que a pessoa esteja ali ou nem haja sinal seu.) Sim, importa muito ser visto nos próprios domínios ou em seus arredores, não digamos subindo os quatro ou cinco lances de escada que separam a rua da nossa porta em Londres, abrindo esta com a nossa chave, entrando, fechando-a com a lentidão involuntária do cansado gesto. Ao fim de um par de minutos estarão identificados nossas luzes e nossos balcões, da calçada ou das árvores e da estátua — ou era janela —; e então já pode nos imaginar melhor em nosso interior, ou nos adivinhar, conhecer o tipo de iluminação de que gostamos, pode até divisar nossa figura se nos aproximamos das vidraças, ou contemplá-la em nossa moldura íntima se nos pomos à janela para fumar um cigarro ou admirar o crepúsculo, aproveitar a brisa ou regar as plantas, ou ver quem toca a campainha numa noite de chuva depois de ter nos seguido durante um bom momento, ela e eu de guarda-chuva, e ela com um cachorro branco, tis tis tis, fazia o cachorro ao andar quase voando. E alguém da praça, a distância, ou principalmente dos prédios em frente, o do dançarino gabola, podia ter visto nós dois enquanto conversávamos, enquanto a jovem Pérez Nuix me pedia um favor incômodo, nada fácil, e me explicava por que agora nem sempre nossos clientes eram do Estado, nem sempre o Exército, a Marinha, um ministério ou uma embaixada, a New Scotland Yard ou a Justiça, o Parlamento, o Banco da Inglaterra, os serviços secretos, o MI6, o MI5 ou mesmo Buckingham, a Coroa; e também enquanto respondia às minhas numerosas perguntas, às vezes sem que eu tivesse de fazê-las, às vezes depois de ouvi-las. "O que você sabe dos criminosos?", "Quem são os *wet gamblers*?", "Sobre quem devo mentir ou calar, para te agradar?", "Você ainda não me pediu o favor, ainda ignoro em que consiste, exatamente", "Há quantos anos você está aqui, com que idade começou, quem você foi ou como era antes disso?", "Que particulares particulares são esses, e como é que desta vez você sabe tanto sobre essa encomenda, sua origem, sua procedência?". Já não podia ser nem foi "um minutinho", o que ela havia anunciado após dizer "Sou eu", da rua. (Depois tudo se amplia, ou se enreda, ou tende a se colar, é como se cada ação trouxesse consigo seu prolongamento e cada frase deixasse no ar um fio de cola caindo, que nunca se pode cortar sem se sujar um pouco mais ao fazê-lo.

Tudo insiste e continua sozinho, ainda que a gente opte por se retirar.)

E cada vez que trouxe uma mulher para minha casa, quando era solteiro ou naquele tempo em Londres (quero dizer, trouxe para passar a noite ou não tanto, para passar pela minha cama), temi que reaparecesse no lugar já visitado por ela, sem ser convidada nem solicitada: por isso, pelo mero fato de tê-lo pisado e ter me visto ali dentro, como vivo, e guardar a imagem. E muitas vezes temi com razão. E se alguma voltou a esse território por minha vontade e com minha permissão, ou até por meu chamado ou anseio, então existe um cômodo no qual ela não deve entrar, nem mesmo para nos acompanhar quando vamos tomar um refresco ou preparar um lanche, se não desejamos que se instale em nossa casa, se para tal não estamos dispostos; e esse cômodo não é o quarto, que é indiferente até para pernoitar nele, tampouco o banheiro, o dos homens sozinhos são apenas imaginativos; mas a cozinha, porque se uma mulher entra nela para continuar conversando durante nosso vaivém ou para nos ajudar sem que peçamos nem sugiramos; se nos segue até lá por iniciativa própria, ou quase instintivamente, como os patos, o mais provável é que queira ficar *sine die* ao nosso lado — ali, ela prova ou fareja um instante de convivência —, embora ela ainda não saiba e seja a primeira vez que vem, e até negasse sinceramente se alguém assim prognosticasse. Esse talvez fosse um dos ensinos triviais do meu dom ou da minha maldição, se os possuía.

Tupra não era mulher nem ia ficar, nem mesmo ia subir até a minha casa, só chegar à praça e me deixar diante do meu prédio, em seu veloz Aston Martin. Mesmo assim não me agradava a idéia, porque podia imaginá-lo logo depois, ou outra noite, outro entardecer, outro dia ou ao amanhecer, espiando das árvores ou da estátua, vigiando minha janela, ou espreitando do hotel em frente, atento às minhas luzes e à minha janela de guilhotina e à possível mulher que tivesse vindo me ver, não necessariamente para passar pela minha cama. Esperando a saída dela. Não por nada me havia parecido desde o início um tipo que transitava mais pelas ruas do que pelos carpetes, mourejando menos nos escritórios do que fora deles.

Abri a porta encostada do carro e entrei, sem responder nada. Ele o contornou e entrou do seu lado. Dei-lhe as indicações exatas, carregando no sarcasmo, suponho, como se ele fosse um taxista, e só. Eu sabia que não ia me conter durante aqueles minutos a sós que nos aguardavam, mas não estava seguro sobre como começar, talvez não me conviesse precipitar-me demais, apesar de estar tão bravo, soltando a primeira recriminação que me viesse à língua, e que talvez fosse secundária, um detalhe em comparação com o grave. Ainda não havia decidido abandonar o trabalho, devia pensar nisso com maior distanciamento e suportar a idéia de voltar a me ver na BBC Radio, com seus aborrecimentos mal pagos. Esperei uns longos segundos, o automóvel já em movimento e acelerando, para ver se ele dizia alguma coisa, me dando assim uma deixa. "Não vai dar", pensei, "ele sabe agüentar os silêncios, os que estabelece." O interesse era dele, o de me levar, mas talvez não fosse para me instruir, nem para repreender (por minha culpa De la Garza tinha se grudado na gente), nem para esclarecer nada, e sim para ouvir meu desabafo ainda quente, "no molhado", como dizia Dom Quixote, e assim medir minha capacidade de irritação. Em pouco tempo se fez o silêncio próprio de duas pessoas que não querem se falar.

— Esse bairro em que você vive não é nada barato — ele murmurou então; de modo que o silêncio, inferi, era alheio à sua decisão e à sua vontade, o que ele suportava menos: sua veemência ou sua tensão permanentes exigiam que preenchesse todo o tempo com conteúdos palpáveis, audíveis, reconhecíveis ou computáveis. Todo o carro, agora sem as interferências ou a rivalidade cheirosa de Flavia, recendia à sua loção pós-barba, era como se ela ficasse impregnada nele ou ele renovasse continuamente sua aplicação às escondidas. Não o vi fazê-lo no espelho dos entrevados. Abaixei um pouco minha janela.

— Não, não é barato, é mais para o caro — respondi quase sem querer. — Mas prefiro gastar nisso, fujo da sordidez como da peste. — De repente, percebi que Tupra não estava com o sobretudo nem vestido, nem jogado nos ombros, nem no braço, não tinha me dado conta de quando o tirara nem onde o pusera, ou se teria feito uma rápida troca no vestiário, que eu não notara. Virei a cabeça para ver se estava estendido no tampo rente aos bancos traseiros. Mas não o vi, logo onde estaria a maldita espada? — E a espada? — perguntei.

Tupra — já não seria Reresby, apesar de a noite ainda não ter acabado — pegou um cigarro, acendeu-o com o isqueiro do carro, iluminaram-se por um momento suas faces lisas e acervejadas, era como se estivesse recém-barbeado. Desta vez não me ofereceu um dos seus preciosos egípcios. Peguei um dos meus peloponésios para sublinhar seu ato, não o acendi logo.

— O quê? Está no porta-malas.

— Quero dizer, por que essa espada? Como é que você a traz consigo? Foi uma brutalidade, é uma selvageria, achei que você ia cortar mesmo a cabeça dele, eu é que quase morri, está louco, que história é essa, onde é que nós estamos, você é um animal, para que...

Por fim tinha me saído aos borbotões, eu tinha me embalado, apesar de a sua resposta ("O quê? Está no porta-malas") ter sido dita no mesmo tom concludente ou conclusivo em que uma vez tinha me respondido em seu escritório ("Vi, sim") quando lhe perguntei se tinha se inteirado do golpe de Estado contra Chávez na Venezuela (e havia acrescentado: "Mais alguma coisa, Jack?"). O meu ainda era de fúria, mas se houvesse continuado com a ladainha desconexa esse tom teria ido num crescendo, a gente se esquenta ou se molha a si mesmo, o mais das vezes faz isso só com a mente, sobretudo se se produz uma pausa, uma condensação, uma espera obrigada entre os fatos e a explosão. Tupra não pareceu sentir-se afetado, ainda não — nem mesmo incomodado ou levemente alterado —, pelo desatamento das minhas grosserias, e me cortou a torrente, mal foi iniciada, com uma frase serena e lateral da qual só entendi uma parte. Não entender é o que mais freia, e querer entender é mais urgente, pode mais do que qualquer coisa.

— Aprendi com os Kray. — "*The Krays*", disse em inglês, com esse plural desnecessário em espanhol para os sobrenomes ou as famílias quando nomeados coletivamente (o plural já é indicado pelo artigo, "os Manoia"), e que conterrâneos nossos cada vez mais idiotas transportam para a nossa língua com mimético desconhecimento: vão acabar dizendo "os Lopezes", "os Santistébanes", ou os "Mercaderes". Mas não entendi a palavra então, não a representei com maiúscula, não sabia que era um sobrenome, menos ainda como se escrevia (*crase, craze, kreys, crays, crease, creys* ou mesmo *krais*? A maioria dos espanhóis temos dificuldade para distinguir os diferentes tipos de *s*). Por isso parei no ato a torrente, ao mesmo tempo que ele parava num sinal.

— Com o quê?

— Com os quem — respondeu. — Os irmãos Kray, *k, r, a, y*. — E soletrou no ato, conforme o costume em seu idioma. — Você não tem por que ter ouvido falar deles, eram dois gêmeos, Ronnie e Reggie, dois gângsteres pioneiros dos anos 50 e 60, começaram no East End, gente saída de Bethnal Green ou por ali; comeram o terreno dos italianos e dos malteses, prosperaram, se expandiram, até que acabaram na prisão em fins dos 60, um deles já morreu detrás das grades, outro creio que ainda cumpre pena, já deve ser bem velho e seguramente não vai sair nunca. Foram dos mais violentos e temidos, coléricos, com pouco controle da sua crueldade, um tanto sádicos, e no início das suas carreiras utilizaram espadas. Claro que fizeram isso por necessidade, não tinham dinheiro para armas mais caras, em seus primeiros corretivos e intimidações. Causavam terror com seus sabres, deixavam as vítimas marcadas de orelha a orelha com um só corte, ou ao longo das costas inteiras, e inclusive mais embaixo. Faziam nelas uma segunda raia, digamos, e conta-se que numa mulher fizeram quatro. Há um livro ou dois sobre eles, e teve um filme, acho que você gosta de cinema. Vai ver que não passou na Espanha, muito local para outros países, anedotário de Londres. Mas esse filme eu vi. Numa cena ou duas eles eram vistos com suas espadas, provocando o pânico. Me lembro de uma, num bilhar. Não era ruim, muito bem documentado, e os atores também eram gêmeos. Cinema biográfico, chamam. — Nunca tinha ouvido esse termo. "*Biopic*" sim, mas "*biographical cinema*" nunca, e foi isso que ele disse.

Ele já tinha me desativado, pelo menos momentaneamente. Assim costumava proceder quando falava, ia de uma frase a outra e com cada uma ia desviando do que havia dado ensejo à primeira, da origem da conversa ou da sua disquisição, se se tratasse disso. A origem, no caso, era minha raiva, meu ressentimento por ter ele me envolvido em suas bestialidades ou ter me feito assistir a elas, nos filmes e nos romances se mata qualquer um por nada, e neles ninguém pestaneja, nem o autor nem os personagens nem os espectadores nem os leitores, sempre parece tão fácil, tão comum, tão freqüente. Mas na vida real não é, não é fácil nem comum nem freqüente, não na vida que a imensa maioria das pessoas — mas imensa mesmo — leva, nesta causa um mal-estar, uma perturbação e um pesar descomunais, inimagináveis para quem não se viu metido numa antes. (Sim, você fica tremendo, como creio já ter dito, e por um tempão. Depois fica prostrado, o que dura mais tempo ainda.) Por sorte, não havíamos matado ninguém, ao contrário do que era previsível após o aparecimento daquela arma, assim eu acreditava (eu telefonaria um dia para De la Garza, às escondidas de Tupra — era melhor —, para me certificar de que o babacão continuava vivo, de que não havia batido as botas depois, por alguma lesão interna). Afinal, haviam sido apenas umas pancadas, uns sacolejões e uns caldos, quer dizer, algo menor, uma coisinha à-toa num filme ou num desses romances miméticos das americanas mais lerdas, sobre psicopatas arrebentadores de corpos ou assassinos em série analíticos, quase aritméticos, tem um montão deles, também na imitativa Espanha. No entanto, essa minúcia das ficções tinha me deixado com uma sensação de febre, com náuseas e suores passageiros, duravam pouco mas não iam totalmente embora, e cada vez que o carro parava num sinal fechado e não entrava ar pela janela, voltavam e me empapavam todo em questão de segundos. Isso durante o trajeto. De fato era breve, além do mais à noite, já nos aproximávamos da minha praça.

Eu havia ficado calado depois das suas explicações sobre os gêmeos Kray, entre desconcertado, mais mal-humorado e curioso ainda, e tive de retroceder mentalmente para recuperar, se não a origem, pelo menos as cercanias daquilo tudo: a espada.

— O que quer dizer com aprendeu com eles? Está se referindo à espada? E aprendeu com quem, com os livros, o filme ou os conheceu?

Tupra tinha nascido por volta de 1950, um pouco depois ou um pouco antes. Podia tê-los conhecido como aprendiz, como novato, como acólito, antes de serem encarcerados, há meios em que se começa muito moço, quase criança. Em alguma outra ocasião havia mencionado Bethnal Green, o bairro mais retirado de Londres da época vitoriana, e sua miséria tinha sido muito mais prolongada que o longuíssimo reinado. Durante décadas houve ali um manicômio, o Bethnal House Lunatic Asylum, e o distrito chamado "Jago" — como Tupra às vezes me chamava ironicamente —, em torno da Old Nichol Street, era notório por sua pobreza extrema e seus crimes contínuos. Se vinha de um lugar assim — mas também havia estudado em Oxford, talvez graças aos seus dotes —, isso podia explicar que se movimentasse tão bem tanto nos mais baixos fundos como nas mais altas superfícies: a segunda coisa se aprende e está ao alcance de qualquer ser vivo; mas não há ensino que valha para a primeira, a não ser submergir neles. Pela idade, era possível. Mas Tupra não me respondeu diretamente, a verdade é que não costumava.

— Deve existir esse filme em DVD ou em vídeo. Mas era bastante sombrio e um tanto sórdido. De modo que se você foge disso como da peste, é melhor não assistir — disse, como se não tivesse ouvido minhas perguntas ou as achasse supérfluas; além do mais, notei um certo deboche nele, ao levar ao pé da letra minha aversão pela sordidez. — Um ator que conheço bem fazia um pequeno papel nele, um velho amigo, e uma noite, quando o rodavam, ajudei-o a ensaiar sua cena. Acho que depois fui ver o filme por isso, ele captou muito do meu estilo. Compartilhou o calabouço com os gêmeos, quando fizeram serviço militar, ainda rapazes; observava-os e dava-lhes uma aula resumida sobre o que teriam de fazer quando saíssem e se reincorporassem à vida civil. É a lição mais condensada para conseguir alguma coisa. Na realidade sempre, o que quer que seja. "Sei como vocês se chamam, Kray", dizia a eles. — Desta vez, Tupra pronunciou o nome à maneira *cockney* ou pouco instruída, isto é, como se fosse a palavra "*Cry*", "Grito" ou "Choro", conforme o caso. Como se representasse aquele papel, momentaneamente, provisoriamente: aparecia de novo sua vaidade ingênua, branda. Acabávamos de desembocar na minha recolhida *square*, na minha pracinha silenciosa e tranqüila desde que a noite caía; havia estacionado em frente às árvores e desligado o motor assim que parou, mas não ia me deixar sair imediatamente, ainda estava falando comigo. E ainda não tinha ficado claro por que se empenhara em me levar. — "E digo comigo mesmo, George, digo" — prosseguiu o monólogo, era como se o tivesse memorizado naquela noite de ensaio com o seu amigo ator, anos atrás decerto — "esses garotos são especiais, esses garotos são coisa nova. Você percebeu. Sacou logo. E eu posso ver." — Essas frases e outras frases parecidas eram a divisa do nosso trabalho: "Posso ver, posso ver seu rosto amanhã". — "E vocês têm de aprender a usar. Olhe, tem gente aí fora, muita gente, que não gosta que lhe causem nenhum dano. Nem a elas nem às suas propriedades. E olhe, essa gente, que não gosta de sofrer danos, paga às pessoas para que estas não lhes causem dano. Sabem do que estou falando, não é? Claro que sabem. Bem, quando saírem daqui, rapazes, fiquem de olhos bem abertos, espreitem a gente que não gosta de sofrer danos. Porque até eu vocês fazem cagar de medo, rapazes. Maravilhoso." — "*Cos you scare the shit out me, boys. Wonderful*", assim falou Tupra em inglês, esta última fala com sua falsa dicção que talvez fosse a sua verdadeira, ali dentro do seu carro parado tão veloz, à luz lunar dos postes, sentado à minha direita, com as mãos ainda no volante imóvel, apertando-o ou estrangulando-o, já não estava de luva, deixara-as no sobretudo com a espada, sujas e molhadas, enroladas em papel toalha. — É essa a coisa, Jack. O medo — acrescentou, e essas sete palavras (ou em sua língua foram menos) ainda soaram como se pertencessem ao papel que ele imitava, ou que havia usurpado, ou que talvez lhe tivessem roubado, ou que de qualquer modo acreditava ter interpretado, por amigo interposto. Mas não soava como *seu* estilo precisamente, não o estilo habitual do Bertram Tupra que eu conhecia, mas como a recriação de um ator shakespeariano, em todo caso mais sombrio, não sei se sórdido, mas sinistro, agourento, não foi de estranhar que com meu suor de vaivém e minha sensação de febre viesse um calafrio.

Meu mal-estar ia passando, contudo, desde que ele havia parado o automóvel. Via as luzes do meu apartamento acesas, às vezes eu deixava algumas assim, quando não todas, pareceria que eu estava sempre em casa, salvo quando dormia ou as apagava de propósito às vezes — ao ouvir música —, para alguém que me espiasse da frente ou da rua.

— Aquelas luzes ali são as suas? — me perguntou Tupra ao olhar para onde eu olhava, teve de invadir meu espaço um momento e aproximar o rosto da janela aberta do meu lado, gostava de controlar tudo, ou o que via o curioseava com seus olhos sempre insaciáveis, azuis ou cinzentos conforme o que os iluminasse.

— Sim, não gosto de encontrar a casa às escuras, quando volto tarde.

— Vai ver que alguém te espera lá em cima, não? E eu aqui te detendo mais um pouco.

— Não, ninguém me espera, Bertram. Você sabe que moro sozinho.

— Podia ser uma visita, alguém habitual, que tivesse uma chave. Quem sabe uma namorada inglesa? Ou seria sempre espanhola?

— Ninguém tem minhas chaves, Bertram, e esta noite não era nada boa para encontros tardios. Quando saímos com você, nunca sabemos que hora voltamos. Hoje não é muito tarde, mas bastava De la Garza ter lutado, ou ter saído correndo, ou que tivéssemos de passar pela delegacia por causar distúrbio em lugar público ou por sua posse original de arma, teríamos voltado às tantas, ou amanhã de manhã.

Talvez meu leve mas recobrado tom de censura o tenha levado a se lembrar, então ele me fez a dele, a sua censura, para destroçar e anular a minha, ou porque a havia guardado, e para isso, para soltá-la, tinha querido me levar para casa. Seguramente era essa última hipótese, ele não costumava deixar para lá as falhas, nem seus descontentamentos.

— Não teria podido sair correndo. Nem teria lutado, nunca, você sabe — precisou. — Mas, ah, olhe, agora que você me chama de Bertram, queria te dizer uma coisa. — Seu rosto endureceu, eu devia tê-lo aborrecido deveras. — Três vezes, três vezes se não foram quatro, você me chamou de Tupra esta noite, diante daquele imbecil seu. Como fez uma coisa dessas, Jack? Não tem cabeça? — Até se atreveu a me dar um tapinha na testa com a parte mais mole, inferior, da palma da mão, como se fosse um professor de ginástica. — Se sou Reresby esta noite, Jack, esta noite não tenho outro nome, isso estava claro, em hipótese alguma. Todos vocês sabem disso de sobra, que isso é inamovível em qualquer circunstância, a não ser que eu avise vocês da mudança. Como pôde cometer esse descuido? Aquele cretino ouviu meu nome. Outros podiam ter ouvido. Com ele não vai acontecer nada, não vai ser grave, tanto fará para ele um nome ou outro, a última coisa que desejará será se lembrar de mim, da minha cara ou de como me chamo. Vai querer esquecer todo o pesadelo, não vai ser vingativo. Mas imagine se tivesse escapado diante de Manoia, para quem sou sempre Reresby, desde que ele me conhece. São anos, Jack, será que você não entende? Não pode jogá-los no lixo num instante, por esquecer nossos papéis, ficar histérico e antecipar o que vou fazer ou deixar de fazer, até você me ver fazer não pode saber, às vezes nem mesmo me vendo, entende? Não o fiz, de todo modo. À parte não ser da sua conta o que faço. Dentro em breve você vai viajar comigo, Jack, vai me acompanhar ao exterior e fará seguramente mais viagens, se continuar conosco e seguirmos colaborando. Veja no que me vir, não torne a se meter nunca. Não quero nem pensar: no caso de Manoia, teriam sido anos de confiança muito lenta, jamais segura, sempre postos à prova, jogados fora, assim, num instante. Ou como você crê que alguém reage quando ouve um negociador ou um sócio ser chamado por um nome diferente daquele que conhece?

Ele tinha razão em parte, até em boa medida: havia sido uma falha. Mas havia sido quando havia sido, cada vez que eu acreditara que ele ia matar o cretino, não era uma circunstância qualquer. Mas em vez de me defender imediatamente, aproveitei para tentar uma averiguação (três eram muitas vezes).

— Quer dizer que vocês se conhecem há tempo e mesmo assim ele acha que você se chama Reresby — falei. — Não sabia, nem você tinha deixado isso tão claro assim para mim. O que é o Sismi, se é que posso perguntar?

Tupra riu, dessa vez só ele, seco, quase me soou sarcástico; ou pior, condescendente.

— Não só pode — respondeu — como nem precisaria. Provavelmente deve até constar dos dicionários, de italiano-inglês, de italiano-espanhol em seu caso. O Serviço de Inteligência de lá. Serviço para a Segurança e a Informação Militares, ou algo assim, são siglas, em italiano dá SISMI, *s*, *i*, *s*, *m*, *i*, não tem nenhum mistério. Estava mais atento do que me parecia.

— Ah. Devo deduzir que Manoia pertence a eles? Um servo de Berlusconi, então, que desgraça a dos funcionários militares desse país, todos eles vassalos de um palhaço. Dá para adivinhar suas lantejoulas e o paletó de cetim vermelho, mesmo não os usando. Não, não estava atento, mas essa palavra eu não conhecia, em nenhuma língua.

Não acompanhou minha piada, mas não seria por respeito àquele primeiro-ministro, eu sabia que também pensava que era um palhaço com paletó de cetim e lantejoulas implícitas.

— Isso já seria deduzir exageradamente, Jack. De modo que não pergunte isso tampouco. Falar da CIA, do MI6 ou do MI5 não supõe pertencer a eles, não é? Tem mais, raras vezes quem está neles os cita, como é proibida a palavra "Máfia" para muitos mafiosos, não toleram nem ouvi-la de outros, de civis. Nem você foi contratado para deduzir ou perguntar, de modo que pode se poupar a essas tarefas, você as executa grátis. Ou guarde-as para você, se é que te tentam. Mas não me chateie, não me enjoe.

Dessa vez soou antipático, impertinente. "*But don't piss me off, don't pester me*", ou algo do gênero disse, e lhe saiu com grande desprezo. A mim não custava nada recuperar a irritação, de fato a de fundo ia demorar muito tempo para passar e eu nunca ia esquecer o mau bocado, o sentimento de miserabilidade e abuso que me havia infundido, de impotência e de deboche e até de fascismo analógico. Se é que era analógico: tinha me feito lembrar do bando de *requetés* * ou falangistas que haviam tou-

* Membros das organizações paramilitares ultraconservadoras, de tendência monarquista-católica, que participaram das guerras civis dos séculos XIX e XX. (N. T.)

reado um homem num campo de Ronda, no remoto outubro ou setembro de 36. Me irritou e dei o troco na mesma moeda.

— Você ia me dar uma explicação — falei. — Sobre a maldita espada. Os Kray e tudo o mais. O que você aprendeu de tão importante, a ser como o Zorro? D'Artagnan, Gladiador, Conan, o Bárbaro, Espartaco? O Príncipe Valente, os Sete Samurais, Aragorn, Scaramouche? Ou Darth Vader? Qual é o modelo?

Voltou a apoiar as mãos no volante travado. Virou a cabeça para mim, para a sua esquerda, com a pouca luz — e era toda lunar — seus olhos ficavam negros e opacos, como nunca se via; ou era efeito da dominância das suas pestanas, compridas e bastante espessas para não serem invejadas por quase nenhuma mulher e receadas por quase qualquer homem. Eu sou homem, e também não as tenho nem curtas nem ralas. Riu um pouco, com mais vontade agora, achou divertida a minha tirada. Mais uma vez achava graça de mim, é o melhor salvo-conduto para se livrar de quase qualquer coisa (não das aversões nem das vinganças, mas sim das represálias e das ameaças coléricas, e isso já é muito).

— Sim, ri-te agora, Iago — me disse, me chamava assim quando queria me provocar, em tom de gozação. Em seguida ficou mais sério. — Ri-te, mas faz uma hora, quando eu estava com a espada na mão, estavas tão aterrorizado quanto aquele Garza — pronunciou à inglesa, saiu "Gaatsa". — E se eu descesse agora do carro, fosse ao porta-malas e a pegasse de novo, você voltaria a morrer de medo aqui mesmo; e se eu a erguesse contra você, sairia correndo até sua porta, amaldiçoando a existência das chaves, que a gente tem de tirar do bolso e introduzir numa ranhura, não é fácil acertar quando a vida depende disso e a gente está desesperado e sem ar. A gente nunca chega a tempo. Eu teria alcançado você, antes que conseguisse abri-la. Ou que pudesse fechá-la me deixando do lado de fora com a minha espada, a lâmina teria cabido pela fresta e impedido que você a batesse. Até os sonhos sabem disso, que a pessoa costuma ser alcançada, e sabem desde a *Ilíada*. — Parou um momento e olhou para a minha porta, assinalou com o dedo como se ambos pudéssemos ver, os dois juntos, a cena hipotética que descrevia, um homem correndo até ali como um louco, pulando os degraus de um salto e tentando enfiar uma chave, a fisionomia completamente decomposta; e atrás do outro, com uma "estripa-gato" de gume duplo na mão, com uma lansquenete empunhada e erguida. Senti mesmo um estremecimento, procurei dissimulá-lo. Desconcertou-me sua menção à *Ilíada*. — É o medo, Jack. O medo. Uma vez eu te disse que é a maior força que existe se a gente consegue se acomodar a ele, instalar-se nele, conviver com ele bem-humoradamente. Então pode tirar proveito dele, utilizá-lo em seu benefício e levar a cabo proezas de que nem no sonho mais fátuo é capaz, combater com grande coragem, ou resistir, e até derrotar um mais forte. As mães em primeira linha, com seus filhos bem perto, seriam os melhores guerreiros nas batalhas, tenho dito a vocês. Por isso há que ser cuidadoso com o medo que a gente infunde, porque ele pode se virar contra nós. O medo que alguém mete tem de ser tão terrível que não haja lugar para assentá-lo, incorporá-lo, se adaptar a ele nem consenti-lo, que não possa haver uma estabilização nem uma pausa para conviver com ele, nem um segundo, para absorvê-lo e sitiá-lo, e assim ceder um instante no exaustivo esforço para afugentá-lo. É isso que paralisa e desgasta, e consome toda a energia, a incompreensão, a incredulidade, a negação, a luta. E se a luta já não é essa (que é vã), então as forças voltam aumentadas. Ninguém pensa que vai morrer, nem na situação mais adversa, nem na mais negra das circunstâncias, nem ante a irrefutável iminência. Assim, o medo que alguém mete ou infunde não deve ser conhecido, nem quase ser imaginável.

Se é um medo convencional, previsível ou, como dizer, trivial, o que dele padece será capaz de entendê-lo, de ganhar tempo e, com o tempo, costume, e talvez depois atacá-lo. Não passará, não vai perdê-lo, não é isso: esse medo seguirá ativo, acicatando-o, atormentando-o, mas poderá assumi-lo parcialmente, poderá se ressituar e divagar um pouco; e se divaga a toda a velocidade sob seu domínio, a imaginação se aguça e aparecem soluções, irrealizáveis ou não, fadadas ou não ao fracasso, mas em todo caso se vislumbram, a mente fica alerta e com ela todo o resto. Você pula uma barreira que parecia intransponível em qualquer outro momento, ou foge correndo durante horas quando antes teria dito que não contava com fôlego nem para correr atrás do ônibus que arranca. Ou começa a falar, a interessar, a contar e a argumentar, a entreter quem ameaça e, assim, ver se o dissuade, quando toda a vida você foi negado para a eloqüência e não é capaz de conseguir nem que o garçom de um bar te atenda. As pessoas com medo se transformam, se tiverem tempo para que prevaleça não mais o mero instinto, mas o engenho rápido da sobrevivência.

E Tupra se calou, já não era Reresby indubitavelmente, parou sua dissertação, devia ter estudado bem o medo, e experimentado bem, e vivido bem, e isso pelo muito uso que dele teria feito em sua vida, aqui e ali, quem podia saber, em suas missões e correrias *in loco* ou no campo de batalha, em toda parte há insurretos, ainda mais quando se está a serviço de um velho império já em ruínas e além do mais em retirada, que deixa apenas destacamentos reforçados para constituir reservas, transferir poderes e organizar saídas não de todo desonrosas, os negócios vindouros e as saídas tardias. Passou-me pela cabeça o pensamento sinistro de que pudesse ter torturado e visto tanto pânico quanto Orlov, Bielov e Contreras com Andreu Nin outrora (o primeiro na realidade Nikolski e o terceiro na realidade

Vidali, depois Sormenti na América: Tupra também tinha seus codinomes), num porão, quartel, casa, prisão ou hotel de Alcalá de Henares, ali na colônia russa onde havia nascido Cervantes; um informante sombrio e não especificado sugeria que aqueles três camaradas o haviam esfolado vivo; mas me metia tanto medo essa versão ou idéia que eu a rechaçava por completo sem outro motivo além desse, minha incredulidade ou luta contra esse medo, assim como rechacei em seguida o pensamento sinistro sobre meu colega Tupra, afinal de contas era alguém que eu via quase todos os dias, pelo menos nos de trabalho, durante aquele meu tempo em Londres.

Ficou em silêncio de repente, como sem fôlego verbal, mais que respiratório, as mãos sempre no volante como se fosse um menino brincando com um carrinho de mentira ou com o do pai, parado, apagado. Seu olhar estava perdido, os olhos sem direção precisa, seguramente sem ver o que viam, minha porta, minha praça, as árvores, os escritórios, o hotel, os postes de luz, a estátua ou a cena que acabava de fabular, na qual me alcançava disposto a me matar — era estranho ver divagar aqueles olhos, normalmente tão apreensores e tão pouco ociosos —, ou as luzes também acesas do meu dançarino vizinho, Tupra não sabia da sua existência, nem que era meu entretenimento quando estava sozinho em casa, cansado, abatido ou nostálgico, e às vezes meu apaziguamento, o dançarino descontraído e contente com suas duas mulheres, mais alguma extra de quando em quando. A *square* estava vazia quase o tempo todo, tão-só passavam algum automóvel e um ou outro transeunte soltos, separados por minutos; e, sendo um lugar um tanto recolhido, um semi-oásis, os passos deles ecoavam excessivamente na calçada. Um ou outro se dava conta e então os reprimia, tentava amortecê-los, como se de repente sentisse falta de um tapete sob seus pés indiscretos. Os carros não, em toda parte são desrespeitosos.

Nem sequer reduziam a velocidade. Nós tampouco no Aston Martin tínhamos reduzido, ao entrar na praça.

— E então? — disse eu, que não soltava as presas se o que contavam me atraía, tal como Wheeler e o próprio Tupra. — O aprendizado, a espada. — Deixei de lado o tom repreensivo, ou era de zombaria amigável.

Ele saiu do seu vaguejante estado na mesma hora, acendeu outro Rameses II e agora sim me ofereceu o faraônico maço aberto de cor predominante vermelha, fez o gesto maquinalmente, creio que sem se dar conta de que não o fizera pouco antes. Havíamos apagado os anteriores com cuidado no cinzeiro, em Londres não se jogam pela janela do carro nem os fósforos nem as guimbas. Voltou a falar com o mesmo vigor e convicção. Sem dúvida havia estudado e calibrado seus métodos, havia pensado neles ou haviam pensado por ele alguns especialistas, e Tupra os havia adotado depois de ouvir as explicações e com conhecimento de causa, quase nada era casual nem um capricho ou uma extravagância, de modo que disse então (e por uma vez ocorreu não se desviar tanto, de frase em frase):

— Justamente. Se eu saco para um indivíduo uma pistola ou uma faca, é certo que se assustará, mas será um susto convencional, ou trivial, como te disse, talvez seja essa a palavra. Porque isso é o habitual hoje em dia e já desde um par de séculos, de fato já está mais para velho. Se nos atacam e nos seqüestram, se nos ameaçam para darmos com a língua nos dentes, ou querem nos obrigar a fazer algo, ou se dispõem a nos dar uma lição, em quase todos os casos será à ponta de pistola ou de faca: é isso que as pessoas arranjam, além do mais é cômodo e prático, cabe num bolso e podem sacar rapidamente com uma só mão, e é o que supomos que o outro traz quando pressentimos um mau encontro. É o provável se cruzamos com um bando de torcedores de futebol ou de cabeças raspadas e temos tempo de considerar a possibilidade de trocar de calçada, quase sempre é tarde demais, se nos viram não costuma valer a pena ou até piora as perspectivas. Também se alguém nos segue com intenção suspeita: a mulher que pressente que vão atrás dela para estuprá-la teme e se conforma à idéia de uma ponta de faca sobre seu peito ou sua garganta; o homem em cuja casa entram ladrões espera ver contra sua têmpora ou sua nuca o cano de uma pistola, é normal, previsível e, por assim dizer, se conforma com essa idéia. Conformar-se com a idéia não é muito, mas é alguma coisa, porque sem querer você já está pensando nas maneiras de escapar ou de limitar os danos, embora fossem fantasiosas dadas as circunstâncias; mas tem um pouco de avanço sobre eles e sobretudo não se aterroriza nem se surpreende tanto ou só na medida em que se vê em tal aperto, quando sempre acreditou que não ia lhe caber aquela sorte, ou que nem sequer entraria no sorteio, o otimismo das pessoas é infinito enquanto diante de qualquer desgraça alheia, ainda que iminente, lhe caiba acrescentar consigo mesmo, após todos os pêsames e lamentações: "Ah, mas não sou eu, não foi comigo". Hoje existem uns bandos, você deve ter lido na imprensa, a maioria é de indivíduos do Leste, albaneses, russos, ucranianos, kosovares, poloneses, que irrompem nas casas com metralhadoras e na marra, arrombam a porta, jogam no chão os moradores e, para início de conversa, lhes dão coronhadas, tudo com grande bestialidade; e às vezes extrapolam e matam. São procedimentos da antiga KGB, ou de uma mais antiga ainda, a NKVD, que por sua vez não eram distintos dos da Gestapo, ambos. — "Por ignorar as armações de Orlov e de seus rapazes da NKVD", passou-me pela memória essa citação, lida em casa de Wheeler durante minha longa noite de estudo sobre o misterioso desaparecimento de Nin. — Isso já mete mais medo, quero dizer que mete um medo mais inesperado e que essa violência é logo percebida como desproporcional para reduzir e roubar uma família comum, pacífica, que não vai opor resistência; e então se passa a temer qualquer outra desproporção possível. Creio que em seu país fazem a mesma coisa, além desses eslavos ingratos, os colombianos e peruanos, aqui ainda não há muitos, a língua de vocês faz muito por eles, tenta-os, na Espanha não têm problema com ela, para que vão sair de lá? Isso nos salva bastante, por ora. Chegam aqui árabes e chineses, rastafáris e paquistaneses, mas são outra história. No entanto o medo que uma metralhadora infunde não deixa de ser terrível, ou o que chamo de terrível, isto é, medo que anula e que abarca tudo, sem deixar espaço para você se ocupar de outra coisa além dele, do medo pessoal que o invade por inteiro. Porque é difícil que essa arma seja utilizada. Não utilizarão se puderem evitar. É barulhenta e escandalosa, vibra e seu recuo sacode e cansa, de tão forte, também não se oculta com facilidade se for preciso sair fugindo. Sua função, afinal, é mais de intimidação do que de verdadeiro uso, e isso a vítima sabe ou intui desde o primeiro instante, e se reconforta, se recompõe pensando que só se as coisas desandarem para os assaltantes eles a dispararão. — Tupra voltou a fazer uma pausa, muito breve dessa vez, como se quisesse pôr apenas um ponto e parágrafo, nem mesmo mudar de capítulo. — Em compensação, uma espada — acrescentou logo. — Ria agora, zombe da extravagância dela, do seu anacronismo, até da sua ferrugem. Você não viu a sua cara quando a descobriu nas minhas mãos. Viu a do macaco, e isso deveria te bastar. — Bem, na verdade disse "*monkey*", mono, símio, simplesmente, seria impossível ouvir "*macaque*" como insulto em boca inglesa. — Seguramente é a arma que mete mais medo, justo por sua incongruência nestes tempos em que quase ninguém luta se aproximando, ou só como esporte curioso. Atiram-se bombas e projéteis de distâncias inimagináveis, é como se caíssem sozinhas do céu, garanto, muitas vezes nem sequer se vêem os aviões, nem se ouvem, ou não têm piloto, ou é o que parece para as populações que estão embaixo. Sofre-se o espantoso estrago, mas raras vezes se vê quem o causa, essa é a tendência desde que se inventou a besta, que Ricardo Coração de Leão e outros consideraram desonrosa, por ser excessivamente vantajosa e de pouco risco para o besteiro, muito mais do que o arco, porque este pelo menos requeria um maior grau de destreza e esforço, não se valia de um mecanismo e alcançava, por assim dizer, o que alcançava o braço de um homem, nunca mais longe nem mais veloz nem preciso. Tudo ruma para a ocultação de quem mata, para o seu anonimato desde há séculos, tudo ruma para a desonra; e isso faz que uma espada pareça ameaçar mais a sério do que qualquer outra arma. — "*In earnest*", foi o que disse. — Parece impossível empunhá-la em vão, não sei se você se dá conta: parece impossível fazer algo que não seja usá-la, e usá-la imediatamente.

Era verdade que eu tinha me perguntado por ela ao vê-la já em sua mão — ou talvez tenha sido mais tarde, quando por fim voltei de fato para casa (não ali, não naquela viagem ou parada), e demorei tanto para dormir (logo ele pôde formulá-la por mim, expressar no carro e ser meu pensamento apenas um eco das suas palavras) —, e o fiz nestes termos: "De onde saiu, um gume primitivo, um cabo medieval, um punho homérico, uma ponta arcaica, a arma branca mais desnecessária ou mais incompatível com estes tempos, mais até que uma flecha e mais que uma lança, um anacronismo, uma gratuidade, uma extravagância, uma incongruência tão extrema que provoca pânico só de vê-la, não um medo horripilante mas atávico, como se você recuperasse no ato a noção de que foi a espada o que mais matou ao longo de quase todos os séculos — o que matou de perto e vendo a cara do morto".

Tupra havia aludido a Homero e agora falava do segundo

rei Plantageneta e primeiro dos Ricardos, nascido na mesmíssima Oxford, mas que muito se duvida soubesse inglês ou sequer o arranhasse, e que ao longo da sua década reinante não permaneceu mais que alguns meses no país dessa língua — tudo somado —, imerso o resto do tempo na Terceira Cruzada ou em suas guerras familiares na França, onde foi morto quando sitiava Châlus, no ano de 1199, por uma seta de besta precisamente — a modo de afronta —, segundo posteriormente refresquei num par de livros: mais um britânico forasteiro, mais outro inglês postiço e também outro com seus cognomes: não só "*Coeur de Lion*" tão conhecido, mas também "*Yea and Nay*", antigas formas de "Sim e Não", e compreensivelmente mais esquecido; pois Ricardo Sim e Não soa um tanto gaiato embora ele fosse assim chamado, por suas bruscas e contínuas mudanças de opinião e de planos, até no meio das batalhas (devia ser exasperante aquele monarca virulento). Foi inevitável que essas referências cultas de Tupra me surpreendessem um pouco, em sua conversa habitual não costumava haver, não históricas nem literárias, se bem que isso talvez se devesse a que normalmente não nos faziam falta: falávamos de outras pessoas, quase todas eram presentes e nenhuma era fictícia, embora sim desconhecidas para mim em sua maioria. Talvez porque conhecesse bem a história inteira das armas, por motivos profissionais. Ou porque havia sido estudante de Oxford, afinal de contas, e discípulo de Toby Rylands, professor egrégio e emérito de língua e literatura inglesas, com mais formação do que aparentava. Mas eu sempre tinha a dúvida de se a tutoria de Rylands se dera mais no grupo sem nome, que adestrava com a prática, do que na universidade de renome a que todos havíamos pertencido. Até eu mesmo, durante dois já distantes anos dos quais mal havia rastro, tal como tinha previsto com segurança então, quando ainda vivia por lá, consciente de estar de passagem e de que não ia perdurar vestígio meu. Agora, naquele outro tempo de Londres, às vezes pensava a mesma coisa, e aumentado, apesar de não ter nunca muito claro se ia voltar ou para onde iria, se fosse embora: "Quando sair daqui, quando voltar à Espanha, minha vida destes dias reais — e alguns transcorrem lentamente — passará a ser um 'Sim e Não' ou como um sonho sem importância, e nada disso terá nenhuma, nem os fatos mais graves, nem essa tentação ou esse pânico, nem essa asquerosidade ou essa violência que eu mesmo causo, nem o chumbo sobre a minha alma. E chegará antes um dia em que terei dito a esses dias um adeus talvez parecido com a despedida escrita de Cervantes que quis lembrar a Wheeler, sem me atrever de todo a fazê-lo, em seu jardim à beira do rio. Algo menos alegre, sem dúvida, porém, sim, mais leve. Por exemplo: 'Adeus, risos, e adeus, ultrajes. Não vos verei mais, nem me vereis vós. E adeus, ardor; adeus, recordações'".

— Que estudos você fez em Oxford, Bertram? — perguntei de supetão, embora o mais seguro é que não fosse o momento, principalmente quando tinha havido tantos outros (e haveria) em nossas seções, diálogos, pausas de hesitação ou nuance, e tempos mortos, para me interessar por isso. A verdade é que eu ignorava porque nunca havia acontecido antes, eu me interessar a ponto de lhe perguntar, logo isso que é um dos primeiros temas a que se recorre na Inglaterra para quebrar o gelo entre desconhecidos ou mesmo entre colegas. Assim era quando encontrava algum *don* oxfordiano fora das atividades docentes ou administrativas, tomando um café na Senior Common Room da Tayloriana, entre uma aula e outra, ou entre uma conferência e um seminário; assim como nas infernais *high tables*, ou mesas elevadas dos trinta e nove *colleges* (altos jantares, e além disso eternos), nas quais você podia ficar sentado, imóvel durante várias horas ao lado de um jovem economista que só fora capaz de falar com você sobre um esdrúxulo imposto inglês sobre a sidra, vigente entre 1760 e 1767, e sobre o qual havia versado sua tese (é um exemplo real, da minha antiga experiência, Halliwell se chamava aquele festival de homem), e isso por eu ter avançado com cortesia a frase inaugural e condenatória ao mesmo tempo: "*What is your field?*", literalmente "Qual o seu campo?", na realidade "Qual a sua especialidade?", ou "A que se dedica?", no caso também podia ser "O que ensina?". Qualquer variante era inoportuna para interromper Tupra no meio de um discurso sobre a espada.

Se ainda me lembro até daquele Halliwell, obeso, rubro e com um bigodinho militar mas ralo, como não vou me lembrar de todos os outros daquele período, do velho porteiro Will de olhos limpos e claros que perambulava através do tempo, de Alec Dewar, o Açougueiro, o Estripador, o Inquisidor, o Martelo — *the Butcher, the Ripper, the Inquisitor, the Hammer* —, abnegado professor dickensiano sob seu aspecto feroz e seus apelidos injustos; o beberrão lorde Rymer — *the Flask*, o Frasco — e o fofoqueiro eslavista Rook, homem de cabeça grossa e corpo fino — um cabeção, em suma — que se gabava de uma amizade com Nabokov e estava fazia mil anos traduzindo *Ana Karenina* como devia ser traduzido, sem resultados visíveis; o casal Alabaster, que costumava me espiar ao vivo pelo circuito televisivo do sebo que tinham quando eu descia ao porão para farejar em meio à poeira, e o chefe do meu departamento, Aidan Kavanagh, que vi uma vez ou outra de colete, assim como meu chefe, sempre Tupra, só que sem camisa por baixo ou com uma estranha, sem mangas; a moça gorducha chamada Muriel — mas, afinal, não era gorda — com a qual passei uma noite e basta, e que me disse morar entre o rio Evenlode e o rio Windrush, nas vizinhanças do que foi um dia um bosque, Wychwood Forest; a florista cigana Jane com suas botas altas, e Alan Marriott com seu dócil cachorro de três patas, que tinha me visitado com seu dono uma manhã, como muitos anos mais tarde o pointer branco de Pérez Nuix com a sua, uma noite avançada; meu melhor amigo, Cromer-Blake, meu guia na cidade onde às vezes fizera para mim de figura paterna e materna, alternadamente sadio e doente durante a minha estada e falecido quatro meses depois que fui embora (ainda guardo seus diários), e a autoridade Toby Rylands, tão parecido com Wheeler mas ainda sem o parentesco, e que talvez já me houvesse metido nisto mediante um relatório escrito na época e arquivado por via das dúvidas; a jovem de pés rítmicos e bem calçados, e de tornozelos aperfeiçoados, com a qual não ousei falar com a comoção suficiente, a que senti em sua presença, num trajeto tardio partindo da estação Didcot, e Clare Bayes, minha amante. Toda essa gente esteve em meus dias antes da própria Luisa, que só conheci ao voltar. Se eu não havia deixado marcas ali, em Oxford, tinham ficado em mim as daquele tempo. Como ficariam provavelmente as deste outro período de minha solidão londrina, por mais que passasse um dia a me parecer um sonho não vivido, rebaixado das suas conseqüências, e eu pudesse dizer disso tudo os versos de Milton modificados, toda manhã: "Despertei, se desfez esse tempo, e o dia devolveu meu dia".

Não, não era de todo certo que não contasse o de agora, em que trabalhava num país estrangeiro e num edifício sem nome para não sabia quem, ou só às vezes, conforme tinha me explicado a jovem Pérez Nuix em minha casa. E ao mesmo tempo que perguntei aquilo a Tupra no carro, que estudos tinha feito em Oxford, dei uma olhada para cima, para a minha janela acesa atrás da qual começava a ansiar por me encontrar: teria apresentado o mesmo aspecto enquanto ela hesitava na rua se tocava ou não minha campainha, depois também, enquanto esteve ali dentro na noite de chuva contínua e forte, sentada, falando e até dissertando, e me pedindo o mau favor que afinal lhe concedi, poucos dias depois, e que agora me fazia sentir em calada dívida para com Tupra — ou era dívida secreta e atormentada — e me refreava em minha irritação ou quase-ira, não podia assumir o que Reresby havia feito ou deixado de fazer — o que eu tinha pensado que faria — naquele reluzente toalete para os entrevados, era o seu termo, no qual talvez tenha deixado mais um, vá saber, e estivera a ponto de deixar um cadáver diante da minha vista, um decapitado em minha presença.

— Optei por história medieval, dentro de História Moderna — respondeu com a conhecida expressão, "*I read medieval history*". — Mas nunca me dediquei a ela, quer dizer, profissionalmente. Por que pergunta?

Tive tempo para pensar, sem tanta formulação quanto segue agora: "Que pena não ter sabido antes. Em vez de espancá-lo, podia ter se entendido e até feito par com De la Garza, como grande conhecedor que este é da literatura medieval chique fantástica. Pelo menos teria tido algo mais que misericórdia".

— Ah, então é uma recordação, o uso da espada. Uma fantasia de juventude, pode ser — falei em vez disso.

Não gostou muito da minha ironia no início, contorceu o rosto e ouvi um estalo de impaciência, a língua contra os dentes: depois da minha tríplice falha com seu nome eu não devia me considerar em situação de lhe fazer críticas nem chacotas.

— Pode ser, sempre gostei dessa História, tanto quanto da História Militar, que estudei mais tarde — respondeu-me com calma, afinal era homem capaz de achar graça no que podia ter. — Mas nunca desdenhe as idéias imaginativas, Jack, a gente só chega a elas depois de muito pensamento, de muita reflexão e muito estudo, e de notável ousadia. Não estão ao alcance de qualquer um. Só dos que vemos e mesmo assim continuamos espiando. — "Esse é um dom raríssimo, cada vez mais infreqüente", Wheeler tinha me explicado à mesa do café-da-manhã, "o de ver as pessoas através delas mesmas e diretamente, sem mediações nem escrúpulos, sem boa vontade tampouco má, sem se esforçar." — Como você e eu, como Patricia e Peter. — E este havia acrescentado: "É nisso que você podia ser como nós, Jacobo, segundo Toby, e agora concordo. Nós dois víamos assim. Víamos. Com isso prestamos serviço. E ainda continuo vendo". Assim se referiu Tupra à jovem Pérez Nuix, por seu nome de batismo, a verdade é que ele costumava chamá-la assim, ou então Pat, pelo diminutivo, do mesmo modo que escapava a Wheeler dizer Val às vezes, quando se lembrava da sua esposa Valerie, de cuja morte prematura havia preferido não me contar ainda ("Se você concordar, se não vir inconveniente", tinha quase sussurrado, como se me pedisse um favor, o de permitir que se calasse). Esses casos não tinham o mesmo valor do que quando Tupra ou a senhora Berry me chamavam de Jack, isso era por comodidade e aproximação fonética ao meu verdadeiro nome, Jacques, mais que Jacobo e que Jaime, embora ninguém o usasse. Depois prosseguiu ou concluiu o que viera ilustrando:

— Esse medo atávico é tão tremendo, Jack, que se algum contemporâneo vê hoje uma espada pairar sobre a sua cabeça, ou uma espada apontar para o seu peito, no momento em que ela desaparecer de cena e voltar novamente à sua bainha, dará tantas graças aos céus que o que lhe suceder a partir de então achará bom e suportará sem resistência; não só sem se defender, mas com imenso alívio. Quase com agradecimento, porque já se terá rendido antes do primeiro golpe, ao ter se dado por morto. E fará qualquer coisa que quiserem: trairá, delatará, confessará a verdade ou inventará uma mentira, desfará o feito e se retratará do dito, renegará seus filhos, pedirá perdão, pagará o que for, se deixará maltratar ou aceitará sem chiar o castigo. Sem oposição e sem barganha. Porque fique sabendo que essa arma só é concebível hoje para ser utilizada, não para amedrontar e nada mais, nem para manter alguém parado nem para ameaçar com ela.

Para isso servem uma pistola e até uma faca, ninguém se daria ao trabalho de carregar um troço tão incômodo, semelhante trambolho, se não fosse para fazer uso dele, ou é o que sempre vai acreditar quem a vê sobre si. Por isso os Kray metiam tanto medo, desde o começo, quando no entanto careciam de autêntico poder e força para infundi-lo e não passavam de uns principiantes, uns adventícios: porque apareciam com seus sabres em qualquer lugar, e os empregavam. Davam talhos, davam sabraços, creio que davam mesmo, em plena Londres. E esse pânico continuou ocorrendo e ficou para sempre, uma lenda, o que eles causavam com sua violência arcaica de tempos mais bárbaros. Reconheça, Jack, você mesmo recobrou o fôlego quando recolhi a espada. E tudo o que veio depois te pareceu bem-vindo, foi ou não foi, Jack? Reconheça.

Tinha de fazê-lo, mas não reconheci para os seus ouvidos. Que além do mais se gabasse, era insuportável.

— E de que se tratava desta vez, Bertram? — perguntei em vez disso. — Você acabou não a utilizando, maldita seja, por sorte só ameaçou, não sei para que serviu, nem sacá-la e nos aterrorizar com ela, nem o que veio depois, o resto. Não vi você se aproveitar para interrogar De la Garza, nem querer arrancar dele o que quer que fosse, nem lhe exigir desculpas, nem obrigá-lo a desfazer nada do que havia feito, nem soltar dinheiro. O que você pretendia, posso saber? Assustar a mim? Foi gratuito e desnecessário. Foi um abuso descomunal. Não era necessária uma lansquenete de gume duplo. Nem quase afogá-lo numa latrina. Nem quebrá-lo contra aquela barra. A não ser que se tratasse de uma coisa sem outra finalidade que o castigo, por ter te atrapalhado. Esse homem é um tremendo de um babaca, de acordo — veio-me à língua agora "*asshole*", como equivalente —, mas é inofensivo. Não se pode sair por aí batendo nos outros, não se pode sair matando. Ainda menos se você me envolve nisso.

Tupra tornou a invadir com seus cabelos frisados meu lado do carro, por um momento, a fim de olhar de novo pela janela do carro para onde eu tinha olhado de novo, talvez querendo comprovar que não se havia desenhado de repente alguma figura na minha janela acesa.

— Eu não faço isso — me disse. — E estou vendo que você entende de espadas. Sim, é uma lansquenete ou *Katzbalger*, autêntica — acrescentou com pedantismo e uma ponta de orgulho. — Mas me diga uma coisa: a seu ver, por que não se pode?

Aquela saída me desconcertou, ao extremo de eu não saber naquele instante a que estava se referindo, apesar de eu ter acabado de dizer o que não se podia.

— Por que não se pode o quê?

— Por que não se pode sair por aí batendo, matando. Foi o que você disse.

— Como assim, por quê? O que você quer dizer com por quê?

Meu desconcerto ia crescendo, e para as coisas mais óbvias às vezes não se tem resposta. Nós as intuímos de antemão, de tão óbvias, suponho, e deixamos de pensar nelas, muito menos ainda de questioná-las, e assim passam literalmente décadas sem que lhes dediquemos um pensamento, nem o mais mísero e distraído. Por que não se pode sair por aí matando, era essa bobagem que Tupra me perguntava. A meu ver. E eu agora não tinha resposta para a bobagem, ou só bobas e pueris, herdadas e nunca alcançadas: porque não é certo, porque a moral condena, porque a lei proíbe, porque se pode ir para a cadeia, ou para a forca em outros lugares, porque não se deve fazer a ninguém o que não quero que façam comigo, porque é um crime, porque é pecado, porque é ruim. Era certo que ele estava me perguntando bem mais além disso tudo. Não me respondeu logo. Viu que eu não sabia responder a ele, ou pelo menos não com prontidão. Pegou outro Rameses II, dessa vez tornou a não me oferecer, devia considerar um desperdício, dois tão seguidos; levou-o aos lábios, não o acendeu ainda, em compensação girou a chave e ligou o motor. Não acreditei nem por um segundo que fosse para me convidar a descer, para me despedir por fim e ir embora. Ele tampouco soltava as garras, nem dialéticas nem de nenhum tipo.

— Espero que efetivamente ninguém te espere lá em cima, espero por ela — disse então, e levantou o indicador para o teto, depois consultou o relógio; eu consultei o meu num gesto quase reflexo, mimético: não, não era muito tarde apesar de tudo, nem mesmo para Londres, e em Madri qualquer noite estaria apenas no meio, as festas em seu apogeu —; porque ainda não vai ser a hora de subir para vê-la. Não é muito tarde, apesar de tudo, e amanhã você pode não ir trabalhar, se quiser. Mas convém conversarmos um pouco mais sobre tudo isso, vejo que você levou a coisa muito mal, mal demais, vou te explicar por que era preciso, sim. Vamos lá em casa um instante, não levará mais de uma hora, uma hora e meia. Quero te mostrar uns vídeos que tenho lá, não no escritório, não são para qualquer um ver. Também vou te contar uns episódios, um ou outro de história medieval, precisamente. Contar de Constantinopla, por exemplo. Talvez também de Tânger, não tão antigo, embora já faça alguns séculos. E enquanto chegamos, vá pensando mais um pouco sobre o que falou, para me explicar por que não se pode.

Eu tinha ficado calado, ao não encontrar resposta para sua pergunta boba. Ou vai ver que não era boba e nenhuma resposta era fácil. Não me pareceu que pudesse me recusar. Além do mais não tinha sentido, depois do que já havíamos percorrido naquela noite.

— Sei o que aconteceu em Constantinopla, em 1453 —

disse, na falta de palavras. Muitíssimos anos atrás, antes de viver em Oxford, eu tinha lido um maravilhoso livro de sir Steven Runciman, que não era de Oxford mas de Cambridge: *The Fall of Constantinople 1453*, sobre essa queda de Constantinopla. Também não era verdade que ainda sabia do que acontecera, não me lembrava, a gente lê, aprende e depois esquece, se não continua lendo, se não continua pensando.

— Sei — respondeu Tupra, ou "*I see*", foi o que disse. — Mas vou contar também de um pouco antes.

Arrancou, deu a volta na praça para sair em direção ao norte. Eu não sabia onde ele morava, pensei: "Talvez em Hampstead". Tornei a olhar para as minhas luzes virando a cabeça e também para as do dançarino seguro de si. Tupra espiou meus olhares com o canto dos olhos. Continuava tudo aceso, as janelas dançantes, minha silenciosa janela. A minha forçosamente havia de continuar, e continuaria assim até eu voltar, com Tupra nunca se sabia a que horas regressaríamos. E por mais que ele se empenhasse, por sorte, não havia ninguém em casa me esperando, que pudesse apagar o que quer que fosse na minha ausência, enquanto eu não estava. Ninguém tinha as minhas chaves, e nunca ninguém me esperava lá.

Julho de 2004

(Fim do segundo volume de *Seu rosto amanhã*)

ESTA OBRA FOI COMPOSTA EM ELECTRA PELO ESTÚDIO O.L.M. E IMPRESSA EM OFSETE PELA GEOGRÁFICA SOBRE PAPEL PÓLEN SOFT DA SUZANO PAPEL E CELULOSE PARA A EDITORA SCHWARCZ EM SETEMBRO DE 2008